Die anderen Leute im Dorf blätterten gern in morschen Familienbibeln, wenn sie über ihre Herkunft sprachen. Bei Familie Hildonen gab es keine solchen Bücher, dafür hingen an der Scheunenwand die Sägen und Äxte ihrer Vorfahren, die bis ins 17. Jahrhundert zurückreichten …

Mikael Hildonen ist Anfang 30 und das, was man gemeinhin als Loser bezeichnet: Er hält sich mit Aushilfstätigkeiten für die Gemeinde über Wasser, bewohnt die morsche Hütte seines Großvaters und macht auch keine Anstalten, etwas an dieser Situation zu ändern. Erst als Daniela, seine 13jährige Nichte, die bei Mikaels Eltern lebt, gegen ihren Willen in eine Pflegefamilie gesteckt wird, vier rabiate Schuldeneintreiber vor Mikaels Tür stehen und eine junge Lettin seine Hilfe braucht, kommt Bewegung in die Sache. Mehr als es Mikael eigentlich lieb ist …

LEVI HENRIKSEN wurde 1964 in Kongsvinger/Norwegen geboren. Er ist Musiker, Journalist und Autor. Seine ersten Erfahrungen als Schriftsteller sammelte er 1999 mit einem Reisebericht über Alaska. Sein Debütroman »Bleich wie der Schnee« wurde von Norwegens Buchhändlern zum Lieblingsbuch des Jahres gewählt. Mit seinen schrägen Kurzgeschichten zur Weihnachtszeit – in Deutschland erschienen im Erzählband *Home for Christmas* – feiert er in seiner Heimat seit Jahren Triumphe.

LEVI HENRIKSEN

Die Geschichte meiner Familie in Äxten und Sägen

Roman

Aus dem Norwegischen
von Gabriele Haefs

btb

Die norwegische Originalausgabe erschien 2011 unter dem Titel
Dagen skal komme med blå vind bei Gyldendal Norsk Forlag, Olso.

Die Übersetzung wurde gefördert von NORLA, Olso.
Der Verlag bedankt sich dafür.

MIX
Papier aus verantwortungsvollen Quellen
FSC® C083411
FSC
www.fsc.org

Verlagsgruppe Random House FSC® N001967
Das für dieses Buch verwendete FSC®-zertifizierte Papier
Lux Cream liefert Stora Enso, Finnland.

1. Auflage
Deutsche Erstveröffentlichung Dezember 2014

Umschlaggestaltung: semper smile, München
Umschlagmotiv: © plainpicture / Fogstock
Satz: Uhl + Massopust, Aalen
Druck und Einband: CPI – Clausen & Bosse, Leck
MI · Herstellung: sc
Printed in Germany
ISBN 978-3-442-74470-1

www.btb-verlag.de
www.facebook.com/btbverlag
Besuchen Sie unseren LiteraturBlog www.transatlantik.de!

Für Elisabeth, Herman und Leah

Don't have the inclination to look back on any mistake
Like Cain, I now behold this chain of events that I must break
In the fury of the moment I can see the master's hand
In every leaf that trembles, in every grain of sand.

Bob Dylan: *Every Grain of Sand*

1. Kapitel

Der Knall der Haustür ließ die alte Familienuhr mitten zwischen dem fünften und dem letzten Schlag verstummen. Mikael Hildonen spürte die schwere Hand seines Vaters auf der Schulter, und diese Berührung veranlasste ihn zu einer konzentrierten Bewegung, die ihn befreien sollte.

»Warte, Mikael, nicht jetzt, mach es nicht noch schlimmer«, sagte der Vater.

Unten auf dem Hofplatz versuchte Daniela, sich aus dem Zugriff der Frau loszureißen, und drehte sich mit einer Bewegung, in der eher Trotz lag als Hilflosigkeit, zum Fenster um. Für einen Moment glaubte Mikael, die Nichte werde es schaffen, ins Haus zurückzulaufen, aber dann kam der Fahrer dazu, und mit vereinten Kräften wurde das Mädchen auf die Rückbank des Wagens gestoßen.

Mikael trat einen Schritt vom Fenster weg, und die Hand des Vaters presste seine Schulter zusammen. Der Geruch von Mottenkugeln stieg aus dem Tweed seiner guten Jacke auf.

Nun wurde die Autotür zugeknallt. Ein Zipfel vom Mantel des Fahrers hing heraus wie ein gebrochener Vogelflügel. Als der Volvo über den Kies davonschoss, hoffte Mikael, der Stoff werde irgendwo hängen bleiben, so dass der Kopf des Fahrers mit demselben Geräusch gegen das Autofenster geschleudert würde, mit dem im Herbst ein Stein das erste Eis trifft.

Aber das Auto fuhr einfach weiter, vorbei am frisch umgegrabenen Küchengarten der Mutter, vorbei an der alten Hundehütte und dann durch das Tor. Mikael brachte es nicht über sich, richtig hinterherzusehen, er konnte sich dem Anblick von Danielas eingerahmten Schultern und Kopf im Heckfenster nicht stellen. Stattdessen suchte er sich ein Stück des Abendhimmels, der über den Birken in der Auffahrt errötete. Die Zweige hatten fast alles Laub verloren, und die Bäume wirkten auf seltsame Weise gescheitert. Mikael schloss die Augen und blieb einfach stehen, bis das Motorengeräusch irgendwo an den Hängen oberhalb des Dorfes verhallt war.

Hinter sich hörte er seine Mutter das Wohnzimmer betreten. Ihre Absätze klapperten auf ungewohnte Weise über das Parkett, und ihre üblichen squawhaften Bewegungen waren etwas Schwerfälligem und Eckigem gewichen.

»Wie sieht der Himmel heute Abend aus, Stener?«, fragte sie leise und trat neben Mikael und den Vater ans Fenster.

Der Vater antwortete nicht sofort, und im dunklen Abgrund hinter seinen Augen fand Mikael etwas von dem Kind, das einst versucht hatte, sich zum Beten zu verstecken. Auch damals waren seine Gebete nie erhört worden.

»Ich glaube, der Himmel hat uns aufgegeben«, sagte der Vater mit kaum hörbarer Stimme.

»Aber wie sieht er aus?«

»Es blutet über Austberget.«

»Abends rot, morgens Brot«, sagte die Mutter.

»Verdammt, Mama, keine Wettervorhersage auf der ganzen Welt kann jetzt noch etwas ändern«, sagte Mikael, riss sich von seinem Vater los und zog seine Jacke vom Esszimmerstuhl. Bei dieser Bewegung klirrten die unbenutzten Tassen und Untertassen, die die Mutter für das Jugendamt aufgetischt hatte.

»Mach jetzt keine Dummheiten«, rief die Mutter und versuchte, ihn festzuhalten, aber Mikael wich ihr aus, rannte aus dem Haus und dann über den Hofplatz.

Er lief weiter bis zur Fußgängerbrücke über den Kvernbekk, das hoch stehende Wasser fauchte wütend unter ihm, und für einen Moment hatte er das Gefühl, ins Tal hinabgespült zu werden. Entschlossen kämpfte er sich weiter, während das Gefühl der Wärme aus dem Haus von einem herbstlichen Zittern zwischen den Baumstämmen vertrieben wurde. Er kam vorbei an der Holzhütte des Großvaters, in der er in den letzten Jahren gewohnt hatte, sprang über die Mauer und jagte weiter über den Pfad zum Königinnenblick. Seine Bewegungen waren schwerfällig und schwankend, und das Geräusch seiner Schritte hallte durch seinen ganzen Körper nach und sang in den Ohren wie ein feuchter Gummiball an einer Wand.

Als er an dem alten Aussichtspunkt, wo er und sein Bruder als Kinder so oft gespielt hatten, stehen blieb, jagten Windstöße durch das Tal, und seine Jacke blähte sich wie ein Fallschirm. Der Wind trug den Geruch nach verbranntem Stroh mit sich, und er konnte das Schwelen auf den Stoppelfeldern unten im Talgrund sehen. Das ganze Dorf kam auf ihn zugewirbelt, sodass er sich an einen Birkenstamm lehnen musste. Es war die einzige Trauerbirke am ganzen Hang, und sie stand so lange hier, wie er sich zurückerinnern konnte. Aber der Eisenring, den sein Bruder in den Stamm geschraubt hatte, um Gefangene anzuketten, wenn sie Polizei spielten, war ein Stück näher zum Himmel gekrochen.

Mikael schob seine drei längsten Finger der rechten Hand in den verrosteten Ring und versuchte, ihn herauszudrehen, aber der Ring bewegte sich nicht. Kleine Rostflocken lösten sich und rieselten wie Zimt in Mikaels Ärmel, und er schüttelte die Hand, als ob er sich verbrannt hätte.

Unten im Tal hatte der Volvo die gerade Strecke am Flyktningsee entlang bereits zur Hälfte hinter sich gebracht. Mikael trat einen Schritt vor, aber sein rechter Fuß blieb in einer Baumwurzel hängen, und er fiel auf die Knie, wie nach einem Genickschuss.

Er versuchte, seinen Fuß aus der Wurzel zu ziehen, aber das war unmöglich, solange er seinen Blick nicht von der Straße weglenkte, also blieb er so stehen, halb aufrecht, halb kniend, wie ein Mann, der plötzlich mit tiefen religiösen Gewissensbissen ringen muss. Er konnte sich nicht mehr erinnern, was er vorgehabt hatte oder ob es überhaupt irgendeinen Sinn gehabt hatte hierherzukommen. Vielleicht trieb ihn eine Art Vorstellung, dass Daniela zum Aussichtspunkt hochschauen würde, wenn der Wagen unten über den Storvei fuhr. Vielleicht hoffte er, die Hand zu einem vorläufigen Abschied heben zu können, so, wie die Mutter es die ersten Male getan hatte, wenn sie ihn zum Schulbus brachte und er zur hintersten Bank in dem brummenden Dieselmonster gerannt war, um ihr zuzuwinken, während Ruben sein Gesicht energisch nach vorn drehte, als ob er sich nicht zu seinem kleinen Bruder bekennen wollte.

Aber wenn Daniela jetzt hochblickte, würde sie nur seine Umrisse erahnen können, wie eine riesige, von Wind und Wetter geformte Wurzel.

Als der Wagen sich dem Ende des Sees näherte, spürte er, wie ihm die Tränen kamen, sein Körper wurde von einem unbezwingbaren Zorn erfasst, und er riss sein Bein los, so dass er den Schuh verlor.

Der Wagen da unten hätte Mutter, Vater und Kind zum Handballtraining, ins Kino oder auf eine Freitagspizza in die Stadt bringen können, eine Familie auf Wochenendausflug. Es hätte ein ganz normaler Abend im Leben einer Dreizehnjährigen sein müssen. Eines Mädchens, das sich auf der Rückbank im Auto seiner Eltern langweilte, während sie SMS an Freundinnen schickte und fragte, ob sie sich später treffen könnten.

Mikael Hildonen kam mühsam auf die Beine, und während der Frost in seinen schuhlosen Fuß kroch, sah er den Volvo am Anfang des Wäldchens vor Sætermosvingen. Die Fichtenwipfel krümmten sich leicht im Wind und schlossen sich um das Auto wie ein wogendes Meer.

Sogar auf diese Entfernung konnte er deutlich die Fichte in der Heide sehen, an der sich zu Mittsommer zwei Jugendliche zu Tode gefahren hatten. Die Rinde war unten abgeplatzt, und der Stamm leuchtete zwischen den anderen Fichten wie ein Grabstein. Mikael blieb stehen und starrte dem Auto hinterher, bis es ganz verschwunden war und nur der beißende Strohrauch zurückblieb.

Der Waldboden knisterte, und Mikael wirbelte mit halb erhobenen Fäusten herum, als erwarte er, sein Bruder sei zurückgekommen und wolle mit ihm abrechnen. Aber es war niemand da, niemand jedenfalls, den er sehen konnte, und Mikael musste an die vielen Male denken, wenn Ruben ihn an die Trauerbirke gekettet hatte.

Einmal hatte der Vater sie dabei überrascht und war in Zorn geraten, als er seinen jüngeren Sohn wie einen Negersklaven angepflockt vorfand. Aber als er einen Zweig abgebrochen hatte, um ihn zur Rute gegen den Bruder umzufunktionieren, hatte Mikael eilig versichert, dass sie nur spielten und abwechselnd der Gefangene seien.

Mikael erinnerte sich an die Jungen, die sein Bruder und

er mit hergebracht hatten. Die Freunde unten aus dem Dorf, die lieber Spiderman, Batman oder den Hulk spielen wollten, aber nein – als stärkster Junge des Dorfes hatte Ruben sich den anderen niemals anpassen müssen. Am Ende spielten sie immer irgendeine Variante von Räuber und Gendarm, zur Not konnte Ruben Sheriff sein, aber Indianer gab es nie in diesem Spiel. Zudem ging es Ruben vor allem darum, seine Spielfeinde zu fangen, nicht, sie zu erschießen. Ruben sagte gern, dass ein guter Polizist die Gefangenen lebend ins Gefängnis schafft. Unzählige Male hatte Mikael auf dem Rücken gelegen, während sein Bruder über ihm aufragte und die Pistole auf seine Brust oder seinen Kopf richtete. »Ergibst du dich?«, hatte Ruben immer wieder gerufen, bis Mikael das verabredete Zeichen machte und beide Hände abwehrend hob, die Handflächen nach außen gedreht. Er konnte sich nicht an ein einziges Mal erinnern, bei dem er Ruben dazu gebracht hätte, sich zu ergeben.

Abermals schob Mikael die Finger in den Eisenring. Stemmte die Fußsohle gegen den Birkenstamm und zog mit beiden Händen. Seine Adern quollen hervor, und vor Anstrengung zitterten ihm die Arme. Aber der Ring bewegte sich nicht. Mikael spannte seinen Körper an wie eine Feder, der Schweiß ließ seine Augen brennen, aber der Ring saß wie einzementiert. Mikael ließ los und warf einen letzten Blick zur Straße hinüber, dann legte er sich im Heidekraut auf den Rücken. Die Spuren von vorhin, als Daniela ihm entrissen worden war, zogen sich wie die Kratzer einer Katze über seinen Handrücken. Plötzlich packte ein Windstoß die Birke und krümmte die knorrigen Zweige wie anklagende Zeigefinger, die den Weg zu seinem Herzen suchten.

Es dämmerte schon, als Mikael die Tür der Holzhütte öffnete. Noch immer hing die Anwesenheit seines Großvaters in der Luft. Der Geruch nach altem Tabakrauch, Essen und Arbeitsschweiß. Bild um Bild, Buch um Buch und Stuhl um Stuhl hatte Mikael versucht, es aussehen zu lassen, als ob er wirklich hier lebte, aber die kleinen Zimmer wirkten noch immer verlassen. Die Mutter half ihm, alles sauber zu halten, sie stellte Blumen auf die Fensterbank und sorgte für Ordnung in den Schränken, aber er konnte sich nicht ganz davon befreien, dass seine Art zu wohnen etwas Halbherziges hatte. An mehreren Stellen saßen die hellen Vierecke, die die Bilder des Großvaters hinterlassen hatten, wie ein Extrarahmen um seine eigenen, und alte Abdrücke von Tassen und Bechern im Wachstuch auf dem kleinen Küchentisch legten sich wie Jahresringe um das Glas, wenn er etwas trinken wollte. Die Mutter bat ihn unermüdlich immer wieder, sich dieser Tischdecke zu entledigen, und behauptete, kein Mensch unter achtzig benutze heutzutage noch Wachstuch. Einmal, nachdem sie die Hütte geputzt hatte, während Mikael bei der Arbeit war, war die Decke verschwunden gewesen, als er abends nach Hause kam. Mikael hatte sie aus der Mülltonne gezogen und wieder auf dem Tisch platziert, während er mühsam neue Heftzwecken in die alten Löcher unter der Tischkante steckte.

Nun schaltete er den Wasserkocher ein, verlor aber die Lust auf Kaffee, noch ehe das Wasser kochte. Er zappte zwischen den Fernsehkanälen hin und her, doch sein Blick blieb nirgendwo haften. Langsam schlurfte er zur Stereoanlage in der Ecke, aber das Chaos, das Daniela bei dem Versuch hinterlassen hatte, eine CD zu finden, die ihr gefiel, vertrieb seinen vagen Wunsch nach Musik. Die letzten Wochen waren einfach an ihm vorübergeglitten, ohne klaren Anfang oder Schluss. Die Eltern, er und Daniela hatten in einem Vakuum gelebt, in dem die Tage nicht von Sonne und Mond gelenkt wurden, sondern von den dauernden Erinnerungen daran, dass der Tod nicht auf die Uhr schaut.

Daniela und ihre Mutter waren gleich nach Weihnachten gekommen, und weder Mikael noch seinen Eltern war klar gewesen, wie fortgeschritten der Krebs schon war. In den ersten Monaten behauptete Sylvi immer wieder, sich besser zu fühlen, aber als der Frühling dann in den Sommer überging, konnte sie die knochigen Hände und die eingefallenen Wangen nicht länger wegdiskutieren. An einem der letzten Tage vor den Sommerferien hatte sie Mikael und seinen Eltern gestanden, dass ihr nicht mehr lange blieb. Sie war von Ballangen nach Skogli gezogen, damit Daniela in der Nähe ihrer einzigen Verwandten sein konnte. Die Mutter hatte unter dem Tisch nach seiner Hand gegriffen, als Sylvi fragte, ob sie sich um ihre Tochter kümmern könnten, wenn sie nicht mehr da wäre. Mikael hatte nicht gewusst, ob sie die Eltern oder sie alle drei meinte, aber er hatte zusammen mit der Mutter genickt und versucht, dabei nicht mit der Wimper zu zucken.

»Ich habe noch zwei Vettern im Norden, aber die sind beide Junggesellen und Fischer und nicht unbedingt dazu geeignet, ein Kind großzuziehen«, hatte Sylvi gesagt und noch einmal ihre Lachgrübchen gezeigt. Das kam nicht mehr sehr oft vor. Im ersten Sommer, als sie mit Daniela zu Besuch gekommen war, war er von ihrem Lächeln einfach bezaubert gewesen. Er hatte noch niemals jemanden auf diese Weise lächeln sehen, als ob in jede Wange ein unsichtbarer Zeigefinger gesteckt würde und das ganze Gesicht in einem begeisterten Staunen anhob. Im Laufe des Sommers ging es Sylvi dann immer schlechter. Sie hatte die Haare verloren, wollte aber keine Perücke aufsetzen, stattdessen versteckte sie ihren kahlen Schädel unter bunten Tüchern, und als die Ferien zu Ende waren, bestand Sylvi darauf, dass Daniela ganz normal zur Schule ging. Solange sie klar im Kopf war, versuchte sie, den Alltag ihrer Tochter ebenso zu gestalten, wie die Eltern der anderen Kinder es taten. Die ersten beunruhigenden Reaktionen rührten daher, dass Daniela sich im Werkunterricht alle Haare abgeschnitten hatte. Danach hatte sie nacheinander die Ärmel ihres Klassenlehrers zugenäht, nach dem Sport in der Dusche eine Überschwemmung verursacht und die Ketten der Räder von drei Jungen aus ihrer Klasse ineinander verhakt.

Mikael und seine Mutter versuchten es dem Jugendamt gegenüber mit dem Argument, dass diese Reaktionen verständlich seien. Aber Mikael konnte sich nicht von dem Verdacht befreien, dass die Sachbearbeiterin sich schon entschieden hatte und vielmehr ihre eigenen Unterlagen als Fazit dafür nahm, wie es in einem Menschen aussah. Drei Tage nach Sylvi Pedersens Beerdigung stand der Beschluss zur Einweisung ins Pflegeheim fest.

Oben im Haus der Eltern hatte die Mutter wie üblich alle Lampen im Erdgeschoss eingeschaltet, das konnte er sehen. Mikael selbst ließ den Abend in die Ecken und Winkel der Hütte kriechen, als könne die Dunkelheit wirklich alles auslöschen, was der Tag gebracht hatte. Aber er wusste, dass dem nicht so war, er hatte seit langem Erfahrung in dem Wissen, dass es niemals so sein würde.

Mikael stand vom Sofa auf und nahm eine Weinflasche aus dem Schrank, aber als er in der Besteckschublade endlich den Korkenzieher fand, ließ er ihn einfach liegen. Er schloss die Schublade mit einem Knall, der wie ein Schuss klang, bei dem Geräusch bekam er eine Gänsehaut. Dann zog er seine Jacke an und steckte sich Großvaters Messer vorn in den Hosenbund. Nach dem Tod des Großvaters hatte Mikael das Messer kaum je aus der Scheide gezogen, doch das Gefühl, es bei sich zu tragen, gefiel ihm.

Er ging über die Brücke. Die Dunkelheit hatte sich über Austberget gelegt, doch unten zum Dorf hin wurde die beginnende Nacht von den Lichtern der Häuser durchweicht. Als er zum ersten Mal diese bleiche Glut des Herbstes wahrnahm, hatte er sich vorgestellt, dass die Sonne mitten in Skogli übernachtete, um dann am nächsten Morgen wieder am Himmel aufzugehen. Das hatte er Daniela erzählt, als sie in der dritten Klasse war, und ihr Gesicht war ganz ernst geworden, während sie ihm erklärte, es müsse sich um ein Märchen handeln, da die Sonne immer im Osten aufgehe.

Eigentlich hatte er den Subaru nehmen wollen, brachte es aber nicht über sich, seine Eltern zu fragen, deshalb glitt er hinter das Steuer des alten Range Rover und klappte den Sonnenschutz herunter, hinter dem immer die Schlüssel klemmten. Das Auto roch nach Öl und Benzin, und die beiden Motorsägen des Vaters, eine alte Jonsered und eine neuere Jobu, stießen gegeneinander, als er im Rückwärtsgang die Scheunenauffahrt hinabsetzte. Der Vater war vor fast zehn Jahren als Bezirksoberförster in Rente gegangen, aber noch immer lag sein Arbeitsauto voller Werkzeug – als schaue er nur kurz zum Essen zu Hause vorbei, ehe er wieder zur Arbeit musste. Mikael sah die Mutter im Wohnzimmerfenster, als er am Haus vorbeifuhr, nahm sich aber nicht die Zeit, um anzuhalten.

Der Schotterweg aus Overgrenda hatte den Herbstregen besser überstanden als in vielen Jahren davor, und Mikael brauchte nicht mit dem Lenkrad zu ringen, um den schweren starren Wagen auf dem Weg zu halten. Die Vorstellung von Daniela allein in einem Auto mit zwei Menschen, die noch immer fremd waren, egal, wie oft sie sich schon vorgestellt hatten, egal, wie vertraulich und verständnisvoll sie zu sein vorgaben, ließ ihn die Zähne so hart zusammenbeißen, dass ein Krampf zu seinen Ohren hochschoss.

Unten in Skogli schwelte es noch immer auf den Feldern hinter dem Mühlhaus, und der Geruch verbrannten Strohs füllte das ganze Auto. Mit einem Mal bemerkte er ein flackerndes Licht am Wegrand, dort, wo die Heide anfing. Eine Erinnerung daran, wie sein Bruder und er nach Hause gegangen waren, damals, als der Zug noch drüben am Bahnhof hielt, konnte sich noch schnell in sein Bewusstsein schleichen, ehe ihm aufging, was das für Lichter waren. Nach dem Autounfall zu Mittsommer gab es noch immer Leute, die an der Fichte Blumen ablegten, Briefe ins Moos steckten und Kerzen um den Stamm herum aufstellten. Der leuchtende Ring auf dem Waldboden lenkte seine Augen von der Straße ab, und erst, als er fast auf Höhe des Baumes war, sah er die roten Bremslichter eines Autos, das mitten auf der Fahrbahn stand. Mikael stieg auf die Bremse und wurde gegen die Windschutzscheibe gepresst, während die Reifen über den Asphalt kreischten. Die Vibration der Räder ließ seine Arme zittern. Im Bruchteil einer Sekunde hörte er die Mahnung seines Vaters, dass ein Zug leichter zu stoppen sei als ein Range Rover, aber dann ließ er die Bremse los, riss das

Lenkrad nach links und bereitete sich auf das Geräusch von kollidierendem Metall vor. Wartete auf den Ruck des Sicherheitsgurtes, der ihm die Brust eindrücken und seinen Kopf gegen die Nackenstütze schleudern würde. Er schoss so dicht am hinteren Kotflügel des anderen Autos vorbei, dass er erst glaubte, seine Ohren und sein Gehirn hätten es noch nicht geschafft, den Knall zu registrieren, aber dann blieb der Range Rover mit dem Vorderrad im Straßengraben der Gegenfahrbahn stehen. Eine der Motorsägen knallte gegen den Vordersitz, und der orange Kettenschutz schob sich hinter die Befestigung des Sicherheitsgurts wie der Schnabel eines riesigen Vogels.

Mikael brauchte einige Sekunden, um sich klarzumachen, dass er unverletzt war. Er blieb ganz still sitzen, bis ihn plötzlich eine Bewegung hinter ihm aus dieser Trance riss. Halb abwesend fuhr er das Auto auf die richtige Seite hinüber, schaltete das Warnblinklicht an und stieß die Tür auf. Aus dem anderen Wagen donnerte ein monotoner Rhythmus von metallischen Trommeln und Plektrumbass. Während die Musik in seine Ohren hämmerte, rannte Mikael zu dem Auto und wäre fast in eine Gestalt gelaufen, die sich über den Kofferraum beugte. Ohne zu wissen, ob es sich um einen Jungen oder ein Mädchen handelte, stieß Mikael die Person vom Weg und schob sie auf die anderen zu, die sich um die Fichte versammelt hatten. Über den flackernden Kerzen sahen die Gesichter der Jugendlichen aus wie weiße Ballons, die auf ihn zugeschwebt kamen.

»Dreht die Musik ab«, rief Mikael. »Dreht sofort den verdammten Dreck ab!«

Einer der Jugendlichen huschte wie ein verängstigtes Stück Kleinwild zum Auto, und die scharfen Trommelschläge wurden jählings abgewürgt. Plötzlich war es so still, dass Mikaels letzte Worte zwischen den Fichten in der Luft hängen blieben.

»Ihr verdammten Idioten«, sagte er ein wenig leiser. »Wie könnt ihr ein Auto mitten auf der Straße abstellen, ohne das Licht einzuschalten? Es ist ein Wunder, dass ich nicht voll in euch reingebrettert bin.«

»Heute ist es vier Monate her, dass June und Kristian gestorben sind«, sagte die Gestalt, die Mikael vor sich hergestoßen hatte, und jetzt konnte er sehen, dass es ein Junge war, der zusammen mit zwei weiteren Jungen und drei Mädchen hier stand.

»Und zur Feier des Tages wollt ihr gleich noch ein paar mehr umbringen?«

Mikael konnte nicht aufhören zu schreien, er merkte, wie der Wind die Richtung änderte, und der beißende Gestank des Strohqualms ließ ihn heftig husten.

»Es hat nur ein Zentimeter gefehlt, dann wäre ich voll in euer Auto gedonnert, ihr Idioten«, sagte er und machte wieder einen Schritt vorwärts.

»Der verdammte Idiot hier bist du. Du hast doch keine Ahnung, was es bedeutet, jemanden zu verlieren. Du weißt nicht, wie es ist, wenn jemand, den du gern hast, aus dem Leben gerissen wird«, schrie der Junge und stieß Mikael vor die Brust.

Möglich, dass es an diesem letzten Satz lag, vielleicht auch an dem Stoß vor die Brust oder an beidem. Oder vielleicht waren seine Hände seit dem Moment, als er aus dem Auto gesprungen war, unterwegs zum Hals des Jungen gewesen. Der Junge trat einen Schritt zurück, stellte einen Fuß falsch auf, verlor das Gleichgewicht und riss Mikael mit. Die Grablichter fielen um, und diejenigen, die dabei nicht erloschen, formten einen Heiligenschein um den Kopf des Jungen.

»Du kleiner Arsch. Ich weiß alles über Trauer. Ich bin Weltmeister im Verlieren von Leuten.« Mikaels Stimme brach. Seine Hände führten eine Bewegung fort, die vor vielen Jahren begonnen hatte. Er drückte weiter, es tat in seiner Brust weh, und das Keuchen des Jungen mischte sich mit Mikaels Husten.

Sie hätten zwei Männer mit ihren Rechen sein können, die in die Windrichtung des Flämmens harkten. Zwei Männer, die zielstrebig Schulter an Schulter arbeiteten. Zwei Männer, deren Tagewerk bald vollendet sein würde. Aber es war Mikael Hildonen allein gegen alle. Es war Mikael Hildonen, angetrieben von denselben Kräften, die die Menschen aus dem Paradies verjagt hatten.

Er spürte, wie sein Gesicht von einer brennenden Flüssigkeit übergossen wurde, etwas knickte in seinem Rücken ab, und er fiel vornüber ins Moos. Während die anderen den Jungen auf die Beine brachten, blieb Mikael liegen und rang keuchend um Atem. Die Scheide vom Messer des Großvaters presste sich in seinen Schritt, und er blieb liegen und hielt den Schaft fest wie einen Stock, mit dessen Hilfe er sich aufrichten konnte. Durch das Glas der Kerzen vor seinem Gesicht schien das Auto der Jugendlichen Feuer zu fangen, als sie hineinsprangen und davonpreschten.

Mikael kam auf die Knie, während er versuchte, die Erinnerung an einen anderen Tag zu verscheuchen, als er an einer anderen Straße gekniet hatte. Damals war er nicht allein gewesen, es war auch nicht so still gewesen. Nie würde er das trotzige Brummen des Mopeds im Leerlauf vergessen, das Hinterrad, das sich immer weiter drehte, den dumpfen, hohlen Widerhall, den ihm jeder Kompressionstoß im Kopf dröhnen ließ, und das Geräusch seiner eigenen verzerrten Stimme, die denselben Namen wieder und wieder rief, ohne Antwort zu erhalten.

Mikael trampelte die erloschenen Kerzen ins Moos und blies die brennenden aus, aber der Fichtenstamm mit der abgerissenen Rinde leuchtete ihm noch immer entgegen. Er lief zum Auto, stellte eine Motorsäge an den Wegrand und sprang hinter das Lenkrad. Zweige und Baumstümpfe schlugen gegen den Boden. Der alte Pfad war seit vielen Jahren nicht mehr benutzt worden, aber Mikael fuhr so weit, bis es nicht mehr möglich war, den Range Rover vom Weg aus zu sehen. Er nahm das Kopflicht seines Vaters aus dem Handschuhfach und folgte einige Schritte weit dem Baklengselv, ehe er wieder Weg und Motorsäge ansteuerte.

Die Lichter eines Autos unten bei Sætermosvingen zerschnitten die Dunkelheit, und Mikael ließ sich auf den Boden fallen und schaltete seine eigene Lampe aus. Einige Augenblicke lang war er sicher, dass es die Jugendlichen waren, die mit Verstärkung zurückkamen, oder die Polizei, die sie verständigt hatten, aber das Auto fuhr weiter, ohne sein Tempo zu drosseln.

Mikael riss so hart an der Startleine der Motorsäge, dass er zwischen den Schulterblättern einen Krampf bekam. Das Gerät sprang hustend an, und er begann, einen Keil in den Fichtenstamm zu sägen. Sein Vater würde den Kopf schütteln über einen derartigen Leichtsinn, den Keil so dicht über dem Boden anzusetzen, aber Mikael gab Vollgas. Die Vibrationen ließen seinen Kiefer zittern, aber er hörte erst auf, als die beiden Scharten aufeinandertrafen und er den Keil lostreten konnte. Der Benzingeruch verursachte einen schlechten Geschmack in seinem Mund, und in dem Staub der Sägespäne im Schein der Kopflampe konnte er nur schwer zielen, aber dann war das Sägeblatt durch den Baum gefahren und hatte die Scharte auf der anderen Seite erreicht.

Einige Sekunden stand der Baum einfach da, dann gab er auf und kippte mit der Spitze in den Fluss. Mikael begann, den Stamm zu entrinden. Er versuchte, die Bewegungen seines Vaters zu kopieren und die Säge arbeiten zu lassen, aber in der Dunkelheit konnte er keinen Rhythmus finden, und das Blatt schien eher zu zersplittern als zu sägen. Zweimal wurde er von einem Wagen auf dem Weg unterbrochen, aber keiner der beiden hielt an, und Mikael konnte das Entrinden ohne Pause zu Ende führen. Es wurde segensreich still, als er die Säge ausschaltete und die Zweige am Flussufer zu einem großen Haufen aufschichtete. Sein Kreuz tat weh, die Abgase fühlten sich wie Samt auf seinen Zähnen an, und er hatte das Gefühl, nie wieder die Arme ausstrecken zu können, aber er bückte sich nur wie ein Tier zum Fluss hinab und leckte einige Schluck Wasser, ehe er sich zwang weiterzumachen. Dann teilte er den Stamm in passende Stücke und rollte eines nach dem anderen ins Wasser. Im immer schwächer werdenden Licht der Kopflampe sah er die Stücke im Wasser wogen wie Fragmente einer schwimmenden Brücke, ehe die Strömung die Reste der Fichte in Richtung Schweden zog. Am Ende schmiss er die Zweige ins Wasser, sank neben dem Fluss zusammen und blieb so hocken, bis das Herz in seiner Brust zur Ruhe gekommen war.

In irgendeinem Haus auf der anderen Seite des Waldes war Daniela. Er hoffte, dass sie schlief, ohne schlechte Träume. Er hoffte, dass sie in dieser Nacht nicht aufwachen würde.

Auf irgendeine Weise würde Mikael feststellen, in welchem Haus sie untergebracht war. Er würde dort auf der Straße stehen, auf dem Rasen oder an der Böschung, und Daniela so stark ans Fenster wünschen, dass sie seine Nähe spürte. Ein Nicken, ein Winken, ein gehobener Daumen, und sie würde begreifen, dass sie nicht allein war. Wortlos, wie sie ihn so stehen sah, würde sie das verstehen, was er nicht hatte sagen können.

Er stand auf und ging zurück zum Auto.

So weit war er immerhin gekommen.

2. Kapitel

Mikael fuhr aus dem Bett hoch wie ein Mann, der sich nüchtern geschlafen hatte. Für einige Augenblicke blieb er sitzen und wartete auf die kleinen Erinnerungsfunken, die das Halbdunkel aus dem Zimmer vertreiben würden, aber es kam nichts. Der Abend hatte wirklich dort am Baklengselv geendet. Er war nicht weiter in die Stadt gerast, in der Hoffnung, dass irgendwer dort ihn scheel ansehen würde. Mikael überprüfte Fingerknöchel und Handrücken, um sicher zu sein, aber was auf seiner Haut erstarrt war, war Harz und kein Blut. In der Küche hörte er Besteck, das im Spülbecken über Glas schrappte. Dieses Geräusch hatte ihn geweckt.

Er riss das Flanellhemd vom Stuhl neben dem Fußende des Bettes, aber es verströmte einen ekelerregend süßlichen Geruch nach Auspuffgasen, und als er die Jeans vom Boden hob, rieselte Sägemehl heraus. Daraufhin warf er beide Kleidungsstücke unten in den Kleiderschrank und nahm sich einen sauberen Pullover und eine Trainingshose. Fuhr sich mit der Hand durch die Haare wie mit einem Kamm und schob die Füße in die ausgelatschten Pantoffeln des Großvaters.

Seine Mutter räumte gerade das Geschirr in den Küchenschrank. Sie streckte die Hand nach den letzten Tassen auf der Anrichte aus, als Mikael die Tür hinter sich zuzog.

»Mama, wie oft soll ich dir noch sagen, dass du nicht zu spülen brauchst. Ich will nicht, dass Leute einfach so hereinkommen, schon gar nicht, ehe es hell ist.« Der Kaffee gurgelte in der Maschine auf der Anrichte, und dieses Geräusch machte es schwer für ihn, sich auf seine Verärgerung zu konzentrieren.

»Ach, ist es noch nicht ganz hell? Das ist mir gar nicht aufgefallen«, sagte seine Mutter auf ihre sorglose Art, die ihn früher dazu gebracht hatte, am Frühstückstisch mit den Zähnen zu knirschen.

»Es wäre doch möglich, dass ich Besuch habe. Denkst du daran nie?«

»Das ist so ungefähr das Einzige, woran ich denke«, sagte die Mutter, goss Kaffee in eine Tasse und stellte sie vor ihn auf den Tisch.

»Ich will nicht, dass mir die Leute die Bude einrennen«, sagte Mikael.

»Weißt du, das ist mir schon klar, aber kein Mensch ist eine einsame Insel, Mikael. Das ist übrigens eins der am häufigsten missbrauchten Zitate, die ich kenne. Genau das ist ein Mensch – allein – eine Insel, eine einsame Insel. Und jetzt setz dich«, sagte sie.

Mikael tat, wie ihm geheißen. Die Mutter schenkte sich Kaffee ein und ließ sich auf der anderen Seite des Küchentischs nieder.

»Du musst bald mal was mit den Vorhängen machen«, sagte sie und nahm den Saum des Küchenvorhangs zwischen die Fingerspitzen. »Die sind fast so alt, dass sie schon wieder modern sind.«

»Mama, vergiss es. Opas Vorhänge sind mehr als gut genug, und du wäschst sie doch in regelmäßigen Abständen. Ich gebe kein Geld für Vorhänge aus«, sagte Mikael.

»Aber wenn du nun doch mal Besuch bekommst«, gab sie

zu bedenken und befühlte weiter die Vorhänge, wie um festzustellen, ob sie nach dem Waschen schon trocken seien.

»Ja, was, wenn?«, fragte Mikael, der die Art seiner Mutter, sich dem Kern der Sache über Umwege zu nähern, schon aus seiner Kindheit kannte.

»Hast du gestern nach ihr gesehen?«, fragte sie und strich sich eine Haarsträhne hinter die Ohren. Ihre Haare waren immer noch fast so schwarz wie seine eigenen, und sie hatte sie zu dem üblichen Zopf geflochten, der ihr über den Rücken fiel. In Mikaels Erinnerung hatte seine Mutter niemals eine andere Frisur gehabt, außer direkt nach dem Unglück.

»Nein, so weit bin ich nicht gekommen. Ich wusste ja auch nicht, wo ich suchen sollte«, sagte Mikael und schaute in seine Kaffeetasse. Als die Mutter aus dem Krankenhaus gekommen war, hatte sie ihn gebeten, ihm beim Haareflechten zu helfen. Mikael hatte es versucht. Er hatte es wirklich versucht, aber die Haare, die seinen Handrücken kitzelten, hatten ihm eine Gänsehaut verpasst, und die plötzliche Hilflosigkeit der Mutter hatte ihn in Verlegenheit gestürzt. Die offenen Haare ließen sie entblößter und verletzlicher erscheinen denn je, und Mikael hatte die Haarbürste fallen gelassen und war aus dem Haus gestürzt.

»Ich habe gestern nicht gesehen, wie du nach Hause gekommen bist«, sagte sie.

»Nein, wie denn auch«, sagte Mikael und genehmigte sich ein kleines Glucksen. Es gelang ihm fast nie, den Bemerkungen seiner Mutter etwas entgegenzusetzen.

Esther Hildonen stieß ein Geräusch aus, das als Lachen durchgehen konnte, und tastete auf dem Tisch nach seiner Hand.

»Das war gut, Mikael«, sagte sie und fuhr mit dem Daumen über den Harzfleck auf seinem Handrücken. »Aber was hast du gestern gemacht, und was ist das für ein klebriger Fleck auf deiner Hand?«

»Ich bin nur durch die Gegend gefahren«, sagte Mikael und zog seine Hand zurück.

»Es ist nichts Besonderes passiert?«

Er schüttelte den Kopf.

»Was?«

»Nein«, sagte er. »Nichts Besonderes ist passiert.«

»Das ist gut. Mich hat nämlich Dorthe Halvorsen angerufen, und weißt du, was sie erzählt hat?«

Mikael schaute zur Uhr an der Mikrowelle hinüber. Die zeigte zwei Minuten vor acht.

»Herrgott, Mama. Es ist noch keine acht Uhr. Hat diese alte Kuh denn keinen Anstand?«

»Ich habe nicht gesagt, dass das heute war, aber du hast recht. Sie hat angerufen, als ich gerade herkommen wollte. Die meisten Leute wissen ja, dass ich nicht gern lange schlafe, und schlechte Nachrichten haben sich in diesem Dorf schon immer wie ein Lauffeuer verbreitet.«

»Und die guten?«, fragte Mikael.

»Du weißt so gut wie ich, dass die länger brauchen, sehr viel länger. Aber möchtest du nicht wissen, was ich sagen wollte?«

»Eigentlich nicht. Ich weiß nicht, welche Sorte Neuigkeiten Dorthe Halvorsen servieren kann, die noch schlimmer sind als die, die wir schon bekommen haben«, sagte Mikael.

»Ihr Enkel wurde gestern im Dunkeln am Weg durch Furumoen überfallen«, sagte die Mutter mit tonloser Stimme.

»Ist er tot oder schwer verletzt?«

»Natürlich nicht, sonst hätte ich es anders ausgedrückt.«

»Wieso ist das dann eine schlechte Nachricht? Das hat doch gar nichts mit dir zu tun.«

»Das hoffe ich ja auch nicht. Der Junge war mit einigen Freunden bei der Fichte, wo diese jungen Leute sich zu Mittsommer totgefahren haben. Sie alle hätten im Frühling Abitur machen sollen.«

Mikael stand auf, um sich mehr Kaffee zu holen. Die Mutter hatte von ihrem nur ein paar Schluck getrunken. Über Austberget brach langsam der Tag durch die Schatten der Dunkelheit, und auf dem Geländer des Steges über den Bach lag Reif.

»Und?«, fragte er.

»Der Angreifer kam aus dem Dunkeln gesprungen und fing an, den Jungen zu würgen. Die anderen mussten sich zusammentun, um ihn zu überwaltigen.«

»Wieder muss ich fragen: Na und? Dass in diesem Dorf am Freitagabend eine Prügelei stattfindet, kann ja wohl kaum als schlechte Nachricht bezeichnet werden. Das ist doch eher eine schlechte Tradition.«

»Ich mache mir auch keine Sorgen wegen der Prügelei, sondern weil jemand die Fichte umgehackt hat. Nur der Baumstumpf ist noch übrig, und das sagt mir, dass jemand hier im Dorf sich im freien Fall befindet«, erklärte die Mutter.

Die Mütter der anderen Jungen sprachen schneller, wenn sie sich aufregten. Bei seiner Mutter war das immer umgekehrt gewesen.

»Woher weißt du, dass die Fichte nicht mehr da ist?«

»Dorthe hat es gesehen.«

»Im Dunkeln?«

Die Mutter zuckte mit den Schultern, und Mikael dachte an seinen Bruder, der gesagt hatte, Skogli sei seines Wissens der einzige Ort, an dem die Neugier größer sei als der Geschlechtstrieb. Und in diesem Punkt konnte er dem Bruder durchaus zustimmen. Dorthe Halvorsen war ein Mensch, der geradezu hinter jedem Krankenwagen herrannte. Aus den Missgeschicken der anderen zog sie ihre Nahrung. Von dieser Sorte gab es mehrere im Dorf, Männer und Frauen, die wuchsen, wenn sie andere auf den Knien sahen. Mikael hatte nie begriffen, ob sie auf diese Weise ihre eigene Sterblichkeit leugneten oder bestätigten.

»Ich hoffe, du denkst an Daniela. Wir dürfen jetzt keine Fehler machen«, sagte die Mutter.

»Ich denke an nichts anderes.«

»Das ist gut«, bekräftigte die Mutter. »Ich habe Dorthe erzählt, dass du gestern Abend das Haus nicht mehr verlassen hast.«

Mikael versuchte, die einsetzenden Kopfschmerzen aus seiner Schläfe fortzumassieren, und schlug die Hände vors Gesicht, als hätte er endlich eine Möglichkeit gefunden, sich vor seiner Mutter zu verstecken.

»Das wäre nicht nötig gewesen«, flüsterte er mit gepresster Stimme.

»Ich weiß, wo sie ist«, sagte die Mutter.

»Wer?«

»Einen schönen guten Morgen, Mikael, von wem reden wir hier wohl?«

»Woher willst du das wissen?«, fragte er und ließ die Hände auf den Tisch sinken.

»Ich hatte mich im Keller versteckt, weil Daniela nicht sehen sollte, dass ich weinte, und als sie sie weggebracht haben,

haben sie versucht, sie zu beruhigen, indem sie ihr gesagt haben, wo sie jetzt wohnen wird.«

Es dauerte eine Weile, bis er wirklich begriff, was sie da gesagt hatte, und Mikael suchte nach einer kühnen Bemerkung, etwas, das ihn mit einem breitschultrigen Gefühl erfüllen und seinen Rücken gerade machen könnte, aber seine Mutter kam ihm zuvor.

»Wenn du ein Mobiltelefon hättest wie alle anderen, hätte ich dich gestern Abend erreichen können, und dann hätten wir heute Nacht alle ein wenig besser geschlafen. Aber es macht nicht satt, über verschüttete Milch zu jammern, sagte das hungrige Kätzchen. Jetzt musst du mir helfen, das richtige Haus zu finden«, sagte Esther Hildonen und stand vom Tisch auf.

Wind zog auf, als sie über den Steg liefen, und der lange Rock tanzte um die Beine der Mutter. Mikael lief keuchend zwei Schritte hinter ihr her und staunte darüber, dass das Alter sie offenbar niemals einholte. Vielleicht gerade, weil es ihr egal zu sein schien, dass sie älter wurde. Die Mutter war bei ihrer Hochzeit fünfzehn Jahre jünger gewesen als Stener Hildonen, und es war noch nicht allzu lange her, dass jemand, den Mikael mit nach Hause gebracht hatte, sie für seine ältere Schwester hielt.

Die Mutter hatte immer eine klare Richtung im Leben gehabt, und darum beneidete Mikael sie. Esther Hildonen verhielt sich wie jemand, der draußen in der weiten Welt gewesen war und sich genau umgesehen hatte, ehe sie dann leichthin mit den Schultern gezuckt und sich wieder nach Hause begeben hatte. Das stand im vollkommenen Gegensatz zu den Männern, mit denen Mikael aufgewachsen war und die davon zerfressen wurden wegzuwollen, das aber nicht zu schaffen.

Die Mutter ging in Kongsvinger auf die Haushaltsschule, als sie den Vater kennenlernte. Er hatte die Landwirtschaftsschule von Jønsberg besucht und drei Jahre in Fairbanks in Alaska verbracht, wo er an der Universität eine weitere Ausbildung gemacht hatte. Obwohl Stener die Welt außerhalb von Skogli gesehen hatte, wirkte er seltsam verloren, wenn er über andere Dinge reden sollte als über den Wald. So weit der Stammbaum zurückreichte, hatten die Männer der Familie Hildonen irgendetwas mit Holz zu tun gehabt. Die Nachfahren der anderen alten Sippen im Dorf blätterten gern in morschen Familienbibeln und zogen vergilbte alte Dokumente hervor, wenn sie über ihre Geschichte und ihre Herkunft sprachen. Bei Familie Hildonen gab es keine solchen Bücher, dafür hingen an der Scheunenwand einige Sägen und Äxte, die die Vorfahren im 17. Jahrhundert aus Savolax mitgebracht hatten.

Der Vater war der Erste in der Familie, der eine Ausbildung gemacht hatte, um die Forstarbeit fundierter zu erlernen, aber noch immer arbeitete er mit dem Holz fremder Leute. Einmal, bei einer seiner unzähligen Küchentischdiskussionen mit der Mutter, hatte Mikael erklärt, er könne nicht begreifen, wieso sein Vater diese lange Ausbildung gemacht habe. »Die reinste Verschwendung«, hatte Mikael gesagt. »So lange in die Schule zu gehen, nur um dann in das alte Dorf zurückzukommen, wo unsere Familie schon seit ewigen Zeiten gewohnt hat.«

Die Mutter hatte nicht sofort geantwortet, sondern ihn mit ihren schwimmenden blauen Augen angestarrt, die andere Leute so oft denken ließ, sie nehme etwas zur Beruhigung.

»Vergiss nicht, Mikael«, hatte die Mutter gesagt. »Was für den einen das Dach ist, kann für den anderen der Boden sein.«

Mikael war stumm geblieben und hatte gedacht, dass die Mutter recht habe, und vielleicht hatte er größere Ähnlichkeit mit seinem Vater, als er zugeben mochte. Stener Hildonen sagte gern über sich, er sei eine Mischung aus finnischem Missmut, schwedischer Lockerheit und norwegischem Fleiß, und Mikael fand immerhin zwei dieser Eigenschaften bei sich wieder. In einem anderen Bereich jedoch hatte Mikael das Gefühl, dass sein Vater und er das genaue Gegenteil voneinander waren. Mikael hatte nie begriffen, warum manche sagten, eine der schwierigsten Aufgaben für einen Mann sei es, mit seinen Mängeln leben zu lernen. Mikael hatte dieses Problem nie gehabt. Für ihn war es schwierig, mit den Erwartungen zu leben, die an ihn gestellt wurden.

Auf dem Hofplatz wandte Mikael sich der Scheune zu, um den Range Rover zu holen, aber seine Mutter hielt ihn zurück.

»Wir nehmen den Subaru«, rief sie und ließ die Schlüssel klirren.

»Wo ist Stener?«

»Feilt an seinen Motorsägen herum, wie immer«, sagte die Mutter und ging zur Garage hinunter. Im Windschutz hinter der Scheune konnte Mikael deutlich das Schnalzen und die Geräusche hören, die seine Mutter ausstieß. Als er jünger gewesen war, hatte er gefunden, es höre sich an, als ob sie etwas anlocken wolle, und manchmal, wenn sie einkaufen waren, gingen sein Bruder und er auf die andere Seite der Regale, für den Fall, dass ihnen jemand begegnete, der sie nicht so gut kannte.

Bei der Garage blieb die Mutter für einen Moment stehen und steckte den rechten Zeigefinger in den Mund, ehe sie ihn in die Luft hielt.

»Nordwind bringt Wasser in der Hand. Wind von Westen ist gut für das Land«, sagte sie, tastete nach dem Türgriff des Subaru und stieg ein.

»Mama, kannst du bitte mit diesen Sprüchen aufhören? Ich habe Augen im Kopf und kann selbst sehen, wie das Wetter wird«, fauchte er und bereute es gleich darauf wieder.

»Das ist ja gerade das Problem, du benutzt sie nicht, deine Augen«, erklärte sie.

Mikael ließ den Motor an und fuhr schweigend in Richtung Dorf. Über den Hügeln, wo in der Ferne Schweden lag, schoben sich Wolken zusammen, ansonsten war der Himmel klar und blau, und der Tag zitterte ein wenig in der scharfen Oktobersonne. Nichts wies darauf hin, dass der Nordwind mit Wasser in der Hand kommen würde, aber Mikael wusste, dass die Mutter wahrscheinlich recht behalten und es noch vor dem Abend regnen würde.

Er bog auf die asphaltierte Straße ab und fuhr an Skreddergården und anderen samstagsträgen Häusern vorbei. Das Wasser des Flyktningsees schäumte weiß gegen das Ufer, und Mikael dachte, dass es ein guter Tag wäre, um das Dorf in diesem Niemandsland zu verlassen, ehe der Herbst zum Winter wurde und solange man in einem Sonnenstreifen oder einem Windhauch noch einen Funken des Sommers ahnen konnte.

»Ist sie weg?«, fragte die Mutter.

»Was?«, fragte Mikael zurück.

»Die Fichte. Hatte Dorthe recht? Ist sie weg?«, setzte die Mutter noch einmal nach.

»Ich konnte das in der Eile nicht sehen, vergiss doch diesen Baum«, sagte er, gerade als sie durch das Wäldchen fuhren und der Baumstumpf ihnen gelb entgegenleuchtete.

Die Mutter hatte schon immer die Fähigkeit gehabt, das Wetter zu lesen, als wäre ihr Körper ein Barometer. Worüber Mikael aber stets aufs Neue staunte, war die Leichtigkeit, mit der sie Entfernungen erfasste, als ob sie sie spüren könnte.

»Welche Adresse suchen wir also?«, fragte er und bog auf den ersten Kreisverkehr ab, wo Wald und Wiesen Autohändlern und Wohnhäusern Platz machen mussten.

»Ich habe nur den Namen der Straße verstanden, mehr nicht«, sagte die Mutter. »Wir können uns ja vorantasten«, fügte sie nach einer Weile hinzu und bat den Sohn, zur Kirche zu fahren. Mikael folgte den Anweisungen der Mutter und bog bei der Gesamtschule in Richtung Festung ab. Sie kamen an einigen der alten Holzhäuser vorbei, die im Volksmund einmal »der oberste Sowjet« genannt worden waren, weil dort die Arbeiterklasse der Stadt gewohnt hatte. Heute dienten sie Menschen aus ganz anderen gesellschaftlichen Schichten als Wohnung. Hier also war Daniela untergebracht, solange die Untersuchungen liefen.

»Und jetzt? Wir sind da«, sagte Mikael.

»Beschreib mal, was du siehst.«

»Mama, was soll das denn nützen?«

»Tu einfach, was ich sage«, drängte ihn die Mutter, und Mikael beschrieb weiße Lattenzäune und Bäume, die ihre blattlosen Zweige reckten. Er erwähnte senfgelbe Wohnhäuser, ein haciendaartiges Steinhaus, das zwischen den Holzhäusern seltsam fehl am Platze wirkte, er sprach über Klinkermauern und mit Glasengeln verzierte Fenster. Während der Wagen langsam durch die Straße glitt, saß die Mutter mit geschlossenen Augen und gerunzelter Stirn da, als könne sie auf diese Weise wirklich das richtige Haus erkennen. Mikael war schon oft durch diese Straßen gefahren, aber dabei hatte er immer nur löchrigen Asphalt und alte Häuser wahrgenommen.

»Jetzt kommt ein rotes zweistöckiges Holzhaus mit weiß gestrichenen Fenstern«, sagte er, als sie sich einer Querstraße näherten, die bergan aus der Stadt führte.

»Hier ist es«, rief die Mutter.

»Was?«

»Hier ist es. Ich hab es im Traum gesehen.«

»Aber wie …«

»Mikael, es ist hier«, fiel sie ihm ins Wort, und sein Herz schlug schneller. Seine Hände am Lenkrad fühlten sich plötzlich wie betäubt an, als er das Auto an den Straßenrand lenkte.

»Bist du verrückt?«, rief die Mutter. »Wir dürfen hier nicht gesehen werden. Was, wenn die glauben, wir wollten Daniela entführen! Fahr weiter!«

Also fuhr Mikael über die Querstraße hinweg, ein paar hundert Meter weiter und hielt auf einem unbebauten Grundstück hinter einem Fußballtor.

»Und jetzt«, fragte er wieder.

»Hier gibt es doch eine Parallelstraße, nicht wahr?«

»Ja.«

»Da gehen wir dann mal durch.«

Als Mikael das Auto abschloss, erfasste ihn zunehmende Verwirrung. Die Suche nach Daniela hatte dafür gesorgt, dass er sich ihr näher fühlte, aber als die Mutter behauptet hatte, dass sie hier untergebracht war, hatte er gespürt, wie das alte

Gefühl der Unterlegenheit sich in ihm breitmachte. Es war eine unleugbare Tatsache, dass er aus einer Sippe stammte, in der eher nach Instinkt und Vorahnung navigiert wurde als nach Wissen und Logik.

Er wollte einen Einwand vorbringen, aber die Mutter schob ihren Arm unter seinen und zog ihn mit sich.

»Was machen wir hier eigentlich, Mama?«

»Vielleicht findet irgendwo eine Besichtigung statt«, sagte sie.

»Besichtigung?«

»Ja, in einem der Häuser hier in der Straße.«

»Es ist neun Uhr. So früh gibt es keine Besichtigung, und selbst wenn, was hätten wir davon?«

»Das weißt du doch wohl, Mikael«, rief die Mutter, und sie liefen durch die Straße, bis sie parallel zu dem roten Holzhaus standen.

»Sind wir da?«, fragte sie.

»Wo?«

»Gegenüber dem Haus, wo Daniela ist.«

»Ja.«

»Dann klingeln wir.«

»Nein, Mama, bitte. Warum denn?«, versuchte Mikael sie zurückzuhalten, aber die Mutter riss sich los, überquerte die kiesbestreute Auffahrt und streckte dabei einen Arm aus, als wollte sie ein Gebüsch durchqueren. Dann fand sie das Treppengeländer, und ehe Mikael eingreifen konnte, hatte sie auch schon auf die Klingel gedrückt.

»Komm jetzt, Mama, wir überlegen uns etwas anderes«, sagte Mikael und zog die Mutter am Arm, als die Tür geöffnet wurde. Eine Frau mittleren Alters mit blauem Morgenrock und ungekämmten Haaren sah sie fragend an.

»Ich bin blind, dürfen wir hereinkommen?«, fragte die Mutter.

»Was?« Die Frau blickte verwirrt drein und trat einen Schritt zurück.

»Ich bin blind und mit meinem Sohn unterwegs, aber dann ist mir so schrecklich schwindlig geworden. Können wir reinkommen?«, fragte die Mutter noch einmal.

»Wird das so ein Religionsgespräch?«, fragte die Frau zögerlich.

»Nein, ich bin wirklich blind. Mein Sohn ist Kunstmaler und sucht nach neuen Motiven. Ich wollte ihm Gesellschaft leisten, aber dann wurde mir so unwohl.«

»Na, dann setzen Sie sich erst mal. Vielleicht könnte ein Glas Wasser helfen?« Jetzt öffnete sie die Tür richtig.

»Ja, das dachte ich auch«, stimmte die Mutter zu, schob wieder den Arm unter Mikaels und bugsierte ihn vor sich her ins Haus.

»Können wir uns vielleicht nach Süden hin setzen?«, fragte sie über ihre Schulter.

»Nach Süden?«

»Ja, nach Süden, zur Straße hin. Zu Hause geht mein Schlafzimmer nach Süden. Angeblich soll man sich nach Süden wenden, um Kräfte zu sammeln.«

»Ist das wirklich nichts Religiöses?«, fragte die Frau wieder.

»Jetzt kochen Ihre Eier«, sagte die Mutter.

»Was?«

»Ich höre, dass Ihre Eier kochen«, wiederholte sie, und jetzt hörte auch Mikael das unverkennbare Klacken von Eiern, die gegen die Wand eines Topfes schlugen.

Die Frau verschwand in der Küche, und die Mutter bugsierte Mikael durch die offene Tür ins Wohnzimmer. Kissen, Nippes und mehrere Regale voller Porzellanpuppen ließen ihn vermuten, dass in diesem Haus kein Mann wohnte.

»Schnell, ans Fenster mit dir«, zischte die Mutter, aber Mikael schaffte es nicht, denn schon war die Frau mit einem Glas Wasser wieder da.

»Bitte sehr«, sagte sie zur Mutter, die dankte und sich den Weg zum Sessel vor dem Couchtisch ertastete.

»Ich merke, dass es hier sehr gemütlich ist, man braucht keine Augen, um das zu begreifen«, bemerkte die Mutter im Plauderton und lächelte vor sich hin.

»Danke. Ich bin auch sehr zufrieden mit meiner Wohnung.« Die Frau lächelte sie an, und ihre Stimme klang nicht mehr ganz so skeptisch.

»Wie würdest du das Zimmer beschreiben, Edvard?«, fragte die Mutter.

»Was?«, stammelte Mikael verwirrt.

»Edvard, wie würdest du als Künstler dieses Zimmer beschreiben?«

»Es ist sehr … feminin.«

»Das spüre ich auch. Aber wie ist die Aussicht aus dem Fenster, siehst du da ein Motiv?«

Mikael ging am Sofa vorbei und weiter zum Fenster.

»Na ja«, meinte er. »Es ist überaus Carl-Larsson-haft.«

»Idyllisch?«

»Ja, und wie. Ich sehe eine Familie beim Frühstück. Mutter, Vater, und das müssen die Kinder sein. Ein Mädchen von vielleicht dreizehn und ein größerer Junge.«

»Helle Farben?«, fragte die Mutter.

»Wie bitte?«

»Würdest du sie in hellen Farben malen?«

»Ja, unbedingt in hellen Farben. Sie sehen sehr alltäglich aus.«

»Das ist dumm«, bemerkte die Mutter enttäuscht und wandte sich an die Frau. »Verstehen Sie, Edvard hatte immer schon einen dunklen Ton in seinen Arbeiten, jedenfalls solange ich sie noch sehen konnte. Stimmt das nicht, Edvard?«

»Doch, das stimmt«, sagte Mikael und sah dabei zu, wie Daniela über den Tisch hinweg nach dem Milchkarton griff.

3. Kapitel

Er führte die Mutter die Treppe vor dem Haus hinunter und fragte, ob er ihr mit den Einkaufstüten helfen solle, aber sie schüttelte nur den Kopf. Über dem Dorf ballten sich Wolken zusammen, und der Nordwind machte den nahenden Regen noch wahrscheinlicher.

Als er zu seiner Hütte ging, dachte er zurück an einen anderen Samstag vor bald sechsundzwanzig Jahren, einen Tag, der ohne irgendwelche Zeichen oder Omen begonnen hatte. Mikael hatte die Nacht beim Großvater verbracht, und als er später am Vormittag zum Haus zurückging, waren sein Vater und Bruder in den Wald gegangen, um Pfosten für einen Orientierungslauf aufzustellen, der am nächsten Tag in Skogli stattfinden sollte. Mikael saß am Küchentisch und zeichnete, als plötzlich mitten am Tag eine Art Dämmerung einsetzte. Ein Sausen, ein Brausen, ein Zittern, als lade sich die Luft mit Elektrizität. Als er aus dem Fenster schaute, waren die Fichten und Tannen beim Königinnenblick gespannt wie Bögen. In der Ferne bei Kongsvinger war der Himmel trüb, wie von Rauch geschwängert, und die Wolken erschienen wie geballte Fäuste. Die Mutter klopfte gerade an das Barometer, als das Telefon klingelte.

»Was?«, fragte sie mit schriller Stimme, und dann: »Wo denn?«

Da bebte auch schon das ganze Haus, und Mikael hörte die ersten Bäume fallen, ehe er es sehen konnte. In den nächsten Minuten schien das ganze Dorf auseinanderzufallen, als werde Skogli Baum für Baum bei lebendigem Leibe verschlungen. Der Hof würde in ein Loch kippen und darin verschwinden, zu Erde, Kies und Torfmull werden. Bäume legten sich quer. Einige brachen auf halber Höhe des Stammes in zwei Teile, während mehrere Tannen ihrer Länge nach zu Boden gingen, in ihren Wurzeln dicke Klumpen aus Erde und Lehm. Es war ein Windbruch, der unterhalb der Hütte des Großvaters die Strom- und Telefonleitungen mitriss. Die Deckenlampe in der Küche fauchte und flackerte, im nächsten Moment war es dunkel.

»Hallo, hallo?«, rief die Mutter ins Telefon. Dann entglitt ihr der Hörer, und sie rannte auf den Gang hinaus.

»Die Leitungen sind von den Masten gerissen worden«, erklärte Mikael, während der fallen gelassene Hörer an der Schnur baumelte.

»Ich muss nach Ruben und deinem Vater suchen. Du gehst so lange zu Opa.«

Mikael gab keine Antwort. Er hatte die Mutter noch nie so gesehen. Sein Herz hämmerte dermaßen, dass er Watte in den Ohren hatte, und er schaffte es nicht, die Füße vom Boden zu heben.

»Mach schon, Mikael«, rief die Mutter und zog ihren Mantel an.

»Ich will auch Papa und Ruben suchen«, bat er und biss sich in die Lippe, damit seine Stimme nicht brach.

Die Schritte der Mutter hatten etwas Wütendes. Küchenstühle wurden gegen den Tisch geschleudert, sie packte Mikael am Kragen und zog ihn hoch. Einige Herzschläge lang hatte er das Gefühl, erwürgt zu werden, dann kullerten seine Hemdknöpfe über den Küchenboden.

Mikael kam auf die Füße und blieb schwankend stehen.

»Entschuldige, Mikael, entschuldige, aber wir haben jetzt keine Zeit, um uns zu streiten. Du musst zu Opa laufen und da auf mich warten.«

Wenn die Mutter sein Hemd nicht ruiniert hätte, oder ihn zumindest nicht angeschrien, hätte er gehorcht. Stattdessen griff er sich die Jacke vom Haken im Gang und rannte mit eingezogenem Kopf über den Hofplatz, während der Wind an ihm riss wie an einem Segel. Dort, wo die Scheune der Mutter den Blick auf den Weg versperrte, huschte er zum Holzlager, kletterte auf den Stapel aus Birke und Tanne und ließ sich auf der anderen Seite der Wand in der Garage hinunter. Er öffnete die Hintertür des Range Rover, kroch hinter den Sitz und zog die Decke, auf der Laika lag, wenn sie alle zusammen unterwegs waren, über sich.

Die Mutter riss das Tor mit solcher Kraft auf, dass er die Federn unter dem Dach vibrieren hören konnte. Das Geräusch setzte sich durch die Garage fort und vermischte sich mit dem Heulen des Windes. Er wurde gegen die Hintertür gepresst, als die Mutter mit Vollgas losfuhr, und musste die Kiefer aufeinanderpressen, damit seine Zähne nicht zu sehr klapperten, als der Wagen über den Rumpelpfad entlang des Kartoffelfeldes der Nachbarn holperte. Als die Räder unten beim Storvei auf den Asphalt glitten, zitterte der Range Rover, als würde die Mutter noch immer über Schotter jagen. Mikael wusste nicht, ob das Tempo oder der Wind daran schuld waren, dass der Wagen sich so verhielt, aber als er unter der Decke hervorlugte, konnte er Fichten sehen, die in der Mitte entzweigebrochen waren. An mehreren Stellen am Straßenrand schienen die Bäume in alle Richtungen gekippt zu sein, ehe sie aneinandergelehnt stehen geblieben waren, wie die Stangen eines Tipis. Die Mutter geriet zweimal auf die Gegenfahrbahn, und Mikael konnte Zweige am Wagenboden kratzen hören.

Das Auto jagte Sætermosvingen hoch, erst kurz vor der Kreuzung stand es wieder gerade. Die ganze Zeit konnte Mikael die Bäume am Straßenrand sehen, die hin und her wogten, als werde der ganze Wald durchgeschüttelt. Plötzlich stürzte hinter ihnen eine Tanne wie eine Barriere auf die Straße, die Zweige kratzten über das Heckfenster, die Mutter rief etwas, das er nicht verstehen konnte, und stieg auf die Bremse. Es gab ein knackendes Geräusch, und Mikael glaubte schon, die Mutter sei gegen etwas gefahren. Aber das Geräusch kam nicht vom Auto, sondern aus dem Wald um sie herum. Erneut rief die Mutter etwas, und Mikael hörte, dass ein Windstoß durch den Wagen fuhr, ehe sie die Tür zuknallte. Er setzte sich ganz gerade hin und konnte ahnen, wie die Mutter gebückt über die Straße auf einen Baum zuging, dann war sie im Wirrwarr des Gestrüpps verschwunden. Zuerst glaubte Mikael, sie sei zum Schutz unter einen Stamm gekrochen, der an der Stelle lag, dann ging ihm auf, dass ein weiterer Baum dorthin gestürzt war, wo sie eben noch gestanden hatte.

»Mama«, rief er und kletterte über den Autositz, schob mit der Schulter die Tür auf und fiel hinaus auf den Asphalt. Der Sturm trieb ihm Tränen in die Augen, Sand und Erde prickelten auf seiner Haut, und die Windböen waren so stark, dass er sich nicht aufrichten konnte.

»Mama«, rief er wieder und kroch los. Der Lärm und die Bewegungen um ihn herum gaben ihm das Gefühl, dass die Erde aufriss. Dann sah er den Ärmel seiner Mutter, der unter einem Ast hervorschaute. Sein Herz blieb stehen, er riss den Mund auf, um Luft zu holen, aber seine Brust war wie zusammengeschnürt.

»Mama«, rief er noch einmal, als er sah, dass sich die Finger bewegten. Er zog an dem Ast, bis er brach. Die Mutter lag auf dem Rücken auf einem Lager aus Tannenzweigen, der Stamm war nicht auf sie gefallen, aber ihr Gesicht war blutverschmiert.

»Mama. Esther Hildonen. Kannst du mich hören?«, rief er, so laut er konnte, und griff nach ihrer Hand.

Sie drehte ihm das Gesicht zu, Blut strömte aus einer Wunde auf ihrer Stirn, und sie verdrehte die Augen.

»Ruben«, hatte sie gesagt. »Ruben, bist du das? Wo ist Papa?«

»Ich bin Mikael«, hatte er geantwortet und sie zum Sitzen hochgezogen.

»Sehen«, sagte sie. »Sehen.«

Mikael versuchte, ihrem Blick zu folgen, aber jetzt fing es auch noch an zu regnen, und daumengroße Tropfen klatschten auf seinen Schädel.

»Was denn?«, rief er.

»Ich kann nichts sehen«, flüsterte sie. Das Blut strömte ihr über die Stirn und fiel in großen Tropfen von ihrer Nase. Der Wind hatte ihren Zopf gelöst und die Haare wie ein zerfetztes Tuch über ihr Gesicht gebreitet. Mikael wischte etwas von dem Blut ab und entfernte die Haare aus ihren Augen, ehe er versuchte, sie auf die Beine zu ziehen.

Das hier war der Weltuntergang. Er war ganz sicher. Jeder umstürzende Baum machte klagende, knackende Geräusche, zuerst in der Erde, die die Wurzeln loslassen musste, und dann gemeinsam mit den anderen Bäumen, die im Weg standen. Gleich neben ihnen fiel eine Tanne über eine Birke, und für einige Sekunden konnte der kleinere Baum das Gewicht halten, ehe der weiße Stamm zersplitterte, als sei er in Stücke gesprengt worden.

Mikael zog die Mutter hinter sich her aus den Zweigen, wusste aber nicht, welche Richtung er einschlagen sollte. Oben auf der Hauptstraße nach Overaas wären sie vor den Bäumen geschützt, aber um dorthin zu gelangen, müssten sie eine Strecke von etwa einem Kilometer hinter sich bringen, auf der Tannen und Fichten dicht an dicht am Straßenrand standen. Auf dem Weg hinunter ins Dorf war es ähnlich, sie mussten ein gutes Stück weit dem Weg folgen, ehe der Wald sich lichtete.

»Mikael«, begann die Mutter, dann bückte sie sich und erbrach sich über den Asphalt. Mikael versuchte, ihren Mund mit seinem Ärmel abzuwischen, aber der Wind nahm abermals Anlauf und riss ihn rückwärts. Der Regen klatschte ihm die Haare ans Gesicht und lief unter seine Jacke, wo sein knopfloses Hemd offen klaffte.

»Wir müssen ins Auto«, rief er, packte den Arm seiner Mutter und zog sie mit sich. Esther Hildonen hinkte und lief gleichzeitig, während sie sich die rechte Hand auf die Stirn presste und sich von Mikael führen ließ.

Im Wagen hörten sie noch immer das Wüten des Sturms, aber der Lärm schmerzte nicht mehr in ihren Ohren. Mikael drehte den Zündschlüssel, um die Heizung einschalten zu können, und er fragte sich, ob er es wohl schaffen würde, das Auto ins Dorf zurückzufahren, denn er hatte nur ein einziges Mal hinter dem Lenkrad des Rover gesessen, auf dem Schoß seines Vaters.

»Ich kann dir jetzt nicht helfen. Ich kann nichts sehen«, sagte die Mutter.

Ihre Stimme klang auf eine Weise verzweifelt, die er bei ihr noch nie erlebt hatte.

»Ich hatte Angst, dir könnte etwas passieren«, war alles, was er herausbrachte. Die Mutter nahm seine Hand, und so saßen sie dann in dem schaukelnden Wagen. Mikael war nur ein Mal in der Sonntagsschule gewesen. Der Vater hatte ihn gezwungen, und in der folgenden Nacht hatte er Albträume über Daniel gehabt, der in die Löwengrube geworfen wurde. Mikael hatte geglaubt, in der Dunkelheit um sich herum den schweren Raubtieratem zu hören, die Zähne, die gegeneinanderklackerten, und den triefenden Speichel, und er hatte ganz still dagelegen und auf den Morgen gewartet. Jetzt klammerte er sich an die Hand der Mutter und versuchte, eine Art Gebet zu finden, damit Gott einen Engel schickte, um das Maul des Löwen zu schließen, wie er es einst für Daniel gemacht hatte. Und dann, als ob sein Gebet erhört worden wäre, wie die Sonntagsschullehrerin behauptet hatte, offenbarte sich neben dem Auto eine Gestalt und klopfte ans Fenster. Ein Lastwagenfahrer, der in die Gegenrichtung unterwegs war, kam ihnen zu Hilfe und brachte die Mutter ins Krankenhaus.

Als Mikael am nächsten Tag mit Vater und Bruder nach dem Range Rover sah, stand der vollständig unversehrt zwischen etwa einem Dutzend zerbrochener Bäume.

In den ersten Wochen konnte niemand so recht sagen, wie es mit der Mutter weitergehen würde.

Der Vater saß tagaus, tagein im Krankenhaus, und Mikael stellte sich vor, die Mutter sei in einen Schlummer versunken, wie Schneewittchen oder Dornröschen, und wenn sie erwachte, würde alles so sein wie früher. Ruben kümmerte sich in dieser Zeit um den Alltag. Stellte den Wecker, legte dem Bruder Kleider zurecht, nahm Geld aus der Brieftasche des Vaters, damit sie einkaufen gehen konnten. Mikael sah nie, dass sein Bruder eine Träne vergossen hätte, aber als er eines Abends nicht schlafen konnte und schon zu Rubens Zimmer unterwegs war, hörte er etwas, das Weinen ähnelte. Mikael schlich in sein eigenes Bett zurück, denn er wusste, sein Bruder würde die Fäuste einsetzen, wenn er fragte, was denn los sei.

Chiasma opticum und Sphenoidalsinus gehörten zu den Begriffen, die die Ärzte benutzten, und Mikael hatte versucht, diesen Bezeichnungen eine Bedeutung zu entlocken, wie dem einzigen lateinischen Wort, das er schon kannte: Aurora borealis. Er hatte versucht sich einzubilden, seine Mutter sei vorübergehend in einem Sternennebel gefangen, auch wenn die Ärzte erklärten, die Blindheit sei von Dauer und es sei ein kleines Wunder, dass Esther Hildonen überhaupt überlebt habe. Der Ast, von dem sie getroffen worden war, hatte einen Knochensplitter vom Schädel geschlagen, und auf wundersame Weise hatte der die beiden großen Schlagadern im Kopf verfehlt, dafür aber den Sehnerv durchbohrt. Nachdem die Mutter aus dem Krankenhaus gekommen war, fand Mikael darin Trost, dass sie seine Hilfe brauchte, während Ruben mit Wut reagierte und in der Schule eine sinnlose Prügelei nach der anderen vom Zaun brach.

Als Mikael sich endlich der Tatsache stellen konnte, dass seine Mutter niemals wieder sehen würde, hatte er Angst, sie könne werden wie der Onkel eines Jungen in der Schule, der einen Gehirnschlag erlitten hatte und auf der Straße gestützt werden musste. Aber als die Mutter aus der Reha nach Hause kam, wirkte eher der Vater wie der Hilfsbedürftige. Stener Hildonen verlegte sich darauf, ziellos hinter seiner Frau herzuwandern, und wenn er nicht bei der Arbeit war, verließ er das Haus nur, wenn sie ihn darum bat.

Als Mikael seine Mutter zum ersten Mal allein im Krankenhaus besuchte, saß sie auf dem Gang, leicht vornübergebeugt im Sessel, während sie die Stirn auf eine Weise runzelte, die sie plötzlich viele Jahre älter aussehen ließ. Als das Personal den Essenswagen brachte, bat sie darum, ihr das Tablett auf den Schoß zu stellen, ohne den Deckel zu entfernen, der den Teller mit den belegten Broten verbarg. Dann erzählte sie Mikael, womit die Brote belegt waren, und als er nachsah, stimmte das alles. Den restlichen Besuch hindurch blieben sie so sitzen, und immer, wenn eine Krankenschwester vorbeikam, nannte die Mutter sie beim Vornamen, während sie die vorübergehenden Besucher nicht zu bemerken schien.

Als er das nächste Mal zu Besuch kam, erzählte sie, dass Fledermäuse, Delphine und Wale sich daran orientieren, wie Geräusche von der Umgebung zurückgeworfen werden. Die Mutter forderte ihn auf, die Augen zu schließen und mit der Zunge Zisch- und Klickgeräusche zu machen, während er die Handflächen wie einen Schirm gegeneinanderlegte und an seinen Kopf hob. Mikael konnte deutlich hören, wie das Geräusch sich veränderte, wenn er die Hände bewegte. Als der nächste Frühling zum Sommer wurde, hatte die Mutter dieses Prinzip so gut erfasst, dass sie ohne Begleitungen lange Spaziergänge machte, mit dem Bus in die Stadt fuhr und, wenn sie mit Mikael allein war, mit dem Rad den Hof umrundete. Anfangs war er neben ihr hergelaufen und hatte gerufen: Rechts, links, bremsen, aber bald fuhr sie so schnell, dass er außer Atem geriet, wenn er versuchte, mit ihr Schritt zu halten. Schließlich wurde es zu einem alltäglichen Anblick, dass Esther Hildonen auf dem Rad die Post aus dem gemeinsamen Briefkastengestell hinten in Overgrenda holte, und Klatschweiber beiderlei Geschlechts meinten, sie könne gar nicht blind sein. Sie bewegte sich ebenso geschmeidig wie früher.

Ungefähr zu dieser Zeit hörte Mikael im Radiogottesdienst über Paulus. Die Geschichte des zukünftigen Apostels, der auf der Straße nach Damaskus von Gott zu Boden geworfen und mit Blindheit geschlagen worden war, traf ihn hart. Monatelang ging er auf Zehenspitzen um alles und alle herum und versuchte wiedergutzumachen, was er, sein Bruder oder sein Vater offenbar verbrochen hatten und was das Schicksal der Mutter verursacht hatte. Doch als auch seine Bußübungen ihre Sehfähigkeit nicht zurückbrachten, gewöhnte er sich endlich an die Vorstellung, dass sie niemals wieder sehen würde. Dennoch musste er sich mehrmals in Erinnerung rufen, dass seine Mutter wirklich blind war. An dem Tag, an dem er nach Hause kam, um sein erstes Auto zum Schrottplatz zu bringen, glaubte er zunächst, sein Bruder oder sein Vater amüsierten sich auf dem frisch gemähten Feld, aber dann sah er, dass die Mutter hinter dem Lenkrad des Opel saß. Sie fuhr im Kreis, in immer kleineren Kreisen und immer schneller, bis er schon fürchtete, das Fahrzeug werde umkippen. Mikael hatte das neue Auto ein Stück weiter die Straße hoch abgestellt, wagte aber nicht, sich der Mutter zu nähern, aus Angst, umgefahren zu werden. Am Ende musste er energisch hupen, um ihr klarzumachen, dass sie anhalten sollte.

Als er die Autotür aufriss, hatte die Mutter rote Rosen

auf den Wangen und verzog die Lippen zu einem leichten Lächeln.

»Ist dein Vater bei dir?«, fragte sie, ehe Mikael etwas sagen konnte.

»Nein«, setzte er an, aber sie fiel ihm ins Wort.

»Ich bin nicht mehr Karussell gefahren, seit ich blind bin. Niemand lädt mich noch zu solchen Dingen ein«, sagte sie.

Als Mikael mit seiner ersten richtigen Freundin nach Hause kam, wusste diese nicht Bescheid, denn er hatte vorher keine passende Gelegenheit gefunden, um ihr zu sagen, dass seine Mutter nicht sehen konnte. Als sie auf den Hofplatz fuhren, stand die Mutter auf einer Leiter und strich den Gang rot an, und Mikael schaffte es bis zum Ende der Beziehung nicht, seiner Freundin von der Blindheit der Mutter zu erzählen. Es war einfach nicht von Bedeutung. Blind war weder das erste noch das zweite oder dritte Adjektiv, das andere benutzten, um die Mutter zu beschreiben. Nachdem Mikael sich an die Geräusche gewöhnt hatte, mit deren Hilfe sie sich orientierte, hatte er nie mehr richtig darüber nachgedacht, dass sie blind war. Esther Hildonen war eine Mutter wie alle anderen, nur nahm sie die Dinge auf andere Weise wahr.

4. Kapitel

Mikael stieß die Tür der Hütte auf und schaltete die Kaffeemaschine ein. Der Samstag war schon lange kein Tag mehr, auf den er sich freute. Eben, weil es so ein Tag war, an dem Paare ihre Beziehung pflegten, hatte Mikael es sich zur Gewohnheit gemacht, am Samstag etwas Praktisches zu erledigen, etwas, das ein Ergebnis bringen würde. Aber an diesem Tag war er nicht in der Stimmung, mit dem Vater Baumstümpfe auszugraben oder zu tischlern, nur um zu tischlern, deshalb setzte er sich an den Couchtisch und blätterte in vergilbten Zeitungen, die er Daniela bei ihrem letzten Besuch gezeigt hatte. Der Vater hatte noch einen Monat nach dem Unfall die Lokalzeitung aufbewahrt, bis ihm klar gewesen war, dass seine Frau sie niemals lesen würde. Als Mikael im vergangenen Frühling bei seinen Eltern das Fenster auf dem Dachboden auswechseln sollte, hatte er den Pappkarton mit den vergilbten Zeitungen gefunden und mit nach Hause genommen. Er hatte dem Vater nichts gesagt, aber er hätte gern gewusst, ob der sich noch daran erinnerte. Vielleicht hatte er die alten Nachrichten aufbewahrt, um das Schuldgefühl am Leben zu erhalten, das ihn quälte, seit die Mutter blind geworden war.

Während sie noch im Krankenhaus war, hatte Mikael seinen Vater einmal spätabends in der Küche vorgefunden. Der Vater hatte der Tür den Rücken zugewandt und telefonierte, vor ihm auf dem Tisch stand eine Flasche Wodka, und er hatte ein Glas zur Hälfte mit Schnaps gefüllt.

»Sie ist blind, verdammt noch mal, und das ist meine Schuld. Es wäre nie passiert, wenn ich da gewesen wäre, wo ich hätte sein sollen«, rief er und legte dann einfach auf.

Seinen zitternden Schultern konnte Mikael ansehen, dass er weinte. Dieser Anblick flößte ihm eine Sterbensangst ein, denn der Vater dort am Küchentisch hatte etwas Einsameres als jeder andere Erwachsene, den er je gesehen hatte. Mikael fürchtete, er könne zu einem Vater werden, der sich durch die Tage hindurchtrank und die Kinder mit dem Gürtelende erzog. Er hatte zwei solche Jungen in der Klasse, die die Lehrer nur selten aufriefen und die nie lachten, außer wenn andere sich verletzten. Es schien bereits festzustehen, wie ihr Leben verlaufen würde. Mikael schlich sich unbemerkt vom Vater weg und weckte seinen Bruder.

»Ruben«, sagte er. »Papa sitzt in der Küche und trinkt und telefoniert. Wo wart ihr eigentlich bei dem Sturm?«

Der Bruder murmelte nur etwas Unverständliches in sein Kissen, und Mikael zuckte mit den Schultern, obwohl es Prügel bedeutete, Ruben auf diese Weise nahe zu kommen.

»Mach, dass du aus meinem Zimmer kommst. Bestimmt telefoniert Vater mit dem Onkel, und er wird nicht trinken. Das hat er jedenfalls an den anderen Abenden nicht gemacht, als er da gesessen hat.«

Ruben hatte recht. Als Mikael sich wieder in die Küche schlich, war der Vater verschwunden, und die Wodkaflasche war wieder voll.

Er wusste noch immer nicht so ganz, warum er den Karton mit den Zeitungen vom Dachboden mitgenommen hatte, aber der Gedanke, dass der Vater sie in der Hoffnung aufbewahrt hatte, das Leben würde wieder so werden wie zuvor, hatte etwas Schönes und Trauriges zugleich.

Anfangs hatte Mikael die Artikel überflogen, doch erst, als Daniela fragte, ob er ihr nicht erzählen könne, was mit ihm und der Mutter geschehen sei, sah er sich genauer an, was dort geschrieben stand.

Die Wettervorhersage am Unglückstag hatte fälschlicherweise eine leichte Brise und heiteres Wetter gemeldet. Die Sonne war um 7.36 auf- und um 16.25 untergegangen.

»Das waren Oma und ich«, hatte Mikael gesagt und auf die Meldung über das im Windbruch gefangene Auto gezeigt. Der kurze Bericht endete mit dem Satz, dass die Fahrerin, eine Frau von Mitte dreißig aus Skogli, mit bisher unbekannten Verletzungen ins Krankenhaus gebracht worden war. Die Zeitung schloss damit, dass Mutter und Sohn offenbar einen guten Schutzengel gehabt haben mussten und dass von weiteren Personenschäden durch den Sturm nichts bekannt sei.

»Wie alt muss man sein, um sich tätowieren zu lassen?«, hatte Daniela plötzlich gefragt und ihre Finger über das Spinnennetz an seinem linken Ellbogen wandern lassen.

»Was?«, fragte er. Aufgrund des jähen Übergangs glaubte er, sie habe noch mehr gesagt, was er aber nicht mitbekommen habe.

»Wie alt muss man sein?«, fragte sie noch einmal.

»Ich weiß nicht«, sagte er, und die Berührung machte ihn ein wenig verlegen. Etwas in ihm wollte die Arme um sie legen, ihre Haare streicheln, ihr sagen, sie brauche keine Angst zu haben.

Nachdem sie mit den Zeitungen fertig waren, ging sie ins Badezimmer, ohne die Tür ganz hinter sich zu schließen, und

Mikael sah einen Moment lang, wie sie den Verschluss von seinem Rasierwasser drehte. Sie hob die Flasche an die Nase und blieb dann lange so stehen, ehe sie den Pulloverärmel hochstreifte, einen Tropfen auf ihrem Unterarm verrieb und den Stoff wieder darüberzog. Mikael lief aus ihrem Blickfeld und ließ sich in den Sessel vor dem Couchtisch fallen, aber obwohl er ganz gerade saß, hatte er noch immer das Gefühl, im Boden zu versinken.

»Was schätzt du denn?«, fragte sie, als sie sich wieder auf das Sofa setzte.

»Was?«, fragte er.

»Wie alt muss man sein?«

»Achtzehn vielleicht, auf jeden Fall sechzehn.«

»Musstest du Oma fragen?«, wollte sie nun wissen und sah ihn mit Augen an, die in demselben unterkühlten Blau funkelten wie die seines Bruders.

»Nein«, sagte er. »Ich war schon so groß, dass ich niemanden um Erlaubnis bitten musste, als ich mich tätowieren ließ.«

»Ich will mich auch tätowieren lassen«, erklärte sie, und Mikael sah schon unvermeidliche Diskussionen vor sich, bei denen er als der Vernünftige, der Weise, der Erwachsene gegen die Tätowierpläne seiner Nichte argumentieren müsste. Als Mikael mit seiner ersten Tätowierung nach Hause gekommen war, hatte Ruben nur den Kopf geschüttelt und gesagt, er könne sich die Haut noch so sehr mit Tusche vollschmieren, mehr zum Mann würde er dadurch doch nicht werden.

Als Daniela an jenem Nachmittag die Hütte verließ, hatte er ihr hinterhergeschaut, bis sie zwischen den Bäumen verschwunden war. Er hätte sie gern zurückgerufen, vorgeschlagen, sie könne doch noch ein wenig bleiben, aber zugleich hatte er Angst gehabt, sie zu enttäuschen. Angst, sie könne in ihm etwas davon erkennen, was seinen Bruder dazu gebracht hatte, seine Tochter aus seinem Leben zu verbannen. Nein! So durfte er nicht denken. Er füllte für Daniela eine Leere aus, er hatte Sylvi versprochen, sich um sie zu kümmern.

Schließlich ging er ins Badezimmer, drehte den Verschluss vom Rasierwasser und ließ ein wenig auf seinen Unterarm tropfen. Draußen dämmerte es jetzt, und drüben bei seinen Eltern hörte er ein fremdes Motorengeräusch, als ob der Vater den Vergaser einer Säge neu einstellte. Er warf einen Blick aus dem kleinen Fenster, ehe er unter die Dusche trat, konnte aber nichts sehen.

Nach dem Duschen brachte Mikael sein Gesicht in dem beschlagenen Spiegel zum Vorschein, trimmte seine Koteletten und band sich die Haare zum Pferdeschwanz. Auf einem Bild aus der ersten Klasse hatten er und sein Bruder die gleiche Kurzhaarfrisur gehabt und im Gesicht ausgesehen wie Zwillinge. Dennoch unterschied Ruben sich darin von seinem Bruder, dass er aussah, als werde er gut in den Sportarten werden, bei denen schwere Gegenstände weit geworfen werden müssen, und schon damals hatte er davon gesprochen, später zur Polizei zu gehen.

Ein Traum, von dem er niemals abgewichen war.

An den Wänden seines Kinderzimmers hatte Mikael mit dem Eifer eines Tapezierers Superhelden durch Fußballspieler, Rockmusiker und Filmstars ersetzt, während Ruben seine ganze Jugend hindurch das Plakat von James Coburn aus »Pat Garrett jagt Billy the Kid« aufgehängt hatte. Nachdem sie den Film einmal in einem Filmclub in Kongsvinger gesehen hatten, war Mikael herausgerutscht, Pat Garrett sei ein elender Feigling, wo er doch Leuten in den Rücken schoss. Die Narbe über der Nasenwurzel, wo sein Bruder ihn mit dem Holzschuh getroffen hatte, war noch immer zu sehen.

Schon lange hatte niemand mehr in Skogli die brüderliche Ähnlichkeit zwischen ihm und Ruben erwähnt, aber Mikael konnte sie noch immer sehen. Die schmalen Lippen, die sich beim Lächeln nach rechts hochzogen, die dichten schwarzen Augenbrauen, die Haarfarbe und die väterliche Kerbe im Kinn. Mikael versuchte sich vorzustellen, dass der Bruder neben ihm hier im Badezimmer stand, und fragte sich, ob die Jahre sie wohl noch ähnlicher gemacht hatten. Als er ihn zuletzt in Badehose gesehen hatte, war die straffe Haut und die schlanke Gestalt die gleiche gewesen wie seine eigene, aber während Mikael knochig und sehnig wirkte, war Rubens Oberkörper voller Muskeln.

Mikael hatte nie vergessen, wie sie den jüngeren Bruder des Vaters besucht hatten, unmittelbar bevor der sich zu Tode gefahren hatte. Der Onkel hatte erklärt, mit Schultern und Nacken wie Ruben brauche man niemals seine Meinung zu ändern. »Du dagegen«, hatte er zu Mikael gesagt, »du siehst so aus, als ob eine Runde über den Hofplatz deine ganze Denkweise verändern könnte.«

Mikael wickelte sich ein Handtuch um die Taille und war schon auf dem Weg ins Schlafzimmer, als ihm etwas auffiel. Ein Geruch, ein Geräusch, das Gefühl, nicht allein zu sein. Er fuhr herum und sah zwei Männer auf dem Sofa sitzen. Beide hatten Kinnbärte und trugen ähnliche Motorradjacken und Jeanswesten.

Mikael trat einen Schritt zurück in Richtung Badezimmer, wo der Besen stand. Sein Puls hämmerte in seinen Schläfen und ließ die Lampe im Zimmer flimmern.

»Hallo, Mikael, hier hast du es aber gemütlich«, sagte der Kleinere der beiden, stand vom Sofa auf und kam auf ihn zu. Der Mann war vielleicht Mitte vierzig, er trug eine Buddy-Holly-Brille und hatte die graumelierten Haare zu einem Pferdeschwanz gebunden. Der andere hatte sich den Kopf kahl geschoren. Mikael hatte die beiden noch nie im Leben gesehen.

»Ich habe nichts von irgendeinem Wert«, stammelte Mikael und atmete tief durch, um sein Herz zum ruhigeren Schlagen zu zwingen.

»Alle haben etwas von Wert, Mikael. Absolut alle«, versetzte der zweite Mann, der jetzt ebenfalls aufgestanden war, und tippte mit dem Finger gegen Mikaels Brust.

»Es können jeden Moment Leute kommen«, sagte Mikael und versuchte, seine Stimme ruhig klingen zu lassen, während er noch einen Schritt zurücktrat und krampfhaft das Handtuch festhielt.

»Wer denn? Deine Mutter? Es ist sicher schwer, blind zu sein, da passiert es schnell, dass man nicht alles mitkriegt. Wer ist eigentlich das? Deine Freundin? Fesche Person«, grinste der Mann, und erst jetzt fiel es Mikael auf, dass er Ines Foto in der Hand hielt.

»Du Arschloch! Her mit dem Bild! Wer seid ihr, was wollt ihr?«, rief Mikael und trat auf den Mann zu. Der andere hatte mit wenigen Schritten das Zimmer durchquert, packte Mikaels Handgelenke, ehe der sich wehren konnte, und drückte seine Arme nach hinten, bis er dastand wie auf einem Sprungbrett.

»Wir sind die, denen du jetzt Geld schuldest. Viel Geld. Wir haben deine Schulden übernommen, und die sind jetzt um fünfzig Riesen gewachsen. Wenn wir das nächste

Mal kommen, hast du besser das Geld, sonst kommen noch 50 000 dazu. Und dann wird der Besuch vielleicht nicht ganz so nett, weder für dich noch für deine Eltern«, drohte der Mann mit der Stimme eines Autohändlers und stellte Ines Bild auf die Kommode.

Mikael spürte, wie seine Wangen aufloderten. Die Situation erinnerte ihn an die Ringkämpfe mit seinem Bruder. Ruben hatte ihn nicht festgehalten, um zu zeigen, wie stark er war, sondern um zu demonstrieren, wie wenig für ihn dazugehörte, seinen Bruder zu unterwerfen. Mikael versuchte, die Arme zurückzuziehen, aber der Zugriff um seine Handgelenke blieb fest, und bei der Bewegung löste sich das Handtuch. Der Kleinere trat ganz dicht an ihn heran. Mikael versuchte zu spucken, brachte aber nur einen zähen Klumpen heraus.

»Schöne Tätowierungen. Sehr farbenfroh«, bemerkte der Mann grinsend. Als er die Hand nach seiner Taille ausstreckte, richtete Mikael seinen Blick auf die Wand hinter dem Mann, biss die Zähne zusammen und machte sich bereit für die bevorstehende Demütigung.

»So«, sagte der Mann und befestigte das Handtuch mit einem doppelten Knoten. »Dann wär's das für heute. Schönen Samstagabend noch. Wir müssen los.«

Der größere Mann ließ Mikael los und folgte seinem Kumpel zur Tür, drehte sich auf der Schwelle aber noch einmal um. Er füllte die ganze Türöffnung mit seinen langsamen riesenhaften Bewegungen aus.

»Bis dann. Schade übrigens, dass deine Nichte gerade nicht zu Besuch ist«, bedauerte er mit einer hellen Stimme, die in dem massigen Leib seltsam fehl am Platze wirkte, tippte sich mit dem Zeigefinger an die Stirn und zog die Tür hinter sich zu.

Mikael sank auf das Sofa und blieb so sitzen, bis er hörte, wie am anderen Bachufer die Motorräder angelassen wurden. Dann ging er ins Schlafzimmer, stellte Ines Bild wieder auf den Nachttisch und legte sich aufs Bett.

In der Dunkelheit machte er einen Schirm aus seinen Händen und hörte zu, wie die Zischlaute sich veränderten, wenn er die Finger vor seinem Gesicht bewegte.

5. Kapitel

Mikael musste eingeschlafen sein, denn plötzlich schlug er die Augen auf. Noch immer lag er mit dem Handtuch um den Leib auf der Bettdecke, aber es war nicht die Kälte, die ihn geweckt hatte. Ein Traum vielleicht? Etwas über Daniela, die von zwei Bikern gejagt wurde und die sich plötzlich in Ine verwandelte, als die Motorräder sie fast eingeholt hatten? Da begriff er, wovon er aufgewacht war. Ein Jammerlaut, als versuche jemand, einen Schrei herauszupressen, während ihm zugleich die Luftzufuhr blockiert wurde. Waren die beiden Schlägertypen etwa gar nicht weggefahren, oder waren sie zuerst im Haus gewesen und hatten die Eltern überfallen, ehe sie zu seiner Hütte weitergegangen waren? Mikael lief ins Badezimmer, zog Trainingshose und Kapuzenpullover an, schob die Beine in die Gummistiefel und stieß die Tür mit solcher Kraft auf, dass sie gegen die Wand dahinter knallte. Er rechnete damit, die Mutter auf der Treppe liegen zu sehen, mit blutiger Bluse und wild zerzausten Haaren, oder den Vater, wie er zerschunden und halb ohnmächtig über den Fußweg taumelte, aber dort war niemand. Mikael blieb stehen und lauschte, und da hörte er es wieder. Es musste ein Fuchs sein, kein anderes Wesen konnte so heulen. Aber er hatte dieses Geräusch noch nie im Herbst gehört. Gelegentlich im Frühjahr, eine Art Erinnerung an etwas Wildes und Brünstiges, aber jetzt klang er herzzerreißend einsam – wie eine Vorwarnung des Todes.

»Hallo, ist da oben jemand?«, rief er. Niemand antwortete, aber er glaubte, ein Knacken zu hören, ehe es ganz still wurde.

Mikael lief den Weg zum Haus der Eltern hinauf. Die Steine waren glatt, der Wald atmete ihm regenfrisch entgegen, und ein Nebel aus Wassertropfen von den Bäumen traf sein Gesicht. Bei den Eltern war wie üblich die Außenlampe eingeschaltet, die Haustür war abgeschlossen. Er lief um das Grundstück herum zur hinteren Seite, aber nichts wies darauf hin, dass jemand versucht hätte, über die Veranda ins Haus zu kommen. Es war ein Fuchs. Natürlich war es ein Fuchs. Es konnte nur ein Fuchs sein, der zum Echo von Mikaels eigenem schlechten Gewissen geworden war.

Mikael ging über den Hofplatz und setzte sich in den Range Rover. Er klappte den Sonnenschutz hoch und schob den Zündschlüssel ins Schloss, drehte ihn aber nicht um. Stattdessen dachte er an etwas aus dem Notizbuch, in dem er nach Ines Tod seine Trauer in Worte gefasst hatte. An seine Versuche, Sätze aus dem zu machen, worüber er nur mit großer Mühe sprechen konnte. *Hüte dich vor Gedanken, die in der Nacht kommen, sie reißen und zerren auf eine ganz andere Weise an dir als tagsüber,* hatte er geschrieben. Und: *Es ist leichter loszulassen, als sich immer weiter festzuklammern.*

Wenn er einfach ging, für immer verschwand, würde er seine Probleme mitnehmen. Die Geldeintreiber würden sich darauf konzentrieren, ihn aufzuspüren, sie hätten nichts davon, seine Eltern oder Daniela zu quälen.

Nein, natürlich war es nicht so einfach.

Einst, als der Name der Familie noch finnischer gewesen war, hatte der Ururgroßvater bei einer Schlägerei das Messer gezogen und den Sohn eines der größten Forstbesitzer der Gegend getötet. Der Ururgroßvater war in derselben Nacht aus Skogli verschwunden, ohne sich jemals wieder zu melden. Ein Jahr später war sein kleiner Bruder aus dem Flyktningsee gefischt worden, und er war nicht ertrunken. Damals war es um Blut und Ehre gegangen. Jetzt ging es um etwas, das für diese Leute noch viel wichtiger war.

Mikael fasste das Lenkrad mit beiden Händen. Als kleiner Junge hatte er genauso dagesessen, im selben Auto, und mit dem Mund Motorengeräusche gemacht, während er sich vorstellte, dass er eines Tages groß genug sein würde, um von hier wegzufahren. Aber jetzt saß kein kleiner Junge mehr auf dem Fahrersitz des Rover. Mikael lehnte sich auf dem Sitz zurück, so dass das trübe Licht der Hoflampe in sein Gesicht schien. Dann war Daniela wieder da. Sie, die etwas von ihm brauchte, obwohl sie es nicht ausdrücklich verlangte. Sie, die ihn mit einer Sehnsucht fühlte, die nicht mehr nur in der Zeit zurückging. Als sie nach Skogli gezogen war, hatte Mikael sich plötzlich mit Fußball befassen müssen, einem Sport, dessen Sinn er nie begriffen hatte. Einmal hatten Daniela und er vier Spiele in einer Woche gesehen, und anfangs dachte er, dass sie im Norden vielleicht Fußball gespielt hatte. Deshalb hatte er versucht, so wenig wie möglich zu sagen, was verraten könnte, wie wenig Ahnung er davon hatte, aber bald war ihm aufgegangen, dass sie ebenso wenig über Ballbesitz und Steilvorlagen wusste wie er. Offenbar befriedigte es in ihr jedoch eine Sehnsucht, mit ihm auf dem Sofa zusammenzusitzen und immer dann zu jubeln, wenn die schlechtere Mannschaft ein Tor schoss. So begeistert, wie sie in die Hände klatschte, hatte Mikael das Gefühl, das kleine Mädchen zu sehen, das sie einst gewesen war. Und die Vorstellung, dass er es vielleicht nicht schaffen würde, so für sie dazusein, wie sie das brauchte, erfüllte ihn mit einem unbeschreiblichen Gefühl der Heimatlosigkeit.

Mikael ging in den Schuppen und nahm die eine Axt.

Er konnte Daniela jetzt nicht den Rücken kehren.

Über ihm funkelten die Sterne durch die Wolkendecke wie Köpfe auf einem Nadelkissen. »Das einzige Licht, das die Toten sehen können«, hatte sein Großvater einmal gesagt. Aber der Großvater hatte sich geirrt. Die Toten waren nur tot.

Mikael schob die Haare hinter die Ohren und zog sich die Kapuze über den Kopf. Die Bäume erzählten nachts ganz andere Geschichten. Nicht über Leben, die gelebt werden sollen, Tage, die genutzt, und Häuser, die gebaut werden sollen, sondern über Dinge, die einstürzen und zerfallen werden, um dann wie alte Tierknochen auf dem Waldboden liegen.

Einmal während der Nacht war er davon geweckt worden, dass es wieder regnete, aber als er am nächsten Morgen die Schlafzimmervorhänge aufzog, sah er das Dach seines Elternhauses zwischen den Bäumen in der Sonne leuchten. Die Sonne, die auf die noch immer feuchten kupferroten Steine traf, ließ das ganze Dach frischgedeckt aussehen, und etwas an dem Licht, zusammen mit dem wolkenlosen Himmel über dem kleinen Hof, ließ ihn an den Tag denken, an dem es passiert war, das mit Ine.

In der Woche vor ihrer Rückkehr nach Oslo waren sie mit Zelt und Moped durch die Gegend gestreift, und Mikael hatte ihr die Reste der Häuser der ersten Finnen gezeigt, die sich in Skogli niedergelassen hatten. Er hatte ihr von Brandrodung, Fallgruben und Rauchstuben erzählt und sie zu der Stelle gebracht, an der der Ururgroßvater zum Mörder geworden war. Mikael hatte ihr gezeigt, wo der letzte Bär von Skogli geschossen worden war, die Stelle, wo die Landfahrer im Sommer ihr Lager aufschlugen, und den Pfad, auf dem Königin Sofie, die letzte Königin von Norwegen und Schweden, zwischen dem Dorf und ihrer Sommerresidenz am Vingersee hin- und hergeritten war.

»Das ist fast zu viel für ein Mädchen aus der Stadt«, hatte Ine am letzten Abend gesagt. »Ich wollte doch einen Meteorologen heiraten und keine wandelnde Dorfchronik.« Sie hatte ihn zurückgehalten, als er das Zelt aufstellen wollte, und stattdessen hatten sie einfach nur ihre Schlafsäcke am Seeufer bei Baklifløyta ausgerollt.

Der Himmel spannte sich wie eine zitternde Zeltplane über dem See, als sie am nächsten Morgen erwachten.

»Ehe wir ins Dorf fahren, möchte ich dir noch die Höhle von Räuber Salomon zeigen«, sagte Mikael beim Frühstück.

»Noch einer von deinen Vorfahren, der Mörder oder ein Vogelfreier war?«, scherzte Ine und legte den Kopf auf die Weise schräg, bei der immer etwas Unergründliches in ihrem Blick lag.

»Ja, so ungefähr.«

»Oi, ich kann es kaum erwarten«, rief sie, verdrehte die Augen und machte eilig das Kreuzzeichen. »Aber können wir nicht noch einmal baden, ehe wir fahren?«

Mikael hatte gelächelt, und als sie danach am Ufer lagen, hatte er das Gefühl, etwas an Ine sei anders. Er konnte nicht richtig entscheiden, ob die Sonne ihre Locken wirklich heller gemacht hatte oder ob ihre gebräunte Haut die Haare weniger zigeunerhaft aussehen ließ. Aber eigentlich machte nicht das Aussehen den Unterschied, sondern die entspannte Art, in der sie sich auf dem Badehandtuch zu ihm vorbeugte. Normalerweise blieb sie jedes Mal, wenn sie nach den Ferien nach Hause fahren mussten, so lange wie möglich im Bett liegen, wobei sie wie ein Kind eine Art Trotz oder Widerwillen gegen den bevorstehenden Aufbruch ausstrahlte.

An diesem Tag aber hatte sie ganz anwesend gewirkt, gefangen im Augenblick, als ob die Ferien gerade jetzt anfingen.

»Du bist so ruhig, du bist doch wohl nicht betrunken?«, hatte er gefragt und ihr ins Gesicht gelächelt.

»Ein bisschen betrunken bin ich bestimmt«, antwortete sie und erwiderte sein Lächeln. »Aber nicht von Alkohol.«

Die Sonne stand an ihrem höchsten Punkt, als sie vom Ufer aufbrachen. Bisher war immer Ine vor ihm gewesen, aber als sie zu der Stelle fuhren, wo sie die Mopeds abstellen mussten, um den Weg zur Räuberhöhle hochzusteigen, riss Mikael ein wenig stärker am Gashebel, in einem kindlichen Eifer, zuerst da zu sein.

Er wusste nicht, wie lange er schon gefahren war, als er bemerkte, dass sie ihm nicht mehr folgte, deshalb hielt er am Straßenrand an, um zu warten. Als sie nicht auftauchte, fuhr er zurück, leicht verärgert, weil sie womöglich wieder ihren Benzintank leergefahren hatte und nicht mehr wusste, wie sie den Hahn des Reservetanks bedienen musste.

Sie lag am Straßenrand. Er begriff nicht sofort, was passiert war. Das Moped befand sich ein Stück hinter ihr auf der Straße, so, wie ein Kind sein Fahrrad hinwirft. Nirgendwo waren Steine, Bremsspuren oder Glasscherben zu sehen. Er ließ sich neben ihr auf den Kies fallen. Sie lag auf dem Bauch, die Arme unter sich, das Gesicht war nach rechts gedreht, genauso wie sie dalag, wenn sie am Ufer einschlief. Ihre Haare waren unter dem Helm verborgen, und sie wirkte unverletzt, abgesehen von einer kleinen Schramme an der Nase. Im Mundwinkel hatte sie einen Tropfen Blut, als ob sie in einem Auto, das gerade über eine unebene Stelle fuhr, Lippenstift aufgetragen hätte.

Im Krankenhaus hatten sie gesagt, es sei schnell gegangen und sie habe keinen Schmerz verspürt. Als Mikael sich zum Gehen wandte, rief der Arzt hinter ihm her.

»Mister Hildonen«, sagte er mit scharfen deutschen Konsonanten, »das Leben ist brutal. Ich möchte Ihnen mein Beileid zum Verlust Ihrer Verlobten und des Kindes aussprechen.«

Mikael blieb stehen und sah den Arzt an, bis der weiße Kittel mit der Wand dahinter verschmolz und das Gesicht alle menschlichen Formen verlor und zu einem Fleck auf der Mauer wurde.

In Oslo hatte er versucht, sein Studium zu beenden, aber selbst die alltäglichsten Dinge erinnerten ihn an Ine. Die Kaffeetasse, die er morgens auf den Tisch stellte, das Geräusch der Wohnungstür, die hinter ihm zufiel. Im Lesesaal konnte er eine ganze Stunde vor dem auf derselben Seite aufgeschlagenen Buch sitzen, während er versuchte zu entscheiden, ob ein Trost darin lag, dass er nie erfahren würde, ob Ine von ihrer Schwangerschaft gewusst hatte. Er nahm alle Kraft zusammen, um sich davon zu überzeugen, dass sie von ihm erwartete, mit dem Leben weiterzumachen. Aber es ist vielleicht das größte und sinnloseste Klischee von allen, dass die Toten unausgesprochene Wünsche an die Hinterbliebenen haben. Dass die Toten überhaupt das Leben derer verfolgen können, die zurückbleiben.

Am Ende verzehrte die Sehnsucht alles. Sie wurde zu einem riesigen bodenlosen Schlund, in den er die unzähligen Fragen schickte, auf die er niemals eine Antwort erhalten würde. Im Oktober beschloss er, sein Studium bis zum nächsten Jahr zu unterbrechen und so lange in die Hütte des Großvaters in Skogli zu ziehen.

Kommenden Herbst würden es sechs Jahre werden, seit er die Universität verlassen hatte.

Eines Tages hatte er einfach eingesehen, dass er nie mehr zurückkehren würde, und er hatte eine ruhelose Wanderung zwischen zufälligen – und oft schwarzen – Arbeitsplätzen angetreten, während er auf einen Wendepunkt wartete, an dem er einen neuen Kurs festlegen könnte. Aber der Wendepunkt kam einfach nicht, die Zinsen stiegen, und sein Studiendarlehen wuchs zu einer Unsumme an. Zu einer riesigen Mauer mitten in seinem Leben, die er nicht übersteigen konnte. Deshalb hatte er am Ende dieses zweifelhafte Darlehen aufgenommen; nicht, um reich zu werden, sondern um noch eine Chance zu haben.

Als er damals losgefahren war, um das Geld zu holen, hatte er den Gedanken an Daniela verdrängt. Versucht, eine Art Gebet zu formulieren. Ein Gebet für ein Leben ohne Hindernisse.

Mikael musste beide Werkzeugschubladen durchsuchen, um den Schlüssel zur Haustür zu finden, und erst, als er die Tür abschließen wollte, bemerkte er einen Zeitungsausschnitt, der halb unter die Fußmatte gerutscht war. Das Papier war feucht. Der Ausschnitt handelte von einem Jungen, der zwei Jahre zuvor in Kongsvinger von einem gleichaltrigen Kumpel erstochen worden war. Mit gelbem Marker war die Zeugenaussage eines Nachbarn unterstrichen, der behauptete, den Sterbenden vor seinem Tod mehrmals »Mama« rufen gehört zu haben. Mikael knüllte den Ausschnitt zusammen und warf ihn in die Regentonne. Dort trieb er noch ein wenig an der Oberfläche, ehe er versank. Mikael lief zum anderen Bachufer, und als er mit dem Range Rover aus der Scheune setzte, stand die Mutter auf der Treppe und winkte ihm zu.

»Ja?«, rief er und konnte den gereizten Unterton nicht aus seiner Stimme heraushalten, als er das Fenster herunterkurbelte.

»Ja, ebenfalls guten Tag. Kommst du heute Abend zum Essen?«, fragte die Mutter und legte den Kopf schräg, als ob sie keine Sonne in die Augen haben wollte.

»Nein, glaub ich nicht, oder – wenn ich komme, dann komme ich eben«, sagte Mikael und riss sich zusammen, um nicht zu schroff zu klingen.

»Von wem hattest du denn gestern Besuch? Papa hat gesagt, es waren zwei?«, fragte sie mit neutraler Stimme.

»Das waren ein paar Typen, die gehört hatten, die Hütte sei zu verkaufen.«

»Was?«

»Ein Arbeitskollege von mir kennt die Jungs, und offenbar hat er irgendwas missverstanden, was ich gesagt habe.«

»Was in aller Welt kannst du denn gesagt haben, dass irgendwer glaubt, du wolltest die Hütte deines Großvaters verkaufen?«

»Mama, das war ein Missverständnis! Und jetzt muss ich in die Stadt.«

»Ist es nicht ein bisschen spät im Jahr, um Motorrad zu fahren?«, überlegte sie.

Nicht, wenn du anderen Angst einjagen willst, dachte Mikael, aber laut entgegnete er: »Die waren passend angezogen.«

Frank Slartmanns Haus lag so dicht an der Glomma, dass Mikael jedes Mal, wenn er im Wohnzimmer stand, das Gefühl hatte, sich in einem Boot zu befinden. Der ehemalige Lastwagenfahrer hatte keinen Fernseher, und Mikael bildete sich ein, dort zu sitzen und auf den Fluss zu schauen sei für ihn Unterhaltung genug. Slartmann hatte eine Muskelkrankheit, die ihn an den Rollstuhl fesselte, aber anders als die meisten anderen, die Mikael auf seiner Runde besuchte, strahlte er nicht dieses Gefühl der Resignation aus. Mikael hatte ihn nie in Trainingshosen gesehen. Heute saß er in einem kurzärmligen geblümten Hemd da, an den Füßen trug er blankgeputzte spitze Stiefel. Obwohl er seit mehreren Jahren nicht mehr auf den Beinen stehen konnte, hatte er eine Vorliebe für Schuhe. Und die verblichenen Tätowierungen an seinen Armen zeugten von Orten, die er besucht hatte, und von Frauen, die er vielleicht besser nicht kennengelernt hätte.

Unter Umständen waren es gerade diese Tätowierungen gewesen, die das Gespräch von Wind, Wetter und Benzinpreisen weggelenkt hatten, als Mikael zum ersten Mal hier gewesen war. Vom ersten Moment an hatte Slartmann ganz offen gesprochen – und Mikaels eigene Tätowierungen sofort als modernes Gekrakel abgetan.

»Brauchst du mehr Geld?«, fragte Slartmann, als Mikael ihn durch das Wohnzimmer schob.

»Wie meinst du das?«, fragte Mikael.

»Es ist Sonntag. Die meisten verlangen mehr, wenn sie am Wochenende kommen, aber vielleicht bist du auch nur wegen der Geselligkeit hier?«

Slartmann fuhr rückwärts neben den Couchtisch, wo er immer saß. Seine aschgrauen Haare waren nach hinten gestrichen, und er hatte hinter dem einen Ohr eine Filterzigarette stecken, die ihm etwas Aufsässiges gab. Einmal hatte er erwähnt, er sei genauso alt wie der Schlagzeuger der Rolling Stones, aber Mikael hatte nie überprüft, was das an Jahren bedeutete. Slartmanns Aussehen hatte eine gewisse Ähnlichkeit, als wäre seine Haut zu fest über seinen Schädel gespannt.

»Weißt du noch, den Namen, den du erwähnt hast?«, fragte Mikael und hielt Slartmanns Blick fest.

Slartmann schüttelte so heftig den Kopf, dass er die Hand heben und sich die Haare aus der Stirn streichen musste.

»Ich war neulich hier und …«, begann Mikael, aber Slartmann brachte ihn mit einer Handbewegung zum Verstummen.

»Ich schüttle den Kopf nicht, weil ich das nicht mehr wüsste«, sagte er, zog die Zigarette hinter dem Ohr hervor und knipste sein Feuerzeug an.

»Es ist nicht so gelaufen, wie es sollte«, sagte Mikael jetzt und zwang sich, seinen Blick geradeaus zu richten und nicht zum Fluss hin auszuweichen.

»Das tut es nur selten, Hildonen«, gab Slartmann zu bedenken und sog mit solchen Eifer den Rauch ein, dass Mikael das Papier knistern hören konnte.

»Ich hatte gestern Besuch von zwei Typen mit Motorrädern. Meine Schulden sind um 50 000 gestiegen, und wenn ich bei ihrem nächsten Besuch das Geld nicht habe, muss ich noch mehr blechen«, empörte sich Mikael und erzählte die ganze Geschichte über die verunglückte Investition.

»Mikael, als du gefragt hast, ob ich jemanden kenne, der Geld verleiht, habe ich dich da nicht gebeten, dir die Sache zwei- und dreimal zu überlegen, und dann lieber noch einmal?«

»Doch«, sagte Mikael.

»Hast du das getan?«

»Nein.«

»Wenn ich mich nicht sehr irre, habe ich doch gesagt, dass das keine Leute sind, von denen man sich Geld leiht, wenn man nicht zu hundert Prozent sicher ist, dass man alles, was man investiert, zurückbekommen wird. Weißt du das auch noch?«

»Ich hatte das Denken satt, hatte das Warten satt«, verteidigte sich Mikael.

Slartmann schüttelte abermals den Kopf.

»Frank, die haben mit meinen Eltern gedroht, sie wussten sogar von meiner Nichte. Glaubst du, sie werden mit ihren Drohungen ernst machen?«

»Musst du das fragen?«

Slartmann sah ihm ins Gesicht, aber Mikael gab keine Antwort.

»Ich kenne die Leute, die hinter dir her sind, nicht. Ich habe dir nur gesagt, wohin du gehen könntest, um dir Geld zu leihen. Aber ich muss diesen Leuten nicht persönlich begegnet sein, um zu wissen, dass sie dir und deiner Familie Arme und Beine abreißen würden, um das einzutreiben, was du ihnen schuldest.«

Mikael fuhr sich mit der Hand durch die Haare, öffnete den Pferdeschwanz und wandte den Blick auf die Wellen vor dem Haus.

»Ich hab das Geld nicht. Ich werde es auch morgen nicht haben. Nicht in einer Woche, und nicht in einem Monat«, sagte er und starrte weiter auf das Wasser.

»Dann musst du deine Eltern fragen«, folgerte Slartmannn.

»Das kann ich nicht. Will ich nicht. Wenn ich meine Eltern fragen wollte, wäre ich nicht in diese Sache hineingeraten.«

»Ich an deiner Stelle würde mich vor *will nicht* oder *kann nicht* hüten, wenn ich zwei Motorradbrutalos am Hals hätte.«

»Ich will nicht. Ich kann nicht. Schluss, aus. Finale. Okay? Mein Vater hat meinen Bruder immer vorgezogen.«

»Dann hast du nur eine Möglichkeit«, sagte Slartmann.

»Was denn?«, fragte Mikael und sah ihn ratlos an.

»Jemanden auszurauben«, erklärte Slartmann, ohne zu lächeln.

Mikael stellte den Range Rover auf dem Kirketorg ab und ging durch die Straße, in der das Haus stand, in dem Daniela jetzt wohnte. Seine Schritte klangen hohl auf dem Asphalt, und er kam sich vor wie ein Verbrecher, obwohl er nichts verbrochen hatte. Er hielt mitten in einer Bewegung inne und trat einen Schritt zur Seite, halb versteckt hinter einem der Häuser. Für einen Moment spielte er mit dem Gedanken, beim selben Haus wie am Vortag anzuklopfen, eine neue absurde Entschuldigung vorzubringen und mit der Hoffnung, einen Blick auf Daniela werfen zu können, ins Wohnzimmer zu rennen. Aber das tat er nicht, natürlich tat er das nicht. Er hatte noch nie so leicht improvisieren können wie seine Mutter. Das hielt ihn zurück, und dazu natürlich der gesunde Menschenverstand. Wirklich? Was, wenn er ruhig an Danielas Haus vorbeiging, ohne sich zu verstellen, ohne sich bei den Nachbarn einzuschleichen, ohne vorzugeben, er sei ein anderer? Was könnte Schlimmes passieren? Was wäre dabei, wenn Daniela ihn entdeckte? War es wirklich vorstellbar, dass die Pflegeeltern seine bloße Anwesenheit als Argument dafür benutzen würden, dass Daniela nicht in Kongsvinger wohnen bleiben könnte? Würden sie die Polizei anrufen, ihn als gefährlichen Verfolger darstellen und behaupten, sie hätten Angst?

Vielleicht war es nicht das, was sein Herz dazu brachte, in einen anderen Takt überzuwechseln. Was, wenn er an dem Haus vorbeiging, Daniela ihren Onkel sah und dann vorgab, ihn nicht zu kennen?

Mikael blieb stehen und wippte auf den Fußsohlen hin und her, noch immer halb hinter der Hausecke versteckt, während er sich auf die Tasche klopfte wie ein Mann, der jetzt dringend eine Zigarette braucht, dem aber plötzlich einfällt, dass er mit Rauchen aufgehört hat. Was, wenn es Daniela gut ging? Was, wenn ihre Ausraster in der Schule nicht nur darauf beruht hatten, dass ihre Mutter im Sterben lag, sondern auch darauf, dass sie bei einer Familie wohnen sollte, die sie bisher nur einige Tage im Sommer gesehen hatte? Trieb womöglich nicht in erster Linie die Sorge um Daniela Mikael an, sondern der Wunsch zu zeigen, dass er besser war als sein Bruder?

Aber dann sah er die Nichte vor sich, wie sie zwischen ihm und der Mutter auf dem Sofa saß, das Familienalbum aufgeschlagen auf dem Schoß. Daniela, die auf Bilder zeigte, er, der erklärte, bis ihr ganzes Wesen etwas Weicheres annahm, während die Großmutter sie zu einem Teil der Familiengeschichte werden ließ. Er spürte ihre Arme um seinen Hals, die flüchtige Berührung von Haut, ehe sie vor der Schule aus dem Auto sprang. Die Art, wie sie mehrmals um eines seiner Hemden gebeten hatte, wenn sie bei ihm in der Hütte war und fror, und dann hatte sie diese Kleidungsstücke wie eine Art Brünne getragen – etwas, das sie wirklich beschützen konnte.

Er konnte diesen Erinnerungen nicht den Rücken kehren. Deinem eigenen Blut kehrst du nie den Rücken.

6. Kapitel

Als Mikael am Montagmorgen das Büro des Heimpflegedienstes betrat, war noch niemand von den Festangestellten da. Nur eine jüngere Frau, die er in der vergangenen Woche einmal vom Auto aus gesehen hatte, als er kam und sie gerade rückwärts vom Parkplatz fuhr.

Mikael war der Kaffee ausgegangen, deshalb lief er gleich zur Maschine und füllte den größten Becher, den er finden konnte, bis zum Rand. Die halbe Nacht hatte er sich im Bett hin und her gewälzt, ehe er sich schließlich an den Küchentisch gesetzt hatte. Wenn er überhaupt geschlafen hatte, dann kaum mehr als eine Stunde, und das Gesicht, das ihm aus dem Badezimmerspiegel entgegenstarrte, gehörte einem viel Älteren. Ehe Mikael aus dem Haus stolperte, um sich dem neuen Tag zu stellen, sog er den Geruch seines Rasierwassers ein, als könne der ihm helfen, Danielas Gesicht deutlicher vor sich zu sehen.

»Tut mir leid, ich wollte nicht unhöflich sein, aber mein Kopf fühlt sich an, als hätte er am Wochenende die meiste Zeit auf einer Theke gelegen«, lächelte Mikael in Richtung der Frau. »Aber das stimmt nicht, diesmal wenigstens nicht«, fügte er schnell hinzu.

»Dieses Gefühl kenne ich glücklicherweise nur vom Hörensagen«, sagte die Frau und erwiderte sein Lächeln. Ihrer Aussprache entnahm Mikael, dass sie aus dem Osten Europas kommen musste, und er war ein wenig verlegen, weil das Erste, was er zu ihr gesagt hatte, so gedeutet werden konnte, als trinke er gewohnheitsmäßig zu viel.

»Mikael Hildonen«, sagte er und streckte die Hand aus.

»Kristine«, antwortete sie, und als ihre Hände einander begegneten, staunte er über ihren festen Händedruck. Er schüttelte ihre Hand etwas länger, als es für einen Mann aus Skogli üblich war.

»Meine Großmutter hieß Kristin«, bemerkte er, nur um die Stille zu füllen, und zog die Hand zurück.

»Soll das heißen, dass ich so alt bin wie deine Großmutter?«, fragte sie und verzog den Mund dermaßen, dass ihre klaren graublauen Augen einen ernsten Ausdruck annahmen.

»Nein, so war das doch nicht gemeint.« Mikael trat einen Schritt zurück und spürte, wie seine Ohrläppchen heiß wurden.

»Ganz ruhig«, grinste sie. »Ich muß aufhören, mit Norwegern zu scherzen, fast keiner versteht es, wenn ich einen Witz mache. Und ich heiße Kristine mit E am Ende. Alle Mädchennamen bei mir zu Hause enden auf E oder A.«

Mikael lachte.

»Das ist kein Witz. Es stimmt wirklich. Noch schlimmer ist es für die Jungen, da müssen Vor- und Nachname auf S enden. Die russische Minderheit in meinem Land ist vor den Europäischen Gerichtshof für Menschenrechte in Straßburg gegangen, weil sie denken, dass diese Extrabuchstaben ihre Menschenrechte verletzen. So ist es da, wo ich herkomme.«

»Okay«, sagte Mikael und überlegte, welches Land das sein könnte, während er spürte, dass seine Gesichtsmuskeln ein wenig zitterten, da er nicht wusste, ob er lächeln oder ernst sein sollte.

»Vielleicht errätst du ja, wie das Land heißt«, schlug sie nun vor.

Mikael schüttelte den Kopf.

»Ich heiße mit Nachnamen Jaunlatgale. Das ist der Ort, aus dem meine Urgroßeltern kamen, aber seit 1938 heißt die Stadt Abrene. Jetzt weißt du es, oder?«

Mikael sah sie nur an. Die blonden Haare waren kurz geschnitten wie bei einem Jungen, dennoch machte diese Frisur ihr Gesicht mit den hohen Wangenknochen feminin. Er wusste nicht mehr, wann er zuletzt einer solchen Informationsflut von Seiten einer Frau ausgesetzt gewesen war, ohne auch nur einen Hauch von Klaustrophobie zu verspüren.

»Du sprichst sehr gut Norwegisch«, sagte er.

Sie bedankte sich artig und lächelte. »Ich habe skandinavische Sprachen studiert, aber darum ging es nicht.«

»Estland?«, fragte er.

»Lettland. Kristine Jaunlatgale aus … nein, das erzähl ich lieber ein andermal. Aber ich komme aus einer Stadt, die damit aufhört, woran du montags leidest.«

Mikael starrte sie verständnislos an. Er hatte das Gefühl, eine Fernsehsendung zu verfolgen, bei der Ton und Bild nicht synchronisiert waren. Ihre Lippen schienen sich anders zu bewegen als das, was er von ihrem Gerede wirklich verstand.

»Jetzt komme ich nicht mehr so ganz mit«, sagte er.

»Pils«, erklärte sie. »Ich komme aus Davgapils. So, jetzt hab ich es doch gesagt. Typisch ich.«

»Redest du immer so viel?«, fragte er und bereute diese Frage sofort, aber Kristine lächelte noch immer, während sie den Kopf schüttelte.

»Nur in Sprachen, die ich nicht ganz beherrsche, und wenn ich nervös bin.«

»Nervös?«, fragte er.

»Ja, mein erster Klient heute ist ein bisschen unheimlich. Ich war vorige Woche zum ersten Mal da, und er hat sich keine große Mühe gegeben, sein Morgenkleid zu schließen.«

»Morgenkleid?«

»Ja, den Mantel, den man morgens anzieht.«

»Meinst du einen Schlafrock?«, fragte Mikael, und Kristine nickte.

»Manche Männer werden zu alten Schweinen«, sagte Mikael und versuchte, das Bild von schlaffer Altmännerhaut, offenen Schlafröcken und dünnen weißen Beinen voller Krampfadern zu verdrängen.

»Schweine sind kluge Tiere, jedenfalls die, die vier Beine haben«, bemerkte Kristine und hob die Schultern auf eine Weise, die ein Schaudern bedeuten konnte oder einfach aussagte, dass ihr das egal war.

»War das ein Kerl hier aus der Stadt?«, fragte er.

»Nein, aus dem Dorf. Aus Skogli. Bist du da nicht sonst?«

»Ja, ich weiß, wo das ist«, sagte Mikael, und dann wurde ihm das Wort abgeschnitten, denn zwei der ältesten Linoleummatronen, kräftige Frauen mit Oberarmen wie Nudelhölzer, füllten das Büro plötzlich mit einer lauten Diskussion darüber, wer es wirklich verdient hätte, aus irgendeiner Dokusoap gestimmt zu werden.

»Ach, Mikael, du lässt dich also zu einem Gespräch mit einer schnöden Putzhilfe herab, wenn sie nur jung genug ist«, lästerte Torunn, die größere.

Mikael spürte wieder, wie seine Ohrläppchen aufloderten, und er strich sich einige unsichtbare Haare aus dem Gesicht.

»Ich rede doch mit euch«, verteidigte er sich.

»Na, jetzt hast du ihn in Verlegenheit gestürzt«, sagte die kleinere Frau, die Marianne hieß, und zwinkerte ihrer Freundin zu, ehe sie ihn ansah: »Mikael, du darfst nicht immer so ernst sein. Ich habe jüngere Handwerker schon immer gern gemocht. Männer, die es schaffen, einen Werkzeuggürtel zu tragen, ohne ums Verrecken zugleich ihre Arschritze zeigen zu müssen, haben etwas besonders Männliches.«

»Jetzt hast *du* ihn verlegen gemacht«, sagte die Ältere, ehe Mikael etwas entgegnen konnte. »Wir haben dich gern hier. Es ist gut fürs Geschäft, dass du es den Leuten auch draußen schön machst und nicht nur für ein sauberes Haus sorgst. Ich hoffe, das wird so bleiben.«

»Das hoffe ich auch«, sagte Mikael.

Mikael begann den Tag damit, bei einer alten Witwe die Fenster zu kitten. Er fing mit den Kellerfenstern an und arbeitete sich zum ersten Stock hoch, und obwohl er in seinem ganzen Leben nie an Höhenangst gelitten hatte, konnte er das Gefühl, dass er gleich fallen würde, diesmal nicht abschütteln. Mehrmals ertappte er sich dabei, dass er auf seinen Fuß auf der Leitersprosse starrte und erwartete, unten die beiden Biker zu entdecken.

Als er zuletzt nachgesehen hatte, waren viertausend Kronen auf seinem Konto gewesen, und er hatte nichts zu verkaufen, außer wertlosem Krimskrams, den er im Laufe der Jahre angesammelt hatte. Wenn er Glück hatte und sich den Lohn für zwei Monate im Voraus auszahlen ließ, würde er zwanzigtausend zusammenkratzen können.

Er hatte es bei der Bank versucht, ehe er das Darlehen aufgenommen hatte, aber schon an der steifen Haltung, die der

Sachbearbeiter in seinem Sessel eingenommen hatte, war ersichtlich gewesen, dass dort nichts zu holen war. Er begriff immer noch nicht, was er sich dabei gedacht hatte, weder damals noch vierzehn Tage später, als er losgefahren war, um auf dem Forstweg die Plastiktüte mit dem Geld abzuholen. Vielleicht hatte er das Bedürfnis verspürt, etwas vorzuweisen. Etwas anderes als ein nie vollendetes Studium. Mitbesitzer eines Wohnkomplexes an der spanischen Sonnenküste zu sein klang gut. Im Laufe der Zeit würde es Geld einbringen, und er könnte zu seinen Eltern als Investor gehen, nicht als Bettler.

Mikael hörte, wie töricht das jetzt klang, aber ihn hatte tatsächlich eine Art Vorstellung angetrieben, dass er irgendwann auch einmal an die Reihe kommen müsste. Ein einziges Mal in seinem ganzen Leben zumindest könnte ihm das Schicksal, oder was auch immer diese Dinge lenkte, eine Hand hinstrecken – und ihn ebenso zielstrebig und tatkräftig erscheinen lassen wie seinen Bruder.

Eine Woche später hatte die Lokalzeitung darüber informiert, dass der Investor des Betrugs verdächtigt wurde und spurlos verschwunden war. Mehrere Kleinsparer meldeten sich zu Wort und berichteten, dass sie ihre gesamten Ersparnisse eingebüßt hatten. Mikael hätte gern das Glück gehabt, nur sein eigenes Geld verloren zu haben.

Er fing an, das letzte Fenster abzukratzen, aber als er mit Kitten anfangen wollte, rutschte ihm die Dose aus der Hand und traf mit einem dumpfen Geräusch auf dem Boden auf. Für einen Moment sah er sich fallen. Ein kleiner Fehltritt, eine Sekunde Schwerelosigkeit, die Erde, auf der er mit voller Wucht aufkam, und dann? Invalidität, Tod, nichts, alles?

War es wirklich so leicht? Sein Vater hatte erzählt, als vor einigen Jahren die Sägemühle von Skogli stillgelegt wurde, habe ein Mann seinen eigenen Tod so inszeniert, dass die Witwe die Lebensversicherung ausbezahlt bekam. Mikael streckte den rechten Arm und das Bein aus, einige Sekunden stand er so da, wie ein lebendes X ausgestreckt, ein einsamer Buchstabe auf einem leeren Blatt Papier. Dann machte er sich daran, die Leiter hinunterzusteigen, eine Sprosse nach der anderen.

Mikaels Tod würde außer ihm niemandem etwas bringen.

Er kaufte sich im Einkaufszentrum an der Glomma eine Moussaka und war der Einzige, der mit seiner Mahlzeit zu den Tischen draußen ging. Die Sonne hatte etwas Halbherziges an sich, und die Wolken, die über den Himmel glitten, zogen einen zinkfarbenen Streifen hinter sich her, aber Mikael krempelte die Hemdsärmel auf und ließ sich nach dem Essen in den Stuhl sinken. Er mochte das Gefühl, außerhalb der Saison irgendwo allein zu sein, während der Herbst den Wasserstand hochtrieb und den Fluss in seinem Drang, ein reißender Strom zu werden, unterstützte.

Als er den Sog draußen im Flusslauf betrachtete, kam ihm eine Idee. In der Schule war doch jetzt sicher Große Pause. Mikael lief zum Auto, fuhr vom Parkplatz, am Chinarestaurant vorbei und weiter über den Strandveg bei der Alten Brücke. Er hatte erst wenige hundert Meter zurückgelegt, als ihm einfiel, dass der Weg, über den der Schulbus ihn und Ruben jeden Morgen gebracht hatte, längst gesperrt war. Rasch bog er in Richtung Fluss ab, navigierte an Optikerreklamen, Bäckereisonderangeboten und der Pfingstgemeinde Filadelfia vorbei, dann errreichte er den Parkplatz vor der Schule.

Die Gebäude umkränzten den Schulhof auf eine Weise, die das alte Gefühl lebendig werden ließ, vor einem Konzentrationslager zu stehen, und er musste bis zur Uferpromenade hinablaufen, um etwas sehen zu können. An der Ecke, halb vom Schulhof verborgen, standen wie immer die Raucher, und Mikaels Herz hämmerte gegen sein Brustbein, als er in einem der Mädchen dort Daniela zu erkennen glaubte. Die Erleichterung, dass sie es doch nicht war, bekam keine Zeit, sich zu setzen, denn im selben Moment, als er die Uferpromenade betrat, wurde zum Ende der Pause geläutet. Mikael lief am Fluss entlang, und am Eingang zur Turnhalle erkannte er Danielas Rücken, als sie sich über eine auf dem Boden liegende Tasche bückte. Im Gewimmel der anderen Mädchen um sie herum konnte Mikael nicht sehen, ob Daniela allein gestanden hatte oder mit jemandem zusammen. Ein Junge hielt galant die Tür auf, und eine nach der anderen liefen die Mädchen in die Turnhalle.

Auf dem Parkplatz begegnete ihm ein Mann im Trainingsanzug, der aus einem schwarzen Ford Mondeo stieg.

»Verzeihung«, sagte Mikael, »wann ist die letzte Stunde zu Ende?«

Der Mann ließ seinen Blick über Mikaels Unterarme schweifen.

»Warum wollen Sie das wissen?«, fragte er.

»Ich habe meiner Schwester versprochen, meinen Neffen abzuholen, aber blöderweise habe ich mir die Uhrzeit nicht gemerkt.«

»Halb drei«, sagte der Mann,

Mikael krempelte die Hemdsärmel wieder herunter, fuhr zur Oberen Brücke, richtete einen Zaun auf und beschnitt zwei

Hecken, dann fuhr er zurück, um die Fenster, die er abgekratzt und gekittet hatte, auch noch anzustreichen.

Er war gerade damit fertig, die beiden ersten mit Klebeband zu versehen, als er das unruhige Gefühl bekam, dass ihn jemand ansah. Er versuchte, die Fensterscheibe als Spiegel zu benutzen, aber er konnte nichts erkennen. Dann hörte er den unverkennbaren Klang von Schritten auf dem Kiesweg, und er ließ die Klinge des Tapetenmessers ganz herausfahren, ehe er mit dem rechten Arm hinter dem Rücken herumfuhr. Kristine mit dem unmöglichen Nachnamen blieb mitten in der Bewegung stehen und stieß einen erschrockenen Ruf aus.

»Hallo. Du darfst andere Leute nicht so erschrecken«, sagte Mikael und versuchte, die Messerklinge wieder einzufahren, aber die schien sich verkeilt zu haben und blieb auf halbem Weg stecken.

»Ebenfalls. Ich war bei den Nachbarn und dachte dabei, dein Hemd zu erkennen«, sagte sie. Das Lächeln vom Morgen war verschwunden, ihre Augen hatten einen fast abwesenden Ausdruck.

»Verzeihung. Ich konnte es noch nie leiden, wenn jemand genau hinter mir steht«, sagte er.

»Machst du eine Rauchpause?«

»Was?«

Sie zeigte auf den rechten Arm, den er noch immer auf dem Rücken hielt.

»Nein, nein«, sagte Mikael und schob sich das Messer in den Ärmel, ehe er die Hand in die Jackentasche steckte.

Er fragte sich, ob sie morgens im Büro hohe Absätze getragen hatte, denn jetzt wirkte sie irgendwie kleiner. Vielleicht war sie auch nur müde? Bei ihrer ersten Begegnung hätte er sie auf fünfundzwanzig geschätzt, jetzt würde er sechs, sieben Jahre hinzufügen, so dass sie ungefähr in seinem Alter wäre.

»Anstrengender Tag heute?«, fragte er.

»Nicht anstrengend«, sagte sie.

Ihr Gesicht war ausdruckslos.

»Er hat mir Geld angeboten«, sagte sie.

»Wofür denn?«, fragte Mikael, obwohl diese Frage eigentlich unnötig war.

»Das weißt du. Ich habe noch nie so viel norwegisches Geld gesehen. Er hat mir einen Kasten voller Tausender gezeigt. Und fünf oder sechs auf den Tisch gelegt und gesagt, das sei sehr viel mehr, als ich wert bin.«

Kristine setzte sich auf den Rasen und schob sich die Ärmel ihres T-Shirts über die Schultern, als ob diese Behauptung sie zum Kochen brachte.

»Wie heißt der Kerl?«, fragte Mikael und setzte sich neben sie.

»Husebye. Ich weiß den Vornamen nicht mehr, aber er ist mein jüngster Klient. Er ist sicher nicht älter als Ende sechzig.«

»Kåre Husebye?«, fragte Mikael.

»Woher weißt du das? Bist du auch bei ihm?«

Ihre Augen wurden groß.

»Nein, das nicht«, sagte Mikael. »Aber ich weiß, wer er ist. Ich komme aus Skogli.«

»Kommst du jetzt gerade von dort?«

»Nein«, sagte Mikael und ließ allen Atem aus seiner Lunge entweichen. »Ich bin aus Skogli. Ich wohne in Skogli.«

»Heute Morgen klang es nicht so, als ob du von da gekommen wärst.«

»Ich wollte nicht, dass du eine schlechtere Meinung von

mir bekämst als unbedingt nötig«, sagte er und versuchte ein Lachen.

»Stimmt das?«, fragte sie und erlaubte sich ein kleines Lächeln. »So schlimm ist das doch nicht.«

»Nein, vielleicht nicht, aber Husebye ist ein Arsch. Als Kinder hatten wir furchtbare Angst vor ihm. Er war Sprengmeister im Straßenbau, und einmal hat er Dynamit auf einen Freund von mir geworfen, als der einen Fußball aus Husebyes Garten holen wollte. Sein Haus lag, oder liegt besser gesagt noch immer, zwischen dem Wald und einem der besten Badestrände am Fluss, und einmal hat er meinen Frisbee verbrannt. Meine Mutter hat erzählt, dass er seine Frau misshandelt.«

Letzteres stimmte nicht ganz. Mikael wusste nicht, ob Husebye je verheiratet gewesen war, und was die Mutter wirklich gesagt hatte, war, dass er wie eine Leimrute auf Frauen wirkte, die es nicht besser wussten. Als Mikael klein war, verstand er nicht, wie sie das meinte, aber sein Bruder erklärte, dass Husebye seine Freundinnen nie allein zu Hause ließ. Ruben hatte auch behauptet, dass er die Knöpfe an den Innenseiten der Autotüren wegschmolz, damit er die Frauen im Auto einsperren konnte, wenn er sie mit in die Stadt nehmen musste.

»Er benimmt sich, als ob ich käuflich wäre, nur weil ich aus Lettland komme. Heute hat er gesagt, er hätte schwarzes Geld genug, um mein Heimatdorf zu kaufen.«

»Das musst du der Chefin sagen. So kann das doch nicht weitergehen. « Im nächsten Moment wünschte Mikael sich, ihm wäre etwas weniger Selbstverständliches eingefallen. Nichts klingt schließlich hohler als gerechter Zorn.

Kristine antwortete nicht sofort, sondern verschränkte die

Arme vor der Brust, als sei ihr plötzlich aufgegangen, dass es Herbst war und eigentlich zu kalt für ein T-Shirt. Der Anblick der glatten Haut ihrer Oberarme ließ einen Schauer durch seine Leisten jagen, und er setzte sich auf seine Hände.

»Das ist leichter gesagt als getan. Dasselbe ist mir in Oslo passiert, und als ich es dem Chef erzählt habe, wollte er mir nicht glauben. Am Ende konnte ich einfach nicht mehr weitermachen. Ich will mir nicht schon wieder einen neuen Job suchen müssen«, sagte sie.

Die kleine Andeutung eines Lächelns war verschwunden, und sie zog ein Schlüsselbund aus der Tasche und fing an, daran herumzufingern wie an einem Rosenkranz.

»Wann musst du das nächste Mal hin?«, fragte er.

»Spätestens am Mittwoch.«

»Was? Wieso schon so bald wieder?«

»Mein Telefon klingelte, noch ehe ich mit Putzen angefangen hatte. Ich habe gesagt, meine Tochter sei krank geworden und ich müsse sie im Kindergarten abholen.«

»Geht es ihr gut?«

»Das habe ich nur erfunden. Ich konnte es da nicht mehr aushalten. Aber ich habe schon Schlimmeres erlebt, ich weiß nicht, was in mich gefahren ist«, rätselte sie und tippte sich mit dem Zeigefinger an die Stirn.

»Nächstes Mal komme ich mit«, beschloss Mikael und hielt ihren Blick mit seinem fest.

»Du kommst mit? Dann ruft er die Chefin an, damit hat er heute schon gedroht«, erklärte sie und streifte sich die T-Shirt-Ärmel von den Schultern.

»Wir können doch sagen, dass ich gerade angelernt werde«, schlug er vor.

»Im Fußbodenputzen?«

»Warum nicht?«

»Nein, warum nicht?«, sagte sie und klopfte ihm kumpelhaft auf den Oberarm. »Aber du musst wirklich nicht mitkommen. Es hat jedenfalls gutgetan, mit jemandem zu reden.«

Dann schwieg sie.

Es gefiel ihm, dass sie schwieg.

»Aber jetzt wage ich nicht, hier noch sitzen zu bleiben«, sagte sie. »Bald hast du kein Blut mehr in den Händen.«

»Danke für diese Rücksichtnahme, aber andere Dinge machen mir mehr zu schaffen«, bemerkte er.

»Was denn?«, fragte sie abwartend.

»Dass es Herbst ist. Dass es bald Winter wird. Dass ich mich fühle wie ein Zugvogel, der einfach nicht loskommt.«

»Wo möchtest du denn hin?«, fragte sie.

Mikael strich sich einige Haare aus der Stirn und zog die Mundwinkel nach unten.

»Ich werde wohl hier bleiben«, sagte er.

»Dann sehen wir uns hoffentlich morgen. Jetzt muss ich los«, verabschiedete sie sich und strich ihm über den Arm, ehe sie aufstand.

»Ich hab das mit Mittwoch ernst gemeint«, rief Mikael ihrem Rücken hinterher.

»Das glaube ich dir«, antwortete sie über die Schulter und drehte sich um, während sie das Tor öffnete. »Hast du welche?«

»Welche?«, fragte Mikael.

»Kinder?«

Die Frage kam so unerwartet, dass Mikael sich zusammenreißen musste, um antworten zu können.

»Ich habe keine eigenen Kinder«, sagte er.

»Es ist nie zu spät. Schönen Abend noch, Mikaels Hildonens«, rief sie und knallte das Gartentor zu. Als sie losfuhr, winkte sie und lächelte, und Mikael zog seine Hände unter sich hervor und hob sie über den Kopf.

Ein Mann mit einem neuen Namen und einer Frau, der er hinterherwinken konnte. Hinterherwinken konnte, ohne sich schuldig zu fühlen.

7. Kapitel

Um fünf vor halb drei fuhr er wieder vor der Schule vor. Die Busse, die blau gewesen waren, als er selbst hier zur Schule gegangen war, leuchteten jetzt in grellem Orange, Seite an Seite aufgereiht. Auf dem Parkplatz warteten mehrere Autos. Die meisten Abholer waren sicher Eltern, aber er entdeckte auch einige jüngere Männer, die alle miteinander aussahen, als ob sie jemand über die Wagentüren gehängt hätte. Plötzlich musste Mikael sich vorstellen, wie Daniela sich zu einem von ihnen ins Auto setzte, und er konnte ein Schaudern nicht unterdrücken. Dann klingelte es, und die Schülerinnen und Schüler quollen aus dem Tor, wimmelten über den Asphalt in Autos und Busse, sprangen auf Fahrräder oder eilten zu Fuß davon, als müssten sie sich so schnell wie möglich vom Schulhaus entfernen. Daniela war unter den letzten, die aus dem Gebäude kamen, sie schlenderte beinahe dahin, neben ihr ein gleich großer Junge. Mikael vermutete zunächst, dass er der Sohn der Pflegefamilie war, aber bei den Fahrradständern trennten sich die Wege der beiden. Mikael öffnete die Autotür und wollte hinter ihr her rennen, aber da sah er den Mann im Trainingsanzug, der ihm in der Pause begegnet war, über den Platz auf eine Frau zulaufen, die gerade in einen BMW einsteigen wollte. Während die beiden gleich vor ihm neben dem Auto standen und redeten, blieb Mikael im Range Rover sitzen. In seiner Ohnmacht ballte er die Fäuste, während er Daniela hinterhersah. Sie hielt den

Kopf hoch erhoben, und so, wie sie mit rhythmischen Soldatenschritten den Hang hochging, glaubte Mikael, etwas von der Geschichte seiner eigenen Familie zu erkennen, als sie zum letzten Mal die Türen der armseligen Holzhütte hinter sich zugemacht und angefangen hatte, ihre gesamten Habseligkeiten in Richtung Grenze zu tragen.

Als Daniela zwischen einer Gruppe Reihenhäuser oben am Hang verschwand, fuhr Mikael vorbei an Filadelfia, um dann die Neue Brücke über die Glomma zu nehmen und, ohne dass er das eigentlich vorgehabt hatte, der Straße zu folgen, die am alten Kriegsversehrtenheim endete.

Er bog bei der letzten Querstraße ab, die zum See Båreia führte. Die Wohnsiedlung hier gehörte zu den neuesten auf dieser Seite der Stadt, und wieder staunte Mikael darüber, wie ähnlich alle Häuser einander sahen, Auch wenn die Besitzer versucht hatten, bei Ausformung, Farbe und Design individuelle Züge hineinzubringen, so kam doch nie mehr dabei heraus als Variationen über ein Thema. Gedämpfte Farben, rechte Winkel und große Flächen. Das Haus seines Bruders dagegen sah aus wie eine zwischen etlichen norwegischen Segelbooten vertäute Dschunke. Es war nicht etwa so, dass Ruben Hildonen ein Krähenschloss gebaut oder sich seltsame, fremdartige Materialien ausgesucht hätte, dennoch fiel sein Haus auf. Der Bruder besaß das einzige Holzhaus in der Wohnsiedlung, und auf den dringenden Wunsch von Rubens Frau war auf der Nordseite des Daches ein runder Turm errichtet worden. Der Turm reckte seinen Hals gerade dort, wo die Giebel zusammenstießen, und ließ das Haus ein wenig wie einen Vogel wirken. Mikael hatte gehört, dass seine Schwägerin gern dort oben meditierte und dabei auf die Glomma hinausblickte. Sein Bruder hatte noch zwei weitere Grundstücke gekauft, um sich die Nachbarn besser vom Leib halten zu können.

Mikael fuhr an den Straßenrand, der sanfte Hang endete mit der Wendestelle vor dem Haus des Bruders. Mikael hatte nie begriffen, warum Ruben, der unbedingt das Heimatdorf hatte verlassen wollen, sich sein Haus hier am Waldrand gebaut hatte. Wenn er wirklich nach Urbanität gestrebt hätte, wäre es doch natürlicher gewesen, in einen der Wohnblocks am Festungsufer zu ziehen. Oder eine der modernen Wohnungen oberhalb des Einkaufszentrums zu kaufen, wo der Blick frei schweifen konnte, ohne dass man deshalb einen Turm hätte bauen müssen.

Mikael wusste nicht mehr genau, ob sein Bruder vor sechs oder sieben Jahren mit dem Bau begonnen hatte, aber das Haus hatte noch immer etwas Unfertiges. Nicht, dass das Grundstück ausgesehen hätte wie eine Baustelle, aber immer wieder wurde etwas erneuert oder repariert. Im vergangenen Jahr hatte das Haus ein Grasdach bekommen, der Zaun war mindestens einmal ausgewechselt und das Gartenhaus zweimal versetzt worden, um dann am Waldrand zu enden. Neu in diesem Jahr war ein Tauchbecken für die Sauna oberhalb der Garage. Das erste überdachte Tauchbecken, das Mikael je gesehen hatte.

Er versuchte, sich aus dem Auto hinauszudenken, dann die Straße hoch und zur Haustür des Bruders. Versuchte, sich vorzustellen, wie er in der Tür stand, ohne sich an den Rahmen lehnen zu müssen.

Das Gesicht des Bruders, das sich zuerst verhärten würde, dann die Polizistenhand, die er ausstrecken würde, als könne er sich durch einen förmlichen Händedruck noch weiter von Mikael entfernen.

Er konnte sich sehen, wie er dem Bruder von dem Darlehen erzählte, den Geldeintreibern und dem Gefühl, in die Enge getrieben zu werden. Er konnte sich sehen, wie er von den Drohungen gegen die Eltern berichtete.

Aber er konnte sich unter keinen Umständen vorstellen, Daniela zu erwähnen.

Ruben war mit zwanzig Jahren Vater geworden, Sylvi und er hatten nie mehr geteilt als diese eine schicksalhafte Nacht. Wenn überhaupt von einer Nacht die Rede sein könnte. So, wie Mikael das verstanden hatte, waren es eher einige Minuten auf der Rückbank des Range Rover gewesen, der vor dem Gemeindehaus von Skogli gestanden hatte. Der Bruder hatte Sylvi zur Abtreibung gedrängt, aber sie kam aus einer læstadianischen Familie und hatte sich geweigert. Mitten in der Schwangerschaft war sie nach Hause nach Skibotn gezogen. Zwei Jahre nach Danielas Geburt lernte Ruben Cecilie Nordlie kennen, und sie stellte vor der Hochzeit die Bedingung, dass er auf das Sorgerecht für seine Tochter verzichtete. Vielleicht war das keine große Forderung, da Ruben nur über die Bank Kontakt zu Daniela hatte, aber Cecilie Nordlie hatte auch verlangt, dass er sich weder zu Weihnachten noch zum Geburtstag bei seiner Tochter meldete. Eine Bitte, der nachzukommen Ruben offenbar keinerlei Probleme bereitet hatte.

In den folgenden Jahren hatte Mikael seiner Mutter geholfen, Briefe an die Nichte zu schreiben, und nachdem ihre Eltern gestorben waren, hatten Sylvi und Daniela sie mehrere Sommer lang in Skogli besucht. Bei einem der letzten Male war der Bruder zu einem seiner seltenen unangekündigten Besuche erschienen, und als ihm aufgegangen war, wer das Mädchen war, hatte er Mikael in der Küche umgestoßen und war davongestürzt. Danach hatte er nacheinander Mutter und Vater angerufen. Die Mutter hatte ihn abgewimmelt wie einen Telefonverkäufer, während der Vater lange mit dem Telefon am Ohr dagesessen und stumm vor sich hin genickt hatte. Keiner von beiden hatte Mikael verraten wollen, was der Bruder gesagt hatte.

Mikael glaubte plötzlich, oben im Turm eine Bewegung erahnen zu können, und rein instinktiv duckte er sich auf dem Sitz. Für einen Moment stellte er sich vor, wie der Bruder ein Zielfernrohr auf ihn richtete und Schussgeräusche ausstieß, während er ihn ins Fadenkreuz nahm. Mikael blieb auf der Seite liegen und wartete darauf, dass dieses absurde Bild ihn verließ.

Als Junge hatte Ruben gern mit der Spielzeugpistole auf ihn gezeigt und abgedrückt, ohne dass der Bruder wusste, ob wirklich Zündplättchen in der Pistole steckten oder nicht. Das Geräusch, wenn er auf den Abzug drückte, und das Klicken an sich waren schlimmer als der wirkliche Knall.

Mikael überlegte, ob der Rest seines Lebens dazu verdammt sei, so zu werden, gelenkt von Instinkten und plötzlichen Impulsen. Würde er immer der sein, der draußen stand und ins Leben der anderen blickte? Menschen, die es geschafft hatten. Menschen, die nicht von Geldeintreibern gejagt wurden. Menschen, die nicht als Beispiele für die Kinder der anderen gebraucht wurden, um zu demonstrieren, wie wenig man erreichen konnte.

Er setzte sich wieder auf und schaute noch einmal zum Haus hinüber.

Das Letzte, was Mikael über seinen Bruder gehört hatte, war, dass er unten auf der West Bank sei, mit einem Jahresvertrag, als norwegischer Vertreter der CIVPOL, der multinationalen Polizeitruppe. Es war durchaus möglich, dass

Ruben noch immer dort war und zwischen Juden und Palästinensern Weltpolizei spielte. Mikael hatte längst den Überblick darüber verloren, wie der Bruder zu erreichen war, aber er könnte Cecilie fragen, falls sie nicht gerade ihren Gatten besuchte. Er könnte eine Krise erfinden und sie bitten, bei der nächsten Gelegenheit Ruben zu sagen, er müsse seine Eltern anrufen und dabei nach seinem Bruder fragen. Es müsste doch Fäden geben, an denen Ruben ziehen könnte, um ihm zu helfen. Der Mann war bei der Polizei, verdammt noch mal. Es musste jemanden geben, den er unter Druck setzen, jemanden, den er festnehmen könnte, Spitzel, die ihm einen Gefallen schuldeten.

Einmal würden er und der Bruder miteinander umgehen müssen. Sie würden sich den Hof der Eltern teilen müssen. Die Motorsägen und die uralten Äxte, die vielen Klafter Holz, die der Vater gehackt und im leeren Schweinestall aufgestapelt hatte. Die funkelnden Kupferkessel über dem Küchenherd. Die Kredenz, die der Großvater irgendwelchen Landfahrern abgekauft hatte. Den Wandbehang im Flur mit dem gestickten Text »Ein' feste Burg ist unser Gott«, die Geweihe des Vaters und die vielen originalen Gemälde mit den unoriginellen Motiven.

Könnte er Ruben um einen Vorschuss auf das Erbe bitten? Nein. Er brachte es nicht über sich, zu seinem älteren Bruder zu gehen und ein weiteres Mal der Versager zu sein. Und alles in allem, was war schlimmer? Für das, was man getan hat, zur Verantwortung gezogen zu werden, oder für das, was man zu tun nicht über sich bringt?

Als Mikael sich vorbeugte, um den Zündschlüssel umzudrehen, schaute er in den Seitenspiegel und bemerkte einen blauen Pick-up, der den Weg hochgefahren kam. Sein Herz schlug rascher, aber dann sah er, dass im Wagen drei Männer saßen und das Nummernschild dänisch war. Der Wagen fuhr vorbei, und er konnte sehen, dass auf der Ladefläche etwas Großes, Flaches lag, das in viele Pappschichten eingepackt war.

Er blieb sitzen und beobachtete, wie der Wagen im Rückwärtsgang vor das Haus fuhr und die Männer einer nach dem anderen ausstiegen. Der Fahrer ging die Treppe hoch, offenbar hatte er einen Schlüssel, denn plötzlich stand die Tür offen, ohne dass Mikael ihn hätte klingeln sehen.

Der Fahrer schloss und öffnete die Tür mehrmals, dann sagte er etwas zu den anderen, und mit großer Mühe hoben sie das Paket von der Ladefläche und lehnten es schräg gegen die Hauswand.

Mikael atmete tief durch, schob die Autotür auf und ging über die mit Steinplatten belegte Auffahrt nach oben.

»Hallo«, sagte und hob die Hand zu einem halbherzigen Gruß. »Ihr seid nicht zufällig Einbrecher?«

Der Fahrer schüttelte energisch den Kopf und zeigte die Zähne in einem Lächeln, das den Schnurrbart noch weiter zur Nase hochschob.

»Nein, überhaupt nicht«, rief er auf Dänisch. »Wir haben den Schlüssel sogar bei der Polizei abgeholt.«

»Alles klar, ich verstehe. Seid ihr Handwerker?«, fragte Mikael und ließ seinen Blick über die Blaumänner der Arbeiter schweifen.

Wieder nickte der Fahrer.

»Ja, aus Kopenhagen. Wir sollen die Haustür auswechseln.«

»Meine Güte«, rutschte es Mikael heraus. »Haben die sich eine neue Tür aus Dänemark kommen lassen?«

»Sind Sie ein Nachbar?«, fragte der Fahrer und schaute zum Range Rover hinüber.

»Nein, nein«, lächelte Mikael. »Ich bin selbst Handwerker und bin neugierig geworden, als ich euch gesehen habe.«

»Das ist keine neue Tür. Im Gegenteil. Das ist die alte Mahagonitür der dänischen Nationalbank, komplett mit Rahmen, Glas im Facettenschliff und den originalen Messingangeln. Die einzige ihrer Art.«

»Was?«, fragte Mikael mit einem falschen Lachen. »Wie ist das möglich?«

»Alles ist möglich, wenn man nur dafür bezahlt«, sagte der Mann, zog ein Tapetenmesser aus der Tasche und fing an, das Klebeband vom Paket zu schneiden.

»Na gut, viel Glück«, verabschiedete sich Mikael und wandte sich um, ohne die Antwort der Männer abzuwarten. Als er den Zündschlüssel des Range Rover umdrehte, konnte er sich ein hohles Lachen nicht verkneifen, über die absurde Tatsache, dass sein Bruder so viel Geld ausgegeben hatte, um die alte Eingangstür einer Bank zu kaufen, einer dänischen Bank.

Die Sonne legte einen Schleier über Austberget, als Mikael zur Scheune hochfuhr, und als er die Tür hinter sich zuknallte, wusste er, dass seine Mutter auf der Treppe stehen und warten würde.

Der Geruch nach Hammeleintopf erreichte ihn, noch ehe er ausgestiegen war, und erst jetzt merkte er, dass er großen Hunger hatte. Als kleiner Junge war Hammeleintopf sein Lieblingsessen gewesen, und für sein Geburtstagsfest in der zweiten Klasse hatte er sich Hammeleintopf gewünscht, aber dieses eine Mal hatte die Mutter ihm seinen Wunsch nicht erfüllt.

Der Vater saß schon am Tisch, als Mikael die Küche betrat, und er lächelte, als sein Sohn sich auf seinen alten Platz am Fenster fallen ließ. In den vergangenen Jahren hatte Stener Hildonen angefangen, sich im Herbst einen Bart wachsen zu lassen, aber in diesem Jahr hatte er ihn auch den Sommer über behalten. Der weiße Bart war immer kurz und gepflegt, und Mikael bildete sich ein, der Vater habe das Gefühl, auf diese Weise sein Gesicht zu straffen und jünger auszusehen. Aber Stener konnte nicht verbergen, dass seine Haut schlaffer wurde und die braunen Augen tiefer gesunken waren. Oder vielleicht nicht gesunken, es war eher so, als habe ein Leben in Wind und Wetter den Vater stetig die Augen zusammenkneifen lassen. Mehrmals in letzter Zeit war es Mikael zudem aufgefallen, dass der Vater kleiner wirkte, wenn er nicht in Arbeitskleidung war. Der Bund seiner guten Hose saß nicht mehr dicht über den Hüften, sondern ein Stück höher am Bauch, so dass sein Oberkörper kürzer wirkte.

»Hast du heute viel zu tun gehabt?«, fragte der Vater und stach die Gabel in ein fettglänzendes Fleischstück.

»Gerade genug«, entgegnete Mikael, und erst jetzt merkte er, dass die Wanduhr im Wohnzimmer wieder ging.

»Ich habe angefangen, das Dach auf Eben Ezer neu zu decken«, sagte der Vater.

»Warum?«

»Ich glaube nicht, dass es noch einen Winter überlebt hätte.«

»Warum machst du das denn? Du bist doch gar kein Pfingstler.«

»Engelstad, der Vorsteher, hat angerufen und gefragt. Er hatte Angst, sie würden nicht fertig werden. Ich habe ihm erklärt, sie hätten im Sommer anfangen müssen, aber Leute, die daran gewöhnt sind, alles in die Hände des Schöpfers zu legen, haben ein entspanntes Verhältnis zur Zeit«, erläuterte der Vater.

»Sicher.« Mikael schob Kohl und Fleisch auf seine Gabel. Das Fett bildete Perlen in der Brühe, und die Kartoffeln waren so mehlig, dass sie fast zerfielen, wenn er sie nur anpikste. Mühsam fischte er alle Pfefferkörner aus Kohl und Fleisch und balancierte sie auf einer Gabel. Es gehörte zu den besten Dingen am Hammeleintopf, so viele Pfefferkörner wie möglich im Mund zu zerdrücken und sich dann gegen die Tränen zu wappnen, die ihm in die Augen treten und über seine Wangen strömen würden. Als er die Gabel mit dem Pfeffer in den Mund steckte, fiel ihm auf, dass der Vater genau das Gleiche tat. Vermutlich hatte er wie sonst auch den Pfeffer aus der Portion der Mutter gelesen.

»Ich habe heute mit dem Jugendamt gesprochen. Am Donnerstag gibt es einen Termin. Um den Fall durchzusprechen, haben sie gesagt.«

»Gehen wir da alle zusammen hin?«, fragte Mikael.

»Ja, natürlich gehen wir da alle zusammen hin. Ich habe es auch so verstanden, dass wir uns bald mit Daniela treffen können, aber ich bin nicht sicher, ob sie in Begleitung herkommt oder ob wir in dieses Pflegehaus gehen müssen«, sagte die Mutter und legte ihr Besteck weg.

»Ich kann nicht behaupten, dass ich mich darauf freue, dass uns jemand überwacht. Da fühle ich mich doch wie ein Verbrecher«, warf Mikael ein.

»Da stimme ich dir zu, Mikael, aber es geht jetzt um wichtigere Dinge als darum, wie wir uns fühlen. Wir dürfen uns nicht mitreißen lassen, weil wir schlecht behandelt worden sind«, sagte die Mutter und richtete einen Blick auf ihn, bei dem er die Augen niederschlug. Gerade, dass die Mutter blind war, hatte es immer so unmöglich gemacht, sie zu belügen. Stets hatte sie die Wahrheit aus ihm herausgestarrt, und wenn er versuchte, sie an der Nase herumzuführen, indem er das Gesicht abwandte, merkte sie es sofort an seiner Stimme.

»Ist schon klar, Mama. Natürlich nehme ich mich zusammen. Aber bei der ganzen Kiste hab ich Lust, den Kopf gegen die Wand zu schlagen. Nicht die Klappe zu halten ist das Problem, sondern dass wir nichts tun können.«

»Red nicht so«, rief der Vater.

»So?«

»Du weißt, was ich meine.«

»Entschuldigt«, meldete sich die Mutter zu Wort. »Aber hier war die Rede von Daniela. Davon, dass wir alle zu diesem Termin gehen, und wir gehen nicht dahin, um über den guten Benimm bei Besprechungen zu diskutieren. Einverstanden?«

»Ja, natürlich. Tut mir leid«, sagte der Vater.

Mikael pulte die restlichen Pfefferkörner aus Fleisch und Kohl und zerkaute sie mit einem Knirschen. Dann stand er auf, nahm die Teller und spülte sie unter dem Wasserhahn ab, ehe er sie in die Spülmaschine räumte und die Tür mit einem Tritt schloss.

»Danke für das Essen«, sagte er und verließ das Wohnzimmer, ohne die Antwort seiner Mutter abzuwarten.

Er saß eine Weile auf seiner Veranda, an die Wand der Regentonne gelehnt. Es war lange her, dass Wolken wieder nur zu Wolken geworden waren, aber wenn sie früher am Wochenende nach Hause gekommen waren, hatten Ine und er lange so dasitzen und den Himmel studieren können. Der zeigte Wolken und Sterne auf ganz andere Weise als in der Stadt. Ine gefiel der Klang der lateinischen Namen, und oft hörte sie mit geschlossenen Augen dem zu, was sie seine Valiumstimme nannte, und ließ sich von ihm die Wolken beschreiben. Danach verglich sie seine Beschreibung mit ihren eigenen Beobachtungen. Ine beschrieb die Wolkenformationen fast immer als etwas Sinnliches: weich, kalt, hart oder warm, und ihr Favorit war ein Phänomen, das sie nur zweimal gemeinsam erlebt hatten: polare stratosphärische Wolken oder Perlmuttwolken. Samtriffel taufte Ine sie. Mikael hatte gefragt, ob Pastellwolken kein passenderer Name wäre, aber Ine hatte geantwortet, das sage nur etwas über das Äußere. Mikael wollte das fast Magische dieses Augenblicks nicht zerstören, indem er über Salpetersäuretrihydrat sprach und darüber, dass Perlmuttwolken ein Anzeichen dafür waren, dass die Ozonschicht sich auflöste. Zu Weihnachten im letzten Jahr hatte Ine ihm einen Prachtband über Luke Howard geschenkt, der als Erster die Wolken in sieben Hauptgruppen eingeteilt hatte. Mikael hatte es nicht mehr geschafft, das Buch vor Ines Tod zu lesen, und es war ungelesen geblieben, bis Daniela es eines Tages aus seinem Bücherregal gezogen hatte. Als sie in dem Buch blätterte, stieß sie auf einen von Ine unterstrichenen Satz. »Jede Wolke ist auf dem Weg von einem Zustand in einen anderen, und das, was als Federwolke beginnt, kann durchaus zur Gewitterwolke werden, um dann als Regenwolke zu enden«, hatte sie vorgelesen und gefragt: »Warum hast du diesen Satz unterstrichen, Onkel?« Mikael hatte nur geschluckt und den Kopf geschüttelt. »Ich weiß es nicht mehr so richtig«, sagte er.

In diesem Moment kam ihm der Satz vor wie ein poetischer Nekrolog über das Leben, das er bisher gelebt hatte.

Er schaute hoch zum Himmel, zu einigen Schäfchenwolken, die über dem Wald hingen, und er fragte sich, was er Ine darüber hätte erzählen können. Dass sie als hohe Wolken gelten und zu kleinen Bäuschen oder Bällen zerfallen können, ohne Schatten zu werfen? Einmal war da eine Sehnsucht gewesen, die sein Leben mit Sinn und Richtung erfüllt hatte, der Wunsch, mehr darüber zu lernen, wie Temperatur, Luftdruck, Wind und Wolkendecke es bis zu einem gewissen Grad möglich machen, das Wetter von morgen vorauszusagen. Sein Großvater hatte versucht, das Wetter aus Messern und Silbermünzen zu lesen, während die Mutter immer eine Fundgrube an volkstümlichen Wetterregeln gewesen war. »Wenn die Krähe schreit, ist der Sturm nicht weit«, »Bleibt die Krähe wassernah, ist der Regen bald schon da, siehst du sie nach oben streben, wird es gutes Wetter geben«. Mikael hatte nie Angst vor dem Dunkeln gehabt, aber nach dem Unfall der Mutter war er ein halbes Jahr lang von demselben Albtraum heimgesucht worden. Die ganze Familie war mit dem Auto unterwegs, wurde plötzlich von einem Sturm überrascht, und Mikael war der einzige Überlebende. Als dieser Traum nicht aufhören wollte, ging er in die Bibliothek und diskutierte mit der Bibliothekarin, bis er Bücher aus der Erwachsenenabteilung ausleihen durfte. Das erste, das er sich auslieh, handelte von Wolken und deren Bedeutung. Jetzt konnte er sich nicht erinnern, wann er zuletzt den Himmel mit einem Gefühl angesehen hatte, das Verwunderung oder Erwartung ähnelte.

Mikael ging in die Hütte und schloss die Tür hinter sich ab, während er versuchte, nicht daran zu denken, wie es wäre, zu jemandem nach Hause kommen zu können. Dann könnte zu Hause überall sein, wenn nur dieser andere Mensch dort wäre.

8. Kapitel

Es hatte offenbar die ganze Nacht heftig geregnet, und das monotone Prasseln schien in ihm einen ganz eigenen Klang erzeugt zu haben. Als er noch Meteorologie studiert hatte, war es ein Interessensgebiet von Mikael gewesen, wie das Wetter die menschliche Psyche beeinflusst, jetzt aber schob er seinen jämmerlichen Zustand auf die Schlafqualität der letzten Nächte. Er hatte viel geträumt, und seine Träume fühlten sich an wie zu rasch abgespielte Filme. Wenn er morgens aufstand, hatte er das Gefühl, sich eben erst schlafen gelegt zu haben.

Mit schwerfälligen Bewegungen setzte er sich ins Auto und ließ den Motor an, das transformatorenhafte Brummen lag ihm während der gesamten Fahrt in die Stadt in den Ohren. Die Mutter hatte ihm erzählt, sie habe so empfunden – als sei der Körper mit elektrischer Spannung aufgeladen –, unmittelbar, ehe der Sturm damals die Bäume gefällt hatte. Immer, wenn ein Unwetter heraufzog, verspürte Esther Hildonen seitdem diese Unruhe. Sie beschrieb den Zustand als Schwingungen, ähnlich denen, die entstehen, wenn jemand die beiden dicksten Saiten einer Gitarre stimmt. Sobald sie aufhörten und sich zu einer Stimme vereinigten, würde das Unwetter richtig losbrechen.

An der Stadtgrenze von Kongsvinger musste er die Scheibenwischer auf die höchste Stufe stellen, der Regen sammelte sich in den Reifenspuren im abgenutzten Asphalt, und der

Range Rover arbeitete sich durch die Wassermassen wie ein Schneepflug. Bei diesem Wetter konnte er unmöglich mit den Fenstern weitermachen, deshalb fuhr er zum Büro des Heimpflegedienstes, um nach anderen Aufgaben zu fragen. Dort stand Kristines Auto, und obwohl er lange herumtrödelte, nachdem er seine Aufträge erhalten hatte, war sie noch immer nicht aufgetaucht, als er die Ausgangstür öffnete. Draußen auf der Treppe musste er einen Schritt zur Seite treten, um nicht zwischen den beiden Linoleummatronen stecken zu bleiben, die unter dem Vorbau ihre Regenschirme ausschüttelten.

»Willst du uns aus dem Weg gehen?«, fragte Torunn und lehnte ihren Schirm an das Treppengeländer.

»Eigentlich will ich vor allem mit der Arbeit anfangen. Ihr habt ja keine Ahnung, wie viele lose Dachbretter und undichte Fenster es in dieser Gemeinde gibt«, sagte Mikael.

»Wir wissen bestimmt mehr über die Fenster in dieser Gemeinde als die meisten anderen. Wenn ich nicht mit dem Kopf im Putzeimer krepiere, kann ich bald mit dem Schrubber Silberhochzeit feiern. Und du, Torunn, wie lange machst du das schon?«, fragte Marianne.

»Lange genug, um die Scheidung einzureichen. Aber apropos Hochzeit, Mikael, wie läuft es denn an der Liebesfront?«

»Ungefähr wie an der Ostfront«, sagte Mikael, und mit fast vollständig synchronen Bewegungen legten die Damen den Kopf in den Nacken und lachten laut und schallend. Wie immer fühlte er sich durch ihre Aufmerksamkeit verlegen und geschmeichelt zugleich.

»Du kannst Witze reißen! Wenn es zu kalt ist, dann sag einfach Bescheid. Unseren alten Kerlen ist das doch egal. Bei der Lettin sieht das sicher anders aus.«

»Bei wem?«

»Bei der, an die du dich gestern rangemacht hast. Heute kommt sie offenbar wieder zu spät. Ihr Alter ist bestimmt wetterfühlig, und du weißt doch, was nötig ist, um einen wetterfühligen Alten aus dem Bett zu holen?«

»Ich wusste nicht mal, dass sie einen Alten hat«, sagte Mikael.

»Sie trägt einen Trauring. Hast du das nicht gesehen?«

»Ich schaue Putzweibern nicht auf die Finger«, erklärte er, und Torunn und Marianne warfen wieder den Kopf in den Nacken. Ohne ein weiteres Wort winkte Mikael höflich zum Abschied und lief durch den Regen zu seinem Auto, während er sich auf eine seltsame Weise enttäuscht fühlte, die er nicht ganz begriff.

In einem Keller am Strandvei reparierte er einige lose Treppenstufen, und in einem alten Holzhaus unterhalb des Friedhofs entfernte er die Schwellen, damit der Rollstuhl hindurchfahren konnte. Er war gerade am Gymnasium vorbeigefahren und steuerte die Neue Brücke an, um in einem Haus, das nicht weit von dem seines Bruders entfernt lag, etwas auszumessen, als ein blauer Audi mit geschwärzten Scheiben sich dicht an seine Stoßstange hängte. Das Auto klebte förmlich an ihm, folgte ihm zuerst durch den Kreisverkehr auf der anderen Seite der Brücke, dann durch den nächsten und den ganzen Hang hoch. Der Regen schäumte auf dem Asphalt und strömte über das beschlagene Heckfenster, deshalb konnte Mikael im Rückspiegel nicht erkennen, wer in dem anderen Auto saß, aber im Seitenspiegel sah er, dass es mehrere Personen waren. Mikael versuchte, alles aus seinem Wagen herauszuholen, aber der Audi folgte dem großen und schweren Range Rover unbeeindruckt, vorbei an der Einfahrt zur Grundschule und der dahinterliegenden Wohnsiedlung. Die Heizdrähte zeichneten Tigerstreifen in die Feuchtigkeit am Heckfenster, aber noch immer war es Mikael unmöglich, seine Verfolger zu erkennen. Doch es konnte ja niemand anders sein als die Geldeintreiber.

»Wenn wir das nächste Mal kommen, hast du besser das Geld, sonst, sonst, sonst…«

Mikael hatte keine Taschen, die er umstülpen konnte, kein volles Sparschwein, keine Matratze als heimliches Geldversteck. Während der Regen gegen die Windschutzscheibe hämmerte und er das Gaspedal bis auf den Filz durchtrat, dämmerte ihm, dass das nächste Mal sich mit rasender Geschwindigkeit näherte und er in keiner Weise vorbereitet war.

Er beschloss, dem, was ihn erwartete, zumindest erhobenen Hauptes gegenüberzutreten, nicht wie ein in die Ecke getriebenes Tier. Wenn er weiterfuhr, wäre bei Bæreia Schluss, auf einem schmalen Pfad aus Schotter ohne Wendemöglichkeit, wo die Verfolger ihm einfach den Weg versperren konnten. In der Wohnsiedlung würde er es ihnen schwerer machen, die vielen Häuser würden ihm einen gewissen Schutz bieten. Die erste Abfahrt führte auf der linken Seite bergab, und Mikael zögerte kurz. Im selben Moment schien der Fahrer des Audi begriffen zu haben, was er plante, denn er fuhr zur Seite, um ihm den Weg abzuschneiden. Mikael jagte den Range Rover weiter, ohne das Gaspedal loszulassen, der Wagen sprang vorwärts, und plötzlich tat sich eine kleine Lücke vor dem Audi auf. Das war seine einzige Chance, und er verlangte dem Motor das Äußerste ab, um noch einige Meter Vorsprung zu bekommen. Die rasche Steigung pappte ihm Watte in den Ohren, was das monotone Klappern der

Scheibenwischer auf der Windschutzscheibe noch verstärkte. Mikael wusste nicht, wann Autofahren für ihn zuletzt ein dermaßen physisches Erlebnis gewesen war, aber er versuchte, alles andere auszusblenden außer Lenkrad und Umdrehungszahl, und so konnte er dem Audi einige weitere Meter stehlen.

Zuerst glaubte er, es habe einen Unfall gegeben, als er gelbes Blinklicht am Straßenrand sah, aber dann bemerkte er bei der nächsten Ausfahrt die Absperrungen, den Lastwagen und den Bagger, dessen Schaufel tief im Asphalt vergraben war. Er zögerte einen winzigen Moment, und schon war der Audi wieder dicht hinter ihm. Mikael riss die Schaltung in den Zweiten, hupte fieberhaft und zog das Auto nach links. Der Bagger hatte vielleicht drei Viertel der Fahrbahn aufgebuddelt, deshalb legte Mikael sich auf die linke Seite, schon halb im Straßengraben, und gab Vollgas. Kies und Sand spritzten auf, Steine schlugen gegen die Karosserie, und für einen Moment schien das Auto zur Seite kippen zu wollen, aber dann fanden die Räder Halt, und die Sperren lagen hinter ihm. Die erste Fahrtrampe kam so überraschend, dass er mit dem Kopf gegen das Wagendach knallte. Er warf einen Blick in den Rückspiegel, doch der Audi schien ihm nicht mehr zu folgen. Nach der zweiten Rampe bog er nach links ab und fuhr einige hundert Meter weiter. Der Weg war eigentlich mit einer Drehsperre blockiert, aber er schob sie einfach mit der Front des Range Rover auf und fuhr weiter durch die nächste Straße. Unten am Hang folgte er den Nebenstraßen, die aus der Stadt hinausführten. In Richtung Skogli ließ der Regen nach, und Mikael schaute immer wieder in den Rückspiegel, aber der Audi war nicht mehr zu sehen.

Auf der Heide knallte ihm der Regen dann frontal entgegen, und er musste das Auto aus den abgenutzten Fahrspuren lenken, um Aquaplaning zu vermeiden. Dort, wo die Unglücksfichte gestanden hatte, war nun am Straßenrand ein Holzkreuz aufgestellt, das durch die beschlagene Vorderscheibe bereits verwittert wirkte. Eine unbemalte Erinnerung an die Menschen, wie brüchig das Dasein ist.

In der Hütte streifte er seine Arbeitskleidung ab, kämmte sich die Haare mit Wasser nach hinten und zog seinen einzigen Anzug an. *Alle haben etwas von Wert, absolut alle,* hatte der kleinere Mann mit dem Kinnbart gesagt, als er sich hier im Wohnzimmer umgesehen hatte. Mikael schaute in alle Richtungen, ob er vielleicht etwas übersehen hatte oder ob es etwas gab, das er nicht sehen wollte, aber da war nichts.

Er hatte nichts, was andere sich wünschen konnten.

»Hallo, kann ich den Subaru nehmen?«, rief er ins Haus seiner Eltern und griff sich die Schlüssel, die gleich neben der Eingangstür hingen. Natürlich kannten die Schläger alle Autos auf dem Hof, trotzdem hatte er das Gefühl, in einem zwei Jahre alten Subaru weniger aufzufallen.

»Warum bist du so früh zu Hause?«, hörte er die Stimme seiner Mutter aus dem Wohnzimmer.

»Das Wetter«, antwortete er und machte rasch die Tür zu.

Als er die Bank erreicht hatte, blieb er zunächst sitzen und umklammerte das Lenkrad, während er versuchte, sich zu konzentrieren. Er zog sich die Jackettärmel so weit über die Handrücken, wie er konnte, um seine Tätowierungen zu verbergen, und schaute in den Spiegel. Seine Haare kamen nach denen seines Vaters, dick und ungebärdig, lagen aber noch immer ordentlich gekämmt am Kopf an. Im grauschimmernden Licht wirkten seine Augen eher schwarz als braun. Er atmete tief durch, ließ die Wagentür hinter sich zufallen und blieb einige Sekunden ein wenig orientierungslos stehen, ehe er den Rücken gerade machte und die Bank betrat. Die Bank des Großvaters. Die Bank des Vaters. Die Bank des Bruders.

In Kongsvinger gab es drei Banken, und bei seinem ersten Versuch war Mikael in die neueste Filiale gegangen. Er hatte gedacht, dort sei die Aussicht am besten und man werde ihm bei einem Abzahlungsplan helfen. Er hatte sich eingebildet, es würde für ihn sprechen, dass er bald eine feste Arbeit hätte. Aber da hatte er sich gründlich getäuscht.

Einst hatten ihn diese Räumlichkeiten mit Erwartung erfüllt. Es hatte zu den Weihnachtstraditionen gehört, mit Eltern und Bruder hierherzukommen, um sein Sparschwein in die Kasse des Weihnachtsmanns zu leeren. Im Schaufenster hatte es damals einen Zug gegeben, der zwischen kleinen grünen Plastikbäumen und Wattebergen im Kreis fuhr. Im Keller wurden Pfefferkuchen, viel zu starker Glühwein und Mandarinen serviert. Auf einem Bildschirm liefen ununterbrochen Donald-Duck-Filme. Anfangs hatte er sich vor dem Weihnachtsmann ein wenig gefürchtet, denn der roch genauso wie sein Onkel, wenn er beim Sonntagsfrühstück den Kopf in die Hände stützte, aber die junge Weihnachtsfrau hatte Zöpfe und rosige Wangen. Mikael wurde jedes Mal von einem feierlichen Gefühl beseelt, wenn er sein Sparschwein hergab und den Zettel aus der Rechenmaschine bekam, auf dem Münzen und Scheine zusammengezählt waren.

Als er nun seine Nummer zog und wartete, schlug sein

Herz ein wenig schneller, aber diesmal war es nicht aus Vorfreude.

Mikael hatte gelesen, dass das Herz eines erwachsenen Menschen 70 mal pro Minute schlägt. und es dauerte 2590 Schläge, bis er wieder in der Fußgängerzone stand. Unter dem Vordach des Spirituosenladens saßen zwei rumänische Akkordeonspieler, die der Herbst noch nicht vertrieben hatte. Mikael steckte hundert Kronen in ihren Becher, betrat das Geschäft und nahm sich eine Flasche Wodka aus dem Regal. Er war zusammen mit einem Jungen zur Schule gegangen, der die Jugendgruppe der Kommunistischen Partei in der Stadt geleitet hatte. Dieser hatte unermüdlich behauptet, die Menschen gingen nur deshalb zur Schule und lernten Lesen und Schreiben, damit sie in der Bank ihre Unterschrift auf ein Stück Papier setzen und das Verfügungsrecht über ihr Leben abgeben könnten. Mikael war sechzehn Jahre lang zur Schule gegangen und hatte schon mit fünf lesen und schreiben können, aber dennoch ließ die Bank ihn nicht seinen Namen auf ein solches Papier setzen.

Als er nach Hause fuhr, sah er wieder das nackte Holzkreuz am Straßenrand. Er fuhr langsamer, und für einen Moment überwältigte ihn das schlechte Gewissen, weil er in so vielen Situationen zu lange gezögert hatte, anstatt zu handeln, so dass alles restlos schiefgegangen war, wenn er es endlich getan hatte. Dann gab er Vollgas in Richtung Heide und schlingerte mit Schlagseite die Abfahrt nach Overgrenda hoch.

An diesem Abend drehte er den Verschluss von der Flasche und goss sich einen ordentlichen Schnaps ein, aber als er die Hand nach dem Glas ausstreckte, sah er die Bewegungen des Vaters in der Küche vor sich, an dem Abend, als die Mutter im Krankenhaus gelegen hatte. Mikael sprang auf und goss den Wodka wieder zurück, dann legte er das Messer vor das Bild von Ine und lehnte die Axt an den Nachttisch.

9. Kapitel

Mikael versuchte, sich Danielas Gesicht vorzustellen, während er sich den ersten Kaffee des Morgens einschenkte, aber das Bild wurde von dem der beiden Schläger vertrieben. Die Art, wie ihre Lederjacken geknistert hatten, ihre emotionslose Redeweise, der blaue Audi, der ihm gefolgt war. Mikael zog sich an, goss den restlichen Kaffee in eine Thermoskanne und verbrachte die stille Stunde vor der Morgendämmerung draußen, auf dem Boden sitzend an eine der größten Tannen in Djupdalen gelehnt. Der Kaffee in der Thermoskanne dampfte ihm warm ins Gesicht, und der Bach schoss fauchend vorüber. Wieder erfüllte das schäumende Wasser ihn mit einem Gefühl von Frühling. Die Sonne kam nie bis ganz hierher, und als er zum Himmel hinter den massiven Tannenästen aufschaute, die sich über ihm wie Fittiche ausbreiteten, war es unmöglich zu erkennen, welche Jahreszeit war.

Mikael war immer schon gern hierhergekommen. Er mochte die Stille und das Gefühl, sich außerhalb der Zeit zu befinden, wenn er nur einige hundert Meter ging. Die Heide hinter dem Haus seiner Eltern war im Sommer knochentrocken, und das Moor klang ähnlich wie platzende Blisterfolie, wenn er darauf trat. Djupdalen dagegen nahm seine Schritte auf eine ganz andere Weise auf, hier war der Boden immer feucht. Als der Vater ihm erzählt hatte, dass sich an dieser Stelle neben dem Bach eine Art nördlicher Regenwald entlangzog, hatte Mikael sich mit dem engen Tal noch verwandter gefühlt. Weniger als ein Prozent des norwegischen Waldes ist biologisch gesehen alt, also älter als hundertsechzig Jahre, und es hatte ihn mit einem seltsamen Stolz erfüllt, dass sie gleich hinter ihrem Hof Bäume stehen hatten, die zu den ältesten im Bezirk gehörten. »Gutes Holz«, hatte der Vater gesagt, auf die knorrigen Äste geklopft und Mikael mit einem Blick angesehen, als hoffe er, der Sohn werde irgendwann einmal ebenso solide sein.

Vor Klausuren und Prüfungen in der Oberstufe hatte er sich oft hierhergeschlichen und sich die Zeit genommen, lange genug hier zu sitzen, bis sein Herz für den Rest des Tages im Takt des Waldes schlug.

Hierher war Mikael mit Ine gekommen, als sie einander die Ringe angesteckt hatten, und er hatte ihr die Erdsterne gezeigt, jene seltsamen knollenförmigen Pilze, die aus einer blütenblattförmigen Schale sprangen und die es sonst im Bezirk nirgendwo gab. Ine hatte gelacht und gesagt, sie habe zwar mit Rosen gerechnet, aber ein seltener Pilz aus Skogli sei um Längen besser.

Mikael drehte den Deckel von der Tasse, um den letzten Schluck zu trinken. Die Luft war rein, an den Zweigen über ihm hingen lange Bartflechten, und auf dem Stamm wuchs dickes grünes Moos. Das alles verstärkte das Gefühl, sich an einem geschützten Ort zu befinden, zu dem der Rest der Welt keinen Zutritt hatte.

Er blieb noch einige Minuten so sitzen. Aber an diesem Tag konnten Bach, Bäume und Waldboden ihn nicht beruhigen.

Er stand auf und spülte die Tasse im Bach aus.

Woher sollte er jetzt Kraft nehmen?

Frank Slartmann brauchte lange, um die Tür zu öffnen, und wirkte weder sonderlich erfreut noch überrascht darüber, Mikael wiederzusehen. Er trug ein schwarzes Hemd mit roten Rosen. Und seine Jeans war ganz neu. An den Füßen hatte er grüne Schuhe, die aussahen, als wären sie aus Krokodilleder.

»Du bist wirklich ein Vorbild für dieses Land. Dein Diensteifer kennt keine Grenzen«, sagte Slartmann, und ohne dass Mikael begriff, wie das gekommen war, brannte die Zigarette schon, als er zum Couchtisch zurücksetzte. Eine Zeitschrift mit Bildern von amerikanischen Trucks lag aufgeschlagen vor ihm und daneben ein Buch namens »Onkels Traum«, bei dem Mikael den Namen des Autors nicht lesen konnte.

»Willst du einen?«, fragte er, stellte den Wodka auf den Tisch und ließ sich in den Sessel am Fenster sinken.

»Natürlich will ich einen, du brauchst einen Eskimo nicht zu fragen, ob er in deinen Iglu kommen will, um sich ein bisschen aufzuwärmen. Aber ich kann dir nicht helfen, Hildonen. Und selbst, wenn ich wüsste, wen ich anrufen könnte, was sollte ich sagen? Dass Mikael Hildonen ein überaus sympathischer Bursche ist und ob es sich nicht bitte einrichten ließe, dass er nicht zu bezahlen braucht? Tut mir leid, aber so läuft das nicht«, sagte Slartmann. Seine ganze Haltung hatte plötzlich etwas Greisenhaftes.

»Ich brauche jemanden, mit dem ich reden kann«, seufzte Mikael, aber im tiefsten Herzen wusste er, dass das auch nichts nutzen würde. Dass Slartmann ihm auch nicht helfen könnte.

Vielleicht war er deshalb gekommen, um genug Kraft in der Hoffnungslosigkeit zu finden, um endlich aufgeben zu können.

»Als du zuletzt hier warst, hast du von diesem Investor erzählt, der mit deinem Geld durchgebrannt ist. Der wohnt doch irgendwo, oder was?«, fragte Slartmann und runzelte fragend die Stirn.

»Ihm gehört das größte Steinhaus in der Stadt. Deshalb hatte ich ja gedacht, dass er in Geld schwimmt«, erklärte Mikael und versuchte ein selbstironisches Lächeln.

»Da sagst du was. Er muss das Geld irgendwo haben, und ich rede hier nicht von der Bank. Du musst dir einfach zurückholen, was du ihm gegeben hast.«

»Zurückholen? Einbrechen? Die Polizei hat die ganze Bude garantiert schon auf den Kopf gestellt. Und du kannst mir alles Mögliche nachsagen, aber ein Safeknacker bin ich wirklich nicht.«

»Du zeigst jedenfalls eine unglaubliche Fähigkeit, mit dem Rücken zur Wand zu stehen«, sagte Slartmann und drückte seine Zigarette aus.

Mikael zuckte mit den Schultern. »Wenn ich wenigstens die erste Rate mit Blut und geplatzter Lippe bezahlen könnte, statt mir Sorgen machen zu müssen, was sie mit meiner Nichte oder meinen Eltern anstellen werden. Gestern haben die Motorradjungs mich quer durch die Stadt verfolgt, und die ganze Zeit habe ich gedacht, erst bin ich dran und dann der Rest der Familie.«

»Mikael, es gibt eine Frage, die du dir stellen musst.« Slartmann steckte sich eine neue Zigarette zwischen die Lippen, verzichtete diesmal aber darauf, sie anzuzünden.

Mikael sah ihn an.

»Wie viele falsche Dinge würdest du tun, um etwas wiedergutzumachen?«

Es war schon halb zehn, als Mikael Slartmann an diesem Mittwoch verließ, und zu spät fiel ihm ein, was er Kristine in Bezug auf Kåre Husebye versprochen hatte. Er sprang ins Auto, fuhr aus der Stadt hinaus, vorbei an alten Trinkwasserquellen, überwucherten Weiden und Feldern, auf denen vor über zweihundert Jahren Norweger und Schweden zum Sterben Schlange gestanden hatten. Overgrenda passierte er mit weitaus höherer Geschwindigkeit als vorgeschrieben, riss in Richtung Sætermoen an der Schaltung und schrammte knapp an der Leitplanke der Gegenfahrbahn vorbei, als er ins Tal hinab abbog. Mikael drückte über Bergaust, Eben Ezer und Skredderhuset weiter das Gaspedal durch und folgte dem Baklengselv einen guten Kilometer, ehe er bei der Badestätte talwärts abbog.

Kristines Seat stand mit der Front zum Ausgang auf der Auffahrt zu dem roten Holzhaus, das durch die wintergrüne Hecke noch besser abgeschirmt war als in Mikaels Erinnerung. Er war schon aus dem Rover gesprungen, ehe der Motor ganz verstummt war, eilte die Treppe hoch und stieß die Tür auf, ohne zu klingeln.

»Hallo?«, rief er. »Tut mir leid, dass ich zu spät komme, aber die Batterie war leer, als ich losfahren wollte.«

Im Gang war es dunkel, der Geruch von Bratfett schlug ihm entgegen, und er konnte das Brummen eines Staubsaugers und das Geräusch von Rädern hören, die im ersten Stock über den Boden gezogen wurden.

»Hallo?«, rief er noch einmal, jetzt lauter. »Ich bin da.«

Noch immer keine Antwort. Er machte einen Schritt aus dem Gang hinaus und sah vor einem Wischmopp in der Küche einen Eimer Putzwasser stehen.

Mikael schnappte sich Eimer und Mopp und nahm auf

der Treppe immer drei Stufen auf einmal. Durch eine halboffene Tür konnte er ein Bett erahnen, und aus diesem Raum kam das Geräusch. Er zögerte einen kurzen Augenblick, spürte ein leises Zittern zwischen den Schulterblättern und glaubte schon, den Schlauch des Staubsaugers verlassen auf dem Boden zu sehen, wie er da lag und den Schlund aufriss wie eine zahnlose Mamba, während der Motor immer weiter dröhnte. Mikael fasste den Mopp mit der rechten Hand wie einen Speer.

»Ja, da wär ich dann, wo soll ich anfangen?«, fragte er, zwängte sich durch die Tür und stellte den Eimer auf den Boden.

Kristine beugte sich über das Kopfende des Bettes und schien ihn nicht gehört zu haben. Husebye saß wie ein Boxer mit offenem Schlafrock auf einem Holzstuhl vor dem Fenster. Er zuckte zusammen, als er Mikael sah, und bedeckte sich mit einer heftigen Bewegung.

»Wer zum Teufel bist du denn?«, rief er, stand auf und band einen doppelten Knoten in den Gürtel seines Schlafrocks. Seine Stimme ließ auch Kristine reagieren, und ihr fiel das Staubsaugerrohr auf den Boden, als sie sich aufrichtete.

»Ich werde angelernt. Die Batterie war leer, deshalb ist mein Auto nicht sofort angesprungen, aber jetzt bin ich hier«, sagte Mikael, seine Zähne fühlten sich trocken an, als sie bei dem Versuch eines Lächelns seine Lippen berührten.

»Du kannst hier doch nicht reinplatzen wie ein Zeuge Jehovas! Verdammt, ein paar Rechte muss ich ja wohl auch noch haben, selbst wenn ich alt und gebrechlich bin«, rief Husebye, und seine letzten Worte hallten im Zimmer besonders laut wider, weil Kristine den Staubsauger ausschaltete.

Mikael fand Husebye nicht sonderlich alt, und so, wie er

mit erhobenen Fäusten auf ihn zukam, wirkte er auch nicht unbedingt gebrechlich.

»Aber hast du mich denn nicht angekündigt?«, fragte Mikael und sah zu Kristine hinüber, während er die Muskeln für den bevorstehenden Zusammenstoß anspannte.

Kristine zögerte, und das schien zu reichen, um Husebyes Tempo zu drosseln, doch noch immer hatte er die Fäuste erhoben.

»Ich hab es vergessen«, sagte sie und lächelte Husebye an, dann fügte sie hinzu: »Das ist eine ganz neue Regel.«

Husebyes Gesicht war noch immer abweisend, aber er ließ jetzt die Hände sinken. Mikael staunte darüber, wie wenig der andere sich verändert hatte, seit er ihm zuletzt nahe gekommen war. Die Augenringe waren vielleicht etwas tiefer, und die Haut unter dem Kinn hing loser, aber die fast schmirgelfarbenen Augen funkelten auf dieselbe durchdringende Weise, und die Haare waren noch immer füllig und militärisch kurz geschoren.

»Wo soll ich also anfangen?«, fragte Mikael und machte eine vage Handbewegung.

»Ich bin hier gerade mit Staubsaugen fertig und wollte jetzt im Erdgeschoss weitermachen. Sofa und Sessel müssen gesaugt werden«, sagte Kristine, und Husebye sah noch verärgerter aus, weil über seinen Kopf hinweg geredet wurde.

»Klingt doch gut?«, wandte sich Mikael direkt an Husebye, und sie standen so dicht voreinander, dass er den Geruch roher Zwiebeln wahrnehmen konnte.

»Du kommst mir irgendwie bekannt vor«, sagte Husebye, als hätte er die Frage nicht gehört.

»Das sagen alle. Gehen wir also nach unten.« Mikael trat einen Schritt zurück, um Husebye den Weg zu versperren, während Kristine den Staubsauger aus dem Zimmer trug. Erst als Mikael sich nach dem Eimer bückte, fiel ihm der rote Geldkasten auf, der offen auf dem Nachttisch stand. Vier Reihen Tausender waren am Rand des Kastens aufgestapelt.

Unten im Wohnzimmer stellte Kristine den Staubsauger auf den Boden und nahm Mikael Eimer und Mopp aus der Hand. Sie sagte nichts, denn nun kam Husebye die Treppe heruntergetrampelt, doch sie schlug sich zweimal mit der offenen Hand aufs Herz und machte eine kurze Verbeugung. Für einen kurzen Moment hatte Mikael das Gefühl, dass sie ihn zum Tanz aufforderte, aber dann sah er ihren Trauring.

»Wollt ihr hier rumstehen und glotzen oder arbeiten?«, fragte Husebye, und ohne ein Wort bückte sich Mikael nach dem Staubsaugerstecker, während Kristine Eimer und Mopp in die Küche trug.

An dem Wohnzimmerwänden gab es keinerlei Bilder oder Fotos, und die Jalousien waren halb heruntergelassen, wie viele das machen, um sich vor starker Sommersonne zu schützen. Mikael fing an, unter den Fenstern der Längswand zu saugen, und musste sich ein wenig bücken, um hinausschauen zu können. Wer zu Husebye hineinblicken wollte, musste ganz dicht ans Fenster kommen. Mikael bezweifelte, dass das ein Zufall war. Er fragte sich, ob ihm etwas Ähnliches bevorstand. Ein einsamer Mann in einem viel zu großen Haus, der heimlich Hand an sich legte, während er den Hintern der jungen Putzfrau anstarrte. Ein Mann mit einem Haus voll lebloser Dinge. Ein Mann, der alles hatte, aber das war auch alles, was er hatte.

Wieder dachte er an das Letzte, was Frank Slartmann zu

ihm gesagt hatte und dass Husebyes Geldkasten mehrere hunderttausend Kronen enthalten musste.

Plötzlich ging ihm auf, dass Husebye nicht mehr hinter ihm im Zimmer stand, und er knallte mit dem Staubsauger gegen das nächstbeste Stuhlbein, um Kristines Aufmerksamkeit zu erregen. Sie schaute aus der Küche, und Mikael sah sich um, wie vor einem Zebrastreifen, und hob fragend den Daumen. Sie lächelte und wiederholte seine Geste.

Er hatte gerade die Bürste am Ende des Rohrs befestigt und beugte sich zum Sofa vor, als der Staubsauger verstummte. Mikael drehte sich um, und da stand Husebye mit dem Stecker in der Hand. Schlafrock und Pantoffeln waren verschwunden, und in Pullover und Jeans wirkte er ganz besonders wenig pflegebedürftig.

»Jetzt weiß ich, woher ich dich kenne. Du bist der Jüngste des Bezirksoberförsters«, sagte Husebye.

»Mein Vater war Bezirksoberförster, ja«, entgegnete Mikael tonlos und streckte die Hand nach dem Stecker aus, aber Husebye trat einen Schritt zurück.

»Ich kann mich von früher an dich erinnern. Bist immer zwei Schritte hinter deinem Bruder hergedackelt. Aber damals warst du noch nicht so frech. In meiner Erinnerung bist du ein feiger kleiner Arsch, der die anderen Jungs den Fußball holen schickte, wenn der auf meinem Grundstück landete«, sagte Husebye, und ohne den Kopf zu drehen, wusste Mikael, dass Kristine mit Putzen aufgehört hatte.

»Die meisten ändern sich, wenn sie älter werden. Soll ich jetzt weiter saugen?« Obwohl Mikael ganz ruhig dastand, hatte er das Gefühl zu schwanken.

»Dein Bruder ist wohl bei den Bullen gelandet, aber du

bist nie der Professor geworden, den schon alle in dir gesehen hatten. Und ein guter Mopedfahrer warst du auch nicht, ich glaube, deine Mutter hätte das noch besser hingekriegt. Und dann die Sache oben bei der Räuberhöhle, aber da bist wohl nicht du gefahren?«

Mikael ließ das Staubsaugerrohr fallen, und es klang wie ein Trommelschlag auf dem Boden, als er vortrat und mit offenem Mund Atem holte.

»Mikael«, rief Kristine hinter ihm. »Mikael, wir haben nicht den ganzen Tag Zeit. Auf uns warten noch andere.«

»Jetzt kannst du weitersaugen. Schön zu sehen, dass du Arbeit gefunden hast, mit der du fertigwirst«, spottete Husebye, gab Mikael den Stecker und klopfte ihm wie einem alten Vertrauten auf die Schulter. Mikael blieb einfach stehen. Auf einem inneren doppelt belichteten Film konnte er sehen, wie er aus der Leitung eine Schlinge knüpfte, Husebye gegen die Wand stieß und die Schlinge um seinen Hals zusammenzog.

»Mikaels«, sagte Kristine. »Mikaels, komm jetzt. Wir müssen bald weiter.«

Ohne ein Wort schob Mikael den Stecker in die Dose und fing an zu saugen.

Husebye brachte sie hinaus, als sie mit Saubermachen fertig waren, doch ehe sie in ihr Auto stieg, flüsterte Kristine Mikael zu, er solle bei der Badestelle warten. Er drehte den Subaru auf der Straße, und erst, als er die Auffahrt hinter sich ließ, ging ihm auf, dass er nicht wusste, ob sie die Badestelle hier am Baklengselv oder die drüben beim Flyktningsee meinte. Egal, gerade jetzt war es ausgeschlossen, nur wenige Steinwürfe von Husebyes Haus entfernt zu halten.

Mikael fuhr hinaus auf die Hauptstraße und in Richtung Flyktningsee, als er den Range Rover des Vaters vor dem stillgelegten Laden gegenüber von Eben Ezer stehen sah. Vor dem Auto stand der Vater und redete mit einem anderen Mann, und als er Mikael kommen sah, schwenkte er beide Arme. Mikael warf einen Blick in den Rückspiegel und sah Kristine weit hinter sich, dann fuhr er an den Straßenrand.

»Ja, was ist los?«, fragte er und kurbelte das rechte Fenster hinunter.

»Du kommst spät nach Hause und fährst früh. Es ist schwer, mit dir zu reden, auch wenn du nur am anderen Bachufer wohnst«, sagte der Vater, legte den linken Arm auf das Autodach und bückte sich. Der andere war der neue Vorsteher von Eben Ezer, der Nachfolger von Tordenskiold. Mikael konnte sich an seinen Namen nicht erinnern, aber sie mussten ungefähr gleich alt sein, auch wenn seine roten Locken sich oben schon lichteten.

»Ich habe viel zu tun. Kannst du nicht einfach sagen, was los ist?«, fragte Mikael. Hinter sich konnte er sehen, wie Kristine langsamer wurde.

»Ich brauche den Subaru. Mama hat heute Nachmittag in Kongsvinger zu tun, und du weißt, dass sie den Rover nicht mag.«

Jetzt beugte sich auch der Vorsteher in ihre Richtung, um Mikael genauer zu mustern. Hinter ihnen fuhr Kristine an den Straßenrand.

»Wer ist denn das Mädchen?«, fragte der Vater.

»Eine Kollegin, wir waren zusammen bei einem Klienten.«

»Hier in Skogli?«

»Ja«, sagte Mikael, stieg aus dem Auto und gab dem Vater die Schlüssel. Am Dach von Eben Ezer waren die Ziegel auf der zum Fluss schauenden Seite des Giebels bereits entfernt worden, und auf dem Boden lag eine Palette mit neuen.

»Wo denn?«

»Stener, jetzt gib mir einfach die Schlüssel. Ich hab's eilig.«

»Okay. Vergiss nicht den Termin morgen. Mama redet von nichts anderem«, sagte Stener Hildonen und warf seinem Sohn die Wagenschlüssel zu.

Mikael nickte nur, setzte sich ins Auto und machte eine scharfe Wende zurück auf die Straße. Auf der geraden Strecke, wo der See anfing, sah er einen blauen Audi auf sich zukommen, und sein Herz flatterte schon, aber dann sah er, dass es ein neueres Modell war. Als er am Badestrand anhielt, setzte er so weit zurück zwischen die hohen Fichten, wie er nur konnte.

Mikael konnte gerade noch die Tür öffnen, dann war Kristine schon da und legte ihm beide Arme um den Hals. Ein feuchter Geruch stieg aus ihren Kleidern auf, und die Wirkung ihres Körpers so dicht an seinem stürzte Mikael in Verlegenheit und ließ seine Arme schwer und fehl am Platze wirken, so, wie sie sie umfingen. Er war froh, als auf der Straße ein Auto hupte und ihm half, die Umarmung zu beenden.

»Entschuldige, ich war nur so froh, dass du gekommen bist. Heute war es übel«, sagte sie und lächelte auf eine Weise, die sie ernster wirken ließ. Mikael nickte nur und zeigte auf eine Bank oben an dem Sandstrand, der zum Wasser abfiel. Er hätte gern gewusst, ob sie registriert hatte, was Husebye gemacht hatte, während sie staubsaugte.

»Tut mir leid, dass ich so spät war, ich hatte vergessen, was heute für ein Tag ist«, sagte er und wartete, bis Kristine sich gesetzt hatte.

»Er ist total widerlich. Heute hat er den Geldkasten wieder hervorgeholt. Er versteckt ihn in einem Bücherregal im Wohnzimmer, aber dann hat er ihn ins Schlafzimmer gebracht. Glauben die Norweger wirklich, dass man alles kaufen kann, dass ich für ein paar Tausender die Beine breitmache, nur, weil ich aus Osteuropa komme?«

»Nein, nicht alle.« Mikael vermied es, ihr ins Gesicht zu sehen. Neben der Bank lag der alte verrostete Grill und streckte wie ein verendetes Tier die Beine in die Luft.

»Ich wollte mich nicht beklagen. Ich bin immer allein zurechtgekommen, aber heute habe ich mich hilflos gefühlt.« Sie fuhr sich mit den Fingern durch ihre Jungenfrisur, auf eine Weise, die Mikael überlegen ließ, wie weich ihre Haare wohl sein mochten.

»Ich komme mit dir zur Chefin. Das steht fest. Du darfst da nicht wieder hin.«

»Danke, Mikael«, sagte sie und streichelte seinen Oberschenkel, während die Herbstsonne ihren Trauring trübe flackern ließ. »In Oslo hatte sich jemand ein Attest vom Hausarzt gekauft, um Heimpflege zu bekommen, und ich glaube, das hat auch Husebye gemacht. Deshalb muss ich das selbst in Ordnung bringen, du brauchst nicht mitzukommen.«

Kristine stand auf, bückte sich tief und hielt beide Hände ins Wasser. Als sie sich aufrichtete, liefen einige Tropfen über ihre Wangen und über die bauernblaue Tunika.

»Kennst du ihn gut?«, fragte sie und sah ihm ins Gesicht.

»Wen? Husebye?«

Sie nickte.

»Nein«, sagte Mikael. »Ich kenne ihn nicht gut, aber wir kommen aus demselben Dorf.«

»Er wusste sehr viel über dich. Was war das mit Moped und der Räuberhöhle?«

»Den Mopedkram hab ich mit meinem Bruder gemacht. Das ist lange her. Wir haben nicht mehr viel Kontakt.«

»So, wie du über deinen Bruder redest, könnte er tot sein«, sagte Kristine und setzte sich wieder hin, so dicht, dass ihre Knie aneinanderstießen.

»Warum sagst du das?«, fragte Mikael und konnte nicht verhindern, dass die Wörter schneller und lauter fielen, als er das gewollt hatte.

»Deine Stimme ist trauriger geworden – aber wir müssen nicht darüber reden. Was ist mit deinem Vater? Hast du zu dem eine gute Beziehung?«

»Warum fragst du danach?« Er legte die Arme übereinander, einfach, um sie irgendwo unterzubringen.

»Hat dich nicht vorhin dein Vater angehalten? Wenn ich je einen Mann gesehen habe, der seinem Vater ähnelt, dann musst du das sein. *But correct me if I'm wrong.*«

»Doch, das war mein Vater, aber die große Ähnlichkeit sehe ich nicht.«

»Er ist ein gutaussehender älterer Herr«, sagte Kristine und packte seinen Arm.

Irgendwie hätte Mikael gern so weitergemacht. Auf die Rentnerweise, Arm in Arm auf einer Bank, im Herbst, am See. Zugleich gab es in ihm einen Teil, der nur aufstehen und gehen wollte, ehe irgendeine Erklärung nötig würde. Aber was bildete er sich eigentlich ein? Warum sollte er einer verheirateten Frau überhaupt irgendetwas erklären müssen?

»Früher lag das alte Tanzlokal von Skogli gleich hier am Ufer, und alle fanden es witzig, die Flaschen im Wasser zu zerschlagen«, sagte er stattdessen. »Weiß Gott, wie viele Tonnen Sand die anfahren mussten, damit der Strand wieder benutzt werden konnte.«

Sie blieb wortlos sitzen.

»Hast du Familie?«, fragte Mikael.

Sie nickte.

»Solches Glück habe ich auch. Nur dass ich meinen Vater nicht viel sehe. Und ich habe einen Bruder.«

»Ich habe auch eine Mutter«, ergänzte Mikael.

»Dann hast du besonders viel Glück«, bemerkte Kristine.

»Und du?«

Sie schüttelte auf eine Weise den Kopf, die ihm alle Lust nahm, noch mehr zu fragen, nicht nach ihrer Mutter und nicht nach dem Ring an ihrem Finger.

»Wir sollten vielleicht zurückfahren. Ich habe gesagt, dass ich ein Haus in der Stadt fertig machen würde«, sagte Mikael.

Sie nickte, blieb aber auf der Bank sitzen.

»Wie war es, hier aufzuwachsen?«, fragte sie.

Mikael schaute auf den See hinaus. Der Wind hatte sich gedreht und wehte jetzt fort von ihnen. Er ließ am Hang auf der anderen Seite Birke, Espe und Schwarzerle ihre blattlosen Zweige schwenken. Im Sommer waren die Blätter so dicht, dass Leute, die sich nicht auskannten, unmöglich sehen konnten, dass am Hang Häuser lagen.

»Es war gut, oder – ich weiß nicht, ich bin ja nur hier aufgewachsen und habe keine Vergleichsmöglichkeiten. So war es eben«, sagte er nur.

»Wo hast du gewohnt?«, fragte sie nun.

Mikael zeigte auf den Schotterweg nach Overgrenda, der zwischen den Bäumen über der Haupstraße zu erahnen war. Kristine rutschte noch dichter an ihn heran und schaute an seinem Arm entlang wie an einem Gewehr. Wieder hatte er das Gefühl, in zwei Richtungen zugleich unterwegs zu sein.

»Da wohne ich an sich noch immer«, sagte er. »Nicht im

selben Haus wie meine Eltern, sondern in einer alten Hütte am anderen Bachufer.«

»Es muss schön sein, etwas Eigenes zu habe. Ich habe die Mietsbuden so satt«, sagte Kristine und ließ die Hände in den Schoß sinken.

Mikael hatte gerade genug Atem gesammelt, um nach ihrem Trauring zu fragen, als sie weiterredete.

»Was hat Husebye damit gemeint, dass du kein Professor geworden bist?«, fragte sie und machte große Augen. Mikael atmete mit einem Zischlaut aus, schlug die Augen aber nicht nieder.

»Ich habe mehrere Jahre lang studiert, das Studium aber vor dem Examen geschmissen«, sagte er in neutralem Tonfall.

»Was denn studiert?«

»Meteorologie. Aber jetzt sollten wir zurückfahren.«

»Okay«, sagte sie, stand ohne Einwand auf und ging die kleine Böschung zur Straße hoch. Oben drehte sie sich um und wartete.

»Wie nennst du die?«, fragte sie und zeigte zum Himmel hoch.

»Die da?«, fragte er und glaubte, sie habe das norwegische Wort vergessen. »Das sind Wolken.«

»Wenn du nicht mehr gelernt hast, dann kann ich verstehen, dass du dein Studium abgebrochen hast. Wie nennst du sie?«

»Ambosswolken«, sagte Mikael.

»Da, wo ich herkomme, nennen wir sie Liebeshammer«, sagte Kristine und setzte sich in ihr Auto.

10. Kapitel

Es würde nicht mehr dunkler werden, als es bereits war. Mond und Sterne waren hinter Wolken verborgen, die Nacht war hell und weich, es war leicht, sich zurechtzufinden. Dennoch blieb er mit den Händen im Schoß auf der Veranda sitzen. Erleuchtet von fünfundzwanzig Watt wirkten seine Hände glatt und geschlechtslos, wie die einer Schaufensterpuppe. Sein Großvater hatte Pranken wie kleine Räucherschinken gehabt. Die Hände des Vaters waren nicht so groß, aber sie hatten immer gezeigt, woher er kam und womit er arbeitete.

Mikael hatte nie ganz an die Behauptung geglaubt, die Augen seien der Spiegel der Seele. Augen können lügen, können trügen, können sich als etwas anderes ausgeben, als sie sind. Hände können das nicht. Hände täuschen kein anderes Alter vor. Hände zeigen dich genau so, wie du bist. Er versuchte, die Finger zu verschränken und ein Haus aus seinen Händen zu bauen, aber in diesem Haus wohnte niemand. Er konnte keine allmächtige Stimme hören, die ihm sagte, welchen Weg er nehmen sollte.

Ein einziges Mal in Mikaels Erinnerung hatte der Vater seine Hände zu etwas gebraucht, das ihn überraschte, etwas, das ihn für kurze Zeit zu etwas anderem machte, als er eigentlich war. Als sie klein waren, hatte die Mutter ihnen abends immer vorgelesen, das Abendgebet mit ihnen gesprochen und Kinderlieder gesungen. Aber eines Abends, nicht lange nach ihrer Rückkehr aus dem Krankenhaus, hatte der Vater fast alle Lampen im Wohnzimmer ausgeschaltet, die Stehlampe ein kleines Stück von der Wand weggeschoben und für die Brüder Schattenfiguren gemacht. Niemals davor oder danach, einzig an diesem einen Abend hatte der Vater sie unterhalten. Mikael wusste noch immer nicht, was ihn daran am meisten gefesselt hatte, dass der Vater überhaupt spielen konnte oder dass er so gute Schattenfiguren machte. Er konnte noch immer Stener Hildonen an jenem Abend vor sich sehen und seine Stimme beschreiben hören, wie man den perfekten Schattenindianer macht. *Zeigefinger und kleiner Finger machen Kinn und Nase. Die linke Hand wird hinter die rechte Hand gelegt, um die Federkrone zu bilden.* An dem Abend hatten Ruben und Mikael vor dem Schlafengehen Schattenindianer versucht, aber ihre Figuren waren klobig und undeutlich gewesen.

Mikael zog sich die Sturmhaube über den Kopf, machte den Reißverschluss seiner Jacke bis oben hin zu und streifte die Handschuhe über, dann ging er am Bach entlang nach Skogli hinunter.

Kristines Liebeshämmer hatten einen kräftigen Wolkenbruch mitgebracht. Waldboden, Moos und Steine waren noch immer feucht, und Mikael bewegte sich langsam durch das Tal nach unten. Der Stoff seiner neuen Hose fühlte sich steif und fremd an, und die Jacke knisterte, wenn er sich bewegte. Er war in vier verschiedenen Läden in Charlottenberg gewesen und hatte überall nur je ein Kleidungsstück gekauft, Dinge, die ganz anders waren als das, was er sonst anzog.

Die Regentropfen, die von den Zweigen fielen, fanden den Weg unter die Löcher in der Sturmhaube und legten sich zusammen mit dem Schweiß als dünner Film über seine Gesichtshaut. Der Geruch von nassem Moos und Fichtennadeln wurde durch den Stoff der Haube gefiltert, aber er sog ihn ein und behielt ihn in der Lunge, als ob er einen Joint rauchte und darauf wartete, dass sich die Wirkung in seinem Körper ausbreitete. Irgendwo hinter sich konnte er die hohlen, unverkennbaren Ho-ho-ho-Rufe einer Sperbereule hören. In der westlichen Welt gelten Eulen als Symbol für Wissen und Weisheit, in Japan ist dieser Vogel ein Synonym für den Tod. Mikael konnte sich nicht entscheiden, welche Version ihm im Moment richtiger erschien.

Er erreichte den Talgrund und folgte dem Bach bis zum Flyktningsee. Dann ging er am Ufer weiter ostwärts bis zum Baklengselv, wo er sich auf die Knie fallen ließ, sich die Sturmhaube vom Kopf riss und das kalte Flusswasser trank. Fast unmerklich war sein Puls schneller geworden. Er strich sich hastig etwas Wasser übers Gesicht, ehe er sich mit der Jacke abtrocknete, die Haube wieder überzog und weiterging. Bald hatte er Husebyes Zaun erreicht. Das ganze Haus war dunkel, abgesehen von einer Lampe über der Haustür.

Kein Warten, kein Zögern, keine Zeit, sich die Sache ein letztes Mal zu überlegen. Er brach einen Birkenzweig ab, kletterte über den Zaun und ließ sich vor dem Kellerfenster auf den Boden fallen. Über ihm thronte die Hauswand wie ein steiler Felshang. Ein wenig weiter den Fluss hinunter bellte ein Hund. Etwas in ihm hoffte, Husebye habe das Kellerfenster geschlossen, das Mikael früher am Tag in aller Heimlichkeit geöffnet hatte. Etwas in ihm hoffte, er würde nur bis hierher gelangen und nicht weiter, und danach könne er sich dann sagen, er habe es immerhin versucht.

Aber »immerhin versucht« würde für Daniela keinen Unterschied machen, es würde den Kerlen mit Kinnbärten und Motorradjacken nichts entgegensetzen.

Er tastete sich am Fenster entlang, ohne die Taschenlampe einzuschalten, und fand den Bindfaden, den er innen am Fensterhaken befestigt hatte. Das Fenster ließ sich problemlos aufziehen, er schob den Zweig in die Öffnung und ließ sich mit den Füßen zuerst nach unten gleiten. Seine Hose blieb am Oberschenkel irgendwo hängen, aber Mikael presste seinen Körper einfach weiter, bis er mit einem Reißgeräusch freikam. Dabei streifte er den Birkenzweig, das Fenster traf ihn mit einem dumpfen Knall am Kopf, und einen Moment lang sah er sprühende Funken.

Seine Füße kamen auf dem Kellerboden auf, und er zog das Fenster zu und legte den Haken vor. Die Fensterbank saß so hoch in der Wand, dass es ihm ohnehin nur mit großer Mühe gelingen würde, auf diesem Weg das Haus zu verlassen, und er wollte Husebye keine Anhaltspunkte zur Verfolgung geben.

Mikael stellte den Strahl seiner Taschenlampe auf ganz schmal ein und wartete darauf, dass sein Herz ruhiger schlug. Die Sturmhaube ließ seine Gesichtshaut prickeln, während er bis hundert zählte. Unendlich langsam drückte er die Klinke der Kellertür hinunter und schob sie auf. Keine Geräusche, kein Licht. Der deutlichste Sinneseindruck war ein vager Essensgeruch, der schwer in der Luft hing. Mikael schloss die Tür hinter sich und gab sich Mühe, kurze Schritte zu machen und sein Gewicht auf beide Beine zu verteilen. Vor der Treppe in den ersten Stock blieb er lange stehen und horchte, aber durch den Wind, der an den Baumwipfeln rüttelte, konnte er Husebyes Atem nicht hören. Doch das spielte keine Rolle, Mikael würde schon bemerken, wenn Husebye aufwachte. Er trat ein paar Meter zurück und sperrte das Schloss der Haustür auf, dann schlich er ins Wohnzimmer.

Draußen schlug die Markise im Wind hin und her, und in der Dunkelheit dieses fremden Hauses bekam das Geräusch etwas Unheilverkündendes. Wäre das hier ein Traum gewesen, wäre er an dieser Stelle aufgewacht. Mikael schaltete die Taschenlampe wieder auf breiteren Lichtstrahl und schob sich vorbei am Schreibtisch mit Rechner und Drucker, dem Fernsehtisch, dem Jotulofen und dem Schürhaken, dem Sofa, dem Sessel und dem Zweisitzer in der Ecke. Das Bücherregal war etwa zwei Meter hoch, und früher am Tag war Mikael nicht aufgefallen, wie viele Bücher darin standen, denn es lag teilweise hinter einem *Stressless*-Sessel versteckt. Erst dicht davor ging ihm auf, dass die scheinbar in Leder gebundenen Rücken zu Videokassetten gehörten. Er widerstand der Versuchung, sich die Kassetten näher anzusehen, aber einige neuere DVDs mit sehr jungen Mädchen auf der Hülle gaben eindeutige Hinweise.

Mikael ließ den Lichtstrahl an den Regalen entlangwandern, ohne ein Zeichen zu entdecken, dass hinter den Kassetten etwas versteckt wurde.

Husebyes Haus hatte immer schon etwas Bunkerhaftes gehabt. Warum in aller Welt hatte Mikael sich also eingebildet, das hier könnte so einfach sein? Er zog die Sturmhaube ab und rieb sich das Gesicht mit der rechten Hand, um das Gefühl zu vertreiben, er wäre in einem Spinnennetz gefangen. Die Bewegung ließ den Lichtstrahl durch das Zimmer tanzen, und er bemerkte neben dem Zweisitzer ein kleines unscheinbares Bücherregal, das nur bis zur Armlehne hochreichte. Mit zwei Schritten stand er davor. Zwischen mehreren *Readers Digest*-Sammelbänden, Reiseführern über Thailand und Büchern über Jagd entdeckte er den Geldkasten. Mikael bückte sich und konnte sehen, dass der Schlüssel im Schloss steckte, dann hörte er plötzlich ein Klicken, ein leises Brummen und das Knistern einer Leuchtröhre, die eingeschaltet worden war. Ein Lichtstrahl fiel ins Zimmer, und Mikael hörte die Treppe knarzen.

Er riss den Geldkasten an sich, löschte die Taschenlampe und hatte schon das halbe Zimmer hinter sich gelassen, als ihm die Sturmhaube einfiel. Die musste er bei den Videos vergessen haben. Die Schritte kamen weiter die Treppe hinunter, und Mikael wagte nicht, die Taschenlampe wieder einzuschalten oder mit unverdecktem Gesicht durch den Gang zu laufen. Husebyes Toilette lag im Erdgeschoss, und sicher wollte er nur ein nächtliches Geschäft verrichten. Alles würde gut werden, wenn Mikael sich ruhig verhielt, bis Husebye wieder zu Bett ging. Und falls der Klobesuch länger dauerte, würde er sich unterdessen hinausschleichen, jedoch nicht ohne die Haube.

Die Klotür wurde aufgerissen, dass sie gegen die Wand knallte, und nach dem Plätschern zu urteilen hatte Husebye nicht die Gewohnheit, sie hinter sich zu schließen. Mikael kroch zum *Stressless* und tastete auf dem Boden nach der Sturmhaube. Da knallte Husebye wieder mit der Klotür, ohne jedoch abgezogen zu haben. Es wurde ganz still. Mikael konnte sich gerade noch aufsetzen und hinter den *Stressless* rutschen, ehe Husebye ins Zimmer getrampelt kam.

Bitte, bitte, kein Licht machen, betete er in Gedanken und hielt die Taschenlampe in der rechten Hand wie einen Schlagstock.

Husebye blieb ganz ruhig im Zimmer stehen. Er schien zu

merken, dass etwas anders war. Eingezwängt hinter dem Sessel konnte Mikael ihn nicht sehen, aber dann sank das ganze Möbel in sich zusammen, als Husebye sich hineinfallen ließ.

Für einen Moment blieb die Welt stehen. Mikael musste sich alle Mühe geben, nicht zu atmen, wie er da eingeklemmt hinter dem Sessel saß, mit Husebyes Gewicht nur wenige Zentimeter über seinem eigenen Leib. Er schloss die Augen, um den Raum größer zu machen und das taube Gefühl zu verjagen, das sich jetzt von der Brust aus in seinem Körper ausbreitete.

Der Fernseher knackte, und zuckersüße Tanzmusik plätscherte in das Zimmer. Mikael konnte die Augen nicht mehr geschlossen halten, und im flackernden Licht des Bildschirms sah er Husebyes rechte Hand dicht über seinem eigenen Oberschenkel hängen. Mit dem Blick konnte Mikael dem Arm bis zur Schulter folgen, und es war deutlich zu sehen, dass Husebye nichts anhatte, jedenfalls nicht obenrum. Mikael versuchte, die Augen wieder zu schließen, aber die Gewissheit, dass Husebye so nah war, dass seine Finger beinahe ein leichtes Prickeln in seinem Oberkörper verursachten, machte das unmöglich.

Im Widerschein des Glasschranks an der Querwand konnte Mikael erkennen, dass Husebye sich Textnachrichten im Fernsehen ansah. Fast beim gegenüberliegenden Fenster, genau dort, wo das Licht des Bildschirms in die Nacht überging, entdeckte Mikael die Sturmhaube, die wie eine große Socke zusammengeknüllt auf dem Boden lag. Wenn Husebye seine Aufmerksamkeit nur ein winziges bisschen vom Bildschirm entfernte, würde er etwas finden, das vorher nicht dort gelegen hatte.

Plötzlich schaltete Husebye einen anderen Sender ein, und

jetzt brauchte Mikael nicht im Glasschrank nachzusehen, um zu begreifen, was das für ein Programm war. Offenbar gab es mehrere solche Sender, und Husebye verbrachte bei jedem einige Sekunden, dann kehrte er zum ersten zurück. Eine deutsche Frauenstimme übertönte schrill die mehrerer Männer. Husebye legte die Fernbedienung auf den Tisch und hob die linke Hand in den Sessel. Abermals schloss Mikael die Augen und zwang sich, still zu sitzen, während das laute Keuchen im Raum an eine Säge erinnerte, unmittelbar bevor das Blatt das Brett durchschneidet.

Die plötzliche Stille danach kam ihm ohrenbetäubend vor, und Mikael war sicher, dass Husebye seinen Atem hören konnte. Deshalb blieb er ganz ruhig sitzen und sammelte seine Kraft für eine heftige Bewegung. Entweder würde Husebye all seine Stärke einsetzen, um den *Stressless* zurückzuschieben, oder er würde den Sessel umstoßen und mit erhobenem Schürhaken über Mikael aufragen.

Husebye schaltete den Fernseher aus und ließ die bloßen Füße auf den Boden sinken. Dann ging er durch das Zimmer, weiter zur Toilette und drehte den Wasserhahn auf, eher er die Treppe in den ersten Stock hochstieg.

Mikael blieb ganz ruhig. Er bildete sich ein, dass mindestens zehn, fünfzehn Minuten vergangen waren, ehe er hinter dem Sessel hervorkroch. Lange stand er mitten im Zimmer und lauschte, aber er konnte nichts hören, was andeutete, dass Husebye nach seinen nächtlichen Unternehmungen nicht wieder eingeschlafen wäre.

Er hob die Sturmhaube auf und zog sie wieder über seinen Kopf. Nahm den Geldkasten und die Taschenlampe hoch, öffnete den Deckel und griff nach den obersten Geldscheinen. Das Papier fühlte sich unter den Fingerspitzen seiner

Handschuhe seltsam steif an, und er hielt die Taschenlampe näher an den Kasten. Die lila Farbe wirkte zwar richtig, aber das Gelbe im Papier sah eher bräunlich aus, und als Mikael einen Schein hochhob, bemerkte er deutlich, dass der aus zwei Stück Papier zusammengeklebt war. Das galt auch für die anderen Scheine, die obendrauf lagen, weiter unten gab es nur zu passender Größe zurechtgeschnittenes Zeitungspapier. Mikael legte das Spielgeld zurück in den Kasten und stellte ihn ins Bücherregal. Dann ließ er sich in den *Stressless* sinken, das Leder war noch immer warm von Husebyes Körper, aber Mikael blieb so sitzen, bis er das Zimmer verlassen konnte, ohne sich an die Wand stützen zu müssen. In der Türöffnung drehte er sich um und blieb einen Moment auf der Schwelle stehen, während er mit dem Gedanken spielte, den Computer und den Fernseher mitzunehmen oder das Haus nach anderen Wertgegenständen abzusuchen.

Am Ende zog er leise die Haustür hinter sich zu und ging in Richtung Baklengselv, während er sich vorzustellen versuchte, wie es wohl wäre, sich ins Wasser sinken und einfach von der Strömung wegtragen zu lassen.

Bei seiner Hütte leerte er die Regentonne aus, ließ Schuhe und Kleider hineinfallen, übergoss alles mit Benzin und riss ein Streichholz an. Dann blieb er so stehen, nackt, wie bei einem uralten Ritual, bei dem er soeben ein Opferfeuer angezündet hatte, um die Gottheiten gnädig zu stimmen. Aber seine Flammen reckten keine Hände gen Himmel, sie wurden von den Windstößen in flackernde Bewegungen zerstreut. Irgendwo in seinem Inneren hörte er das Echo von Frank Slartmanns Stimme fragen, wie viel Falsches er freiwillig tun würde, um etwas wiedergutzumachen.

11. Kapitel

»Vorhänge«, sagte die Stimme der Mutter.

»Was?«, murmelte Mikael, während Husebyes Gewicht – oder jedenfalls die Erinnerung an Husebyes Gewicht – ihn zwang, sich auf das Atemholen zu konzentrieren.

»Wir müssen Vorhänge kaufen.«

Als er endlich die Augen aufschlug, stand sie wie ein Butler am Fußende seines Bettes und hatte Pullover und Hose ordentlich über ihren linken Arm drapiert.

»Mama, bitte. Das hier ist mein Schlafzimmer. Hatte ich die Tür nicht abgeschlossen?«, fragte er und setzte sich so jählings im Bett auf, dass die Umgebung vor seinen Augen verschwamm.

»Doch, du hattest abgeschlossen«, sagte die Mutter.

»Und was soll das Gerede über Vorhänge? Haben wir nicht heute den Termin beim Jugendamt?«

»Dieser Termin dauert nicht den ganzen Tag. Danach kaufen wir neue Vorhänge für die Hütte. So kann das hier doch nicht weitergehen«, sagte die Mutter und verzog verärgert den Mund.

»Mama, ich hab keinen Nerv, mich um Vorhänge zu kümmern. Wir haben wichtigere Dinge zu tun. Vergiss nicht, du bist blind. Und für mich sehen die Vorhänge absolut in Ordnung aus.«

Die Mutter legte Pullover und Hose auf die Bettdecke, trat einen Schritt zurück und blieb für einen Moment schwankend stehen, während sie die Fingerspitzen der rechten Hand über ihrer Nasenwurzel gegen die Stirn drückte.

»Was ist los?«, fragte Mikael.

»Ach, nichts«, sagte die Mutter.

»Mama!«

»In meinem Kopf schwingt es ein bisschen. Das kommt und geht seit ein paar Tagen. Es ist nur die alte Geschichte.«

»Vielleicht solltest du dich ein bisschen hinlegen«, schlug Mikael vor.

»Dein Rollkragenpullover ist frisch gewaschen. Ich finde, den solltest du heute anziehen.«

Sie zog ein Maßband aus der Manteltasche und legte es auf Pullover und Hose.

»Was willst du denn damit?«, fragte Mikael.

»Dieses Ding wird Maßband genannt, Mikael, und damit sollst du deine Fenster messen. Du willst doch nicht, dass es hier aussieht, als ob ein Penner in der Hütte wohnt. Denk einmal daran, was ist, wenn Daniela zu Besuch kommt?«

»Dann will ich ihr nicht unbedingt mein Schlafzimmer zeigen.« Mikael konnte den scharfen Unterton nicht aus seiner Stimme heraushalten.

»Das weiß ich«, entgegnete die Mutter. »Aber es kann ja auch sein, dass du von jemand anderem Besuch bekommst.«

»Von wem denn?«

»Von anderen eben«, sagte die Mutter und tippte sich mit Zeigefinger und Mittelfinger an die Schläfe, auf eine Weise, die bedeuten konnte, dass sie ihren Kopf benutzte oder dass sie etwas voraussah, das er selbst nicht ahnte.

»Mama, mach, dass du rauskommst, damit ich mich anziehen kann«, bat er und stellte die Füße auf den Boden.

»Gut, aber fang bitte unbedingt mit dem Messen an. Wir

werden neue Vorhänge kaufen, das ist wichtig. Und so haben wir nach dem Termin etwas, worauf wir uns freuen können.«

»Ich glaube nicht, dass es uns nach dem Termin mit dem Jugendamt aufheitern wird, uns Vorhänge anzusehen«, gab Mikael zu bedenken.

»Ich rede hier nicht über dich«, sagte sie und verließ das Zimmer.

Er zog den Bademantel an, hob die Gardinenstange vom Fenster und fing an zu messen. Dabei konnte er sein Spiegelbild im Glas sehen. Die struppigen Haare, die dichten Augenbrauen und die stumpfe Nase, er hatte dasselbe Gesicht wie am Vortag. Was, wenn er mit Husebyes Geldkasten unter dem Bett aufgewacht wäre? Würden seine Eltern an seinem Gesicht merken, dass etwas anders wäre? Er warf einen letzten Blick in die Fensterscheibe. In seiner Vorstellung existierten keine Zwischenstufen zwischen schuldig und unschuldig. Mikael Hildonen war ein Dieb. Ein mieser Dieb zwar, aber dennoch ein Dieb.

Als die Sachbearbeiterin sich vorgestellt hatte und dann zusammen mit der Leiterin des Jugendamtes an dem ovalen Tisch Platz nahm, musste Mikael sich in die Unterlippe beißen, um nicht zu fluchen oder grobe Beleidigungen auszustoßen. Du scheiß Bevormunderfotze. Du bekackte ausgelutschte Spinne. Jugendamt, scheiß Jugendverdammt.

Es war so seit Urzeiten. Nicht einmal durch fast vier Jahre an der Universität hatte er seine Arbeiterklassenunterlegenheit verloren. Wenn alle Kommilitonen Deutsche gewesen wären, hätte er der Einzige aus der DDR sein können. Er sah aus wie die anderen, hatte dieselbe Muttersprache und benahm sich fast gleich. Dennoch gab es eine Prägung durch

Vererbung, Gene, Chromosomen, Geschichte, Milieu, Kindheit oder vielleicht etwas, wofür es keine Worte gab, das dafür sorgte, dass er niemals in denselben Rhythmus fallen konnte wie die anderen. Dasselbe Gefühl hatte ihn an den Wochenenden erfüllt, wenn er Skogli besucht hatte, aber bei diesen Gelegenheiten war er Mikael Hildonen, der aus der BRD kam.

»Daniela Pedersen, ja«, sagte die Leiterin des Jugendamtes, als wäre das ein Urlaubsziel und Mikael und seine Eltern befänden sich in einem Reisebüro. Der Aspekt von An- und Verkauf wurde noch dadurch verstärkt, dass die Sachbearbeiterin der Leiterin des Jugendamtes einen Ordner voller grüner, gelber, rosa und blauer Zettel zuschob. Durch die Jalousien sickerte die Sonne in Streifen herein und malte ein Gitter aus Schatten auf den Tisch. Im Sonnenlicht wirbelte eine Milchstraße aus Staub, und wenn Mikael jetzt gefragt hätte, wäre ihm vielleicht erklärt worden, wie sie schmeckten, diese Buchstaben, Wörter und Paragraphen, die hier aneinandergereiht wurden, um über ein Menschenleben zu entscheiden. Konnten sie denn überhaupt nach etwas anderem schmecken als nach nichts?

»Wie geht es ihr? Hat sie es gut? Wir wollten erst anrufen, wenn die Lage sich ein wenig beruhigt hat«, sagte die Mutter und lächelte über den Tisch hinweg.

»Das war sehr richtig gedacht. Daniela scheint es gut zu gehen«, entgegnete die Leiterin des Jugendamtes und nahm die Brille ab, worauf sie wie ein selbstgemachtes Schmuckstück um ihren Hals baumelte. Ihre gelbe Tunika lag wie eine Richterrobe um die breiten Schultern und bildete einen scharfen Kontrast zu dem erdfarbenen Sakko der storchendünnen Sachbearbeiterin.

Mikael versuchte sich vorzustellen, welches Bild diese beiden Frauen sich von seinen Eltern und ihm machten. Was sie eigentlich dachten, hinter dem wohlmeinenden Lächeln und dem verständnisvollen Nicken. Die Mutter mit ihrem langen Rock und dem dicken schwarzen Zopf hatte etwas Zeitloses an sich. Sie hätte auch mit einem Planwagentreck durch die amerikanische Prärie nach Westen ziehen oder über den roten Teppich einer Filmpremiere trippeln können. Der Vater und er waren weder zeitlos noch elegant. Stener Hildonens Wangen waren noch immer flammend rot, nachdem er in aller Eile versucht hatte, sich ein vertrauenerweckendes Äußeres herbeizurasieren, und seine Jacke wirkte geliehen, obwohl er sie sicher seit zwanzig Jahren trug. Mikael selbst hatte die Pulloverärmel fast bis zu seinen Fingerknöcheln heruntergezogen, als versuche er, eine Hautkrankheit zu verbergen, während er zugleich steif und unbehaglich auf dem Stuhl saß. Sie sahen aus wie eine Familie, die zum ersten Mal beim Fotografen ist.

»Nun, Sie müssen verstehen, dass wir Grund zur Sorge sehen, was Danielas ein wenig apartes, Entschuldigung, außergewöhnliches Verhalten in der letzten Zeit angeht. Deshalb sitzen wir heute hier, und ich bin mir sicher, dass wir alle ihr Bestes wollen, egal, was bei dieser Untersuchung herauskommt, nicht wahr?«, sagte die Leiterin des Jugendamtes und nickte ihnen zu.

»Ganz genau«, bekräftigte die Mutter, wobei sie den vertraulichen Tonfall nachäffte. »Wir müssen an Daniela denken, nur an Daniela.«

»Wenn hier die Rede von einem einzigen Zwischenfall wäre, würden wir wohl kaum hier sitzen, so etwas könnten wir als dummen Streich abtun, aber es ist ja leider ganz schön viel passiert. Zuerst hat sie sich die Haare abgeschnitten, dann hat sie die Jacke ihres Lehrers ruiniert und am Ende den ganzen Umkleideraum überflutet. Das sind klare Hinweise darauf, dass es Daniela schwerfällt, sich anzupassen, und wir würden unsere Aufgabe versäumen, wenn wir da nicht ein Pflegeheim einschalten. Die Möglichkeiten einer Sorgeübernahme werden genauer untersucht werden«, sagte die Leiterin des Jugendamtes.

Mikael wusste nicht, ob sie Daniela einen Straferlass für die ineinander verhakten Fahrradketten gab oder ob sie davon nichts wusste, aber das spielte eigentlich auch keine Rolle. In ihm breitete sich dasselbe Gefühl aus wie früher auf dem Schulhof, wenn er in eine Ecke gedrängt worden war. Die großen Jungs um ihn herum, während Mikael Hildonen spürte, wie sich alles in ihm zusammenballte und schließlich durch seine Fußsohlen eine Ausdrucksweise fand, über die er keine Kontrolle hatte. Er holte tief Luft, aber die Mutter legte ihm die Hand auf den Oberschenkel, ehe er etwas sagen konnte.

»Natürlich machen wir uns ebenfalls Sorgen. Wir haben so etwas bei Daniela noch nie erlebt«, erklärte sie. »Aber was ist schon normal und was unnormal, wenn ein Kind von dreizehn Jahren seine Mutter verliert? Mitangesehen hat, wie sie jeden Tag kränker und schwächer wurde? Ich glaube, Kinder können leichter damit umgehen, wenn ihre Eltern bei einem Unfall umkommen, als wenn sie so viel Zeit haben, um über das Unvermeidliche nachzugrübeln.«

»Sehr gut gedacht, Esther …«, begann die Leiterin des Jugendamtes, verstummte aber, als die Mutter die Hand hob und ebenfalls den Vornamen benutzte, auf die Art eines Gebrauchtwagenhändlers.

»Randi«, sagte sie. »Entschuldigen Sie, dass ich Sie unterbreche, aber so, wie ich das sehe – wie wir das sehen –, waren es nicht wir, die Daniela Anpassungsprobleme bereitet haben. Sondern die Tatsache, dass ihre Mutter tot ist. In Skogli hat sie inzwischen viele neue Freundinnen.«

»Diese Freundinnen kann sie weiterhin in der Schule treffen«, warf die Sachbearbeiterin ein und lenkte den Blick der Kollegin auf eine Eintragung im Ordner, indem sie darauf deutete.

»Ja, das kann sie natürlich«, sagte die Leiterin des Jugendamtes. »Wir wollen die Bedeutung der Familie auch nicht kleinreden. Durchaus nicht. Deshalb ist es wichtig, alle Aspekte dieses Falles zu beleuchten. Es gibt doch wohl auch einen Vater?«

»Ja«, sagte die Mutter, und Mikael konnte sehen, wie sie in ihrem Schoß die Hände zusammenpresste. Sein Blick schweifte durch das Zimmer, zur Kaffeemaschine an der Wand und der Korktafel mit den Postkarten von Menschen, die Orte hatten, an die sie fahren konnten, und Bekannte, denen sie von dort aus schrieben.

»Wir müssen natürlich auch mit dem Vater sprechen«, sagte die Leiterin des Jugendamtes.

»Er hat auf die Vaterschaft verzichtet. Schon vor vielen Jahren«, erklärte die Mutter.

»Es ist juristisch nicht möglich, auf die Vaterschaft zu verzichten. Hier geht es nicht um einen Hauskauf oder die Aufteilung eines Grundstücks«, sagte die Sachbearbeiterin und schüttelte den Kopf, so dass der rote Pony ihr in die Augen fiel.

In dem kleinen Moment, in dem die Mutter zögerte, nahm Mikael Anlauf, aber schon lag ihre Hand wieder auf seinem Oberschenkel.

»Nein, nein, das wissen wir natürlich. Es war nur dahingesagt«, wiegelte die Mutter ab, und Mikael merkte, dass sie nach den richtigen Worten suchte. »Ruben war sehr jung, als er Vater wurde, und Sylvi und er waren nie ein Paar. Sie haben auch nicht zusammengewohnt, und letztendlich hat er eine andere geheiratet. Aber er hat die ganze Zeit über Unterhalt bezahlt. Nicht einmal ist er in Verzug gekommen.«

»Er war sehr jung«, wiederholte der Vater wie ein Echo. »In einer erzwungenen Ehe wäre er nicht glücklich geworden.«

Er verstummte ebenso plötzlich, wie er sich zu Wort gemeldet hatte, und in der nun folgenden Stille hätte Mikael schwören können, dass er die Kiefer der Mutter knacken hörte, als sie den Kopf zu ihrem Ehemann hindrehte.

»Das wären sie beide nicht«, fügte er jetzt eilig hinzu. »Sie mussten ja auch an ihre Ausbildung und Berufswahl denken.«

»Na gut, es kommt ja ohnehin nicht in Frage, das Mädchen dem Vater aufzuzwingen, wenn sie keinen Kontakt haben. Aber er ist der nächste Verwandte, deshalb müssen wir das zuerst klären. Wie können wir ihn erreichen?«, fragte die Leiterin des Jugendamtes.

»Er arbeitet bei der CIVPOL«, sagte der Vater mit klarer Stimme.

»Der CIVPOL?«

»Ja, der multinationalen Polizeitruppe. Im Moment ist er auf der West Bank. In geheimer Mission.«

»Ich verstehe«, sagte die Leiterin des Jugendamtes und machte sich eine Notiz.

»Randi«, bat die Mutter. »Es muss schwer sein, solche Fälle zu bearbeiten, aber bei allem Respekt hoffe ich doch sehr, dass Paragraphen nicht wichtiger sind als Blutsbande und die Geborgenheit, die Daniela auf Skogli erlebt. Wenn ihr Alltag noch einmal auf den Kopf gestellt wird, geht es ihr damit bestimmt nicht besser.«

»Natürlich sind wir nicht blind für diese Dinge«, begann die Leiterin des Jugendamtes und war so verwirrt von ihrer eigenen Wortwahl, dass Mikael begriff, woran sie die ganze Zeit gedacht hatte.

»Das ist ein sehr wichtiger Aspekt«, fuhr sie fort und setzte die Brille wieder auf. »Aber Esther, ich muss Sie das fragen, inwiefern prägt diese … ja … also, Ihre Behinderung Ihren Alltag?«

Zum dritten Mal legte die Mutter Mikael die Hand auf den Oberschenkel, und zum ersten Mal achtete er nicht darauf.

»Ich weiß nicht mehr richtig, wie es war, eine Mutter zu haben, die nicht blind ist. Mein Bruder und ich waren gerade erst eingeschult worden, als sie den Unfall hatte. Wir waren zwei Jungs und mindestens doppelt so anstrengend wie Daniela, aber wir haben es nie als nachteilig empfunden, dass unsere Familie mit dem leben musste, was Sie ›die Behinderung‹ meiner Mutter nennen.«

Mikael überraschte sich selbst damit, dass er so ruhig sprach, und aus dem Augenwinkel registrierte er deutlich das zustimmende Nicken seines Vaters.

»Ja, natürlich, das verstehe ich, aber wir müssen eben alle Tatsachen berücksichtigen«, sagte die Leiterin des Jugendamtes in einem Tonfall, als wolle sie sich entschuldigen, und Mikael versuchte, sich nicht darin zu verbeißen, wie oft man in einem Gespräch dasselbe sagen konnte.

»Meine Mutter, mein Vater und ich wollen Daniela ein Zuhause geben, in dem sie sich geborgen fühlt, bis sie alt genug ist, um selbst zu entscheiden. Bis dahin sind es ohnehin nur noch fünf Jahre. Ich habe eine Festanstellung, der Hof meiner Eltern ist seit langem schuldenfrei, und Daniela wohnt gern bei uns. Das würde sie Ihnen ganz offen sagen – wenn Sie sie fragten«, ergänzte Mikael und erwiderte die Blicke von der anderen Seite des Tisches, ohne mit der Wimper zu zucken.

»Ja, ganz bestimmt. Ich möchte das hier wirklich als aufschlussreiche Besprechung bezeichnen. Jetzt müssen wir unsere Untersuchungen nur noch zu Ende führen«, schloss die Leiterin des Jugendamtes, erhob sich und streckte die Hand aus. Die Mutter ergriff sie als Erste und schüttelte sie lange mit ihren beiden Händen.

»Wann können wir sie treffen?«, fragte sie.

»Der kommende Samstag wäre uns recht. Wir können uns im Restaurant am Fluss im Zentrum treffen. Dann werden wir ja sehen, ob Daniela etwas unternehmen möchte. Aber bei diesen ersten Treffen passiert normalerweise nicht viel mehr, als dass man ein bisschen redet.«

»Holen wir sie ab, oder tun Sie das?«, fragte die Mutter.

»Wir«, stellte die Leiterin des Jugendamtes fest und machte ihre Hand los.

»Mir ist bekannt, dass Kinder eine oder zwei Nächte zu Hause schlafen dürfen, auch wenn sie in einer Pflegefamilie untergebracht sind. Wann wird es so weit sein?«, wollte die Mutter wissen.

»Vielleicht nächste Woche, wenn alles seinen geregelten Gang geht«, sagte die Leiterin des Jugendamtes.

»Und wann kann Daniela wieder zu uns ziehen?«, fragte Mikael.

»Wenn alles nach Plan läuft, frühestens vierzehn Tage,

nachdem sie von uns abgeholt worden ist. Und damit meine ich wirklich allerfrühestens.«

Nach dem Gespräch standen sie einige Minuten in einer Art Begräbnisstille auf dem Parkplatz. In einem Niemandsland, wo die Menschen ganz unbewusst vermeiden, mit den Autotüren zu knallen, weil es das Geräusch von Erde auf Sargdeckel verstärken würde, das sie eben erst gehört haben.

»Weiß Gott, was diese Leute sich denken, aber ich glaube, es ging so gut, wie es eben gehen konnte«, brach die Mutter die Stille.

»Es war nicht ganz richtig, was ich über Ruben gesagt habe. So war das nicht gemeint. Tut mir leid«, sagte der Vater und legte Mikael die Hand auf den Unterarm.

»Er ist ihr Vater. Wir können nicht so tun, als ob es ihn nicht gäbe«, antwortete Mikael und blieb gerade lange genug stehen, damit es nicht auffiel, dass er der Berührung auswich.

»Ich wünschte, sie würden sich nicht an Ruben wenden, aber das wird doch wohl nichts kaputtmachen, oder? Er kann gegen eine solche Regelung ja kaum Einwände haben?«, fragte der Vater, doch weder die Mutter noch der Sohn antworteten, ehe sie ins Auto stiegen.

»Dann fahren wir jetzt nach Hause?«, fragte der Vater, glitt hinter das Lenkrad und drehte den Zündschlüssel.

»Stener Hildonen, worüber haben wir auf der Fahrt in die Stadt gesprochen?«, wollte die Mutter wissen und tippte sich mit den Fingerspitzen an die Schläfe, wie das ihre Art war.

»Vor allem du hast geredet, von verschiedenen Dingen«, sagte der Vater.

»Ganz ehrlich, Mama, vergessen wir die Vorhänge für den Moment. Mein Kopf ist kurz vor dem Platzen nach dem Gespräch mit diesen Damen«, warf Mikael ein, aber so, wie die Mutter sich auf dem Beifahrersitz gerade machte, wusste er, dass Widerspruch zwecklos war. *Mikael Hildonen, das ist dein Leben.* Das bist du. Eine heimatverbundenere Version des Fliegenden Holländers, nur nicht dazu verurteilt, ruhelos über die sieben Meere zu segeln, sondern auf einem ewig währenden Sonntagsausflug hinten im Auto seiner Eltern zu sitzen.

Der Vater hielt auf dem Kurzzeitparkplatz neben dem, was einst die verräuchertste Kneipe der Stadt gewesen war, jetzt aber weiße Tischdecken, einen ausländischen Namen und eine Flagge im Logo hatte, die nicht blau, weiß und rot war. Das Gefühl des Sonntagsausflugs wurde noch dadurch verstärkt, dass der Vater hier oft gehalten hatte, um eine Pause zu machen, während die Brüder auf der Rückbank Eis geleckt und gewettet hatten, welcher der Betrunkenen als erster das Schild mit den Öffnungszeiten von der Tür reißen würde.

»Können wir hier warten?«, fragte Mikael, als der Vater den Motor abstellte.

»Ich bin übrigens blind«, erinnerte die Mutter.

»Ich dachte, darum ging es doch gerade«, sagte Mikael, aber die Mutter knallte die Tür zu und schnitt ihm damit den Satz ab. Dann blieb sie stehen, zwischen zwei Schritten balancierend, wie Mikael es von Männern kannte, die eine Kneipe verließen.

»Was ist los, Esther?«, fragte der Vater und lief um das Auto herum.

Die Mutter schüttelte nur kurz den Kopf.

»In meinen Gedanken rutscht nur alles ein bisschen durcheinander im Moment«, sagte sie.

»Dann musst du machen, dass du zum Arzt kommst. Es ist viel besser, wenn wir jetzt dort hingehen«, schlug der Vater vor und nahm ihren Ellbogen.

»Stener. Seit fast einem Vierteljahrhundert werde ich regelmäßig untersucht, von jedem, der sich Arzt schimpft. Wieso glaubst du plötzlich, die könnten mich heilen? Ich muss nur ein wenig zur Ruhe kommen«, sagte die Mutter, löste sich aus dem Griff des Vaters und marschierte auf den Vorhangladen zu.

Am Vortag hatte die Lokalzeitung vor einer osteuropäischen Betrügerbande gewarnt, die sich darauf spezialisiert hatte, Ladenangestellten mehr Wechselgeld, als recht war, zu entlocken. Im Geschäft konnte Mikael sich nicht von dem Gefühl befreien, einer solchen Bande anzugehören. Seine Mutter und er mit den zigeunerhaft schwarzen Haaren, und das beinahe slawische Aussehen, das er mit dem Vater gemeinsam hatte, die hohen Wangenknochen und die schmalen Augen. Außerdem waren sie besser angezogen, als es an einem Donnerstagvormittag in Kongsvinger üblich war. Die Mutter ging zum Tresen und blieb dort wortlos stehen, während der Vater und er sich wie zwei Wachtposten an der Eingangstür aufstellten.

Die zierliche Dame hinter der Verkaufstheke drehte den Kopf hin und her wie eine Zuschauerin bei einem Tennisspiel, und so, wie sie das Telefon neben der Kasse ansah, war Mikael klar, dass auch sie den Artikel in der Lokalzeitung gelesen hatte. Die Mutter suchte jetzt etwas in ihrer Manteltasche, und die Verkäuferin trat einen Schritt zurück.

»Ich kann nicht wechseln«, sagte sie eilig und schüttelte die aschgrauen Locken.

»Das macht doch nichts. Ich heiße Esther Hildonen, und das sind mein Mann Stener und mein Sohn Mikael«, sagte die Mutter und traf mit dem richtigen Namen den richtigen Mann, als sie mit den Daumen über ihre Schultern nach hinten wies.

Die Verkäuferin entspannte sich ein wenig, doch dann verdüsterte sich ihr Gesicht wieder.

»Sind Sie Zeugen?«, fragte sie die Mutter.

»Verzeihung?«

»Sind Sie Zeugen Jehovas?«

Die Mutter schüttelte den Kopf, und ihr Blick wurde ernst.

»Wir wollten Vorhänge kaufen. Heißt dieser Laden nicht Vorhangsalon? Und verkaufen Sie denn hier keine Vorhänge?«, fragte sie und verdrehte den Kopf, als traue sie plötzlich ihren eigenen Augen nicht mehr.

»Doch, selbstverständlich, entschuldigen Sie. Natürlich verkaufen wir hier Vorhänge, viele Vorhänge«, entgegnete die Verkäuferin eilig und fummelte am Ausschnitt ihres Pullovers herum.

»Machen Sie sich keine Gedanken«, beruhigte sie die Mutter. »Man weiß ja heutzutage gar nicht mehr, was man da ins Haus lässt. Es wimmelt überall nur so von Ausländern.«

»Ja, nicht wahr?«, sagte die Verkäuferin und nickte eifrig.

»Und von religiösen Fanatikern«, fügte die Mutter hinzu.

»Mmmm.« Jetzt war die Verkäuferin schon weniger engagiert.

»Ganz zu schweigen von Schwulen und Lesben.«

Die Verkäuferin begnügte sich mit einem Nicken und warf wieder einen Blick zum Telefon hinüber.

»Aber die Vorhänge, ja. Das Haus meines Sohnes muss ein wenig aufgehübscht werden. Es hat insgesamt fünf Fenster.

Hier sind die Maße«, sagte die Mutter, zog den Zettel mit Mikaels Notizen aus der Tasche und tastete ein wenig herum, als sie ihn vor der Verkäuferin auf die Theke legte, aber nicht so sehr, dass es auffällig gewirkt hätte.

Im Fotoalbum der Familie gab es mehrere Bilder der Mutter, auf denen sie bei Schulrevuen und Vorstellungen mitwirkte, und Mikael hatte eine vage Erinnerung daran, dass sie unmittelbar vor dem Unfall begonnen hatte, mit einer lokalen Theatergruppe in Kongsvinger zu üben. Immer, wenn Mikael mit der Mutter ein Geschäft betrat, staunte er von neuem darüber, dass sie sich wie eine Schauspielerin benahm und einfach in Rollen schlüpfte, die mit ihrem wirklichen Leben nichts zu tun hatten. Esther Hildonen fand sehr viel Freude daran zu sehen, wie weit sie mit den Ladenangestellten gehen konnte, ehe diese bemerkten, dass sie blind war. Ab und zu verriet sie es selbst, bei anderen Gelegenheiten lag die Belohnung darin, den Laden wieder zu verlassen, ohne entlarvt worden zu sein.

Die Verkäuferin lächelte erleichtert, als sie sah, dass auf dem Zettel wirklich Maße standen und keine Bibelverse, Witze oder die Aufforderung, das Geld aus der Kasse in eine Papiertüte zu stecken.

»Was für Vorhänge sollen es denn sein?«, fragte sie und kam hinter der Theke hervor.

»Es ist zwar Mikael, der die Vorhänge bekommt, aber eigentlich bin vor allem ich dafür zuständig. Sie wissen ja, wie das mit Männern und Vorhängen so ist. Ich glaube, im Wohnzimmer würden sich Ipanemavorhänge gut machen, die würden dem Raum mehr Tiefe geben, meinst du nicht auch, Mikael?«, fragte die Mutter und richtete ihren Blick genau auf den Sohn.

»Wie du schon richtig erkannt hast, Vorhänge sind nicht gerade mein Thema«, bedauerte Mikael.

Die Verkäuferin hatte wieder ihren Tennisblick aufgesetzt.

»Sie meinen sicher Halbpanama?«, hakte sie nach.

»Nein, nein, ich meine wirklich Ipanema. Das ist jetzt ganz groß im Kommen, brasilianisches Strukturgewebe. Es ist wohl etwas völlig Neuartiges.«

»Die haben wir leider noch nicht bekommen, aber ich kann versuchen, sie zu bestellen«, sagte die Verkäuferin unsicher und machte einen Schritt in Richtung Kasse.

»Nein, nein, meine Liebe«, hielt die Mutter sie zurück und unterstrich das mit einer Geste, bei der sie in die Luft griff.

»Willst du die Brieftasche, Esther? Mir scheint, diese Bewegung kenne ich«, sagte der Vater und trat neben seine Frau.

»Aber nein. Ich werde dir meine Brieftaschenbewegung schon noch früh genug zeigen. Ich hatte nur gerade eine Fliege gesehen«, erklärte die Mutter und klopfte dem Vater kurz auf den Arm.

»Ich fürchte, schwarz würde im Wohnzimmer zu düster wirken, deshalb dachte ich an etwas Mittelbraunes«, fügte sie hinzu. »Und da Sie kein Ipanema haben, schlage ich grobgewebte Baumwolle vor.«

»Die ist hier drüben«, sagte die Verkäuferin erleichtert und schlich an Mikael vorbei, wobei sie gemusterte, braune, weiße und orangefarbene Vorhänge hinter sich ließ, die in Mikael halbvergessene Erinnerungen an Sendungen im Kinderfernsehen wachriefen, wo die Moderatoren Samenzellen aus weißem Bindfaden und Watte zeigten.

»Ja, die sehen gar nicht schlecht aus«, sagte die Mutter und ließ den Stoff zwischen ihren Fingern hindurchgleiten. »Aber haben Sie nicht etwas ein wenig Raueres? Und vielleicht auch einen Ton heller?«

»Äh. Doch, hier.« Die Verkäuferin suchte einen neuen Stoff heraus.

»Genau, die sehen gut aus. Die würden doch sehr gut passen, nicht wahr, Mikael«, fragte die Mutter und drehte sich wieder zu ihrem Sohn um.

»Ich verlasse mich da ganz auf deinen Geschmack«, meinte dieser.

»Na gut, dann nehmen wir diese hier für das Wohnzimmer. Sie haben doch eine Nähstube, nicht wahr?«, fragte die Mutter.

»Natürlich«, versicherte die Verkäuferin.

»Wunderbar. Ich glaube, Gummizug und oben angerüscht würde sich gut machen, kriegen Sie das hin?«

»Aber sicher«, sagte die Verkäuferin und ging zum Tresen, um sich einen Block zu holen.

»Gut.« Esther Hildonen ließ die Schultern ein wenig sinken.

Die Vorhänge für Küche und Schlafzimmer wurden rasch ausgesucht.

»Kannst du bitte die Pin-Nummer eingeben, Mikael? Ich habe meine Brille vergessen«, bat die Mutter, als es ans Bezahlen ging.

Er nickte und tippte die vier Ziffern, sein Geburtsdatum, wie jedes Mal, wenn er mit der Mutter einkaufte.

Für einen Moment sah er die Gesichter der Geldeintreiber vor sich. Dann sich selbst, wie er die kleine Plastikkarte in den Schlitz eines Geldautomaten schob. Und zuletzt die Dominosteine, die fielen und immer weiter fielen.

12. Kapitel

Neuerdings beobachtete Mikael wieder den Himmel, und er saß gerade mit seinem alten Skizzenblock auf der Veranda, als er sie unter einigen perfekten Knubbelwolken den Weg entlangkommen sah. Nun also geschah endlich das, worüber er einige Monate nach Ines Tod in einer Zeitschrift gelesen hatte: die *halluzinierte Psychose.* Man verleugnet etwas so lange, dass man am Ende in einem Zustand lebt, in dem sich Wirklichkeit und Phantasie nicht mehr trennen lassen.

Sie kam immer weiter auf ihn zu, den Weg zwischen den Bäumen herunter. Er kniff sich eine Blutblase an der Innenseite seines Oberschenkels, aber das änderte nichts. Sie öffnete das Tor zum Grundstück, lief an den beiden Birken vorbei, an deren Zweigen immer noch einige rostige Blätter hingen, und warf einen Blick hinauf in die Krone der Blutbuche, die noch voll belaubt war. Sie war so nah, dass er ihre Kleidung erkennen konnte. Die lange leinenweiße Bluse hing wie ein Lendenschurz über ihre Hüften, und der Stoff flatterte verspielt über der engsitzenden Hose. Ein schwarzes Tuch mit weißen Tupfen schmiegte sich an ihren Hals, eines der Enden wehte über ihrer Schulter wie ein Windsack. Zielstrebig wie ein Postbote machte sie die letzten Schritte auf ihn zu.

»Hier hast du dich also versteckt«, sagte sie.

Mikael schluckte, ihm fehlten die Worte, deshalb nickte er nur. Sie blieb vor der Treppe stehen, als warte sie auf eine

Einladung, eine Antwort, einen Hauch des Erkennens, eine Hand, die ausgestreckt wurde. Ihre Nähe wurde überwältigend, und plötzlich schien sie einen starken Duft zu verströmen, doch sie roch nicht nach Herbst, sie roch nach Frühling.

»Hier wohne ich«, sagte er.

Sie nickte sanft. Er hätte sie gern gebeten, sich neben ihn auf die Bank zu setzen, brachte das aber nicht heraus. Schaffte es nicht, das umgekippte Moped aus dem Kopf zu bekommen. Man kann sich nicht vor allem schützen. Als sie sich dann doch setzte, geschah das mit der Bewegung, von der er nach dem Unfall so oft geträumt hatte. Im einen Moment noch auf dem Gipfel der Welt, beide Hände am Lenker, den Blick nach vorn gerichtet. Und im nächsten Augenblick auf dem Boden, ins Leere schauend. *Now you see me, now you don't.* Seine eigene Art, sich zu verstecken. Das Gefühl, wie ein Kind beide Hände vors Gesicht zu schlagen.

»Diese Wolken«, sagte sie und zeigte nach oben, als ob er den Himmel ohne diese Geste nicht finden würde. »Wie heißen die?«

Er holte Luft.

»Der lateinische Name ist Altocumulus. Sie bestehen vor allem aus unterkühlten kleinen Wassertropfen, aber bei sehr niedrigen Temperaturen können sie auch Eiskristalle enthalten.« Mikael verstummte für einen Moment, dann fügte er hinzu: »Altocumulus sind mittlere Wolken.« Er hob den Kopf zum Himmel, der in Richtung Schweden schon dunkler wurde.

»Mildere Wolken?«, fragte sie.

»Nein«, sagte Mikael und konnte ein fremdes Geräusch, das an ein trockenes Lachen erinnerte, nicht unterdrücken.

»*Mittlere* Wolken. Oder mittelhohe Wolken. Das bedeutet, dass ihre Wolkenbasis bis zu fünf Kilometer über dem Boden liegt.«

»Wie heißen diese Wolken auf Norwegisch?«

»Ich nenne sie immer Knubbelwolken, wegen ihrer Form, aber es gibt auch Leute, die Schäfchenwolken dazu sagen.«

»Määä«, lachte sie. »Schäfchenwolken. So werde ich sie jetzt auch nennen. Was für ein schöner Name, ein Himmel voller Schäfchen. Du weißt viel über Wolken.«

»Du hast doch nicht vergessen, dass ich früher mal Meteorologie studiert habe?«, fragte er.

»Nein«, sagte sie und schüttelte den Kopf. »Das habe ich nicht vergessen.«

»Warum bist du gekommen? Um mich zu holen?«

Sie sah ihn an, ihre Augen wurden schmaler, und so, wie sie den Rücken spannte, konnte Mikael für einen Moment eine abwehrende Bewegung erahnen. Dann entspannte sie sich ein wenig, und die Furchen über ihrer Nasenwurzel glätteten sich wieder.

»Dich holen? Warum fragst du? Willst du mich nicht hierhaben?«

»Doch, doch, unbedingt, entschuldige. Aber ich bekomme sonst kaum Besuch. Ich war überrascht.«

»Soso. Nur überrascht?«, fragte sie und atmete mit einem leisen Pfeifen ein, als würde sie mit den Zähnen den kühlen Hauch von Abend filtern, der in der Luft lag.

Mikael antwortete nicht sofort. Sie legte ihm die Hand auf den Oberschenkel, und ihr Trauring funkelte wie frischer Stacheldraht um einen Zaunpfahl. Mikael machte sich stark. Wenn er von Ine träumte, wachte er immer in solchen Momenten auf. Jedes Mal, wenn sie ihn direkt ansprach oder nach ihm griff, erwachte er, die Hand in ein leeres Nichts gestreckt. Doch jetzt spürte er deutlich das Gewicht von Kristines Hand auf seinem Oberschenkel, und noch immer kam sie ihm wirklich vor.

»Ich freue mich auch«, sagte er. »Aber ich wusste gar nicht, dass du weißt, wo ich wohne.«

»Das war nicht schwer. Ich bin dem Weg gefolgt, den du mir gezeigt hast, und habe vor dem letzten Haus gehalten. Hab schon überlegt, ob ich anklopfen und fragen sollte, ob ich hier richtig bin, aber dann habe ich dein Auto in der Scheune gesehen.«

»Möchtest du nicht reinkommen?«, fragte Mikael und nahm ihre Hand, ohne dass sie verschwand. Er ertappte sich bei dem Wunsch, seine Lebensgeschichte wäre einfacher. Drei Sätze, bei denen keine weiteren Fragen nötig waren, keine Abgründe, keine alten Türen, die mit Gewalt aufgedrückt werden müssen.

»Ich dachte schon, du würdest das niemals fragen«, sagte Kristine Jaunlatgale und ließ sich von Mikael ins Haus führen.

13. Kapitel

Mikael konnte sich nicht erinnern, wann er zuletzt eine Frau zu Besuch gehabt hatte, und er hatte Angst davor, dass die Tatsache, Kristine ins Haus gebeten zu haben, mehr von ihm verlangen könnte, als er zu geben bereit war. Denn es kommt immer ein Danach, ein zweites Mal, das folgt. Bei dem alles, was hätte sein sollen, alles, was hätte sein müssen, zu nichts zerbröselt und zwei Menschen, die einander niemals richtig kennenlernen konnten, einander noch fremder werden und sich den Rücken zukehren, wenn sie sich anziehen. Aber was Mikael am meisten fürchtete, war, dass er im Licht sehen würde, wie anders sie war als Ine. Er schaltete die kleinen Lampen über dem Sofa ein und konnte gerade noch den Schatten eines Lächelns erahnen, der über ihr Gesicht glitt. Sie zog die Tür hinter sich zu und blieb mit verschränkten Armen stehen, ohne etwas zu sagen, während sie den Blick hin und her schweifen ließ.

»Ich mag Holzhütten«, sagte sie und griff zu der Biografie über Luke Howard, die auf dem Couchtisch lag.

»Mein Großvater hat das Holz in seinem eigenen Wald geschlagen und die Hütte selbst gebaut. Er sagte, es gebe drei Dinge, die einen Mann zum Mann machen. Heiraten, ein Kind bekommen und sein eigenes Haus bauen«, erzählte Mikael und trat ebenfalls zum Couchtisch. Er wollte nicht, dass Kristine sah, was Ine in das Buch geschrieben hatte.

»Ja, ein Haus oder eine Hütte zu bauen geht sicher sehr gut

allein. Die anderen Dinge sind da schon schwieriger«, bemerkte Kristine und erwiderte seinen Blick, während sie das Buch weiterhin offen hielt.

»Du hast dir die Blutbuche angesehen, als du gekommen bist«, sagte Mikael.

»Blutbuche?« Kristine hob die Augenbrauen.

»Ja, der Baum gleich beim Tor«, erklärte Mikael und zeigte zum Fenster hin, eine Bewegung, die es Kristine schwer machte, beim Tisch stehen zu bleiben. Sie legte das Buch hin und kam hinterher.

»Die, ja«, sagte sie und ließ ihren Blick seinem Zeigefinger folgen. »Ein schöner Baum, aber ist es nicht seltsam, dass er noch so viele Blätter hat?«

»Im vorigen Jahr hatte er den ganzen Winter hindurch welche. Die Blätter sahen welk aus, fielen aber nicht herunter. Das habe ich noch nie zuvor erlebt«, sagte Mikael und hatte plötzlich das Gefühl, eine Hand zu viel zu haben, als er lange genug auf den Baum gezeigt hatte.

»Es ist traurig und schön zugleich. Blätter, die sich weigern zu sterben, auch wenn sie welk sind«, meinte Kristine und stand so dicht bei ihm, dass der Fensterrahmen sie beide umschloss wie der Rahmen einer Fotografie.

»Das Besondere an der Blutbuche ist, dass alle Bäume auf der ganzen Welt von einem Mutterbaum abstammen, der kurz nach 1760 in Sonderhausen in Deutschland gefunden wurde. Mein finnischer Urururur-irgendwas war Dragoner in der finnischen Kavallerie und und musste im Dreißigjährigen Krieg kämpfen. Er geriet in Gefangenschaft, nachdem sie in Tirol über den Fluss Lech gestürmt waren, und ihm wurde ein Ohr mit einer glühenden Zange abgerissen. Nachdem er endlich von anderen Dragonern befreit worden war, raubten sie in einem Kloster alles, was irgendeinen Wert hatte. Als er dann nach Skogli kam, hatte er angeblich seinen Anteil der Beute und ein Samenkorn der Blutbuche dabei. Abgesehen von einigen Silberlöffeln wurden aber niemals irgendwelche Spuren der Dinge aus dem Kloster gefunden. Die Blutbuche ist die einzige ihrer Art in ganz Skogli«, sagte Mikael und musste eine Atempause einlegen.

»Das ist eine schöne Geschichte.« Kristine nahm seinen Oberarm wie eine Lehrerin. »Aber ich glaube, du weißt mehr über Wolken als über Bäume, jedenfalls was Jahreszahlen angeht.«

»Wie meinst du das?«, fragte Mikael.

»Der Dreißigjährige Krieg wurde 1648 beendet. Aber wie gesagt, es ist eine schöne Geschichte und ein noch schönerer Baum. Auch meine Familie kennt viele solche Geschichten. Von Dingen, die so oft erzählt worden sind, dass sie wahr werden. Eine Geschichte ist nicht zwangsläufig weniger wahr, bloß weil sie nie passiert ist.«

Nun schaffte Mikael es nicht mehr, nicht daran zu denken, woran er nicht zu denken versuchte.

»Husebye«, sagte er. »Hast du noch was von dem gehört?«

»Ich habe mit der Chefin gesprochen. Husebye wird keinen Besuch mehr von uns bekommen, für lange Zeit. Danke nochmal fürs Mitkommen. Das kann ich gar nicht oft genug sagen.«

Mikael nickte, zuckte aber zugleich mit den Schultern und endete mit einer Bewegung, die gar nichts bedeutete.

Er ging zum CD-Player, um ein Album einzulegen, wusste aber nicht, welches. Welche Lieder nichts sagten, was er nicht sagen wollte. Auf keiner der CDs, die er behalten hatte, war nur Musik. Sie alle enthielten Teile seines Lebens.

Er setzte sich auf das Sofa und blieb so sitzen, während Kristine sich das Zimmer ansah. Sie nahm Dinge in die Hand und musterte sie, als wäre sein Wohnzimmer ein Gebrauchtwarenladen.

Kristine ließ ihre Fingerspitzen über die Bücher laufen, zog einzelne Bände heraus und las die Klappentexte. Nahm die Ziergegenstände aus dem Bücherregal, die meisten davon Andenken an die Kindheit, die seine Mutter als Erinnerung daran hingestellt hatte, dass er einstmals ein Leben gehabt hatte. Sie trat ganz dicht an einige Fotografien heran, die er von besonders schönen Perlmuttwolken gemacht hatte, und lachte, als sie das Geburtstagsgeschenk der Linoleummatronen sah, das unter dem Fenster an der Wand lehnte. Das Bildnis einer Zigeunerin, die sehr viel mehr Haut zeigte als Stoff.

»Ist das von Torunn und Marianne?«, fragte Kristine und drehte sich zu ihm um.

»Was?«

»Torunn und Marianne haben gesagt, ich soll mal nachsehen, ob du ihr Geburtstagsgeschenk aufgehängt hast.«

»Das stimmt, das Bild ist von ihnen. Ich bin noch nicht dazu gekommen, es aufzuhängen«, sagte Mikael.

Kristine hatte den Matronen also gesagt, dass sie ihn besuchen wollte. Sofort konnte er die Handbewegungen und die vulgären Blicke der beiden älteren Frauen vor sich sehen, konnte ihr Lachen und ihre unzweideutigen Kommentare hören.

Warum hatte Kristine es ihnen erzählt? Um mehr über ihn zu erfahren? Um sich den Weg erklären zu lassen? Aber Marianne und Torunn hatten ihn noch nie besucht, und Kristine hatte ja angeblich seiner eigenen Beschreibung entnommen, wo er wohnte.

Jetzt kam sie durch das Zimmer und setzte sich neben ihn auf das Sofa. Auch diesmal so nah, dass sein Körper ein wenig zu ihrem hinüberkippte.

»Es gefällt mir, wie du wohnst«, sagte sie. »Es sieht aus, als ob schon lange jemand hier lebt.«

»Danke. Mein Großvater hatte die Hütte sehr gut eingewohnt. Es wäre eine Übertreibung zu behaupten, ich hätte hier viel gemacht«, sagte er.

Ihre Jeans saß wie angegossen an ihren Oberschenkeln, und als sie die Hände auf dem Schoß faltete, sah er, dass sie sich die Nägel schwarz lackiert hatte. Der Spitzenrand ihrer Blusenärmel reichte bis auf den Handrücken, und zwischen dem Weißen und dem Schwarzen, den Rüschen im Stoff und den glänzenden Nägeln, dem Reinen und Unschuldigen und dem Künstlichen, lag ein ganzes Stundenglas voller Möglichkeiten.

»Warum bist du nach Norwegen gekommen?«, fragte er.

»Um Geld zu verdienen. Und mich umzuschauen. Um festzustellen, ob ich weiter auf die Universität gehen will. Als EU-Bürgerin kann ich mich in Norwegen aufhalten, solange ich will, aber ich bekomme keine Arbeitserlaubnis«, sagte sie und legte den Kopf ein wenig schräg, als sie ihn ansah.

»Und dein Mann?«, fragte er.

»Mein Mann?« Kristine setzte sich gerade.

»Ja«, sagte Mikael, streckte die Hand aus, berührte kurz ihren Trauring und spürte auf dem Gold die Wärme ihrer Haut.

Kristine legte den Kopf in den Nacken und lachte, als ob sie dieses Lachen für eine passende Gelegenheit aufbewahrt hätte.

»Das ist der Trauring meiner Mutter. In Lettland habe ich

ihn an einer Kette um den Hals getragen. Seit ich hier bei der Heimpflege arbeite, stecke ich ihn an den Finger, damit die Männer glauben, ich sei verheiratet. Damit sie nicht auf dumme Gedanken kommen, obwohl ich aus Lettland bin. Das hat fast immer gewirkt – nur eben nicht hier in Skogli.«

Mikael fühlte sich auf eine Weise erleichtert, die ihn nervös machte.

»In Skogli ist vieles anders«, sagte er mit einer Stimme, die zu einem viel kleineren Mann gepasst hätte. »Hast du lange studiert?«, fügte er hinzu und versuchte, eine tiefere Tonlage zu finden.

»Drei Jahre. Aber Mikael, darf ich dich etwas fragen?«, begann sie, und ihre Augen schienen sich dabei ein wenig zu weiten.

Mikael versuchte, ihren Blick festzuhalten, was ihm aber nicht gelang. Jetzt kam es.

Kristine beugte sich vor und strich behutsam über das Spinngewebe, das auf seinen Ellbogen tätowiert war.

»In Lettland bedeutet eine solche Tätowierung, dass man im Gefängnis gesessen hat«, sagte sie.

»Ich glaube, das bedeutet sie auf der ganzen Welt«, vermutete Mikael.

»Aber du hast doch wohl nicht gesessen?«, fragte sie.

Mikael zögerte kurz mit seiner Antwort.

»Das wohl nicht«, sagte er. »Vielleicht will ich mich gerade daran erinnern.«

»Brauchst du dafür eine Tätowierung?«, fragte sie und lächelte unsicher.

Mikael hörte ein Pfeifen in seinen Ohren. Er war eine Vogelscheuche. Ein Strohmann. Ein Mann ohne Skelett, den nur die Kleider zusammenhielten. Er zog den Arm zurück und schluckte. Diese Tätowierung war die letzte, die er hatte machen lassen, und er war dabei ganz nüchtern gewesen. Der Tätowierer hatte gesagt, am Ellbogen werde es besonders wehtun, aber Mikael hatte nur mit den Schultern gezuckt. Er hatte sich diesen Schmerz gewünscht. Er hatte versucht, sich selbst blutig zu kratzen, das Gefühl, von Strom durchjagt zu werden, das eiskalte Zittern, das seinen ganzen Körper beben ließ und sich wie eine Kralle um seinen Nacken schloss. Seine Augen hatten sich mit Tränen gefüllt, aber er hatte sie nicht geschlossen. Er hatte weiterhin geradeaus gestarrt, während die Nadel in seine Haut gestochen hatte, wie das Datum, das unter Ines Namen in den schwarzen Marmor oben auf dem Friedhof geritzt worden war.

»Ich war verlobt. Wir haben ein Kind erwartet. Sie ist bei einem Unfall ums Leben gekommen«, sagte er.

»Das habe ich schon verstanden«, entgegnete sie. »Nicht, dass deine Freundin umgekommen ist, aber dass so etwas passiert ist. Es scheint, als ob du einen besonders langen Schatten hinter dir herziehst. Torunn und Marianne haben etwas angedeutet, aber sie haben gesagt, den Rest müsstest du erzählen, auch wenn du das wohl kaum tun würdest.«

Kristine beugte sich vor, legte die linke Hand auf seinen Oberschenkel, den anderen Arm um seinen Nacken und zog ihn an sich. Für einen Moment kam Mikael sich wegen des Größenunterschieds vor wie eine welke alte Tanne, die sich im Sturm über einen kleineren Baum beugte. Dann glich sich alles zwischen ihnen aus, ihre Lippen begegneten einander, und Kristines Augen öffneten sich weit, ehe sich ihr Blick verschleierte und sie die Lider senkte. Mikael wagte nicht, seine eigenen Augen zu schließen, aus Angst davor, was oder wer in der Dunkelheit auf ihn wartete. Er konnte den Puls leicht in ihrer Schläfe pochen sehen und seine eigene Hand, die wie etwas Fremdartiges über ihren Hals und ihre Schultern wanderte. Sie zog das T-Shirt aus seiner Hose und streichelte seinen Rücken. Mikael musste sich an sie klammern, um nicht vollständig davonzuschweben, und er konnte die Augen nicht mehr offen halten. In der großen warmen Dunkelheit trat Kristine Jaunlatgale nur noch deutlicher hervor. Er sah sie in seinen Händen, die unter ihrem Blusenstoff ihr eigenes Leben lebten. Er sah sie in der Art, wie sie ihren Körper an seinen presste. Er sah sie im Echo ihrer Herzschläge, die in denselben Rhythmus fielen wie seine eigenen. Ein Nachhall von etwas, das so lange in der Erde geruht hatte, so gut versteckt gewesen war, dass seine Haut zu reißen drohte, als es sich zu bewegen begann. Sie mussten beide gleichzeitig Luft holen und saßen dann ein wenig verlegen da, Hand in Hand, Knie an Knie.

»Hast du ein Glas Wein«, fragte Kristine und dann, während beide sich fragten, was sie wirklich gesagt hatte: »Das bedeutet, dass ich nicht mit dem Auto nach Hause fahren kann.«

»Ja, ich habe Wein«, sagte Mikael und nickte. »Und du kannst den Wagen gern hier stehen lassen.« Er sagte das ganz einfach. Ganz offen. Ging in die kleine Küche und holte seine einzige Weinflasche. Kristine kam hinterher und nahm seine Hand, als er nach dem Korkenzieher griff.

»Mikael, meinst du, wir könnten uns etwas zu essen machen?«

Als er nicht sofort antwortete, nahm sie auch seine andere Hand. »Es klingt sicher seltsam, aber ich will nicht, dass wir es so eilig haben. Ich möchte nicht aufwachen, meine Kleider auf dem Boden verstreut, und sehen, dass deine Augen schon ganz weit weg sind. Das habe ich oft genug erlebt.«

Dann schien sie zu begreifen, dass das, was sie gesagt hatte, falsch verstanden werden konnte, und sie wollte neu ansetzen, aber Mikael brachte sie mit einer Handbewegung zum Verstummen.

»Kristine«, sagte er. »Ich verstehe, was du meinst.«

Sie hatte sich eins seiner Halstücher geholt und um den Kopf gebunden, obwohl keine Gefahr bestand, dass ihre kurzgeschnittenen Haare ins Essen fallen könnten. Aber etwas daran, wie sie dieses Tuch trug, wie eine Hausfrau aus dem letzten Jahrhundert, faszinierte ihn. Über dem Blusenkragen in ihrem Nacken lag eine weiche Hautfalte frei, bei deren Anblick Mikael sich mehrmals räuspern musste.

Die Art, wie sie den Handrücken benutzte, um sich an der Nase zu kratzen, damit ihr Gesicht nicht schmutzig würde, während sie Kartoffeln schälte. Die vogelhafte Bewegung ihres vorgestreckten Kopfes, um keinen Wein auf ihre Bluse schwappen zu lassen, wenn sie trank. Der Kartoffelstampfer, den sie wie einen Kolben benutzte, als sie Püree herstellte. Die rollenden Bewegungen des rechten Arms beim Porreeschneiden und wie sie die Kerbeltüte mit den Zähnen aufriss und dann den Papierfetzen mit einem Geräusch ausspuckte, das ihn an die Pusterohre in der Schule erinnerte. Das Geräusch von Besteck, das durch die Spülschüssel schrappte, die Unterseite des Kessels, der von der Platte gezogen wurde, das Geräusch, mit dem die Würste ins Wasser fielen.

Das alles waren Bewegungen und Geräusche, von denen er gar nicht gewusst hatte, wie sehr er sie vermisste. Bewegungen und Geräusche, in denen alles lag, was in seinem Leben gefehlt hatte.

Sie füllte seinen Teller mit Essen, trank ihm zu, und auch

er hob sein Glas, feuchtete aber nur die Zunge mit Wein an. Das hier war etwas, das er nicht durch einen Schleier betrachten wollte, an diesem Tag verspürte er kein Bedürfnis, sich abzuschirmen.

»Bist du fertig mit Essen?«, fragte sie, als er seinen Teller zurückschob.

Mikael nickte. Wortlos stand sie auf, streifte ihre Stiefel ab, kam um den Tisch herum, reichte ihm die Hand und führte ihn ins Schlafzimmer. Mikael versuchte, sich zuerst durch die Tür zu manövrieren, aber es war unmöglich, Kristine wegzuschieben. Sie fand sofort den Lichtschalter neben dem Türrahmen, und Mikael machte noch einen Versuch, sich zwischen sie und das Bett zu drängen, aber Kristine hatte das Bild auf dem Nachttisch schon gesehen.

»Ist sie das?«, fragte sie und nahm das gerahmte Foto in die Hand.

Mikael nickte, und Kristine sah sich Ines Gesicht genau an. Die hohen Wangenknochen, die südeuropäischen Gesichtszüge. Die Augen, die wie seine eigenen zwischen Schwarz und Grau changierten. Das alles brauchte er nicht auf einem Bild zu sehen, um sich daran zu erinnern. Wäre Ine eine Himmelsrichtung gewesen, hätte sie den Süden verkörpert, während bei Kristine alles gen Norden zeigte.

»Ist es lange her, dass es passiert ist?«, fragte sie.

Mikael nahm ihr das Bild aus der Hand und legte es mit dem Glas nach unten auf den Nachttisch.

»Nur, wenn du es in Jahren zählst«, sagte er.

14. Kapitel

Kristine zog die Vorhänge vor und drehte sich zu ihm um. Das ganze Zimmer wirkte fremd, als ob jemand anders dort wohnte und er zum ersten Mal vor diesem Bett stünde. Ihr Parfüm überlagerte alle anderen Gerüche, die er vielleicht im Zimmer hinterlassen hatte, und seit Ines Bild mit dem Gesicht nach unten auf dem Nachttisch lag, fühlte er sich seltsam irritiert. Seit er in die Hütte gezogen war, war das Bild immer das Erste gewesen, was er sah, wenn er die Schlafzimmertür öffnete. Kristine stand so dicht bei ihm, dass er sich darauf konzentrieren musste, normal zu atmen. Wieder strich sie über seinen Oberarm, aber als er sich vorbeugte, um sie zu küssen, hielt sie seine Lippen mit dem Zeigefinger zurück, als würde er gleich etwas sagen, das sie nicht hören wollte. Mikael schob die Hand unter ihre Bluse und ließ sie an der Hüfte entlang zur Wirbelsäule wandern, doch abermals hielt sie ihn zurück. Er stand da wie ein Mann, der vortäuschen wollte, nicht betrunken zu sein, und trat einen Schritt zurück, doch zum dritten Mal innerhalb weniger Sekunden hielt sie ihn mitten in der Bewegung auf. Sie fasste sein T-Shirt und zog ihn aus wie ein übermüdetes Kind, ehe sie es auf den Boden fallen ließ. Die ganze Zeit hielt sie seine Augen mit ihren fest. Sie öffnete den Gürtel und die Knöpfe seiner Jeans und überließ den Rest der Schwerkraft. Der Gürtel schrappte wie eine Fußfessel über den Boden, als sie ihn ein wenig wegzog, damit er seine Füße aus der Hose heben konnte. Wortlos ließ sie ihn ein Bein und dann das andere ausstrecken, damit sie ihm die Socken ausziehen konnte wie einem alten Mann. Aber als sie ihm die Boxershorts abnahm, war es anders. Nun fühlte er sich wieder wie er selbst. Sie verhakte die Daumen unter dem Gummi und entblößte ihn in einer langen gleitenden Bewegung. Als ihr Gesicht auf der Höhe seines Schrittes war, hielt sie inne und zögerte zwei Herzschläge lang. In Mikaels Kopf wurden so viele Bilder übereinander belichtet, dass er es wagte, die Augen zu schließen. Ihre Finger glitten forschend über seine Haut, und er konnte sich auf einem Operationstisch liegen sehen. Ihre Stimme, die über seinem Kopf etwas flüsterte, während die Betäubung einsetzte.

Sie hörte auf, die Hände zu bewegen, und hob seinen linken Arm mit einem Türstehergriff um Handgelenk und Ellbogen.

»War es wirklich so schlimm?«, fragte sie.

Er begriff nicht, was sie meinte.

»*Misery loves company.* Was soll das bedeuten?«

»Das ist nur eine Zeile aus einem Lied«, sagte er und zog den tätowierten Arm zurück.

»Hast du das schon lange?«, fragte sie und räusperte sich.

Jetzt war es Mikael, der den Zeigefinger auf ihre Lippen legte, aber sie nahm seine Hand weg und drückte einen Kuss darauf.

»Du bist ein schöner Mann, Mikaels Hildonens«, sagte sie. »Aber du erinnerst mich an einen Kriegsveteranen.«

»Ich war nie beim Militär«, entgegnete er und fing an, ihre Bluse aufzuknöpfen. Kein Zögern, kein Verweilen bei dem, was er da sah, nur kurze effektive Bewegungen, um sie so schnell wie möglich aus den Kleidern zu schälen. Als sie nackt vor ihm stand, kam sie ihm größer vor als er selbst, obwohl Mikael sie um fast einen Kopf überragte. Jetzt musste er seine Blicke einfach über ihren Körper gleiten lassen. Mikael war jenseits von allem, was ihn zögern lassen könnte. Sie legte sich bäuchlings auf das Bett, und er fuhr langsam mit den Fingern über ihre Waden. Fand den Abdruck der Jeansnaht und folgte ihm wie einem Längengrad hoch zum Hüftknochen. Er hörte, wie sich vor der Hütte ein großes Tier bewegte, und dieses Geräusch schien ihn darin zu bestärken, dass er hierhergehörte und die Natur ihm auf diese Weise erklärte, dass es für ihn und Kristine nur diesen einen Ort gab.

Dann änderte sich das Geräusch, und diesmal klang es nicht mehr wie ein großes Tier. Einmal, als ein Elch sich auf die Veranda verirrt hatte, um aus der Regentonne zu trinken, hatten seine Klauen auf dem Holz wie Kastagnetten geklungen. Was Mikael jetzt hörte, war das unverkennbare Knacken, mit dem jemand zur Eingangstür schlich.

Mikael stieg lautlos aus dem Bett, zog Hose und T-Shirt an und schob das Messer seines Großvaters in die Hosentasche.

»Da ist jemand draußen. Egal, was passiert, du darfst die Tür nicht aufmachen.«

Sie setzte sich mit weit aufgerissenen Augen und offenem Mund im Bett auf, aber Mikael hob abermals den Zeigefinger, diesmal an seine eigenen Lippen.

»Dir passiert schon nichts. Aber wenn du Lärm aus dem Wohnzimmer hörst, musst du durch das Fenster hier abhauen«, sagte er, während er versuchte, das Bild von Schultern in Lederjacken zu verdrängen, die den Türrahmen füllten.

»Aber …«, begann sie.

»Versprichst du mir das?«, unterbrach er sie.

Sie nickte.

Im Wohnzimmer war es ganz dunkel, doch im Licht der Außenlampe konnte er ahnen, wie eine geduckte Silhouette vor der Haustür am Fenster vorüberglitt. Er schlich sich durch das Zimmer. Seine Herzschläge hallten in seinem ganzen Körper wider, bis in die Fingerspitzen. In der Ecke bei der Tür musste er sich an die Wand lehnen, während er versuchte, ruhig zu atmen. Hinter den Beinen spürte er die Axt, die die Mutter mitgebracht hatte, als sie zuletzt zum Putzen hier gewesen war. Mikael überlegte, wie er die halten sollte. Mit welchem Ende er besser zuschlagen könnte. Probeweise packte er das Blatt und hob die Axt wie einen Baseballschläger. Da wurde die Klinke nach unten gedrückt, und die Tür schwang langsam auf. Mikael zwang sich, ganz ruhig stehen zu bleiben, um das schwindelerregende Rauschen seines Blutes zu dämpfen. Er beschloss, den hinteren der Geldeintreiber zuerst niederzuschlagen, egal, ob es der kleine oder der große wäre. Die Tür ging ein wenig weiter auf. Mikael spannte die Muskeln an und wollte mit einer Bewegung nach vorn setzen, in der alles lag, was er an Kraft und Zielbewusstsein zur Verfügung hatte, als er sah, dass sie nicht zu zweit waren.

Es war nur eine Person.

Ein Kind.

Ein Mädchen.

Daniela.

Er konnte den größten Teil des Axtgriffes durch seine Hände gleiten lassen, ehe sie ihn entdeckte. Als sie einen erschrockenen Schritt ins Zimmer hinein machte, stellte er die Axt rasch ab, teilweise getarnt als Bewegung, um die Tür zu schließen und das Deckenlicht einzuschalten.

»Onkel«, sagte sie und fiel ihm mit beiden Armen um den Hals.

Er drückte sich an sich und versuchte, ganz ruhig zu stehen. Er hatte das Gefühl, einem plötzlichen Druckverlust ausgesetzt zu sein.

»Warum habt ihr mich nicht geholt?«, fragte sie bibbernd.

Er spürte ihre Tränen durch sein T-Shirt.

»Das werden wir, Daniela, das verspreche ich, wir holen dich, wenn das Jugendamt mit seinen Untersuchungen fertig ist.«

»Ihr habt mich kein einziges Mal besucht. Ich habe euch seit einer ganzen Woche nicht gesehen.«

Sie riss sich aus seinen Armen los, bohrte die Hände in die Taschen ihrer blauen Daunenjacke und ließ sich auf das Sofa fallen.

Zum zweiten Mal innerhalb weniger Minuten war er aus der Umarmung eines anderen Menschen gerissen worden, aber das hier war anders. Das Gefühl, das mit Kristines Körper durch seinen Leib geströmt war, kehrte zurück und ballte sich in seiner Kehle zu einem Klumpen zusammen.

»Daniela. Wir wären gekommen, alle, wenn das möglich gewesen wäre.«

Er hörte, wie hohl sich das anhörte. Wie auswendig gelernt. Wären. Möglich wäre. Wenn.

Mikael setzte sich auf das Sofa und legte den Arm um ihre Schultern. Daniela starrte noch immer vor sich hin, die Hände in den Jackentaschen verwurzelt.

»Oma, Opa und ich können es doch kaum erwarten, dass

du nach Hause kommst. Wir freuen uns darauf, dich hier wohnen zu haben, und wir wollen, dass du so schnell wie möglich zurückkommst. Deshalb müssen wir tun, was das Jugendamt sagt, sonst wird es viel länger dauern. Es ist blöd, aber so ist es nun einmal.«

Daniela sagte nichts, zog aber die Hände aus den Taschen und legte sie in den Schoß.

Als sie zum ersten Mal auf diesem Sofa gesessen hatte, waren ihre Zöpfe ihr über die Schultern gefallen, sie hatte für lange Kleider und Prinzessinnenkronen geschwärmt und ihn ohne Vorderzähne angelächelt. Ihre kindlichen Züge waren in dem runden Gesicht noch immer zu erahnen, doch jetzt wurde die Haut von den Wangenknochen geformt, und die Lachgrübchen ihrer Mutter ließen ihre Miene, wenn sie ernst war, unergründlich wirken. Sie hatte die Haare nach hinten gekämmt, wie an dem Tag, als das Jugendamt sie geholt hatte, aber ihren Blick hatte sie mit Wimperntusche verrußt, die Wangenknochen mit Rouge verschmiert und die Augenlider in einer grellen Farbe bemalt. Ihr Gesicht ließ ihn an sehr junge Mädchen denken, die sich für erwachsene Männer als älter ausgaben, und Mikael musste den Wunsch unterdrücken, einen Waschlappen aus dem Badezimmer zu holen.

»Schminkst du dich neuerdings?«, fragte er mit tonloser Stimme.

Sie nickte, ohne zu lächeln.

»Gefällt es dir?«, fragte sie.

»Ich finde nicht, dass du das nötig hast. Du bist ohne genauso hübsch«, sagte er, und ihr Blick bekam etwas Trotziges, das ihm bekannt vorkam. Diesen Blick musste er gehabt haben, wenn der Vater eine Schere zwischen sie auf den Tisch legte oder wenn der Bruder sich weigerte, ihn zu grüßen, weil er keinen Pullover trug, die die ersten Tätowierungen verdeckte.

»Du hast doch gehört, dass wir uns morgen treffen werden?«, fragte er und versuchte, entspannt zu klingen und seine Stimme nicht angespannt wirken zu lassen. Aus dem Schlafzimmer hörte er das leises Knarzen der Bodenbretter.

Sie nickte.

»Das wird schon wieder. Wir können eine Limo trinken und auf die Glomma hinausschauen. Weißt du noch, wie wir zum ersten Mal in dem Café im Einkaufszentrum waren und du gesagt hast, du kämst dir vor wie auf einem Hausboot?«

Daniela zuckte trotzig mit den Schultern.

»Vielleicht kannst du schon nächste Woche bei uns übernachten. Wenn wir Glück haben, bist du in einer guten Woche wieder bei uns.«

Sie nickte und sah ihm ins Gesicht. Mikael holte tief Luft und konzentrierte sich darauf, ihren Blick einzufangen.

»Sind sie nett, die Leute, bei denen du wohnst?«, fragte er und versuchte sich an einem Lächeln, um dem, was da kommen mochte, möglicherweise einen Riegel vorzuschieben.

»Ja«, sagte Daniela. »Sie sind nett und alles, aber sie sind nicht ihr.«

Die Nacht hing jetzt dicht vor dem Fenster, und für einen kurzen Augenblick verspürte er die Sehnsucht, mit der Dunkelheit eins zu werden. Aber auch, wenn das möglich gewesen wäre, selbst, wenn er unbemerkt aus diesem Zimmer hätte gleiten können, unter dem Türspalt hindurch, die Treppe hinab, um zu einem Schatten zu werden, der sich auf den Boden der Nacht legte, so würde das nicht die Frage beantworten, was seine Nichte jetzt hier in der Hütte machte.

»Daniela«, sagte er und konnte die Hilflosigkeit nicht aus

seiner Bewegung vertreiben, als er nach ihrer Hand griff. »Wie bist du hergekommen?«

Sie sah ihm ins Gesicht, zum ersten Mal, seit er sich auf das Sofa gesetzt hatte.

»Ich bin gefahren«, sagte sie.

»Per Anhalter?«

»Ich bin selbst gefahren.«

»Was?«, fragte er viel lauter, als er das vorgehabt hatte.

»Ich will nicht zurück. Die sind alle so schrecklich lieb. Sie behandeln mich wie die Eltern einer Freundin, bei der ich im vorigen Jahr übernachtet habe, oder wie die Krankenschwestern, als Mama noch lebte. Sie benehmen sich, als ob mit mir etwas nicht stimmt.«

»Daniela, sag, dass du Unsinn redest. Du hast doch kein Auto gestohlen?«

»Ich bin mit dem Moped da.«

Ihre Stimme klang bei jedem Wort stärker und sicherer, und Mikael hatte das Gefühl, als müsste er seine Fragen begründen.

»Du hast doch kein Moped gestohlen?«

»Nein, das ist das von Morten.«

»Morten? Der Sohn da, wo du wohnst?«

Daniela nickte.

Mikael wollte wieder ihren Namen sagen, riss sich aber zusammen. Versuchte, mit leiser, ruhiger Stimme zu sprechen, aber es kam ihm vor, als sei plötzlich ein Fenster vom Wind aufgestoßen worden und er könne es nicht mehr schließen.

»Du weißt, dass das nicht richtig war, ja?«

Mikael hatte das Gefühl, im selben Moment hier zu sitzen und weit weg zu sein. Wie kann man denn mit einem Kind, das soeben seine Mutter verloren hat, über Falsch und Richtig reden?

»Daniela, du kannst nicht hierbleiben«, fing er an, aber sie riss sich aus seinen Armen und sprang auf.

»Brauch meinen Namen nicht auf«, sagte sie und musste einen Schritt zur Seite machen, weil sie fast über Kristines Stiefel gefallen wäre. Abermals gab sie ihm dieses Gefühl, dass sie in ein und demselben Satz vom Kind zur Frau und wieder zurück wechseln konnte.

»Hat du Besuch hier?«, fragte sie und beförderte einen der Stiefel mit einem Tritt unter den Tisch. »Willst du mich deshalb los sein? Kein Mensch in dieser Familie hat mich lieb.«

Daniela trampelte wütend auf den Boden, hob zitternd die Schultern und kehrte ihm den Rücken zu.

»Das stimmt doch nicht«, sagte Mikael und konnte seine Stimme nicht daran hindern, schrill zu werden. »Es ist schrecklich, dass deine Mutter gestorben ist, und es ist verdammt ungerecht, dass du in diese Pflegefamilie gesteckt worden bist. Aber wir haben dich immer liebgehabt, und alles wird sich fügen, das verspreche ich dir. Es ist nur so, wenn wir nicht brav mitmachen, werden wir in Zukunft noch mehr Ärger mit dem Jugendamt kriegen.«

»Brav?«, fragte sie. »War ich denn nicht brav?«

»Doch, natürlich warst du brav, aber …«, fing er an.

»Was ist mit Tante Ine«, rief sie. »Hast du sie vergessen?«

»Daniela, Ine ist tot«, sagte er, stand auf und machte eine hilflose Handbewegung.

»Die hast du auch nicht mehr lieb.« Daniela stampfte mit dem Fuß auf, dann drehte sie sich um und stürzte hinaus.

Mikael blieb stehen und wippte auf den Fußballen hin und her, in der Mitte zwischen der Schlafzimmertür und dem schwarzen Loch, das hinaus in die Nacht führte. Seufzend zog er Stiefel und Jacke an, lief aus der Hütte und holte Daniela bei der Blutbuche wieder ein.

»Weißt du«, sagte er und schloss sie in seine Arme, »wenn wir das Moped nicht zurückbringen und dich bei der Familie abliefern, ehe sie dein Verschwinden bemerkt haben, dann fürchte ich, wird es sehr lange dauern, bis du wieder hier wohnen kannst.«

»Na und«, sagte sie, während sie sich an ihn presste und so heftig weinte, dass das Schluchzen aus ihm selbst zu kommen schien.

»Als ich nur ein bisschen älter war als du jetzt, haben dein Vater und ich uns ein Moped ausgeborgt. Ich wurde bei der Polizei vermerkt und durfte eine Zeitlang den Führerschein nicht machen. Du willst doch wohl nicht, dass dir so was passiert«, sagte er.

Sie weinte nicht mehr ganz so laut, befreite sich aus seiner Umarmung und schüttelte den Kopf.

»Gut«, sagte er. »Dann bringen wir das Moped jetzt zurück und hoffen, dass sie noch nichts gemerkt haben.«

Im bleichen Licht der Außenlampe waren ihre Züge undeutlich, aber er erkannte Augen und Nase seines Bruders.

»Musstet ihr beide mit dem Führerschein warten, du und Ruben?«, fragte sie, und als er nicht sofort antwortete, setzte sie noch einmal zu dieser Frage an.

»Nein«, sagte Mikael und schüttelte den Kopf. »Die Schuld wurde mir zugeschoben.«

Dann nahm er ihre Hand und führte sie den Weg hinunter.

Daniela kauerte sich auf dem Vordersitz zusammen, als Mikael den Range Rover im Rückwärtsgang aus der Garage fuhr, und sie blieb im Wagen sitzen, als er das Moped aus dem Gebüsch hob, wo sie es versteckt hatte. Die Yamaha sah fast wie neu aus, oben auf dem Scheinwerfer stand in schwarzen Buchstaben *Morten*. Das Moped, das Ruben sich einst ausgeborgt hatte, war ein Tempo Fighter mit zerkratztem blauen Tank gewesen. Er war damit auf den Hofplatz gefahren und hatte Mikael dabei an eine Filmszene denken lassen. Der junge Mann, der sich ganz besonders gerade aufrichtet, als er vom Pferd steigt, seine Kraft und seinen Mut wie ein zusätzliches Kleidungsstück über sein Hemd streift und seinem kleinen Bruder ein letztes Mal die Hand schüttelt, ehe er davonreitet, um im Krieg sein Leben zu lassen. Ruben hatte nicht ganz so mutig ausgesehen, als Mikael hinten aufgestiegen war und sie im selben Moment den Range Rover des Vaters die Straße hochkommen sahen. Der Motor wurde abgewürgt, als Ruben die Schaltung zu rasch losließ, und er konnte das Moped nicht wieder in Gang bringen. Voller Panik ließ er es fallen und rannte zur Scheune, dicht gefolgt von Mikael. Der Vater hatte beide auf dem Heuboden gefunden, und obwohl sie schnell genug gewesen wären, um Stener Hildonen davonzulaufen, blieben sie einfach stehen – bis der Vater jeden von ihnen auf einen Heuballen stieß. Das Erschreckendste an der ganzen Situation war gewesen, dass er so ruhig gesprochen hatte.

»Bist du jetzt verliebt?«, riss Daniela ihn aus seinen Erinnerungen.

Mikael war dankbar für den losen Kies unten am Hang, das Prasseln von kleinen Steinen gegen den Wagenboden, aber dann bog er auf den Storvei ab und konnte die Antwort nicht länger hinauszögern.

»Sie heißt Kristine, kommt aus Lettland, und du wirst sie bald kennenlernen«, sagte er.

»Versprochen?«, fragte Daniela.

Mikael nickte.

»Was?«

»Ja«, sagte Mikael und schaute geradeaus. »Versprochen.«

Als sie auf die Hauptstraße nach Schweden abbiegen wollten, kam ihnen ein anderes Auto entgegen, und während der Mittelstreifen vor seinen Augen verschwamm, erkannte Mikael den blauen Audi. Er schaltete in einen niedrigeren Gang, um dem Motor größere Triebkraft zu geben, fraß mehrere Meter Asphalt und wollte sich gerade einreden, dass sie ihn nicht erkannt hatten, als die Frontscheinwerfer schon grell in seinem Rückspiegel leuchteten.

»Daniela, hab keine Angst, aber hinter uns ist jemand, mit dem ich Probleme habe. Ich will nicht, dass sie dich sehen, deshalb werde ich schnell fahren, sehr schnell. Okay?«

»Okay«, sagte sie, drehte sich um und blinzelte in das Licht.

»Bitte bleib ruhig sitzen«, rief er.

»Wollen die dir was tun?«, fragte Daniela fast flüsternd.

»Daniela, im Moment geht es nur darum, das Moped zurückzubringen und dich ins Bett zu schaffen, ohne dass diese Leute etwas merken. Wir dürfen uns von denen hinter uns nicht aufhalten lassen. Okay?«, fragte er noch einmal.

Sie nickte, und er drückte das Gaspedal bis zum Boden durch, vorbei an geeggten Feldern, verwilderten Wiesen und spärlichem Wald. Mikael konnte den Audi nur in Schach halten, weil er mitten auf der Fahrbahn fuhr.

»Das geht schon gut«, rief er über das Gebrüll des Motors hinweg, während die Scheide mit dem Messer seines Großvaters an seinem Oberschenkel scheuerte und sein Fuß schwer auf dem Gaspedal lag.

»Ich hab keine Angst, Onkel«, sagte seine Nichte, als die Lichter von Kongsvinger hinter dem Wald zu erahnen waren. Die Bäume lichteten sich am letzten Hang vor der Stadt, und nun sah er ihn. Einen LKW ganz unten in der Senke, vor dem letzten sanften Anstieg an der Stadtgrenze. Der Audi blendete triumphierend auf, und die Hinterfront des LKW ragte auf der Straße vor ihnen in die Höhe wie das Tor einer Burg.

In Gedanken hörte Mikael Frank Slartmanns Stimme. Ein Mensch hat immer mindestens zwei Möglichkeiten. Immer. Er konnte den Range Rover schon am Straßenrand sehen, Daniela hilflos daneben, das Moped neben ihr.

Hektisch riss er die Gangschaltung in den dritten und zog das Auto nach links. Das Wageninnere wurde zum Cockpit eines Bombers. Das Motorengeräusch steigerte sich zu einem hermetischen Crescendo, seine Fingerknöchel um das zitternde Lenkrad wurden weiß, und der LKW-Fahrer hämmerte auf seine Hupe. Mikael wusste nicht, ob er schrie, ob es Daniela war oder ob im Motor etwas zerriss, aber er konnte das Ende des Hangs nicht sehen. Konnte nicht erkennen, ob ihm jemand entgegenkam. Auch wenn die Lichter der Stadt ihm scheinbar entgegenschossen, fühlte er sich wie in einem Standbild gefangen. Das Auto gehorchte seinen Befehlen nicht mehr, der Mittelstreifen mit dem Verkehrsschild kam immer näher. Einen Herzschlag, ehe es zum Zusammenprall kam, konnte Mikael den Wagen vor den LKW schieben und auf zwei Reifen über den ersten Verteilerkreis schlittern, dann gewann er die Kontrolle zurück. Ohne das

Gaspedal loszulassen, fuhr er weiter zum nächsten Kreisel und bremste gerade genug, um nicht umzukippen, ehe er nach links zur alten Siedlung hochjagte. Bei der ersten Querstraße blieb er stehen und schaltete die Deckenlampe ein, und für eine flüchtige Sekunde sah er das Gesicht seines Bruders neben sich und fühlte sich wie ein kleiner Junge neben seinem größten Helden. Aber dann lächelte Daniela, und die Gesichtszüge ihrer Mutter kamen wieder zum Vorschein.

»Jetzt sind wir quitt. Heute Abend haben wir beide etwas Verbotenes getan«, sagte sie.

Mikael nickte und kurvte durch die Nebenstraßen zum Zentrum hinunter.

Er hielt wie beim letzten Mal am Ende der Straße und bat sie, das Moped leise in den Schuppen zu schieben. Er gab ihr fünf Minuten, dann stellte er sich an die Ecke vier Häuser von der Pflegefamilie entfernt.

Das Licht wurde in dem Zimmer eingeschaltet, das Daniela als ihr Schlafzimmer bezeichnet hatte, und ging dreimal aus und wieder an. Mikael faltete die Hände, betete aber nicht, weder in Gedanken noch laut. Trotzdem blieb er noch eine Weile so stehen und schaute zum Himmel auf, ehe er zum Auto zurückging.

15. Kapitel

Mikael entschleunigte auf dem Weg durch die Stadt, vorbei an Verteilerkreisen und Sendemasten, durch die Senke und weiter in den Wald. Beim Parkplatz am See, der einst die Trinkwasserquelle für das Gut Overaas bedeutet hatte, hielt er an und stieg aus. Von dem blauen Audi hatte er nichts mehr gesehen.

Über ihm lugte der Mond durch die Wolken, und er konnte Teile des Himmels erahnen, wie einen Waldsee unmittelbar vor Einsetzen der Eisschmelze im Frühjahr.

Er musste sich sammeln, ehe er Kristine gegenübertrat, also setzte er sich auf einen Findling oben am Hang. Dort blieb er sitzen, bis seine Herzschläge ruhiger wurden und er das Gefühl, verfolgt zu werden, halbwegs verdrängt hatte.

Der Stein strahlte Kälte aus, aber Mikael blieb sitzen. Daniela und das Moped hatten das längst vergangene Erlebnis mit seinem Vater und Ruben wieder zum Leben erweckt. Der Tag auf dem Heuboden hatte eine Hitze kultiviert, die den Staub zum Zittern brachte, das T-Shirt klebte wie eine zusätzliche Haut am Rücken, und Mikael hatte sich mit Daumen und Zeigefinger die Nase zukneifen müssen, um nicht zu niesen.

»Hjalmar Kaspersen hat mich eben angerufen und behauptet, sein Moped sei gestohlen worden, und zwar von einem meiner Söhne«, begann der Vater. »Ich habe gesagt, dass er sich irren muss, und den Hörer auf die Gabel geknallt. Dann bin ich ins Auto gesprungen und hergefahren.«

Rubens Gesicht hatte die Farbe einer Porzellanpuppe angenommen, mit haarfeinen Rissen über jedem Wangenknochen.

»Wer von euch hat das Moped genommen?«, fragte der Vater, noch immer mit derselben ruhigen Stimme.

Keiner der Brüder antwortete.

»Habt ihr das zusammen gemacht?«

Beide verneinten mit hastigen Gesten.

»Gebrüder Hildonen«, sagte der Vater und schüttelte ebenfalls den Kopf. »Frank und Jesse James aus Skogli, wollt ihr das werden?«

Mikael schlug sich die Hand vor den Mund, um nicht zu lachen, und der Vater stampfte auf den Boden auf.

»Findest du das etwa komisch?«, fragte er und wurde zum ersten Mal lauter.

Mikael schüttelte den Kopf.

»Ich habe das Moped gefahren. Ich habe es ausgeliehen. Alleine. Mikael war nicht dabei«, sagte Ruben so leise, dass es zunächst aussah, als habe der Vater ihn nicht verstanden. Dann trat Stener Hildonen einen Schritt zurück, um sich einen besseren Überblick zu verschaffen.

»Dann kannst du niemals Polizist werden. Dein Führungszeugnis ist für immer ruiniert«, erklärte der Vater.

Ruben antwortete nicht sofort, er starrte nur zu Boden, aber die Art, wie er die Schultern zu den Ohren hochriss, sagte Mikael, dass er gegen die Tränen kämpfte. Dennoch begriff er nicht sofort, dass man von ihm verlangen würde, sich zu opfern, und dass dies nicht vom Bruder, sondern vom Vater ausgehen würde.

»Bei den meisten anderen wäre das eine Lappalie, aber bei jemandem, der später zur Polizei gehen möchte…«, sagte Stener Hildonen mit müder Stimme und rang die Hände.

Mikael sah dem Vater in die Augen und begriff, wie wichtig dieser Traum für den Bruder sei. Später hatte er oft darüber nachgedacht, ob es in genau diesem Moment passiert war, dass er und Ruben aufhörten, Brüder zu sein. Ohne das zu wollen, ohne sich die Sache überlegt zu haben, ohne recht zu verstehen, was er von ihnen beiden verlangte, hatte der Vater einen Keil zwischen sie getrieben. Einen Keil, der mit jeder kleinen Meinungsverschiedenheit, jedem kleinen Streit, der ansonsten am nächsten Tag, ja, vielleicht schon in der nächsten Stunde, vergessen worden wäre, noch tiefer eingeschlagen worden war.

Plötzlich fing Ruben an, sich so zu verhalten, als glaube er die Dinge, die über Mikael verbreitet wurden. Das Gerücht, der jüngere Sohn sei der Hitzkopf der Familie Hildonen, der wilde, der verantwortungslose, bei dem man nie wisse, was man von ihm halten solle, bekam neue Nahrung, als bekannt wurde, dass er das Moped gestohlen hatte. Ruben wich ihm aus, sie unternahmen nichts mehr zusammen, wenn es sich vermeiden ließ. Rubens Trainingsrunden wurden immer länger, die Gewichte immer schwerer, und er hörte auf, Bücher zu lesen, die von anderen Dingen handelten als davon, was er werden wollte.

In vieler Hinsicht glaubte Mikael, dass Ruben sich nie verziehen hatte, den jüngeren Bruder zum Sündenbock gemacht zu haben, und dass er sich deshalb in Arbeit und Training flüchtete. Aber obwohl Mikael meinte, der Bruder verhalte sich wie ein Mann ohne Rückgrat, als er das Kind mit Sylvi bekam, hatte er Ruben nie Vorwürfe wegen der Geschehnisse auf dem Heuboden gemacht.

Nicht der Bruder war es, der ihn an jenem Tag im Stich gelassen hatte.

Mikael erhob sich und las einen mandarinenförmigen Stein auf. Wie oft hatte er wohl schon genauso dagestanden, fast Schulter an Schulter mit dem Bruder, um zu sehen, wer einen Stein am höchsten über ein Dach oder am weitesten über einen See werfen konnte. Mikael hob versuchsweise den Stein über seinen Kopf und fragte sich, ob Ruben sich wohl je dabei ertappte, den jüngeren Bruder in einer seiner eigenen Gesten zu erkennen.

Er ließ den Stein fallen und setzte sich ins Auto. Durch den Geruch von Kettenöl und Motorsägenbenzin konnte er deutlich den aufdringlichen Duft von Teenagerparfüm wahrnehmen. Dieser Geruch war genau das, was er brauchte, um ruhig zurück nach Skogli zu fahren, den Blick auf die Straße gerichtet und beide Hände am Lenkrad.

Als er am Fuß von Sætermobakken den Rover geradezog, wurden seine Frontscheinwerfer von den Heckleuchten eines anderen Wagens reflektiert, der ganz am Ende von Furumoen stand. Mikael blendete ab, sodass er zwischen den Bäumen an der Stelle, wo er die Fichte gefällt hatte, ein flackerndes Licht sehen konnte, einer Flamme ähnlich. Er hielt an und schaltete das Standlicht ein, aber ehe er sich entschieden hatte, was er nun machen würde, bog hinter ihm ein Wagen auf den Storvei ein. Der Fahrer blendete wütend auf, ehe er zur Seite zog und vorüberfuhr, und als der Wagen wieder auf die richtige Fahrspur wechselte, konnte Mikael deutlich sehen, dass am Straßenrand der blaue Audi stand. Ehe sein Gehirn registrieren konnte, was seine Hände taten, hatte er den Rover schon auf den Weg zum Baklengselv gerissen und die Lichter ausgemacht.

Die plötzliche Dunkelheit verschlang ihn, und die Ruhe, die er eben noch verspürt hatte, wurde schlagartig von dem Gefühl vertrieben, hilflos in einen Abgrund zu stürzen. Das hier war ein mentales Schachspiel. Er hatte es satt zu fliehen. Wegzulaufen. Das Leben anderer aufs Spiel zu setzen, um dem Unvermeidlichen auszuweichen. Daniela war in Sicherheit. Sie konnten nicht wissen, wo sie wohnte, und das war das Wichtigste. Er hatte getan, was in seiner Macht stand. Aber warum parkte der Wagen der Geldeintreiber an einer der längsten geraden Wegstrecken in ganz Skogli? Sogar in der Dunkelheit war der Audi schon aus der Ferne zu sehen. Vielleicht stand er ja gerade da, um von ihm gesehen zu werden. Waren die Geldeintreiber in seiner Hütte gewesen? Hatte es einen Grund, dass sie hier auf ihn warteten?

Mikael zog das Messer aus der Scheide, öffnete die Autotür und schlich geduckt durch das Unterholz zum Audi hinüber. Für einige Augenblicke blieb er hinter dem Wagen verborgen stehen, während er sich darauf konzentrierte, ruhig zu atmen und einen Fuß vor den anderen zu setzen.

Er presste die Hand um den Messergriff und richtete sich vorsichtig auf. Der Wind trug das Geräusch einer Stimme zu ihm herüber, es klang aber nicht wie ein Gespräch, eher wie jemand, der laut aus einem Buch vorlas. Mikael richtete sich zu seiner vollen Größe auf und schaute über das Autodach in den Wald auf der anderen Seite des Weges. Ein Stück hinter der Stelle, wo die Fichte gestanden hatte, brannte ein Feuer, und die flackernden Flammen warfen den Schatten des einen Mannes wie den eines riesigen, mit den Flügeln schlagenden Vogels auf den Weg. Der Mann beugte sich über ein Bündel auf dem Boden, und Mikael lief los. Erst als das Geräusch seiner Schritte ihn veranlasste, sich umzudrehen, sah Mikael, dass das Bündel nicht Kristine war, sondern eine Tasche. Auf der anderen Seite des Feuers saßen weitere Menschen. Sie waren nicht so angezogen wie die Geldeintreiber, und als der Mann vor dem Feuer einen Schritt zurücktrat, erkannte Mikael das Gesicht des Jungen, mit dem er sich neulich Abend geprügelt hatte.

Er erstarrte. Was ihn hergetrieben hatte, sank wie ein Stück Blei durch seinen Körper, und er schwankte, als würde er am Rand eines Abgrunds stehen. Etwas in ihm sehnte sich danach, sich mit langen Schritten auf das zu stürzen, was offenbar der Enkel von Dorthe Halvorsen war. Mikael war Zentimeter davon entfernt gewesen, mit einem LKW zu kollidieren. Er hatte das Leben des Menschen riskiert, den er zu beschützen geschworen hatte.

Er trat einen Schritt vor, aber nun trieb ihn kein Zorn mehr, keine Vorstellung von primitiver Rache, keine biblische Deutung von Auge um Auge, Zahn um Zahn. Die Erleichterung, die ihn erfasst hatte, als in Danielas Zimmer das Licht aufleuchtete, konnte sich mit keinem anderen Gefühl messen, das er als erwachsener Mann erlebt hatte.

»Wart ihr das etwa, die mich verfolgt haben?«, fragte er und steckte das Messer wieder in die Scheide.

Der Wind trug die Antwort von Dorthe Halvorsens Enkel davon, aber seine Miene und die Art, wie er die Hände hob, wirkten nicht versöhnlich. Die anderen Jungen kamen hinter dem Feuer hervor und stellten sich hinter Halvorsen auf wie ein dreiköpfiger Troll. Das Mädchen blieb sitzen.

Mikael schritt über den federnden Waldboden und blieb

unmittelbar vor den jungen Männern stehen. Der Geruch des Rauchs mischte sich mit Rasierwasser und Schnaps, und das Licht des Feuers warf einen gelblichen Schimmer über die Gesichter der Jungen. Der Stumpf der Fichte leuchtete auf dem Waldboden bleich wie eine umgestürzte Marmorstatue, und über ihnen wogten die Baumkronen im Wind.

»Entschuldigung«, sagte Mikael und steckte die Hand in die Jackentasche.

Keiner der Jungen antwortete, aber der größte trat einen Schritt vor, ehe Halvorsen ihm die Hand auf den Arm legte.

»Tut mir leid, dass ich euch angefallen habe – dass ich auf dich losgegangen bin«, korrigierte sich Mikael und sah Halvorsen in die Augen. »An dem Abend bin ich einfach ausgerastet. Ich kann nur sagen, dass es mir leidtut, eure Gedenkrunde ruiniert zu haben.«

Auf der anderen Seite des Feuers erhob sich das Mädchen und sagte etwas, das Mikael nicht verstand.

»Was?«, fragte er.

»Hast du den Baum umgesägt?«, fragte sie und schob sich die langen blonden Haare in die Kapuze der Windjacke.

»Ja«, sagte Mikael.

»Warum?«

Mikael antwortete nicht sofort. Er atmete scharf aus, ehe er sich wieder aufrichtete und den Blick des Mädchens erwiderte.

»Weil er mir im Weg stand«, sagte er und musste nach weiteren Worten suchen. »Meine Freundin, meine Verlobte, ist bei einem Verkehrsunfall ums Leben gekommen. Diese Fichte hat mich zu sehr daran erinnert.«

»Wir kommen gern her. Der Friedhof ist für alte Leute da, die um andere alte Leute trauern«, sagte das Mädchen.

»Es tut mir leid«, wiederholte Mikael noch einmal.

»Wie heißt du?«, fragte sie.

»Mikael Hildonen.«

Halvorsen runzelte die Stirn und legte den Kopf ein wenig schräg.

»Der Geist, der umgeht«, sagte er.

»Was?«, fragte Mikael.

»Meine Großmutter hat mir erzählt, dass du *der Geist, der umgeht* genannt wirst. Du wohnst hier in Skogli, nicht wahr?«

»Ja«, sagte Mikael und versuchte zu lächeln. »Ich wohne hier, aber diesen Spitznamen habe ich noch nie gehört.«

»June wäre heute neunzehn geworden«, sagte Halvorsen.

»Wart ihr zusammen?«, fragte Mikael.

Halvorsen nickte, sein Gesicht hatte etwas Verlorenes, und Mikael erkannte die Art, wie seine Augen plötzlich abzudriften schienen. Der Wind kam in Böen vom Baklengselv hoch, und so plötzlich, wie eine Tür zu einem lange abgeschlossenen Raum geöffnet wird, konnte Mikael ahnen, wie sich Gestern und Heute miteinander vereinigten, während so viele Leben nebeneinander hergelebt wurden, unaufhörlich begleitet von den sich ablösenden Jahreszeiten.

»Hier«, sagte er, zog die Scheide mit dem Messer seines Großvaters aus der Tasche und reichte es Halvorsen, der stehen blieb und Mikael verständnislos anschaute.

»Das ist das Messer meines Großvaters«, sagte Mikael.

»Was soll ich denn mit einem Messer?«, fragte Halvorsen.

Mikael trat einen Schritt vor, packte Halvorsens rechte Hand und drückte seine Finger um den Messergriff zusammen.

»Manchmal habe ich das Messer als etwas angesehen, woran ich mich festhalten konnte. Du kannst es benutzen, um dich daran zu erinnern, dass die Toten am besten dadurch geehrt werden, dass wir weiterleben. Vielleicht kannst du damit anfangen, dass du den Namen deiner Freundin in den Baumstumpf einritzt«, sagte Mikael und ging zurück in Richtung Wald.

Die Flammen des Feuers prickelten noch immer wie Lichtfunken in seinen Augen, und als er den Weg verlassen wollte, irrte er sich in der Entfernung und fiel in einen Graben, ohne rechtzeitig Halt zu finden. Mikael knallte mit der Stirn gegen einen Baumstamm, und während eine Milchstraße aus Funken vor seinen Augen aufleuchtete, merkte er, dass seine Oberlippe geplatzt war. Für einen Moment glaubte er, Halvorsen oder einer der anderen habe ihn von hinten überfallen, aber als er mühsam auf die Beine kam, war er allein. Dort war nur er, Mikael Hildonen, der mit sich selbst kämpfte. Er konnte sich ein hohles Lachen nicht verkneifen. Selbst, wenn er siegte, kam es ihm vor wie eine Niederlage.

Er taumelte zum Range Rover und fuhr zum Hof zurück. Machte sich nicht die Mühe, den Wagen in der Scheune abzustellen, sondern parkte ihn direkt am Mühlbach. Als er die Hütte erreichte, war alles dunkel. Niemand wartete auf ihn. Kein Kleiderhaufen vor dem Bett. Kein Kopf, der auf dem Kissen ruhte. Kristine hatte nicht einmal eine Nachricht hinterlassen. Hatte keine Erklärung gegeben, und warum hätte sie das auch tun sollen? Ihr musste jetzt ziemlich klar sein, dass Mikael Hildonen ein sehr sprunghafter Mann war.

Erst, als er die Bettdecke hochhob, entdeckte er den Zettel auf dem Kopfkissen. Keine Frage, keine Antwort, nichts, das von ihm etwas verlangt oder ihm etwas angeboten hätte. Nur ihre Handynummer. Sie war mit solcher Kraft geschrieben, dass sich der Kugelschreiber an mehreren Stellen durch das Papier gegraben hatte. Mikael Hildonen hatte noch nie unheilverkündendere Zahlen gesehen. Die Siebenen sahen aus wie kleine Galgen.

16. Kapitel

Mit jedem neuen Morgen wurde der Tag noch ein wenig düsterer, fast, als sei der Schnee schon gekommen und habe mit der schläfrigen Verdunklung der Landschaft begonnen. Nach dem Laubfall wirkten die Hügel um Skogli weitläufiger, das Bollwerk aus Birken wurde spärlicher, und das ganze Tal erschien größer. Als er nun erwachte, hing der Nebel tief, und die sommers hinter den belaubten Bäumen charmant erscheinende Stadt kam einem jetzt vor, als wäre sie mit einer konturlosen grauen Fugenmasse überzogen. Über Kongsvinger verflüchtigte sich der Nebel, und als er auf seinem Weg das Büro des Heimpflegedienstes erreichte, konnten die Sendemasten ihn beinahe durchdringen. Mikaels Lippe war noch immer wund und geschwollen und der Wangenknochen dort, wo der Ast ihn getroffen hatte, starr, aber immerhin spürte er seine Rippen nicht, als er aus dem Auto stieg. Irgendwo tief in seinem Gehirn regte sich ein Zitat aus seinem Meteorologiestudium: Nebel oder Dunst ist eigentlich eine Wolke, die mit dem Boden in Kontakt steht. Eine Wolke, die im Tiefland kein Nebel ist, kann weiter oben zum Nebel werden, dadurch dass die Wolke Kontakt zum Berg bekommt.

Mikael schloss die Tür auf und lief zum Telefon im Gemeinschaftsbüro. Er hatte die Vorstellung nicht ertragen können, Kristine von einer Telefonzelle in der Stadt aus anzurufen, dort zu stehen und den Hörer ans Ohr zu pressen, während Kongsvinger um ihn herum an einem ganz normalen Samstag erwachte. Sein Zeigefinger hatte die Nummer nun beinahe vollendet, als er in seinem Rücken eine Bewegung wahrnahm. Da ihm seine nächtlichen Erlebnisse noch immer in den Knochen steckten, drehte er sich abrupter herum, als er es sich vorgenommen hatte.

»Ich wusste nicht, dass noch jemand hier ist«, sagte die Chefin, die alle Kaltmamsell nannten, und unterbrach sich dann. »Was in aller Welt ist mit deinem Gesicht passiert?«

»Passiert?«, fragte Mikael und fuhr sich unbewusst mit den Fingern über die Lippe. Heute Morgen im Spiegel hatte er sein Gesicht nicht sonderlich ramponiert gefunden, aber er hatte es auch nicht recht sorgfältig betrachtet.

»Hast du dich geprügelt?«, fragte die Kaltmamsell und trat einen Schritt näher.

»Geprügelt, nein, nein. Ich verstehe wirklich nicht, wieso es so schlimm aussieht, ich habe gestern meinem Vater beim Holzstapeln geholfen. Ein Scheit hat sich verkeilt, und den Rest kannst du dir denken«, sagte Mikael.

»Hackt ihr so spät im Jahr noch Holz?«, fragte die Kaltmamsell und machte große Augen.

»Das nicht, nein, aber wir hatten es noch nicht gestapelt. Es hat erst mal eine Weile in der Scheune gelegen«, sagte Mikael.

»Hast du das Scheit mitten ins Gesicht bekommen?«, hakte sie nach und beugte sich ein wenig vor, um sein Gesicht genauer ansehen zu können.

Mikael nickte nur.

»Und dann ist es über deine Wange gerutscht?«, sie runzelte die Stirn, als ob sie die neue Miss Marple werden wollte.

»Ich glaube, ich hab mich daran aufgeschlitzt, als ich gefallen bin«, sagte Mikael und staunte darüber, wie leicht es war, mit dem Lügen weiterzumachen, wenn man erst einmal angefangen hatte. Es war, wie mit dem Fahrrad einen Hang hinabzufahren, ohne zu bremsen.

»Aber deinen Zähnen ist nichts passiert?«

Mikael schüttelte den Kopf.

»Da hast du wirklich großes Glück gehabt«, sagte die Kaltmamsell. Etwas an dieser Wortwahl ließ sie banaler erscheinen, als er sie jemals zuvor erlebt hatte.

»Ich weiß«, sagte er nur und nickte.

»Wenn du dich weiter verletzen willst, dann mach das bitte in deiner Freizeit, damit ich das hier nicht benutzen muss«, sagte die Kaltmamsell und schwenkte einige Papiere, die sie während des Gesprächs in der Hand gehalten hatte.

Mikael starrte sie verständnislos an und zuckte hastig mit den Schultern.

»Das war nur ein Spaß, aber ich versuche gerade, mich über die neuen Vorschriften für Arbeitsunfälle zu informieren. Dies hier ist zum Beispiel eine Berufsunfähigkeitstabelle«, sagte sie und schwenkte wieder die Papiere, ehe sie weiterredete. »Hast du gewusst, dass jeder Körperteil seinen eigenen Wert hat? Wenn du zum Beispiel die Zunge verlierst, bekommst du einen Arbeitsunfähigkeitsgrad von fünfundvierzig Prozent, beim Verlust eines Daumens nur fünfundzwanzig. Wenn man einen schnöden Ring- oder kleinen Finger einbüßt, ist der Berufsunfähigkeitsgrad nur sieben Prozent. Du kannst also froh sein, dass du bei der Gemeinde arbeitest.«

»Wieso das denn?«, fragte Mikael.

»Weil du bei uns versichert bist. Wenn du den Daumen verlierst, ohne dass deine Papiere in Ordnung sind, bekommst du vom Staat nur armselige fünfzigtausend Kronen pro Jahr, aber mit Unfallversicherung gibt es einen beträchtlichen Schadensersatz.«

»Wie beruhigend, das zu hören, aber ich verspreche, ich werde ungeheuer vorsichtig sein, wenn ich das nächste Mal auf eine Leiter steige«, sagte Mikael, ohne seine Chefin anzusehen. »Und jetzt muss ich los. Ich habe eine Verabredung.«

»Verabredung wie in Date?«, fragte die Kaltmamsell.

Mikael antwortete nicht sofort. In Gedanken hörte er das Fahrrad immer schneller den Weg hinunterrollen, deshalb richtete er sich auf und stellte sich auf die Bremsen.

»Meine Eltern und ich treffen meine Nichte in einem Café. Das Jugendamt hat sie vorübergehend in eine Pflegefamilie gesteckt«, sagte Mikael und erwiderte jetzt ihren Blick.

»Machst du Witze?«

Er schüttelte den Kopf.

»Also wirklich«, rief sie. »Mit einem Gesicht wie ein zweitklassiger Boxer kannst du doch nicht dem Jugendamt gegenübertreten.«

Sie zog ihn in ihr Büro, legte die Papiere auf die Fensterbank und holte ihre Schminktasche hervor.

»Mit deiner Lippe ist das nicht so einfach. Du musst so tun, als wärst du stark erkältet, aber die Risse können wir mit Grundierung und Concealer tarnen. Still stehen«, sagte sie und hielt sein Gesicht fest, wie einst seine Mutter, wenn er als kleiner Junge Sand im Auge hatte.

»So«, sagte sie. »Um einiges besser. Jetzt noch ein bisschen Vaseline auf die Lippe, dann glauben sie wirklich, du bist erkältet.«

Sie schaute auf ihre Armbanduhr und fegte die restlichen Schminkutensilien zurück in die Tasche.

Als die Tür hinter ihr zuknallte, ging er ins Gemeinschaftsbüro und wählte Kristines Nummer. Aber beide Versuche endeten bei einem Anrufbeantworter, der ihm mitteilte, die Teilnehmerin sei nicht zu erreichen oder habe ihr Telefon ausgeschaltet.

Er lief seinen Eltern vor der Apotheke im Einkaufszentrum in die Arme. Der Vater tippte sich mit dem Zeigefinger auf die Unterlippe und stellte die Frage mit den Augen. Mikael zuckte mit den Schultern.

»Was?«, fragte die Mutter.

»Ich hab mich erkältet. Hab mir gerade in der Apotheke Eukalyptus gekauft. Und im Buchladen habe ich einen Atlas, oder besser gesagt ein Nachschlagewerk über die Welt, für Daniela gefunden.«

»Hast du es einpacken lassen?«, fragte die Mutter.

»Nein.«

»Gut. Das Jugendamt hat gesagt, die Begegnung sollte so alltäglich wie möglich sein.«

Sie hatten sich gerade an einen Tisch ganz in einer Ecke mit Blick auf den Fluss gesetzt, als Daniela und die beiden Frauen vom Jugendamt hereinkamen. Daniela rannte die letzten Meter und fiel ihrer Großmutter um den Hals, und so blieb sie stehen, als Mikael und der Vater sich erhoben und die beiden Damen begrüßten. Als sie sich wieder gesetzt hatten, wurden auch sie von Daniela ausgiebig umarmt. Sie hatte die Haare nicht mehr nach hinten gekämmt, sondern auf punkige Weise zum Stehen gebracht, und ihre Wimpern waren so schwer, schwarz und dicht wie am Abend. Jetzt hatte sie zudem einen Lippenstift benutzt, dessen Farbe fast ihrer Haut entsprach und sie leicht anämisch aussehen ließ. Mikael spürte den Blick des Vaters, erwiderte ihn aber nicht.

»Ich hab dir was zu lesen mitgebracht«, sagte er und schob ihr das Buch hin.

»Darüber freue ich mich«, sagte sie und lächelte kurz.

»Vielleicht wirst du ja einmal Meteorologie studieren, wie dein Onkel«, sagte die Mutter.

»Sollen wir etwas bestellen?«, fragte Mikael, erhob sich halb, zog das Nasenspray aus der Jackentasche und nahm einen Sprühstoß. »Ich muss was Warmes trinken.«

»Ich komm mit«, sagte Daniela, und sie ließen sich rasch die Wünsche der anderen nennen.

Das Café füllte sich jetzt mit Gästen, die die erste Schicht der Wochenendeinkäufe erledigt hatten, und Daniela trieb ihren Onkel zur Eile an, um nicht ganz hinten in der Schlage zu landen.

»Haben sie dich doch erwischt?«, fragte sie, nahm sich eine Limonade und stellte sie auf das Tablett.

Mikael schaute zu den Damen vom Jugendamt hinüber, die eifrig nickten, nachdem die Mutter etwas gesagt hatte.

»Ja«, sagte er. »Aber es war gar nicht so schlimm. Das waren bloß ein paar Abiturienten, mit denen ich mich neulich gestritten habe, weil wir fast kollidiert wären. Die Sache ist jetzt aus der Welt.«

»Gut. Ich hab lange zum Einschlafen gebraucht«, meinte sie und legte Waffeln auf die Teller.

»Daniela. Es tut mir leid, dass du das alles miterleben musstest, aber ich wollte nicht riskieren, dass wir das Moped nicht rechtzeitig zurückbringen.«

»Gut, das hab ich schon verstanden. Du brauchst es mir nicht noch mal zu erklären. Es war blöd, was ich da gemacht habe. Ich versuche jetzt, ein normales Mädchen zu sein«, sagte sie und fuhr sich durch die Haare.

»Das ist eine gute Idee. Ich glaube, du wirst bald wieder bei uns sein.«

»Meinst du wirklich?«, fragte sie, und in ihrer Stimme hörte er plötzlich etwas von damals, als sie am Krankenbett der Mutter gestanden hatten.

»Ja«, sagte Mikael und wusste nicht mehr, wann er zuletzt so sehr versucht hatte, seinen eigenen Worten Glauben zu schenken.

Die Mutter und die Damen vom Jugendamt bestritten fast das ganze Gespräch, aber auch Daniela beteiligte sich, und zum ersten Mal überhaupt hörte Mikael sie einen Witz erzählen. Als der Vater aufstand, um ihre Kaffeetassen zum zweiten Mal zu füllen, fragte die Mutter, ob Daniela mit in den Laden kommen und ihr beim Kauf eines neuen Pullovers helfen könnte.

»Ich brauche ein bisschen Hilfe bei der Farbe«, sagte sie und zwinkerte, und die Damen vom Jugendamt nickten eifrig, dann sahen sie einander an und sagten laut und wie aus einem Munde ja.

»Es ist schön, sie zu sehen. Und alles scheint gut zu laufen«, sagte Mikael zu den Damen und hörte sofort, dass seine Worte auch falsch verstanden werden konnten. »Ihre Großmutter und sie verstehen sich sehr gut. Sie hängen aneinander.«

»Das sehen wir«, sagte die größere Frau, und als der Vater mit dem Kaffee zurückkam, nahm Mikael ihm seine Tasse aus der Hand, ehe er sie auf den Tisch stellen konnte.

»Wir wollen hoffen, dass das Wetter noch hält. Es macht

doch nichts, wenn der Schnee ein bisschen länger auf sich warten lässt. Alle reden über die globale Erwärmung, aber ich habe bisher nur gemerkt, dass die Winter kälter werden«, sagte der Vater und steckte sich ein Stück Zucker in den Mund.

»Ich finde das beängstigend«, sagte die dünnere Frau.

»Es war auch früher schon so. Als Oberförster habe ich Winter fast ohne eine einzige Schneeflocke erlebt, während ich in anderen Jahren gesehen habe, dass der Schnee noch kurz vor Mittsommer nur so über uns hereinbrach«, sagte der Vater und zuckte mit den Schultern.

»Sind Sie Oberförster? Das muss ein spannender Beruf sein. Als ich hergezogen bin, ist mir gleich aufgefallen, wie unberührt der Wald hier oben wirkt – jedenfalls stellenweise –, oder heißt es hier unten?«, fragte die dünnere Frau und lachte.

Der Vater holte zu einer langen Antwort aus, aber Mikael kam ihm zuvor.

»Daniela liebt ja gerade die Natur hier in Skogli. Wenn wir vom Meer absehen, erinnert die Gegend sehr an die, in der sie aufgewachsen ist. Sie hat nie in einer Stadt gewohnt«, erklärte er.

»Das wissen wir natürlich alles, und was Sie da sagen, ist durchaus von Bedeutung. Aber Kinder sind viel anpassungsfähiger, als die meisten Erwachsenen zugeben wollen. Trotzdem, wir sind heute nicht hier, um darüber zu diskutieren«, sagte die Dünne.

»Nein, natürlich nicht«, wehrte er ab und hob die Hände. »Aber zuletzt haben Sie erwähnt, dass Daniela bald bei uns übernachten darf. Haben Sie da schon etwas entschieden?«

»Wir werden nach diesem Treffen mit ihr sprechen, aber Montag oder Dienstag sollte nicht unmöglich sein, jedenfalls definitiv nächste Woche, vorausgesetzt, sie selbst möchte es. Das ist auch ideal, weil dann Herbstferien sind«, sagte die Größere.

»Na gut. Das klingt sehr vernünftig«, bekräftigte Mikael, nickte zustimmend, ließ sich auf den Stuhl zurücksinken und tippte sich an den Hals, als fiele ihm das Reden schwer. Der Vater verstand den Wink, und in demselben Predigtton, in dem er sonst immer über den Wald sprach, fesselte er die Aufmerksamkeit der Damen, bis Daniela mit der Großmutter an der Hand aus dem Kleiderladen im Souterrain kam.

»Ja, für heute ist die Zeit wohl zu Ende«, sagte die Größere und stand auf.

»Na gut, aber du musst mir beim nächsten Mal wieder helfen, Daniela. Vielleicht finde ich dann etwas, das mir passt«, sagte die Mutter und streichelte den Arm ihrer Enkelin.

»Ja, gern, aber kann ich Onkel Mikael noch etwas zeigen, ehe wir losmüssen?«, fragte sie und packte seinen Arm, ehe ein Einwand vorgebracht werden konnte.

»Es gibt eine neue CD von den Lemonheads, seiner Lieblingsband«, fügte sie hinzu, als sie die Gesichter der anderen sah.

Rasch zog Daniela ihn mit sich aus dem Restaurant und in den Plattenladen gegenüber.

»Onkel, das, was ich in der Schule gemacht habe …«, begann sie und strich sich über die Haare.

Mikael nickte.

»Ich habe gesagt, ich hätte nicht gewusst, warum ich es getan habe, aber das stimmt nicht«, sagte sie, und ihre Augen füllten sich mit Tränen.

»Nicht weinen, bitte, wein jetzt nicht«, bat er und streichelte ihren Handrücken.

Sie nickte und schluckte.

»Ich habe es getan, weil ich so wütend auf Mama war. Ich war wütend auf sie, weil sie sterben musste. Hab gedacht, wenn ich so viel anstellte wie möglich, würde ich auf irgendeine Weise verschont werden. Kannst du das verstehen?«

Eine einsame Träne lief über ihre Wange, und Mikael zog sie zum Mittelteil des Regals mit ausländischen Künstlern und stellte sich mit dem Rücken zu Jugendamt und Eltern, die jetzt aus dem Café kamen.

»Daniela, denk nicht daran. Es ist ganz normal, solche Gedanken zu haben.«

»Warum konntest du nicht mein Vater sein?«, fragte sie und fuhr ihm rasch mit dem Handrücken über die Wange.

Mikael machte eine hilflose Handbewegung, suchte nach Worten, die sie für immer in Erinnerung behalten würde, brachte aber nur ein resigniertes Lächeln und ein langsames Kopfschütteln zustande.

»Warum wollte Ruben mich nicht als Tochter haben?«, fragte sie jetzt.

»Das kann ich dir nicht sagen, aber deine Mutter und er waren sehr jung, als du geboren wurdest«, gab er zu bedenken, und beim Klang seiner Stimme wurde ihm fast schlecht.

»Bist du schon mit Kristine zusammen gewesen?«

»Was?«, fragte er und schüttelte den Kopf, obwohl er sie genau gehört hatte.

»Onkel, ich bin dreizehn, bist du schon mit Kristine zusammen gewesen?«

Er deutete ein Kopfschütteln an, wobei er das Gefühl hatte,

in den Krieg zu ziehen und fünf Minuten zu haben, um vielleicht für ein ganzes Leben Abschied nehmen zu müssen.

»Es ist ein bisschen seltsam, mit dir über solche Dinge zu sprechen.«

»Wenn ich im Pflegeheim bleiben muss, laufe ich weg«, sagte sie, und das Traurige war jetzt aus ihren Augen verschwunden.

»Daniela, sag sowas nicht. Alles wird gut werden. Und was das betrifft, wonach du gefragt hast, so habe ich beim einzigen Mal, als Kristine bei mir war, Besuch von einer Nichte auf einem Moped bekommen.«

Hinter sich hörte er die Schritte der Mutter und trat rasch bei L vor das Regal, wo er eine Sonderausgabe von »It's a shame about Ray« fand – eine Scheibe, die er in Vinyl und als CD besaß.

»Hier«, sagte er und hielt die CD hoch. »Jetzt können die Lemonheads mir den ganzen Abend Gesellschaft leisten.«

17. Kapitel

Als Mikael auf den Hofplatz fuhr, verspürte er eine plötzliche Sehnsucht, sich in der Hütte einzuschließen, die Stereoanlage aufzudrehen und die Lemonheads als schalldichten Vorhang zu nutzen, um den Rest des Tages auszusperren. Er war von einer solchen Müdigkeit erfüllt, wie sie nicht von physischer Arbeit stammen kann, sondern wie man sie nur tief im Herzen verspürt, ohne ihr entkommen zu können. Für einen Moment war er erfüllt von dem alten Drang, sich zu verkriechen, aber was Daniela ihm im Plattenladen noch schnell gesagt hatte, sorgte dafür, dass er sich aufrichtete, seinen Körper wie ein Segel anspannte und sich von der Herbstsonne einen Arm um die Schultern legen ließ, die ihn freundlich, aber bestimmt in den Tag zurückschob. Er sog die klare scharfe Luft in seine Lunge, und dann blieb er stehen und hielt den Atem an, bis er von dem Gefühl überwältigt wurde, endlich klar und deutlich Land zu sehen, nachdem er auf offenem Meer umhergetrieben war.

Er lief in die Hütte, schlang im Stehen an der Anrichte zwei belegte Brote hinunter, dann zog er seine Arbeitskleidung an, um wie versprochen beim Dach des Gebetshauses zu helfen. Sein Vater war schon nach Eben Ezer gefahren, und als Mikael zum Range Rover gehen wollte, konnte er die Mutter vor einem Blumenbeet knien sehen. Aus einem Impuls heraus lief er in die Küche und nahm den Hörer vom Telefon. Er bekam noch immer keine Antwort, aber nun konnte er wenigstens hören, wie Kristine Jaunlatgales eigene Stimme ihn bat, nach dem Piepton eine Nachricht zu hinterlassen. Mikael hatte Anrufbeantworter noch nie leiden können und legte auf, während ihre Stimme sich zwischen all den anderen Dingen niederließ, von denen er nicht wusste, wie er damit umgehen sollte.

Die Wände von Eben Ezer strahlten wie Birkenstämme im Frühjahr unmittelbar nach der Schneeschmelze, und der Himmel leuchtete in kräftigem Blau über dem Grenzwald, nur mit hauchdünnen Schäfchenwolken gesprenkelt. Das hier war ein Bilderbuchidyll. Herbst über Skogli. Ein Szenario, das man am Anfang oder am Ende von etwas aufnimmt, wodurch die Farben besonders intensiv wirken. Mikael konnte sich nicht erinnern, wann er zuletzt ein Foto gemacht hatte.

Er schnallte den Werkzeuggürtel um und kletterte die Leiter hoch, die neben dem Container mit den alten Dachziegeln lehnte. Der Vater kniete auf dem Dachfirst auf der Seite zum Baklengselv und riss morsche Pappe herunter.

»Was für ein Tag das geworden ist. Der Oktober ist ein Frauenzimmer, aus dem man niemals schlau wird. Mürrisch am Morgen und dann voller Überraschungen, was im Laufe des Tages noch passieren wird. Mir gefällt das«, sagte er und fügte nach einer kleinen Kunstpause hinzu: »Jedenfalls, wenn es um das Wetter geht.«

Mikael zuckte nur mit den Schultern.

»Wo ist der Rest? Damit beschäftigt, den Sabbat zu heiligen?«, fragte er.

»Kann schon sein. Wir haben hier schon zu dritt oder zu viert gearbeitet, aber heute hatte niemand Zeit, abgesehen von Engelstad.«

»Ich verstehe noch immer nicht, was du hier eigentlich machst«, sagte Mikael.

Der Vater antwortete nicht sofort. Er setzte sich auf das Dach und zog eine Wasserflasche aus der Jackentasche. Die alten Tannen am Flussufer ragten wie Kirchtürme über ihm auf.

»Hier gab es früher zwei Läden, beide sind geschlossen worden. Das gilt auch für das Postamt, und die Bahn hält auch nicht mehr hier. Eben Ezer ist eins von den letzten Dingen, die Skogli für mich zu Skogli machen. Eben Ezer ist ganz einfach ein Wahrzeichen. Früher, als ich jung war, kamen alle her, die meisten, um zu beten, andere, um zu lachen. Die Versammlungen am Pfingstsamstag zogen so viele Menschen an, dass nicht alle hineinkonnten, obwohl es zwei Andachten gab. Die Leute standen draußen und hörten durch die offenen Fenster zu, und da unten …« Stener Hildonen zeigte zum Fluss hinunter, und Mikael folgte mit den Blicken, obwohl er wusste, dass der Vater das kleine Ufer vor dem Kolk meinte. »Da unten saßen die Seeleute, die, die wirklich zur See gefahren waren, und die, die kaum über die Bezirksgrenze hinausgekommen waren. Sie tranken Schwarzgebrannten und spielten Poker. Für viele gab es nur entweder oder, für einige andere sowohl als auch. Manche schafften es, bis zum Freitagabend Christen zu bleiben, aber es gab auch welche, die sich von den Karten weg zu den Sonntagsversammlungen schleppten. Man musste sich die ganze Zeit entscheiden. Jetzt geht fast kaum noch jemand nach Eben Ezer, und die Leute fahren in die Stadt, um sich volllaufen zu lassen. Ich vermute, das nennt man Fortschritt.«

»Halleluja«, sagte Mikael, dann arbeiteten sie schweigend weiter, wie es ihre Gewohnheit war. Egal, ob alte Baumstümpfe ausgegraben, Kücheneinrichtungen ausgewechselt, Wände neu getäfelt oder Dächer erneuert wurden, sie verständigten sich stets durch Blicke und Handbewegungen. Vater und Sohn hatten ihre Arbeitsweise aneinander angepasst, aber wenn sie innehielten, um den Rücken gerade zu machen oder die Muskulatur in Oberschenkeln und Waden zu entspannen, hatten ihre einander zugewandten Bewegungen etwas Ungeschicktes. Mikael brach das Schweigen als Erster.

»Es war schön, Daniela zu sehen«, sagte er.

Der Vater nickte und lächelte.

»Diese Schminke hätte sie nicht gebraucht, aber es scheint ja ziemlich gut zu gehen. Ich glaube, wir werden sie bald wieder zu Hause haben.«

»Glaubst du?«

Wieder nickte der Vater.

»Sie ist unser Blut. Natürlich lassen sie sie bei ihrer Familie wohnen. Beim Jugendamt arbeitet doch keine Wolfsmeute. Wenn sie damit fertig sind, was sie für ihre Aufgabe halten, gibt es keinen Grund, warum sie nicht auf Dauer bei uns wohnen sollte. Was sollte das denn sein?«

Mikael antwortete nicht sofort, sondern überlegte einen Moment, ehe er den Blick des Vaters erwiderte.

»Und wie kommt Ruben bei der ganzen Sache ins Spiel?«, fragte er schließlich.

»Die Antwort ist leicht, Mikael«, sagte der Vater. »Gar nicht.«

»Aber das Jugendamt …«, begann Mikael, doch der Vater legte ihm die Hand auf den Arm.

»Vielleicht ist es noch nicht allen klar, aber du bist das Nächste, was sie an einem Vater gehabt hat.« Stener Hildonen ließ Mikaels Arm los, aber Mikael konnte sehen, dass er noch nicht alles gesagt hatte. »Manchmal habe ich das Falsche getan, weil ich es für richtig hielt. Leider kann ich die zwei Dinge, die ich am meisten bereue, nie wieder gutmachen.«

Der Vater verstummte wieder, und ehe Mikael begriffen hatte, ob er wirklich fertig war oder nur nach den richtigen Worten suchte, hupte draußen auf dem Storvei ein roter Nissan.

»Engelstad«, sagte der Vater auf eine Weise, die es Mikael unmöglich machte zu erraten, ob er über diese Unterbrechung erleichtert oder verärgert war.

Engelstad war schon ausgestiegen, als die Motorengeräusche noch nicht ganz verhallt waren.

»Tut mir leid, dass ich so spät komme. Trinken wir erst mal einen Kaffee«, rief er und hob eine Thermoskanne wie eine Trophäe über seinen Kopf.

»Kaffee ist gut«, sagte Stener Hildonen und legte seinem Sohn die Hand auf die Schulter, als Mikael begann, rückwärts die Leiter hinunterzuklettern.

»Was ist denn mit deinem Gesicht passiert?«, fragte er, und als Mikael nicht sofort antwortete, fügte er hinzu: »Die Schminke ist runtergeschwitzt.«

»Ich wäre gestern fast in Scherereien geraten«, sagte Mikael und entfernte sich aus der Reichweite der väterlichen Hand.

»Scherereien?«

»Ja, mit Dorthe Halvorsens Enkel und einigen seiner Kumpels. Am Abend, nachdem das Jugendamt Daniela geholt hatte, wäre ich fast in ihr Auto gefahren, das unten bei Furumoen mitten auf der Straße stand. Da hab ich dann wohl mal kurz um mich geschlagen. Gestern haben wir uns die Hand gegeben, aber als ich zum Auto zurückwollte, bin ich gestolpert und im Graben auf die Nase gefallen.«

»Na gut«, sagte Stener.

»Stener, genauso ist das passiert«, sagte Mikael.

»Dann hast du also die Fichte gefällt, wie deine Mutter vermutet hat?«

Mikael nickte.

»Wir brauchen das wohl niemandem zu sagen«, meinte der Vater.

»Nein«, sagte Mikael.

»Du bist doch in nichts reingeraten?«, fragte der Vater.

»Was?«, fragte Mikael.

»Die Kerle auf den Motorrädern sahen nicht gerade wie Freunde aus.«

»Hast du nicht gehört, ich hab mich mit Dorthe Halvorsens Enkel geschlagen – also eigentlich war es gar keine Schlägerei. Und jetzt ist die Sache aus der Welt.«

Engelstad hatte Pappbecher mit dampfendem Kaffee und eine Tüte mit Rosinenbrötchen von der Tankstelle auf der Kellertreppe abgestellt. In die Luke waren mehrere Mädchennamen eingeritzt, und das rostige Hängeschloss sah nicht aus, als sei es seit der Jahrtausendwende noch einmal geöffnet worden.

»Pfui, was für ein Tag, ihr habt ja keine Ahnung, was ich erlebt habe. Ich glaube fast, ich träume, hoffentlich bringe ich überhaupt ein Wort heraus«, sagte Engelstad, und um zu demonstrieren, was er meinte, schwieg er gerade so lange, wie er brauchte, um seine Lunge mit Luft zu füllen.

»Wir kennen uns eigentlich noch gar nicht. Sander«, sagte

er und reichte Mikael die Hand zu einem schlaffen Händedruck, wie man ihn oft bei Ärzten und anderen Menschen beobachten konnte, die viel mit Kranken zu tun hatten.

»Mikael«, sagte Mikael und musste den Drang bekämpfen, der Hand des Vorstehers eine richtige Knochenmassage zu verpassen.

»Ich habe versprochen, das nicht zu sagen, aber die Wege des Herrn sind unergründlich. Meine Gebete wurden erhört«, plapperte Engelstad weiter und erinnerte eher an ein begeistertes Kind denn an den Vorsteher der ehemals zweitgrößten Freikirche in der Gemeinde Kongsvinger.

»Nimm doch einen Kaffee, Sander, und beruhig dich erst mal«, sagte der Vater, hob zwei Becher hoch, gab Mikael einen davon und setzte sich auf die Treppe.

»Okay, du hast recht. Tausend Dank dafür, dass du deinem Vater hilfst. Das ist wirklich kolossal nett«, sagte Engelstad, und Mikael musste sich in die Lippe beißen. Kolossal nett? So redete doch kein Mensch. Engelstad hörte sich an wie eine Parodie auf einen Prediger. Mikael und sein Bruder waren nur einmal zu einer Versammlung der Pfingstgemeinde gegangen, und damals hatte Tordenskiold Worte gebraucht, bei denen sie am liebsten die Flucht ergriffen hätten.

»Ich muss das einfach sagen, ich werde keine Namen nennen, aber heute habe ich eine Spende von einem Gemeindemitglied erhalten, das bald auf Heimaturlaub kommen wird. Er hat in seine große Spardose gegriffen und mir das ganze Dach und noch mehr geschenkt«, sagte Engelstad und schüttelte so heftig den Kopf, dass seine roten Locken flatterten.

»Das ganze Dach und noch mehr?«, fragte der Vater.

»Ja, den Betrag, den das Dachdecken kostet, und noch etwas dazu. Ich fahre mit einer Plastiktüte voller Geld im

Kofferraum durch die Gegend. Was bin ich nervös! Möglich, dass ich unterwegs einen Unfall baue, der Kofferraum aufgeht und ich das Geld über ganz Skogli ausstreue. Das ist mir schon mal passiert«, sagte Engelstad.

»Hä?«, fragte der Vater.

»Ja, also nicht mit Geld, natürlich. Aber im Sommer hatte ich meine Bibel auf dem Dach liegen, als ich losgefahren bin. Sie blieb dort, bis ich zum Storvei kam und Gas gab. Erst, als ich hier anhielt, ging mir auf, was passiert war, und als ich zurückfuhr, war der ganze Weg mit Mannakörnern, Bildern, Briefen und Postkarten übersät, die ich in die Bibel gesteckt hatte. Auch eine Art, das Wort zu verbreiten.«

Engelstad lachte schallend, wie ein unsicherer Komiker.

»Bete, und dir wird gegeben werden«, sagte der Vater.

»Ja, nicht wahr? Das ist total unglaublich. Mir fehlen die Worte, also fast, und das kommt ziemlich selten vor. Eigentlich sollten wir uns den Rest des Tages freinehmen, oder ihr zumindest, meine ich, ich habe ja noch nichts geleistet. Aber ich muss mich um das Geld kümmern«, sagte Engelstad und goss seinen restlichen Kaffee aus wie ein Cowboy an einem Lagerfeuer.

»Wie denn? Die Banken haben jetzt doch geschlossen«, sagte der Vater.

»Ich nehme den großen Geldkasten, so mache ich das manchmal, wenn die Gemeinde ungewöhnlich hohe Spenden bekommt. Die Behörden müssen ja nicht alles erfahren. Erinnert ihr euch an Bruder Aage?«

»Samuelsen?«, fragte der Vater.

»Genau«, bestätigte Engelstad. »Ich habe viel über ihn gelesen. Der war ein Prediger nach meinem Herzen. Manchmal bei den Andachten warf er die Kollekte in die Luft und sagte: Jetzt kann Gott sich nehmen, was Er will, und ich behalte den Rest.«

»Es war nicht Husebye, der dir das Geld gegeben hat?«, fragte Mikael und bereute sofort, das gesagt zu haben.

»Wer?«, fragte Engelstad.

»Kåre Husebye.«

»Der hinten beim Badestrand?«, fragte Engelstad. »Seinetwegen wünschte ich ja, es wäre so, aber das Geld kommt von jemandem, der eher nach den Worten des Erlösers lebt. Aber jetzt macht auf dem Dach weiter, sonst rutscht mir der Name am Ende noch heraus. Hundertsiebzig Tausender können noch den Stummen zum Reden bringen.«

»Lukas 16,13«, sagte der Vater.

»Ja, das kannst du wohl sagen, Stener, das kannst du wohl sagen, aber ich betrachte das hier nicht als Geld. Ich betrachte es als Dach über unserem Glauben«, sagte Engelstad und verdrehte die Augen, ehe er zum Auto ging und den Kofferraum öffnete.

»Lukas 16, 13?«, fragte Mikael.

»*Keiner kann Diener zweier Herren sein. Er wird den einen hassen und den anderen lieben oder sich an den einen halten und den anderen verachten. Ihr könnt nicht Gott und dem Mammon zugleich dienen*«, sagte der Vater.

»Ich wusste gar nicht, dass du Bibelverse aus dem Ärmel schütteln kannst«, rief Mikael überrascht.

Der Vater antwortete nicht sofort, lächelte seinen Sohn fast resigniert an, dann richtete er seinen Blick wieder auf den Storvei.

»Es gibt vieles, was du über mich nicht weißt«, sagte er, als Engelstad eine Plastiktüte mit einem Supermarkt-Logo anbrachte. Mikael konnte nicht verhindern, dass sein Herz fast unmerklich ins Stolpern kam und in seinem Hals ein dicker Kloß entstand, so dass er nur mit Mühe schlucken konnte. Engelstad hätte ein Mann sein können, der gerade aus einem Laden kam, wo er Illustrierte und Zeitungen gekauft hatte, Tacoschalen und Salat, Kartoffelchips und Sprudel. Sander Engelstad hätte ein Mann sein können, der den Samstagabend nach Hause trug.

»Wollen wir jetzt die Dachplatten festmachen?«, fragte Mikael den Vater, und der nickte zur Antwort.

Jede Dachplatte war fast einen Quadratmeter groß und für sich genommen nicht besonders schwer, wenn man sie über den Boden trug, während es auf der Leiter schon problematischer wurde. Mikael stellte sich die erste Platte auf eine Schulter, während sein Vater eine Sprosse über ihm stand und ihn stützte, und so schoben sie sich langsam die Leiter hoch. Ungefähr auf halber Höhe musste Mikael eine kleine Pause einlegen, um das Gewicht zu regulieren, und dabei sah er durch das Fenster, wie Engelstad das Linoleum vor der Rednerbühne wegzog und mit der Plastiktüte in der Hand die Klappe über dem Taufbecken hochhob.

»Geht's noch?«, rief der Vater.

»Ja, jetzt auf einen Schwung«, antwortete Mikael.

Auf dem Dach hielt er die Platte fest, während der Vater sie an die Latten schraubte.

»Das ist heute ja so leicht«, sagte er und versetzte der Platte einen Klaps, als hätte er die Flanken eines Arbeitspferdes vor sich. »In den alten Zeiten musste man einen Dachziegel nach dem anderen anbringen, jetzt kann man komplette Platten bestellen.«

»Es ist trotzdem noch schwer genug«, sagte Mikael und folgte dem Baklengselv mit den Augen.

»Hast du noch miterlebt, wie Leute im Fluss getauft wurden?«, fragte er nachdenklich.

Der Vater nickte.

»Mehrmals.«

»Warum haben die Pfingstgemeinden damit aufgehört?«

»Ich weiß es nicht genau. Ich glaube, es hat sich so eine Art Vorstellung verbreitet, dass die Taufe im Fluss altmodisch und primitiv sei.«

»Und jetzt werden alle in dem Becken hier unten getauft?«

»Nein«, sagte der Vater. »In Skogli wird niemand mehr getauft. Sie fahren nach Filadelfia in Kongsvinger, da kann das Wasser angewärmt werden. Das Becken in Eben Ezer ist schon lange ausgetrocknet. Eigentlich ist das traurig.«

»Warum betrübt dich das so?«, fragte Mikael.

»Wir haben eine Entscheidungsmöglichkeit weniger.«

»Warum? Das Gebetshaus gibt es doch noch.«

Stener Hildonen war so nah, dass Mikael ihn hätte berühren können, trotzdem schien der Vater an einem ganz anderen Ort zu weilen.

»Manchmal wird von einem Mann mehr verlangt, als nur die Hände zu falten und die Knie zu beugen, wenn er zeigen will, dass er wirklich bereut, was er angerichtet hat.«

Der Vater hob die Schultern und lächelte zaghaft.

»Hast du je den Wunsch verspürt, in so ein Becken zu steigen?«, fragte Mikael, aber ehe der Vater antworten konnte, tauchte über der Dachkante Engelstads Kopf auf.

»Stener, jetzt musst du mich zur Arbeit ansetzen. Es ist doch nicht in Ordnung, dass ihr alles allein macht«, sagte er und lächelte verlegen.

Der Vater, Mikael und Engelstad befestigten die Dachplatten auf dem Teil des Daches, wo sie neue Pappe gelegt hatten. Ehe das Tageslicht an diesem Samstag versickerte, konnten sie fast alle übrig gebliebenen Ziegel entfernen, und nachdem sie über dem ungedeckten Teil des Daches eine Plane angebracht hatten, kletterten sie nacheinander die Leiter hinunter.

Die Schäfchenwolken waren zu einem weißen Wattekranz aus Stratocumuluswolken zusammengeschmolzen, und Mikael wusste, dass das möglicherweise auf Regen hindeutete. Er machte, dass er nach Hause kam, während das Gefühl, von der Arbeit müde zu sein, an seinem Körper klebte wie eine Schicht zu enger Kleider.

Plötzlich fehlte Mikael jemand, mit dem er dieses Gefühl teilen konnte, der Atem eines anderen Menschen auf seiner Haut, wenn die selige Müdigkeit abends nach ihm griff und er das Gesicht auf das Kissen legte.

18. Kapitel

Die Mutter füllte gerade Blumentöpfe auf der Treppe mit Sand, als er auf den Hofplatz fuhr. Eine Dusche, Kleider, die nirgendwo spannten, und die Füße auf den Tisch gelegt, während er »It's a shame about Ray« lauschte und dabei mitsummte, so hätte dieser Tag enden müssen. Ein Bier, aus dem vielleicht fünf oder sechs wurden, während Evan Dandos Stimme ihn mit demselben alten Gefühl erfüllte, drinnen und draußen zugleich zu sein. Ein Mann, der sich den Luxus gönnen konnte, nach vollendeter Arbeitswoche den Abend zu vertrödeln, während die Welt sich weiter um ihre ramponierte Achse drehte.

»Fast muss ich dir eine Rechnung schicken«, rief die Mutter, als er die Tür des Range Rover zuschlug.

»Wie meinst du das?«, fragte Mikael, während er den Blick über den Weg zu seiner Hütte schweifen ließ.

»Für Telefondienste. Ich bin den ganzen Tag hinein- und hinausgelaufen, um Anrufe anzunehmen.«

Mikael richtete sich auf und spannte die Bauchmuskeln an, sagte aber nichts.

»Oder übertreibe ich jetzt? Jedenfalls haben zwei angerufen und nach dir gefragt … fast«, sagte die Mutter.

»Fast?«, hakte Mikael nach und stellte sich vor, wie die beiden Geldeintreiber abwechselnd anriefen, um die Mutter zu bedrohen.

»Ja, der Erste, den ich am Apparat hatte, hat wirklich nach

dir gefragt. Er sagte, er heiße Slartmann. Ich habe versprochen, dass du ihn zurückrufst.«

»Und der andere?«

»Die Frau wollte wissen, wer sie angerufen hat, nachdem sie auf ihrem Mobiltelefon eine fremde Nummer entdeckt hatte. Und ich habe heute niemanden angerufen«, erklärte die Mutter.

»Das war ich«, sagte Mikael.

»Das habe ich durchaus verstanden. Ich habe versprochen, dass du auch sie zurückrufst.«

»Danke«, sagte Mikael und wollte an der Mutter vorbei ins Haus gehen, aber sie streckte die Hand aus und packte seinen Arm.

»Ich fühle etwas«, sagte sie.

Mikael blieb stehen und wusste nicht, wohin mit seinen Händen. »Und was soll das jetzt heißen?«

»Es liegt etwas in der Luft. Eine Vorwarnung. Du weißt, dass das passiert, seit ich nicht mehr sehen kann.«

»Der Regen«, sagte Mikael und ließ den Atem pfeifend aus seinem offenen Mund entweichen.

»Regen lässt es in meinem Kopf nicht so dröhnen, normalerweise jedenfalls nicht. Ich habe das Gefühl, direkt neben einem Transformator zu wohnen.«

Mikael schaute zur Wolkendecke hoch, die über Austberget jetzt Risse warf.

»Es kommt Wind auf«, ergänzte er.

»Ja, wollen wir hoffen, dass es nur der Wind ist«, sagte sie und ließ seinen Arm los. »Das mit Daniela heute ist gut gegangen. Wir haben uns ausgesprochen, als wir uns die Pullover angesehen haben. Ich glaube, das Jugendamt wird begreifen, dass sie es bei uns am besten hat.«

»Wollen wir hoffen«, wiederholte Mikael wie ein Echo und hatte den Flur bereits durchquert, als die Mutter noch etwas sagte.

»Kristine klingt wie ein nettes Mädchen, aus welchem Land kommt sie eigentlich?«

Mikael fuhr herum und musterte die Mutter, aber wie schon so oft war ihr Gesicht vollkommen unergründlich.

»Lettland«, sagte er.

»Wann legst du dir wieder ein Handy zu?«

»Das wird jetzt nicht mehr lange dauern«, sagte er und schloss die Tür hinter sich.

Mikael blieb zögernd vor dem Telefon stehen. Als er angefangen hatte, sich für Mädchen zu interessieren, hatte er sich zum Anrufen immer in die Hütte seines Großvaters geschlichen. In einem Haus, in dem er nicht wohnte, zu stehen und dort den Telefonhörer in der Hand zu halten ließ alles weniger dramatisch erscheinen. Wenn ein Mädchen seine Einladung ablehnte, konnte er danach zu seinen Eltern gehen und sich einbilden, dass in Wirklichkeit nicht er angerufen hatte, sondern der Junge, der im Nachbarhaus wohnte.

Zuerst rief Mikael Slartmann an, den Blick durch das Fenster auf den Bach gerichtet. Slartmann meldete sich nach dem zweiten Klingeln.

»Hier ist Mikael.«

»Hast du diese Typen noch mal gesehen?«, fragte Slartmann.

»Nein«, entgegnete er und ließ sich in den Sessel neben dem Telefon fallen.

»Ich glaube, sie sind in der Stadt. Es sind jedenfalls Typen, die die Drogenszene ganz schön aufmischen. Ein Glatzkopf und einer mit Pferdeschwanz, klingt das bekannt?«, fragte Slartmann.

Mikael nickte.

»Was?«

»Ja, das könnten sie sein. Aber so sehen auch die meisten anderen aus, die hier in der Gegend Motorrad fahren.«

»Da hast du sicher recht, aber in der Stadt schwelt derzeit gewaltig die Unruhe. Schon vierzehnjährige Mädchen heben den Rock hoch, um ihre Drogenschulden zu bezahlen, und weißt du, was mit denen passiert, die das nicht können? Eine beliebte Methode, die Zahlungsfähigkeit der Leute zu steigern, ist, sie an den Füßen aufzuhängen, Feuer zu machen und dann einen Fahrradschlauch mit Sand zu füllen. Den Rest kannst du dir wohl denken?«

»Wie kommt es, dass du so gut informiert bist?«, fragte Mikael. Draußen auf dem Hofplatz fuhr der Vater den Subaru in die Garage.

»Du weißt doch, ich wohne nicht gerade im elegantesten Teil der Stadt. Die Leute, die ich kenne, sind nicht gerade für ihre guten Taten berühmt. Ich erfahre so ungefähr alles, was unter Kniehöhe in der Stadt passiert«, erklärte Slartmann.

»Danke für die Warnung«, sagte Mikael.

»Hast du das mit dem Geld in Ordnung gebracht?«

»Nein.«

Slartmann holte tief Luft, und Mikael musste sich große Mühe geben, um nicht die Augen zu schließen.

»Du kannst nicht einfach den Kopf in den Sand stecken«, sagte Slartmann.

»Das weiß ich. Ich habe versucht, es in Ordnung zu bringen, aber so leicht ist das nicht.«

»Das ist diesen Knaben aber scheißegal. Vor einem halben

Jahr ist ein Typ an einer Überdosis gestorben, ehe er seine Schulden bezahlt hatte. Eine Woche nach der Beerdigung wurde seine Mutter davon geweckt, dass ein paar Typen ein Streichholz anrissen und auf ihrem Nachttisch eine Kerze anzündeten. Sie hat die Schulden ihres Sohnes bezahlt.«

»Ich hab schon verstanden«, sagte Mikael.

Slartmann verstummte am anderen Ende der Leitung, und Mikael konnte ihn vor sich sehen. Die Hand, die das graumelierte Haar aus den Augen strich, ehe sie auf dem Tisch nach der Brille suchte. Die Haut der Oberarme mit den verblassten Tätowierungen, die an die Logos alter Reklameballons erinnerten, aus denen ein Teil der Luft entwichen war.

»Ich kann keinen Zahlungsplan für dich aufstellen, aber ich kann ein paar Extratage rausschinden. Die Bullen dazu bringen, sie so zu nerven, dass sie sich erstmal aus der Stadt verziehen. Aber das ist keine dauerhafte Lösung. Sie werden zurückkommen oder einfach andere schicken. Wenn du ihnen nichts gibst, glauben sie, du nimmst die Sache nicht ernst. Und das wird dich und deine Familie teuer zu stehen kommen. Glaub mir das.«

»Ich habe verstanden und danke.«

»Keine Ursache. Ich hätte dir nie sagen dürfen, wo du dir Geld leihen kannst. Du bist ein guter Mann, Mikael Hildonen, aber ab und zu kommst du mir vor wie einer, der auf dem Bahnsteig stehen bleibt und zuschaut, wie der Zug abfährt.«

»Bis dann«, sagte Mikael, unterbrach das Gespräch und wählte sofort Kristines Nummer. Abermals wurde ihm mitgeteilt, die Teilnehmerin habe das Telefon ausgeschaltet oder befinde sich in einer Gegend ohne Netzkontakt.

Mikael duschte schnell unter dem heißesten Wasser, das er ertragen konnte, und blieb danach im Bademantel lange vor dem Kleiderschrank stehen. Griff zuerst nach Sachen, die zum Samstag gehörten, endete dann aber bei den bedeutungslosesten, die er finden konnte, einem blauen Pullover, abgenutzte Jeans und einer grauen Windjacke. Nichts davon hatte ein sichtbares Markenzeichen. Er zog sich eilig an, warf einen Blick in den Spiegel und machte sich daran, das Zimmer zu verlassen, ehe er noch einmal zum Kleiderschrank zurückgehen und mit energischen Bewegungen die alte Sturmhaube hervorziehen würde.

Die Lichter von Skogli waren in der Ferne zu erkennen, als er am Fuße des Hanges über den Storvei nach Eben Ezer fuhr. Er hatte erwartet, das Gebetshaus bis auf den bleichen Schimmer der Außenlampe dunkel vorzufinden, aber Engelstads Auto stand noch immer auf dem Parkplatz, und überall brannte Licht. Der gelbe Lichtschein aus den vorhanglosen Fenstern ließ das Gebäude viel größer wirken, als es war, und Mikael begriff nun, warum sein Vater es als Wahrzeichen des Dorfes bezeichnet hatte. Er riss den Wagen vor dem stillgelegten Supermarkt herum, und als die Lichter der Frontscheinwerfer über die Wand des Gebetshauses glitten, konnte er jemanden aus dem Fenster schauen sehen, bei dem es sich um Engelstad handeln musste. Plötzlich ging ihm die Strophe eines Chorals durch den Kopf: *Niemand ist so geborgen in der Gefahr wie Gottes kleine Kinderschar,* und dann: *Keins vergisst er, nie und nimmer, unser Vater bleibt er immer, und sein Ziel ist nur das eine: der Kinder wahres Wohl alleine.*

Wie konnte er sich an diese Worte erinnern, und warum kamen sie ihm gerade jetzt in den Sinn?

Am Ende seines Lebens war der Großvater kaum je anzutreffen gewesen, ohne am Küchentisch über die Bibel gebeugt zu sein. »Das ist heute einfach über mich gekommen«, sagte er dann und las Mikael einen Vers vor. Passierte ihm jetzt dasselbe? Hatten die Worte einfach angefangen, über ihn zu kommen? Und wenn ja, was sollten sie bedeuten? Hatten sie etwas mit Daniela in der Pflegefamilie zu tun oder mit Engelstad im Gebetshaus neben einem ausgetrockneten Taufbecken voller Geld?

Er hatte den Wald hinter sich gelassen und war kurz vor dem ersten Kreisverkehr in Richtung Stadt. Doch anstatt weiter zum Büro des Heimpflegedienstes zu fahren, bog er bei der Tankstelle ab und hielt auf der Hinterseite der Zapfsäulen. Samstagabende in Kongsvinger gaben ihm immer das Gefühl, in alttestamentarische Zeiten zurückversetzt worden zu sein. Zu Lots Gefolge zu gehören und zu versuchen, geradeaus zu schauen, während hinter ihm die Stadt zugrunde ging. Samstagabend im Zentrum bedeutete Geld und Abenteuer, aber auch große Menschenmengen und Polizeistreifen. Hier draußen war es nur ein Steinwurf zum Wald, zu Stichstraßen und Fluchtrouten.

Er schloss die Augen. Sah, wie er die Sturmhaube über den Kopf zog und die Tür zur Tankstelle aufstieß. Die Verkäuferin, die mitten in der Bewegung erstarrte, im Dampf von Fleisch und Zwiebeln stillstand, festgefroren vor den Schlagzeilen auf dem Tresen, vor Illustrierten und Rubbellosen, während das Einzige, was sich im Raum bewegte, die Würstchen auf dem Grill waren. Mikael Hildonen, der das Messer schwenkte. Er konnte sich reden hören, konnte sehen, wie die Augen der Verkäuferin sich mit etwas füllten, das immer in ihnen schlummerte, aber nur dann zum Leben erwachte, wenn die Tür zu schnell aufgerissen wurde und fremde Geräusche das Alltägliche störten. Mikael konnte etwas in den Augen der Verkäuferin sehen, das er selbst dort hinterließ.

Er stieg aus dem Auto, drängte sich zwischen den Zapfsäulen durch und stieß die Tür auf. Er war der einzige Kunde, und die nicht mehr ganz junge Frau hinter dem Tresen schaute auf und nickte freundlich. Mikael hatte sie schon oft gesehen. Früher, wenn er nach Feierabend an der Tankstelle vorbeigeschaut hatte, war sie meistens dort gestanden, und er hatte sich gefragt, warum sie immer die Nachtschichten bekam. Vielleicht war sie frisch geschieden, dabei, ein neues Leben anzufangen, und war auf den Zuschlag für diese unbequemen Arbeitszeiten angewiesen, oder vielleicht fand sie es auch nur interessant, arbeiten zu gehen, wenn die meisten anderen auf dem Weg nach Hause waren.

»Haben Sie getankt?«, fragte sie und lächelte übers ganze Gesicht.

»Was?«, fragte er und fuhr fort, ehe sie noch mehr sagen konnte. »Benzin? Nein, heute nicht.«

»Was kann ich dann für Sie tun?«

Sein Blick fegte über den Tresen und fand die Rolle mit den Rubbellosen.

»Ich hätte gern vier davon«, sagte er.

Er fuhr um den Kreisverkehr und hielt vor dem Büro des Heimpflegedienstes. Auf irgendeine Weise musste er Kristines Adresse ausfindig machen. Sicher gab es ein Verzeichnis aller Angestellten, und wenn nicht, dann zumindest die Einstellungsverträge.

Eine Korktafel im Gemeinschaftsbüro zeigte die Telefonnummern von allen, die beim Pflegedienst arbeiteten. Kristine war die Einzige, von der es nur eine Handynummer gab. Mikael nahm den Hörer ab, um die Auskunft anzurufen, doch obwohl er früher am Tag von diesem Apparat aus telefoniert hatte, bekam er jetzt kein Freizeichen. Er ging ins Büro der Chefin, um deren Telefon zu benutzen. Buchstabierte langsam und deutlich den Namen Kristine Jaunlatgale und rechnete schon fast damit, keine Antwort zu erhalten, als er erfuhr, dass ihre Nummer mit einer Osloer Adresse registriert war. Mikael versuchte ein letztes Mal, sie anzurufen, und landete wieder bei der Ansage.

Gründlich musterte er die Rücken der Ordner im Bücherregal, ohne das Gesuchte zu finden, blätterte durch die Papiere in den Fächern für ein- und ausgehende Post, fand aber nirgendwo einen Hinweis. Er war schon auf dem Weg zur Tür, als sein Blick auf die Papiere auf der Fensterbank fiel – die Tabelle, die die Chefin früher am Tag erwähnt hatte. »Vorschriften über Schadensersatz bei Berufsverletzungen«, las Mikael, dann nahm er die Unterlagen und legte sie unter den Kopierer.

Als Nächstes ging er noch einmal zur Telefonliste an der Wand, wo er sich die Nummern der Linoleummatronen notierte. Erneut begab er sich zum Telefon ins Büro der Chefin. In einer Stadt mit so vielen Lebensmittelläden sollte es doch auf der Hand liegen, das Motto des bekanntesten zum eigenen zu machen: *Das Einfache ist oft das Beste.*

Torunn schien außer Atem zu sein, als sie endlich ans Telefon ging.

»Hallo, hier ist Mikael«, meldete er sich. »Weißt du zufällig die Adresse von Kristine Jaunlatgale?«

»Wofür brauchst du die denn? Erzähl mir nicht, dass Mikael Hildonen an einem Samstagabend an Liebeskummer leidet«, sagte Torunn und setzte zu einem heiseren Lachen an, das in einen Hustenanfall umschlug.

Mikael suchte nach einer witzigen Bemerkung, nach etwas Schlagfertigem, aber wieder erschien ihm nur das Bild des über die Bibel gebeugten Großvaters. Diesmal kamen ihm allerdings keine Bibelverse in den Sinn, sondern etwas, das er in der Zeitung gelesen hatte. Ein Gründer hatte in einem Interview erklärt, man müsse sehr, sehr geduldig sein, um in der Provinz wirtschaftlichen Erfolg zu haben, da die Menschen hier im Landesinneren daran gewöhnt seien, eine Tanne zu pflanzen und achtzig Jahre zu warten, bis daraus ein Wald geworden sei.

»Ich möchte sie eben mal einladen«, sagte er.

Kristines blauer Seat stand vor der Gemeinschaftsgarage am Ende der Reihe von Doppelhäusern. Mikael stellte den Range Rover neben ihrem Auto ab, schlug die Tür hinter sich zu und blieb für einen kurzen Moment stehen, wie ein Skispringer, der auf der Schanze noch einmal Atem holt. Dann steuerte er über den Kiesweg auf die Häuser zu.

Hinter der Hecke an einer Straßenlaterne bog er ab, öffnete das Tor vor Nr. 12 und schaute zum ersten Stock hinauf, wo Kristine seiner Kollegin zufolge wohnte. Zuerst glaubte er, sich in der Adresse geirrt zu haben, denn durch das Fenster des Raumes, den er für das Wohnzimmer hielt, sah er den Rücken eines langhaarigen Mannes in einer Lederjacke. Einen Moment lang hatte er das Gefühl, sich in dem schwerelosen Bruchteil der Sekunde zu befinden, in dem der Körper versucht, sich von einer raschen Bewegung auf Stillstand umzustellen. Dann bewegte sich der Mann ein wenig, und Mikael sah, dass Kristine und er sich von Angesicht zu Angesicht gegenüberstanden. Zunächst dachte er, sie würden tanzen, aber dann sah er, dass der Mann in der Lederjacke Kristines Oberarme festhielt. Mikael blieb ganz ruhig stehen, um zu erkennen, ob das hier der Anfang eines Kusses war oder ob sie sich mitten in einem Streit befanden. Aber der Mann hielt einfach nur Kristines Oberarme fest, wie man das mit einem Kind macht, das nicht schlafen gehen will. Als Mikael schon im Begriff war, zum Tor zurückzugehen, drehte Kristine den Kopf. Einen Moment lang schien sie ihm ins Gesicht zu starren, oder jedenfalls in seine Richtung, dann trat sie vom Fenster weg. Mikael knallte das Tor zu, lief zum Auto und trat schon auf dem Parkplatz das Gaspedal durch.

Am Hang unterhalb der Kirche verlor er die Orientierung. So viele Wege, so viele Orte, zu denen er fahren könnte, so wenige, die er wirklich besuchen wollte. Vollkommen willkürlich bog er vor der Alten Brücke in den Strandveg ein und hielt unten bei der Strandpromenade. Er lief über den Parkplatz zu einem neueröffneten Restaurant und bat um ein Bier. Während der blonde Barmann das Getränk zapfte, zog Mikael die Rubbellose hervor. Das Glück lachte ihm an diesem Abend wirklich. Sekunden später war er um fünfundzwanzig Kronen reicher, und als er das Gewinnerlos in die Jackentasche stecken wollte, fielen ihm die Papiere ein, die er im Büro kopiert hatte.

Die eigenwillige Amtssprache führte dazu, dass er die meisten Sätze mindestens zweimal lesen musste, um wenigstens halbwegs zu verstehen, was dort stand. *Sollte der Geschädigte wünschen, den Kapitalwert des Schadensersatzes als Einmalsumme ausbezahlt zu bekommen, vgl. Gesundheitsgesetzgebung § 13–17, Absatz 4, so wird der Betrag entsprechend der Vorschrift über Kapitalwerte, vgl. Gesundheitsgesetzgebung § 25–15, Absatz 2, festgesetzt. Die Einmalsumme muss den gesamten Schadensersatz umfassen, auf den der Geschädigte vom Beginn der Wirkungszeit gerechnet einen Anspruch hat.*

Mikael trank die Hälfte des Bieres auf einen Zug und las weiter über gemäßigte Entstellung, umfassende Entstellung und vollständige Entstellung (im ganzen Gesicht). Über Vollskalpierung, Verlust der Ohrmuscheln und einseitige bzw. doppelseitige Aphakie. Die Chefin hatte recht damit, dass der Verlust der Zunge bis zu 45 % des Grundbetrags für Schadensersatz einbringen konnte, während ein amputierter Daumen auf zwanzig Prozent weniger festgesetzt war.

Mikael trank aus und bestellte noch ein Bier. Eine Fußamputation war mit fünf Prozent weniger beziffert als der Verlust des Daumens, während ein schnöder kleiner Finger nicht mehr einbrachte als sieben Prozent Erstattung. Er schloss die Augen und sah sich an einer Bandsäge stehen und Material zersägen, während er ein wenig falsch zufasste, er sah eine Stichsäge, die aus der Spur sprang, und einen Bohrer, der abrutschte.

Er trank das zweite Bier in zwei langen Zügen, bestellte noch eins und bat den Barmann um einen Kugelschreiber. Den nahm er dann zwischen Zeigefinger und Mittelfinger und versuchte, seinen Namen zu schreiben. Wenn er den Daumen nicht zu Hilfe nahm, rutschte der Kugelschreiber willenlos auf dem Blatt hin und her, aber als er die Spitze schließlich in die Senke zwischen Zeigefinger und Mittelfinger klemmte und mit dem Ringfinger nachhalf, konnte er seinen Namen schreiben, und das Ergebnis sah nicht viel anders aus als seine echte Unterschrift.

»Lesen Sie Darlehensbedingungen?«, fragte eine Frau mit

kurzen rötlichen Haaren und etwas zu tiefem Ausschnitt, die plötzlich neben ihm auf den Barhocker geglitten war.

»Was?«, fragte Mikael und ließ den Kugelschreiber auf den Tresen fallen.

Die Frau tippte mit einem schwarz lackierten Fingernagel auf die Papiere, die vor Mikael lagen.

»Ja«, nickte er. »Genau das.«

»Ist das Darlehen groß genug für ein Glas Weißwein?«, fragte die Frau lächelnd und streifte wie zufällig Mikaels Oberschenkel, als sie sich ihre Tasche auf den Schoß stellte.

»Natürlich«, sagte Mikael, schnippte mit den Fingern und bestellte. Dann nickte er höflich zu allem, was die Frau zu sagen hatte, bis das Glas vor sie hingestellt wurde. Mikael leerte sein eigenes, legte drei Hunderter auf den Tresen und rutschte vom Barhocker.

»Das ist für Sie. Schönen Abend noch«, sagte er, platzierte das Gewinnerlos neben dem Glas und ging.

Draußen regnete es jetzt, und die Räder glitten durch große Pfützen, als er durch die Stadt fuhr. Drei Bier waren gerade richtig. Drei Bier gaben ihm das Gefühl von Kontrolle. Drei Bier verschafften ihm Klarheit genug, um rational zu handeln.

Es war zehn vor neun, als er sich abermals der Tankstelle näherte. Er könnte sehr gut mit nur einem Daumen leben. Oder etwa nicht? Er könnte seinen Namen fast so schreiben wie früher, aber was, wenn er einen Hammer oder eine Säge halten wollte? Mit etwas in der Hand eine Leiter hochklettern? Und wie lange würde es dauern, bis die Entschädigungssumme ausbezahlt würde?

Mikael spürte, dass er nicht mehr viel Zeit hatte. Er wollte frei sein, und zwar jetzt, in diesem Moment. An der Tankstelle müsste es jedenfalls Geld genug geben, um sich einen Aufschub zu erkaufen. Er umrundete den Kreisverkehr zu drei Vierteln, bog diesmal aber nicht vor der Tankstelle ab. Stattdessen parkte er versteckt zwischen den beiden Gebrauchtwagenhändlern auf der anderen Straßenseite.

Er stieg aus dem Range Rover, um besser über die Dächer der Autos hinwegschauen zu können. Die Verkäuferin war allein im Laden, sie schien mit der Abrechnung begonnen zu haben. Mikael nahm das Tapetenmesser aus dem Handschuhfach und steckte die Sturmhaube in die Tasche. Die Uhr am Armaturenbrett zeigte vier Minuten vor neun. Er zwang sich, noch zwei Minuten zu warten, dann zog er die Haube über den Kopf, öffnete die Autotür und ging den Weg entlang. Der Kies knirschte unter seinen Schuhsohlen, es klang, als würde auf dem Boden etwas in Stücke brechen. Das Geräusch übertönte alles andere, und wenn er nicht den Weg hinaufgeschaut hätte, wären sie ihm nicht aufgefallen: ein Mädchen mit Hidschab, das einen kleinen Jungen an der Hand hielt. Mikael ließ sich hinter das nächste Auto fallen, durch die Seitenfenster konnte er sehen, wie die beiden die Tür des Ladens öffneten und zum Tresen gingen.

Das Mädchen zeigte auf etwas im Regal hinter der Verkäuferin, die mit raschen, effektiven Bewegungen die Ware hervorzog und vor den Kindern auf den Tisch legte. Das Geschäft schien nur wenige Sekunden in Anspruch zu nehmen, aber als das Mädchen bezahlt hatte, brachte die Verkäuferin die beiden zur Tür und schloss hinter ihnen ab.

Mikael zog die Sturmhaube vom Kopf, kehrte dem Auto den Rücken zu, ließ sich zu Boden sinken und streckte die Beine aus. Über ihm begann ein leichter Regen zu fallen, und die Geräusche der Autos auf der Straße zur Stadt glichen einem leisen Zischen. Mikael blieb so sitzen, bis das Wasser seine Kleidung durchdrungen hatte und er die Kiefer aufeinanderpressen musste, um nicht mit den Zähnen zu klappern.

19. Kapitel

Auf der Rückfahrt schaute Mikael bei Eben Ezer vorbei, aber jetzt stand der halbe Parkplatz voller Autos, und er konnte auf der Tribüne und in den Sitzreihen Menschen sehen. Der Regen war stärker geworden, und als er zum zweiten Mal an diesem Abend vor dem alten Supermarkt eine Wende hinlegte, hatte er das Gefühl, das Gebetshaus in einem zerbrochenen Spiegel zu sehen. Auf dem Storvei arbeiteten die Scheibenwischer in Höchstgeschwindigkeit, und aus den tiefen Reifenspuren schlug das Wasser mit einem Reißgeräusch gegen den Wagenboden. Mikael war erleichtert, als er zur Abfahrt nach Overgrenda kam, und er hoffte, sie hatten am Nachmittag die Plane auf dem Dach des Gebetshauses ausreichend befestigt.

Er fuhr den Range Rover in die Scheune und hatte schon den Spurt durch den Regen zur Hütte angetreten, als er hörte, wie seine Mutter ihn von der Treppe her rief.

»Nicht jetzt«, antwortete er, ohne sich umzudrehen. »Ich muss mich umziehen. Bin triefnass.«

»Besuch«, rief die Mutter.

»Was?«, fragte er und blieb stehen.

»Du hast Besuch«, rief die Mutter noch einmal deutlich.

Er sah den blauen Seat ganz hinten auf der anderen Seite des Hofplatzes. Einige Herzschläge lang stand Mikael nur da. Wie ein verirrter Jäger, der plötzlich aus dem Wald stürzt, stehen bleibt und um Atem ringt, während er sich zu erinnern versucht, ob er schon jemals an diesem Ort war.

»Was hast du mit ihr gemacht?«, rief er der Mutter zu.

Esther Hildonen antwortete nicht sofort, und hätte sie sehen können, wäre ihr Blick aufs Tal gerichtet gewesen.

»Mikael, sie wollte dich besuchen. Vater hat sie hereingebeten, als sie von der Hütte zurückkam. Sie hat sich gerade erst gesetzt. Soll ich ihr sagen, dass ihr Besuch im Moment ungelegen kommt?«

»Nein«, rief Mikael.

Kristine Jaunlatgale saß in einem roten Mantel auf dem Rand des väterlichen Fernsehsessels, aus der vor ihr stehenden Teetasse stieg Dampf auf, und auf einer Untertasse lag ein einsames Waffelherz.

Sie lächelte, als sie ihn sah, aber es war ein Lächeln, das etwas Verdorrtes an sich hatte, ein Lächeln, das endete, ehe es die Augen erreicht hatte.

»Du bist ja ganz durchnässt«, bemerkte sie.

»Ich muss mir was Trockenes anziehen«, sagte er zu niemand Bestimmtem.

»Wie bist du denn so nass geworden?«, fragte Kristine und versuchte ein neues Lächeln.

»Ich war heute viel draußen«, sagte er und starrte ihr ins Gesicht.

Er konnte nicht begreifen, warum sie ihn so verärgerte, und das machte ihn nur noch wütender. Es löste etwas Aggressives in ihm aus, etwas, das er nicht lenken konnte. Er hatte Kristine nie gefragt, ob sie mit jemandem zusammen sei, er hatte sich nur nach einem Ehemann erkundigt. Was konnte er denn erwarten, was konnte er verlangen? Die Antwort auf die letzte Frage war einfach: Nichts. Etwas erwarten vielleicht, aber nicht verlangen.

Für einen Moment war Ine wieder da. Das eckige, grobe

Gefühl, wenn er mit den Fingerspitzen über die Lettern ihres Grabsteins fuhr. Mikael fragte sich, ob er sich wirklich nach Ine sehnte oder vielmehr nach sich selbst, so, wie er zusammen mit ihr gewesen war.

Die Wanduhr in der Ecke schlug die halbe Stunde, der Regen rauschte draußen auf dem Boden, und der Ofen bullerte, eine Kakophonie von Geräuschen, die er mit zu Hause verband und die jetzt dafür sorgten, dass er sich weit wegwünschte. Dass die Eltern da waren, verstärkte dieses Gefühl noch, führte dazu, dass er sich wie ein kleiner Junge fühlte. Her mit Sonntagsservice und Kuchen, der verlorene Sohn hat Damenbesuch, hisst die Flagge, lasst den Champagnerkorken knallen, ladet die Kanone, vor allem aber drückt ihm die Daumen. Ja, manchmal trottet der Geist, der umgeht, durch die Straßen wie ein ganz normaler Mann. Mikael konnte ein Lachen nicht unterdrücken.

Kristine sah ihn überrascht an.

»Ich musste gerade an das *Phantom* denken«, erklärte er.

Der Vater griff nach der Kaffeetasse auf dem Tisch, die Mutter stand auf und drehte ihr Gesicht in Richtung Küche.

»Möchtest du die Teekanne haben? Das kann ich machen, Mama, auch wenn Kristine ihren Tee noch kaum angerührt hat«, sagte er, lief durch das Zimmer und wandte sich dann wieder an Kristine: »Meine Mutter ist blind, musst du wissen. Schon seit fast einem Vierteljahrhundert.«

Kristine machte große Augen und lächelte ein wenig unsicher, während sie zwischen Mutter und Sohn hin und her blickte.

»Das stimmt, ich bin blind«, sagte die Mutter ruhig. »Aber meinem Sohn fehlt zum Glück nichts.«

Mikael holte die Teekanne aus der Küche, aber Kristine

legte die Hand über ihre Tasse, als er sich über den Tisch beugte. Ein Wassertropfen lief aus seinen Haaren und traf ihren Handrücken, und sie riss die Hand zurück, als hätte sie das heiße Wasser aus der Teekanne verbrannt.

»Ich muss wirklich schnell die nassen Sachen ausziehen«, sagte er und trat einen Schritt vom Tisch weg.

»Das ist sicher besser so, sonst wirst du noch krank«, bekräftigte sie und erhob sich, während sie zu den Eltern hinüberschaute. »Danke für Tee und Waffeln. Sie haben ein schönes Haus, aber ich muss jetzt gehen. Ich wollte Mikael nur sagen, dass mit meinem Telefon etwas nicht stimmt und dass ich das Gespräch nicht annehmen kann, wenn er versucht, mich anzurufen.«

Mikael erreichte die Tür als Erster, und als sie hinter ihr zufiel, war er schon drei Treppenstufen weiter, ehe Kristines Stimme ihn einholte.

Kristine stand vor dem Regen geschützt da, ihr roter Mantel umhüllte sie wie ein Vorgeschmack auf Weihnachten, und unter der Außenlampe wirkten ihre kurzgeschnittenen Haare zerzaust, als hätte sie eben eine Mütze abgenommen. Etwas in ihm wollte sie an sich drücken und zugleich wegschieben, aber stattdessen blieb er einfach stehen und ließ nach Affenmanier die Hände schlaff nach unten hängen.

»Weißt du«, sagte sie, kam die Treppe herunter und trat dicht vor ihn hin. »Ich weiß nicht, warum ich hergekommen bin. Vielleicht um zu sagen, dass ich es schön fand, dich gestern Abend vor meiner Wohnung zu sehen. Vielleicht um zu sagen, dass das in meinem Wohnzimmer mein Bruder war, der mal wieder Geld brauchte. Vielleicht wollte ich auch fragen, warum du mir nicht erzählt hast, dass du eine Tochter hast, als ich dich danach gefragt habe. Oder vielleicht, um zu erfahren, ob du noch weitere Geheimnisse hast, ob es mehr Bilder gibt, die du umdrehst, wenn Besuch kommt.«

Ihre Augen wurden für einen Moment klar, dann kniff sie sie ein wenig zusammen, als würde sie sich schon auf den Weg ins Tal hinunter konzentrieren.

Er packte ihre Handgelenke, aber sie riss sich los und lief zu ihrem Auto. Mikael folgte ihr und nahm wieder ihre Hände.

»Kristine, das Mädchen heißt Daniela und ist nicht meine Tochter. Ich bin ihr Onkel. Ihre Mutter ist vor kurzem gestorben, und das Jugendamt hat sie anderswo untergebracht. Von dort ist sie gestern mit einem Moped abgehauen, um mich zu besuchen. Es gibt in meiner Hütte keine anderen Bilder, so wie du das meinst. Und was Ine angeht, so wird sie für den Rest meines Lebens eine Bedeutung für mich haben, aber sie ist tot.«

Kristine gab keine Antwort, zog ihre Hände jedoch nicht weg. Die Haare klebten ihr am Kopf, Schminke lief ihr über die Wangen.

Er suchte nach weiteren Worten. Nach etwas, das er noch nicht gesagt hatte und das nicht so schrecklich hohl klang. Etwas, das dieses immer wiederkehrende Gefühl, eine Vogelscheuche zu sein, verscheuchen würde, eine Figur, in aller Eile aus dem zusammengesetzt, was gerade zur Hand war, und dann dazu verurteilt, im Wind zu flattern, um andere Wesen zu verscheuchen.

»*Du* lebst«, sagte sie.

Der Wind fegte aus dem Tal und vom Dorf herauf, trieb nasses Laub über ihre Schuhe. Mikael bekam eine Gänsehaut. Kristine hielt ihn mit dem Blick fest, die Haut über ihrer Nasenwurzel in Falten gelegt, aber dann schien ihr Gesicht plötzlich wieder zu strahlen, und ihre Haut glättete sich.

»Vielleicht sollten wir zur Hütte gehen?«, fragte sie.

Mikael nickte.

Das Licht der Außenlampe vor der Hütte warf ihnen den Schatten der Blutbuche entgegen wie eine riesige Welle, die über einem Schiffsdeck bricht.

Kristine wollte etwas sagen, aber Mikael drückte sie an sich und verschloss ihre Lippen mit seinen. Das Langsame, das Umständliche, das beinahe Methodische in ihren Bewegungen, das sie beim letzten Mal an den Tag gelegt hatten, als sie in seinem Zimmer gewesen waren, war von einer Eile vertrieben worden, die die Tür so gegen die Hüttenwand knallte, dass etwas zu Boden ging. Mikael ließ sich nicht die Zeit nachzusehen, was es war, stattdessen stieß er Kristine fast um, als sein Ärmel am Schlüssel hängen blieb, während sie versuchte, die Tür hinter ihnen zu schließen. Er riss den Stoff mit einem Reißgeräusch los, streifte Kristine den roten Mantel ab und ließ ihn zu Boden fallen, wo er als feuchtes Häuflein liegen blieb. Feuerte mit einem Tritt seine Schuhe gegen die Wand, und erst, als er sich aus der Hose schälen wollte, ging ihm auf, wie nass er wirklich war. Der Stoff klebte an seiner Haut wie eine Wurstpelle, und als er ihn endlich zu seinen Knöcheln hinunterschieben konnte, stellte Kristine einen Fuß auf das Bündel, sodass er die Beine befreien konnte. Wie siamesische Zwillinge zwängten sie sich durch die Schlafzimmertür und ließen ihre letzten Kleidungsstücke vor dem Bett fallen.

Das Fenster war seit dem Morgen offen gewesen, und Mikaels Atem stand in der Luft, als er es nun schloss. Er schaltete den Heizkörper ein und machte sich daran, die Vorhänge zuzuziehen.

»Tu das nicht«, sagte sie. Dampf schien von ihrem Körper

aufzusteigen, als sie sich auf ihn zubewegte. Sie zog ihn mit sich ins Bett und knipste die Nachttischlampe aus. Die plötzliche Dunkelheit ließ sie zu bloßen Umrissen in Bewegung werden. Laken und Decke fühlten sich an wie Schnee, aber dann begann das welke Licht der Lampe draußen am Tor ins Zimmer zu sickern. Es knisterte im Thermostat des Heizkörpers, der Regen prasselte wie Kieselsteine ans Fenster, und der Wind pfiff um die Hausecken, aber alle Geräusche wurden von seinen Herzschlägen aufgesaugt. Vor dem Fenster konnte er den Wald sehen, der rhythmisch hin und her wogte, und Mikael hatte das Gefühl, angekommen zu sein.

20. Kapitel

Sein Körper war noch immer erfüllt von der Begegnung mit ihrem, und im Raum hing der Geruch von frisch aufgeworfener Ackerkrume. Kristine drehte ihr Gesicht zur Wand, als wäre sie schon an seine morgendlichen Bewegungen gewöhnt. Einen kurzen Moment lang blieb er auf der Schwelle zwischen Wohnzimmer und Schlafzimmer stehen, fühlte sich wie ein Bild in Glas und Rahmen, das an einer Wand hing. Es war der Anfang einer Geschichte, ihre Mitte und ihr Ende, alles zugleich. Es ging nur um Kristine Jaunlatgale und Mikael Hildonen.

Er ging zur Anrichte in der Küche und goss Wasser in die Kaffeemaschine, vor allem, um etwas zu tun zu haben. Das Farblose, Himmelsschwere und Triste, das sich am Vorabend über die Landschaft gelegt zu haben schien, war zu einem weiteren Tag mit dermaßen klaren Farben geborsten, wie man sie nur im zeitigen Frühling oder im späten Herbst erlebt. Mikael musste sich mit beiden Händen auf den Tisch stützen, plötzlich überwältigt davon, wie natürlich es war, mit jemandem zusammen zu erwachen, ohne dass der Blick automatisch die Tür suchte. An einem Sonntag aufzustehen, an dem sein erster Gedanke nicht sofort dem Abend galt. Mikael entdeckte, während sie noch schlief, eine ganz eigene Freude an den Kleinigkeiten, die im Leben der meisten Menschen Morgenrituale genannt wurden.

Er schloss die Augen, aber dort war nichts, niemand wartete, keine Punkte oder Lichtflecken, die ein Gesicht erschufen, das er wiedererkennen konnte. Es gab nur Dunkelheit, segensreiche Dunkelheit.

Draußen war der Himmel fast wolkenlos, und Mikael verspürte eine plötzliche Sehnsucht danach, eine lange Strecke zu laufen, zu fühlen, wie der noch immer regenschwere Boden und die Erdhügel hinauf nach Overgrenda den Atem aus ihm heraussaugten. Er wünschte sich, keuchend auf der Treppe vor der Hütte zu stehen, ehe er sich auf steifen Läuferbeinen hineinschleppen würde. Es drängte ihn, Holzscheite zu spalten, die Axt in langen monotonen Bewegungen über seinem Kopf zu schwenken, bis jede Sehne, jeder Muskel schmerzte und er ein Stöhnen nicht mehr zurückhalten konnte, wenn er den Rücken gerade machte. Er sehnte sich danach, Kleider abzustreifen, die nach Arbeitsschweiß rochen, sehnte sich nach der Dusche hinterher und danach, einen Kamm durch die nassen Haare zu ziehen, ehe er sich Kristine gegenüber an den Küchentisch setzte, so, wie er als Kind seine Eltern hatte sitzen sehen, so, wie er selbst einmal gesessen hatte, zu einer Zeit, die ihm jetzt vorkam wie ein anderes Leben.

Die Sonne glitt an den Stämmen der Tannen hinab und legte sich wie ein goldener Teppich über den Waldboden. Der Tau glitzerte im Moos und auf den Blaubeersträuchern, und die Luft war scharf wie Glas. Von dort, wo er am Fenster stand, konnte er keine Spur des Dorfes sehen. Als er klein war, hatten in Overgrenda noch Menschen gewohnt, die der Meinung waren, Skogli liege ebenso weit entfernt wie Kongsvinger oder Charlottenberg. Menschen, die nach anderen Zeiten rochen, wenn er im Bus hinter ihnen saß, nach Pferdemist, Schweinen und Stall. Und noch viel früher, als Overgrenda noch ohne Wegverbindung gewesen war und die Menschen dort Finnisch gesprochen hatten, florierten Geschichten über Menschen, die niemals als Norweger gelten würden, außer dann, wenn Steuern und Abgaben zu entrichten waren. In einem Sommer waren zwei Steuereintreiber einfach verschwunden. Sie wurden zuletzt unten im Dorf gesehen, als sie nach dem Weg zu einem bestimmten Gehöft fragten, und von dort hatte sie niemand mehr zurückkehren sehen. Der Lensmann war von Tür zu Tür gegangen, die Gegend durchkämmt worden, aber weder die Männer noch ihre Pferde hatten Spuren hinterlassen. Als Mikael seinen Großvater einmal zu dieser Geschichte befragte, hatte der nur mit den Schultern gezuckt und gesagt, der See Stubberudtjernet sei bodenlos, und in alten Zeiten, lange, ehe der gute Benimm eingeführt worden sei, hätten die Menschen dort die Dinge auf ihre eigene Weise geregelt.

Mikael kniff die Augen zusammen und versuchte, sich vorzustellen, wie er die Köpfe der beiden Geldeintreiber durch ein Zielfernrohr verfolgte. Wie er ruhig atmete, während seine gesamte Zukunft auf dem Daumen am Abzug ruhte.

Er hängte Kristines Mantel an den Haken neben der Tür, faltete ihre Hose und ihre Bluse ordentlich zusammen und legte sie über einen Stuhl, ehe er zurück zur Anrichte ging und zwei Becher mit Kaffee füllte.

Erst, als er die Schlafzimmertür aufgestoßen hatte und sie sich zu ihm umdrehte, fiel ihm ein, dass sie lieber Tee trank.

»Guten Morgen«, sagte sie und setzte sich im Bett auf. Ihre Augen wirkten ein wenig träge, ihr Lächeln beinahe fragend, und sie schlang die Arme um die Knie, sodass ihre Brüste halb unter der Decke zusammengequetscht wurden.

Mikael blieb einfach stehen, mit einem Becher in jeder Hand, wie ein Barmann, der versucht, sich zu erinnern, wer was bestellt hat.

»Frühstück?«, fragte sie.

»Kaffee«, antwortete er, noch immer reglos.

Ihr in die Decke gewickelter Körper ließ sie noch nackter aussehen, als wenn sie vollständig unbedeckt dort gesessen hätte, und ihr Anblick setzte in ihm eine Wärme frei, die ihm kalte Schauer über den Rücken jagte.

Kristine beugte sich ein wenig vor und blies in ihren Becher. Die Wellen in ihrem Kaffee schienen auf sie überzugreifen und sich als Furchen über ihre Stirn zu legen.

»Weißt du, Kristine«, sagte er leise, und sie schüttelte den Kopf. Tatsächlich hatte es etwas damit zu tun, wie schnell er sich daran gewöhnt hatte, ihren Namen zu sagen, wie vertraut er in seinen Ohren klang, dass er nicht weiterkam. Die nackten Schultern, die Art, wie sie den Kopf schüttelte, ihre Hände, die den Kaffeebecher hielten, das alles waren Dinge, für die er keine Worte finden konnte, die diesen Morgen jedoch lichter wirken ließen als irgendeinen Morgen seit vielen Jahren.

»Was?«, fragte sie.

»Ich finde es schön, dass du hier bist«, sagte er schlicht.

Sie stellte vorsichtig den Becher auf den Nachttisch und zog Mikael an sich. Er verschüttete Kaffee über die Bettdecke, ehe er seinen eigenen Becher abstellen konnte, und während ihm das Blut in den Ohren rauschte, umarmten sie sich innig.

So im Bett liegend, er vollständig angezogen, sie nackt unter der Decke, fing Mikael an, von Ine zu erzählen, von

Daniela und von seinem Bruder. Er redete ganz offen, ohne Beschönigungen, bis er das Gefühl hatte, alles gesagt zu haben.

»Mikael?«, fragte Kristine, und jetzt schüttelte er den Kopf.

»Ich könnte mich an solche Sonntage gewöhnen.«

Während das Radio Schlager aus dem Jahrzehnt spielte, in dem seine Eltern geheiratet hatten, deckten sie zusammen den Tisch, tranken zwei Kannen Kaffee und stocherten in ihren Eiern herum. Dann schlug Kristine vor, Proviant einzupacken und einen Spaziergang zu machen.

»Eine Art Picknick?«, fragte Mikael.

»So könnten wir das nennen, oder auch einen richtigen norwegischen Sonntagsausflug. Daran muss ich mich noch gewöhnen«, sagte Kristine, und ihr zuzusehen, wie sie gebückt vor dem Schrank stand, machte ihn auf eine Weise froh, die er nicht in Worte fassen konnte.

Als er eine halbe Stunde später den Rucksack nahm und die Tür hinter sich zuzog, lag die Treppe im Sonnenlicht, und das Holz knirschte nicht länger vor Frost unter ihren Schritten wie in der vorigen Woche.

Kristine hatte seinen Kapuzenpullover und eine Windjacke ausgeliehen und die Füße in Wanderschuhe gesteckt, die selbst mit zwei Paar Wollsocken zu groß waren. Diese Aufmachung fügte ihren sonst so unbekümmerten, mädchenhaften Bewegungen mit einem Mal mehrere Jahre hinzu.

Auf dem Weg den Hang hinauf leuchtete der Flyktningsee wie ein frisch angestrichener blauer Boden unten im Tal, der Storvei zog sich am See entlang wie eine schnurgerade angelegte Straße, und abgesehen von ein paar einsamen Rauchsäulen konnten sie keinerlei Hinweise auf irgendwelche Aktivitäten auf den Höfen von Overli entdecken. Als sie das beste Moltebeerenmoor in ganz Skogli erreicht hatten, wo das Terrain vor der nächsten Steigung nach Austberget abflachte, verschwanden alle sichtbaren Anzeichen von Zivilisation, als wären sie einfach über den Rand geschoben worden. Mikael hatte das Gefühl, als tue sich vor ihnen ein Zipfel der Ewigkeit auf, und die Landschaft, auf die sie schauten, hatte sich vermutlich kaum verändert seit damals, als sich die ersten Menschen hier niedergelassen hatten.

»Wir sind bald da«, sagte Mikael und fing an, neben dem Stein, auf dem sie saß, Blaubeeren zu pflücken, die noch immer nicht gefroren waren. Er füllte seine linke Hand und hielt sie ihr hin.

»Hier. Das ist so ungefähr das Beste, was der Wald hier in der Gegend an Beeren zu bieten hat«, sagte er und machte sich bereit, das Häufchen in ihre Hand fallen zu lassen, aber sie hielt ihn zurück und aß sie direkt aus seiner Hand. Als die Beeren verschwunden waren, leckte sie seine Handfläche ab, als wolle sie mit der Zunge eine neue Lebenslinie ziehen.

»Genau das, was ich gebraucht habe. Jetzt bin ich voll von, wie heißen die noch, Antiokzidenten?«

»Antioxidantien«, sagte Mikael.

»Na gut. Dann bin ich voll von Antioxidantien und bereit für den Rest der Tour, sofern es keine stundenlange Wanderung wird«, sagte sie und erhob sich von ihrem Stein.

Mikael musste schlucken, ehe er antworten konnte.

»Nein, jetzt ist es nicht mehr weit«, sagte er, und als sie ihm den Rücken zudrehte, musste er einfach seine eigene Zunge über die Handfläche gleiten lassen.

Die Sonne hatte gerade den höchsten Punkt am Himmel erreicht, als sie nach Stubberudtoppen kamen. Ein kleines Stück norwegischer Granit, eingehüllt in saftig grünes Moos und abwechslungsreiche Vegetation, umrahmt von zerzausten Tannen und entkleideten Laubbäumen, die sich am Hang festklammerten.

Mikael ließ den Rucksack ins Blaubeergestrüpp fallen, richtete sich gerade auf und stützte den linken Arm in die Taille. Dann trat er dicht an Kristine heran und legte ihr den rechten über die Schulter wie ein Gewehr.

»Ziel an meinem Zeigefinger entlang«, sagte er.

»Ich sehe nur Moos und Bäume.«

»Versuch es noch mal«, ermutigte er sie und presste sich dichter an sie, als sei es ihm in der Tat möglich, die Umgebung durch ihre Augen wahrzunehmen.

Sie schüttelte nur den Kopf.

»Da ist eine Höhle«, erklärte er schließlich, und erst, als sie ihn ansah, hörte er auf, sie an sich zu drücken.

»Jetzt sehe ich es auch, eine kleine Öffnung im Fels. Was ist das? Eine Bärenhöhle?«

»Da haben wir früher Mädchen hin verschleppt«, sagte er.

»Was?« Sie riss fragend die Augen auf und trat einen Schritt von ihm fort.

»Also nicht wir, vielmehr die Leute aus Skogli in den alten Zeiten – der Sage nach hat sich hier der Räuber Salomon niedergelassen.«

»Der Räuber Salomon«, sagte sie und runzelte die Nase, als hätte der Name einen Geruch.

»Ja, er war ein vogelfreier Schwede, der vor dreihundert Jahren in Småland einen Bauern getötet hatte und nach Norwegen fliehen konnte. Ganz zufällig entdeckte er diese Höhle und ließ sich dort nieder. Damals lebten hier fast nur ausgewanderte Finnen und ihre Nachkommen«, erzählte Mikael, lud sich den Rucksack wieder auf und ging Hand in Hand mit Kristine zur Höhle hinüber.

Das Seewasser hatte die Farbe von königsblauer Tinte, es war vollkommen windstill, und nur die Bewegung eines Fisches brachte die Oberfläche leicht zum Erzittern. Sie versuchten, am äußersten Rand des Moores zu bleiben, aber der Boden gab derart nach, dass Mikael sich bald seekrank fühlte und jeder Schritt für ihn mühsam wurde. Als er am Fuße des Berges abermals den Rucksack fallen ließ, klebte ihm das T-Shirt am Rücken, und er holte mit leicht in den Nacken gelegtem Kopf Atem.

»Der Räuber Salomon also?«, fragte Kristine, ging zu ihm und nahm seinen Arm.

Mikael nickte. Das Loch vor ihnen war vielleicht einen Meter hoch und anderthalb Meter breit. An der Felswand lehnte eine riesige Steinplatte, die vorne flach wie ein Grabstein war, oben aber gezackt, als sei sie von einem größeren Stück abgebrochen worden.

»Obwohl es in der Gegend viel Wild gab, fing er irgendwann an, aus den Ställen der nächsten Höfe Schafe und Ziegen zu stehlen. Die Tiere verschwanden immer nur bei Unwetter, so dass keine Spuren zu sehen waren. Da die Finnen damals ziemlich abergläubisch waren, dachten sie anfangs, die Unterirdischen hätten das Vieh geraubt. Den Gerüchten nach erschien der Räuber Salomon fast wie ein übernatürliches Wesen. Aber dann verschwand ein junges Mädchen namens Thina aus dem Dorf. Sie kam vom Reisigsammeln nicht zurück.«

»Sie verschwand einfach so?«, fragte Kristine und schaute sich in alle Richtungen um.

»Ja, sie verschwand, war weg, als wäre sie gekidnappt worden, aber das vermuteten die anderen anfangs nicht. Sie suchten auf den Hügeln und im Wald, auf dem Eis von Flyktningsee, Skarven und Baklengselv, und fanden nirgendwo eine Spur von ihr.«

Mikael öffnete den Rucksack und nahm die Thermoskanne heraus, hielt Kristine einen Becher hin und füllte ihn zur Hälfte mit Kaffee.

»Dieses Mädchen, Thina«, sagte er und blies lange in seine eigene Tasse, ehe er einen ordentlichen Schluck trank. »Sie wurde in diese Höhle verschleppt. Der Räuber Salomon hatte sie gefangen wie ein Beutetier, und wenn er tagsüber auf die Jagd ging, sperrte er sie in die Stubberudhütte.«

»Die Stubberudhütte?«, fragte Kristine.

»Die Höhle.« Mikael zeigte darauf. »Wegen der Steinplatte vor dem Eingang konnte sie nicht fliehen. Nachts stellte er sie auch davor, und seine Waffen legte er immer vor der Höhle ab, damit sie ihn nicht damit bedrohen konnte.«

»Und was passierte dann, wurde sie hier oben umgebracht?«, fragte Kristine, die noch immer nichts von ihrem Kaffee getrunken hatte.

»Der Räuber Salomon hielt sie den ganzen Sommer lang hier gefangen. Anfangs wehrte sie sich, aber bald begriff sie, dass das kontraproduktiv war, und wurde umgänglicher, damit sie wenigstens die Sonne sehen durfte. Er zeigte ihr, wo er seine Fallen auslegte, wo er das Fleisch der erlegten Tiere versteckte, und nahm sie mit zum Beerensammeln und zum Fischen. Die ganze Zeit hielt Thina Ausschau nach einer Fluchtmöglichkeit, aber die Sage behauptet, er habe sie bewacht wie ein Hund.«

»Das klingt wie etwas, das du jetzt gerade erfindest«, sagte Kristine und hob endlich den Becher an den Mund.

»Und dann, gerade als der erste Reif da war, kamen zufällig zwei Brüder aus Skogli hier vorbei. Auf dem See sahen sie zwei heruntergekommene Gestalten beim Eisfischen. Die beiden versteckten sich hinter einem Windbruch und sahen sich die Fischer, die in zerfetzte Felle gekleidet waren, genauer an, begriffen aber nicht, wer sie waren oder ob es sich überhaupt um Menschen handelte.«

Mikael trank zwei große Schluck Kaffee und zog die kleine Schachtel mit dem Würfelzucker aus dem Rucksack.

»Jetzt red schon weiter, Kaffeetrinken kannst du später noch«, rief Kristine ungeduldig.

»Ich mag keinen kalten Kaffee«, sagte Mikael, fuhr dann aber fort. »Die beiden Brüder kamen hinter dem Windbruch hervor und liefen zum Seeufer. Thina entdeckte sie als Erste und starrte sie entgeistert an. Dann lief sie auf sie zu, und in dem Moment erkannten sie die beiden Brüder, während der Räuber Salomon begriff, was hier vor sich ging. Er fluchte beinahe Löcher ins Eis, und mit zwei langen Schritten hatte er sie eingeholt und riss sie an ihren Haaren zu Boden. Als er sie sich wie eine Beute über die Schulter werfen wollte, knallten die Flinten der Brüder, und der Räuber Salomon fiel hilflos auf das Eis.«

»Tot?«, fragte Kristine.

»Mausetot. Und zugleich ertönten Wehklagen vom Stubberudtjernet, als ob der Böse selbst seinen Diener betrauerte.«

»Ein Jammerruf?«

»Geheul, von mir aus, Rufe, Schreie. Als die Brüder auf das Eis hinausgingen, begriffen sie, dass dieses bärtige Wesen tatsächlich ein Mensch war. Der Sage nach war das einzige Wort, das sie daraufhin sagten: Samiel.«

»Jetzt komm ich nicht mehr mit.«

»Damit ist der Teufel gemeint, Satan, Luzifer. Es war der Ruf, der vom See kam, als er die Seele des Räubers Salomon in Empfang nahm. Die beiden Jäger beschwerten die Leiche mit einem Stein und schoben sie durch das Eisloch vom Fischen, dann brachten sie Thina zurück ins Dorf.«

»Ich weiß nicht, wie sie es verkraftet hat, aber eigentlich war es für das Mädchen doch ein glückliches Ende«, vermutete Kristine.

»Die Geschichte ist noch nicht ganz fertig«, sagte Mikael. »Im selben Winter gebar Thina ein Kind, das eher einem Tier ähnelte denn einem Menschen. Fremde durften das Kind nicht sehen, und zwei Tage nach der Geburt ging Thina mit ihm in den Wald. Sie kam allein zurück. Niemand weiß, wie das Kind gestorben ist, aber die meisten waren der Meinung, sie habe es zu seinem Vater in den See sinken lassen.«

»So dass der Räuber und das Kind beisammen ruhen können«, folgerte Kristine.

»Das ist die Sage. Der See ist sehr tief, und schon seit die ersten Finnen sich hier angesiedelt haben, gibt es Gerüchte, denen zufolge verschwundene Menschen hier enden.«

»Warum erzählst du mir das?«, fragte sie und sah ihn kritisch an.

»Weil«, und dabei schaute er ihr in die Augen, »ich die Geschichte eigentlich noch nie zu Ende erzählt habe. Ine und ich wollten hierherkommen, doch dann ist sie gestorben.«

Kristine setzte sich mit dem Rücken zum Fels, ließ den Blick über den See wandern, und ihre Stirn wurde wieder glatt. Sie griff nach seiner Hand und zog ihn neben sich.

»Kannst du mir die Höhle zeigen?«, fragte sie.

Die Höhle war so hoch, dass sie beide aufrecht darin stehen konnten, und dicht an dicht hätte hier vielleicht ein halbes Dutzend Menschen Platz gefunden. Es roch ein wenig muffig, war aber erstaunlich warm, und das Licht vom Eingang zeigte ihnen, dass die Wände mit Ruß überzogen waren. Ganz hinten entdeckten sie ein Lager aus Tannenzweigen, und auf einem kleinen Sims an der Wand waren Kerzen in zwei grüne Weinflaschen gesteckt worden. Der Boden bestand aus festgestampfter Erde, und Mikael hatte sich noch nie gefragt, ob das eine von Menschenhand geschaffene Isolierung des Steinbodens war oder ob die Höhle wirklich Erdboden besaß.

»Kannst du den Rucksack holen?«, fragte Kristine. Mikael kam ihrer Bitte nach, und sie nahm seine Isomatte heraus und breitete sie über den Tannenzweigen aus. Mikael griff zu Essen und Weinflasche, doch sie hielt ihn zurück.

»Warte noch«, sagte sie.

Er kniete ein wenig unschlüssig, als sie ihn zum zweiten Mal innerhalb weniger Minuten auf die Beine zog.

»Kannst du den Stein vor die Öffnung schieben?«, fragte sie.

»Was?«, lächelte er unsicher.

»Kannst du den Eingang mit dem Stein verschließen?«, fragte sie noch mal und nickte zu der Steinplatte hinüber.

Er wusste nicht, was er darauf antworten sollte oder was sie wirklich wollte, also blieb er stumm stehen, bis sie ihm fragend auf die Schulter tippte.

»Der Räuber Salomon war ein wahrer Riese«, sagte er.

»Aber wir sind zwei«, wandte Kristine ein.

»Nun ja, ich glaube, wir könnten die Höhle schon verschließen, aber ich bin nicht sicher, ob wir sie auch wieder öffnen können.«

»Das schaffen wir bestimmt«, sagte sie und zog ihn mit sich nach draußen.

Die Steinplatte war nicht so schwer, wie Mikael sie sich vorgestellt hatte, aber der Stein war glatt und schwer zu bewegen. Erst, als sie beide mit voller Kraft schoben, glitt er von der Stelle, bis er die Öffnung halb verdeckte.

»Warte«, sagte Kristine. »Ich hoffe, du hast Streichhölzer.«

»In der Jackentasche.«

Sie drückte sich an ihm vorbei, zündete die Kerzen in den Weinflaschen an, und zögernd loderten die Flammen auf.

»Jetzt ist es wohl gut«, sagte Mikael und kniff im scharfen Sonnenlicht die Augen zusammen.

Doch Kristine schüttelte den Kopf, und als sie die Schultern dieses Mal an die Platte legten und weiterschoben, gelang es ihnen, die Öffnung vollends zu verschließen und den letzten Rest Tageslicht auszusperren.

»Und jetzt?«, fragte er.

»Jetzt sind wir ganz allein«, flüsterte sie, legte die Arme um seinen Hals und zog sein Gesicht zu ihrem herab. So blieben sie stehen, während das flackernde Kerzenlicht Schatten an die Wände warf.

Kristine schob Mikael vor sich her zur Isomatte, zog ihm die Jacke aus und breitete sie zusammen mit ihrer eigenen wie eine Decke über das Lager. Ihre Hände öffneten seinen Gürtel, knöpften seinen Hosenschlitz auf und schoben Hose und Boxershorts bis zu den Knien nach unten.

»Leg dich hin«, sagte sie, und er gehorchte.

Kristine streifte die Wanderschuhe ab, zog Bluse, Hose und Slip aus und trat wieder in die Schuhe. Im Kerzenlicht hatte ihre Haut die Farbe von frischer Milch, und er starrte den kleinen Haarkranz an, als sähe er zum ersten Mal eine nackte Frau. Dann stand sie vor den Weinflaschen, und plötzlich gab es gar kein Licht mehr.

Auf dem Rücken liegend spürte er, wie die Nadeln der Tannenzweige sich durch seine Jacke bohrten. Er musste an die biblische Geschichte denken, an Jesus, der in die Höhle getragen wurde, nachdem er vom Kreuz genommen worden war. Das dumpfe Dröhnen, das im Fels widergehallt haben musste, als der Stein vor die Öffnung gerollt wurde. Dann kam ihm Ine in den Sinn. In manchen Augenblicken stellte er sich vor, neben ihr auf dem Friedhof zu liegen, unter den Grassoden und dem porösen Gewicht ausgehobener Erde. Um ihn herum nur Dunkelheit, Finger und Nägel, die sich in den Boden bohrten, um das Gefühl des freien Falls zu bremsen, die Beine wie zwei in einen Schemel gesteckte Holzstücke, etwas, das nie wieder das Gewicht seines Körpers tragen würde. Kristine senkte sich rittlings über ihn und fing an, sich zu bewegen. Wenn er tot war, dann machte ihm das nichts aus, ja, wenn es sich wirklich so anfühlte, dann begriff er nicht, warum er es derart lange hinausgezögert hatte.

»Sieh mich an«, sagte sie.

»Es ist dunkel«, flüsterte er.

»Deshalb sollst du mich ja ansehen«, bat sie. »Nur mich. Verstehst du, ich bin hier und jetzt.«

Und Mikael sah sie vor sich. Ihren Hals, der sich nach hinten beugte, mit den Sehnen, die sich anspannten. Die Haare in der Farbe von überreifem Wollgras. Die goldene Haut über ihrem Bauch, die glatt und weich war wie bei einem kleinen Kind. Und dann, als er schon glaubte, mehr gebe es nicht zu sehen, ihre Handflächen, die langen schlanken Finger, die sich in seine Brust pressten wie die Elektrokissen eines Defibrillators, und die Pulsschläge, die aus der Tiefe in seinen Körper eindrangen und dort den Takt seiner eigenen annahmen. Für einen Moment sah er den Räuber Salomon draußen auf dem Eis, spürte die Schwerelosigkeit, als ihn die Kugeln durchbohrten, dann das Gefühl, vollkommen entrückt zu sein, während sich ein fremdartiger Laut seiner Brust entrang.

21. Kapitel

Der Tag war fortgeschritten, als sie wieder zum Hof kamen, und der Himmel hatte dieselbe Farbe wie das Innere eines abgenutzten Zinkeimers. Diesmal hatte Mikael den Hofplatz erst zur Hälfte überquert, als die Stimme seiner Mutter ihn einholte. Obwohl heute kein Regen auf den Boden trommelte und es vollkommen windstill war, klang ihre Stimme leiser als am Vorabend. Mikael wäre am liebsten einfach weiter zu seiner Hütte gelaufen, aber Kristine hatte sich schon umgedreht und ging auf das Haus zu.

»Ja, was ist denn los?«, fragte er, als sie unten vor der Treppe stehen blieben.

»Es tut mir leid, sonst nerve ich nicht so herum«, sagte die Mutter in Kristines Richtung. Mikael wollte schon eine ironische Bemerkung machen, aber dann sah er ihr gequältes Gesicht und blieb stumm. An diesem Tag hätte niemand die Mutter für seine große Schwester gehalten.

»Was ist denn?«, fragte er.

»Du weißt doch, dass Daniela diese Woche einmal bei uns übernachten darf. Eigentlich war es von Dienstag auf Mittwoch geplant, aber die Mutter der Pflegefamilie liegt mit Gallensteinen im Krankenhaus und muss operiert werden, deshalb sollen wir Daniela schon morgen holen. Weil Herbstferien sind, können wir kommen, wann wir wollen, das Problem ist aber, dass dein Vater das Dach von Eben Ezer fertigmachen muss, wenn es nicht regnet.«

»Na gut, aber ich muss erst die Chefin fragen, ob ich mir freinehmen darf«, sagte Mikael.

»Ich muss Überstunden abstottern, also könnte ich hierbleiben. Ich würde Daniela gern kennenlernen«, bot Kristine an.

»Das weiß ich ehrlich zu schätzen«, lächelte die Mutter und presste die Finger der rechten Hand dabei so fest gegen ihre Stirn, dass die Augenbrauen sich fragend nach oben zogen.

»Verschwinden die Kopfschmerzen nicht bei schlechtem Wetter?«, fragte Mikael.

Die Mutter schüttelte den Kopf und zog müde die Mundwinkel nach oben.

»Du musst unbedingt zum Arzt gehen. Es könnte doch auch etwas Ernstes sein«, bat er sie.

»Jaja, das mache ich, wenn Daniela wieder weg ist.«

Sie machten zusammen Essen, und Mikael ließ sich mit dem Gemüse besonders viel Zeit. Nicht, weil er so genau vorging, sondern, weil das Essenmachen früher einmal ein wichtiger Teil des Sonntags gewesen war. Der Versuch, etwas zu kochen, was zur Jahreszeit passte, den Wein zum Atmen öffnen und sich der Langsamkeit eines Sonntags nicht zu widersetzen, sondern stattdessen die Schultern zu senken und sich führen zu lassen, wie beim letzten Tanz des Abends.

Kristine bräunte die Hähnchenstücke in der Pfanne, dann legte sie sie zusammen mit Möhren, Knoblauch, Rotwein und Brühe in einen Eisentopf. Mikael briet Zwiebeln und Champignons an, stellte sie warm und kochte Kartoffeln. Als der Duft des Essens sich langsam in der Küche ausbreitete, sah Mikael vor seinem inneren Auge ein verlassenes Haus, das zum ersten Mal seit vielen Jahren wieder erwärmt wurde.

Der Mond hing wie ein Transparent am Himmel, und durch den bleichen Sternennebel konnten sie deutlich den Gürtel des Orion sehen. Das Muster der Sterne ließ ihn an das Seepferdchen denken, das er sich auf Alonissos hatte tätowieren lassen. Es war die letzte Tätowierung zu Ines Lebzeiten gewesen. Mikael wusste nicht mehr genau, was er sich bei der ersten eigentlich gedacht hatte. Aber irgendwo hatte er gelesen, dass die ersten Höhlenmenschen mit dem Tätowieren angefangen hatten, um damit andere zu verjagen und wilder, gefährlicher, größer und stärker zu wirken, als sie waren. Und sie wollten zeigen, zu welcher Sippe sie gehörten.

»Du hättest das niemals machen lassen, wenn deine Mutter nicht blind wäre«, hatte Ruben gesagt und hinzugefügt, dass sich nur betrunkene Seeleute und Häftlinge tätowieren ließen und dass sein Bruder doch keins von beidem sei. Aber Ruben irrte sich. Mikael hatte schon als Kind, ohne je ein Meer überquert zu haben, gewusst, was Segeln bedeutete. Und er wusste auch, was es hieß, im Gefängnis zu sitzen, ohne dass je eine Zellentür hinter ihm ins Schloss gefallen war.

»Der Gürtel des Orion ist das schönste Sternbild, das ich kenne«, sagte Kristine.

»Was?«, fragte Mikael und rätselte im nächsten Moment, ob er laut gedacht hatte.

»Der Gürtel des Orion«, wiederholte sie und zeigte zum Himmel. »Stell dir vor, das Licht dieser Sterne ist seit ungefähr tausendfünfhundert Jahren zu uns unterwegs. Es ist ungefähr fünfhundert Jahre nach Christus entstanden, überleg nur mal, was damals auf der Erde los war.«

»Der Dreißigjährige Krieg und sowas?«, fragte Mikael und machte dabei bewusst ein ernstes Gesicht.

»Mikaels Hildonens, ich hoffe, du machst Witze. Hast du nicht studiert?«

Mikael lachte.

»Geschichte war nun mal nicht mein Fach, aber über Meteorologie weiß ich eine ganze Menge. Frag mich nach Wolken.«

Kristine schaute wieder zum Himmel.

»Ich weiß, wie diese Wolken heißen, Abendwolken, und bald wird es Nebel geben. Im Moment ist das alles, was ich wissen muss«, sagte sie und griff nach dem Weinglas, das auf dem kleinen Tisch zwischen ihnen stand.

Vielleicht war das hier noch besser als in der Höhle von Räuber Salomon. Indem er seine Hand nur ein wenig bewegte, könnte er sie berühren, ihre Wange streicheln, ihren Oberschenkel liebkosen, aber er tat es nicht. Er kroch einfach in dieses Stille, dieses Langsame hinein, diesen kleinen Abschnitt im Leben eines Menschen, in dem es nicht nötig war, etwas zu sagen, um verstanden zu werden. Konnte es wirklich so einfach sein? Kristine, die ihre Haare unter seiner Mütze versteckt hatte, was ihn an damals erinnerte, als Mikael in der vierten Klasse heimlich den Schal seiner ersten Angebeteten ausgeborgt hatte. Ein Symbol für Nähe, schon bevor man irgendwo angekommen war, und nicht zuletzt, ehe man sich überhaupt Gedanken darüber machen konnte, wohin man unterwegs war.

Das spröde Laub der Buche kam mit einem Windstoß angesegelt und wurde mit einem Geräusch über die Veranda getrieben, das an die Tritte kleiner Füße erinnerte. Für einen Moment sah Mikael seinen Großvater vor sich, der sein Leben lang an Wichtel geglaubt hatte, die kleinen Helfer, die uns das ganze Jahr über behüten, lebenslang.

»Warum bist du eigentlich hergekommen?«, fragte er, und als er ihre Reaktion bemerkte, fügte er eilig hinzu: »Nicht *hierher, jetzt,* gestern Abend, sondern warum hast du Lettland verlassen? Man braucht doch viel Mut, um ganz allein in ein anderes Land zu gehen.«

Kristine hielt ihm ihr Glas hin, und er goss den restlichen Wein hinein.

»Du weißt nicht, wie es dort ist«, setzte sie an und legte eine kleine Pause ein, als brauche sie Zeit, um die richtigen Worte zu finden. »Da, woher ich komme, wird von mir nur erwartet, aufzuwachsen und zu heiraten. Verstehst du? Sozusagen das Leben derer, die vor mir waren, zu wiederholen. Es war nicht sonderlich dramatisch, dass ich weggegangen bin, und dass ich es getan habe, lag wohl ebenso am Mangel an Erwartungen wie am Mangel an Möglichkeiten.«

Mikaels Hand stahl sich unter die Tischdecke und streichelte ihren Oberschenkel.

»Manchmal ist es so leicht, sein eigenes Unglück damit zu entschuldigen, dass es jemand anderem gut geht. Das hatte ich satt. Deshalb wollte ich weg.«

Mikael nickte.

»Bist du mit deinem Bruder zusammen aufgebrochen?«, fragte er.

»Was?«

»Bist du mit deinem Bruder zusammen aus Lettland weggegangen?«

»Nein«, sagte sie. »Ich bin zuerst gegangen, und immer, wenn ich ihn jetzt sehe, denke ich darüber nach, wie verschieden wir sind.«

Mikael nickte und ließ seine Hand weiter ihren Oberschenkel hochwandern.

»Ich verstehe, was du meinst. Das war noch nie leicht.«

Kristine sah ihm ins Gesicht und lächelte fast schläfrig.

»Hör dir das an. Wir reden wie zwei alte Leute, aber es stimmt. Es war noch nie leicht. Ab und zu höre ich ein Lied im Radio, das mich denken lässt, dass die Welt einmal ein Ort der Unschuld war. Aber im Grunde war es niemals so; seit Eva ihre ersten Tränen vergossen hat, war die Welt alles andere als ein Ort der Unschuld.«

»Ich habe alte Leute noch nie so reden hören, jedenfalls nicht hier in der Gegend«, bemerkte Mikael und griff wieder nach ihrer Hand. Über ihnen hatte es sich fast vollständig bewölkt, aber in Richtung Schweden war ein klarer, reiner Streifen Himmel zu sehen, der Mikael daran denken ließ, wie ein Eisbrecher sich durch das Eis fraß, bis achtern das klare Wasser zu sehen war.

22. Kapitel

Nachdem Mikael im Büro vorbeigeschaut und sich freigenommen hatte, wartete er im Auto auf die Mutter und Kristine. Er kam sich ungeschickt vor, weil er nicht wusste, wem der beiden er den Vordersitz anbieten sollte. Aber als ob es schon immer so gewesen wäre, öffnete Kristine die Hintertür und stieg ein. Als Daniela dazukam, rechnete Mikael mit einem Platztausch, doch sie behielten die alten Plätze. Und plötzlich begriff Mikael, dass Esther Hildonen Kristine bereits als Mutterfigur für die Nichte vorgesehen hatte. Für einige Sekunden war er überwältigt von diesem Gefühl.

Er erblickte Danielas Gesicht im Rückspiegel. Ihre Augen waren so rußig wie beim letzten Mal, und ihre Lippen wirkten konturlos, aber jetzt hatte sie die Haare toupiert und auf den Wangen etwas aufgetragen, das ihre Haut fast gelblich schimmern ließ. Nicht nur ihr Aussehen ließ sein Herz fast unmerklich etwas schneller schlagen, sondern die Art, wie der Rückspiegel Daniela und Kristine einrahmte, als würde er einen Blick in seine eigene Zukunft zeigen. Er wurde jählings in die Gegenwart zurückgerissen, als die Räder zum Straßengraben hin abrutschten und er den Markierungsstreifen berührte.

»Bleib auf der Straße«, rief die Mutter und griff nach seiner Hand, als ob sie ihm beim Zurechtrücken des Wagens helfen wollte.

»Ganz ruhig, sonst muss ich wieder das Schild aufstellen«, sagte er und schob ihre Hand weg.

»Alle sollen sich liebhaben«, sagte Kristine mit Kindergartenstimme.

»Was für ein Schild?«, fragte Daniela.

»Als dein Onkel sein erstes Auto bekommen hat, fand er, dass ich mich zu viel in seine Fahrweise einmische, deshalb hat er ein kleines Schild an das Armaturenbrett geklebt.«

»Was denn für ein Schild?«, fragte Daniela.

»Darauf stand: Wer fährt hier, du oder ich?«, sagte die Mutter.

»Aber du warst doch blind?« Daniela blickte irritiert drein.

»Mindestens so blind wie jetzt«, nickte die Mutter.

»Aber warum hat er das Schild angebracht, wenn du es nicht sehen konntest?«, fragte Daniela.

»Gute Frage.«

»Man könnte meinen, die Straße wäre für dich ebenso schwer zu sehen wie das Schild«, sagte Mikael.

»Ich brauche keine Augen, um zu spüren, wie du fährst«, erklärte die Mutter.

Mikael schaute wieder in den Rückspiegel und konnte sehen, wie Kristine Daniela ein Zeichen zum Schweigen gab, während Daniela sich die Hände wie eine Sauerstoffmaske über den Mund legte.

»Du konntest immer schon alles spüren«, sagte er und dachte an seinen rostbraunen Ascona. Als er zum ersten Mal mit dem Wagen auf den Hofplatz gefahren war, hatte er sich gefühlt wie ein junger Seemann, der anmustert. Vierzehn Jahre später folgte er noch immer denselben Längen- und Breitengraden nach Schweden und zurück, aber gerade in diesem Moment hatte er das Gefühl, sein Schiff verpasst zu haben. Das Parfüm von drei verschiedenen Frauen füllte das Innere des Subaru, und für einen Moment spürte er eine Art Erkenntnis in ihm aufsteigen, dass es für jede Himmelsrichtung einen Duft gab.

Die Sonne war ungewöhnlich stark für die Jahreszeit, und obwohl Mikael die Blende herunterklappte, fiel es ihm schwer, die Straße zu erkennen. Im Osten in Richtung Schweden war das Licht viel weicher, und der Reif, der in Skogli die Bäume gezuckert hatte, war dort bereits geschmolzen. Sie näherten sich dem seichten See mit den beiden Campingplätzen, als die Mutter ihm die Hand auf den Arm legte.

»Sind wir schon beim See?«, fragte sie.

Mikael schüttelte den Kopf.

»Was?«

»Nein, aber fast.«

»Kannst du zum Badestrand fahren?«

»Mama, es ist Oktober. Warum denn?«

»Bitte.«

Mikael wollte schon einen neuen Witz über das Schild im Ascona reißen, aber etwas im Gesicht seiner Mutter ließ ihn verstummen.

»Kannst du mit mir zum Strand gehen?«, fragte sie, als er vor den Birken am Ufer hielt.

»Ja«, sagte er nur, drehte sich zum Rücksitz um und machte eine resignierte Handbewegung.

Die Mutter hakte sich bei ihm ein und ließ sich wie eine alte Frau zum Ufer hinunterführen, während der Wind sie von hinten anschob und das Wasser vom Land fortwogen ließ. Bei der kleinen Bachmündung lag ein umgekippter Campingstuhl, und ein morsches Ruderboot war mit dem Kiel nach oben an Land gezogen worden.

Die Mutter blieb auf halber Strecke zum Wasser stehen, ließ Mikaels Arm los und drehte sich zu den beiden anderen um.

»Hier«, sagte sie und stellte sich hin wie eine Fremdenführerin vor einer Sehenswürdigkeit. »Hier habe ich Stener Hildonen zum ersten Mal gesehen.«

Danielas Gesicht wirkte jetzt ein wenig verwundert, und Kristine trat hinter sie, wie um sich vor dem Wind zu schützen.

»Du hast immer gesagt, dass ihr euch in deiner Schule kennengelernt habt, als er dort einen Kurs abgehalten hat«, bemerkte Mikael und machte einen Schritt auf Kristine und Daniela zu.

»Aber an diesem Strand hier habe ich Stener zum ersten Mal gesehen. Ich war mit einigen Freundinnen da, und er kam auf einem riesigen Motorrad angedröhnt. Als er sich auszog und seine Kleider ordentlich zusammengefaltet auf sein Handtuch legte, hielt ich ihn für den hinreißendsten Mann, den ich je gesehen hatte. Er erinnerte mich an einen Springer aus Acapulco in Mexiko, von dem ich gerade ein Bild gesehen hatte. So einen, der sich von einem vierzig Meter hohen Felsen ins Meer fallen lässt.«

»So ein toller Typ war Opa?«, fragte Daniela.

»Ja, genau«, sagte die Oma und verdrehte die Augen. »Ich wusste nicht, wie er hieß, wo er wohnte oder wie alt er war. Aber ich sagte zu meinen Freundinnen: Den werde ich heiraten. Zwei Jahre später hat er mich zum Traualtar geführt.«

Oben auf der Hauptstraße fuhren zwei Lastwagen aufeinander zu, die Windstöße kollidierten mit einem scharfen Knall und verstärkten Mikaels Gefühl, an mehreren Orten gleichzeitig zu sein. Warum erzählte die Mutter das alles? Sollte es eine Art Gleichnis sein, um Kristine und Mikael klarzumachen, dass man um den richtigen Menschen kämpfen muss? War es überhaupt eine wahre Geschichte oder nur etwas, das sie sich aus den Fingern saugte, um Daniela ein größeres Gefühl von Zusammengehörigkeit zu geben? Hatte die Mutter sie alle so vor sich versammelt, damit ihnen klar würde, wie sie auf einem Familienbild aussehen würden?

Daniela ging zu ihrer Großmutter und umarmte sie, und so standen sie dann eine Weile da, wie bei einem alten Ritual.

Plötzlich kam Mikael der Gedanke, dass die Mutter diese Geschichte erzählte, um auf ihr eigenes Verschwinden vorzubereiten. Dass sie ihnen Situationen nahebringen wollte, durch die sie sich an sie erinnern würden.

»Fahren wir jetzt weiter?«, fragte er und hielt die Mutter dabei zurück, um den anderen vier oder fünf Schritte Vorsprung zum Wagen zu geben.

»Was ist eigentlich mit deinem Kopf?«, flüsterte er ihr ins Ohr.

»Der ist so, wie er immer gewesen ist«, sagte sie und ließ die Finger an ihrer Schläfe kreisen.

»Gut«, sagte Mikael und lockerte seinen Zugriff, doch nun hielt die Mutter ihn zurück.

»Spürst du den Wind?«, fragte sie.

»Den Wind?«

»Ja, den blauen Wind.«

Mikael schaute auf den See hinaus. Die Wellen rollten nicht mehr vom Ufer fort. Der Wind hatte gedreht, packte seine Haare und ließ seine Hosenbeine flattern, aber er fror nicht.

»Den blauen Wind?«, fragte er.

»Ja, ich habe mir diesen Wind immer blau vorgestellt. Stener und ich waren oft im Herbst hier, wenn die Badesaison zu Ende war, und das gehörte vielleicht zu den schönsten kleinen Momenten, die wir zusammen hatten. Wir mochten es, nach Dingen zu sehen, die andere nicht sahen oder nicht sehen wollten.«

»Wie, was denn? Wind ist Wind.«

»Dein Vater und ich waren gern bei Gewitter unterwegs«, sagte die Mutter, als ob sie ihm gar nicht zugehört hätte. »Ab und zu, wenn es nachts ein Unwetter gab, zogen wir uns an und fuhren mit dem Auto los. Ich fand es schön, jemanden zu haben, mit dem ich wieder ganz klein sein konnte. Das verstärkte das Gefühl, dass es nur uns beide gab. Nun ja, das war lange vor deinem Bruder und dir.«

»Und der blaue Wind?«

»Das war anders. Ein letzter Hauch von Altweibersommer oder Britensommer, wie die Schweden sagen. Der blaue Wind war ein Ausdruck, den dein Vater benutzte. An solchen Tagen wie heute ist er die Verheißung, dass, egal wie schwer und düster die Welt wirken mag, es doch immer Augenblicke geben wird, in denen wir durch ein Tor gehen und alles Belastende hinter uns zurücklassen. Ich kann die Blitze nicht mehr sehen, aber den blauen Wind sehe ich noch immer. Du auch?«

Mikael schaute wieder auf den See hinaus, die Wellen glätteten sich jetzt zum Ufer hin, und er konnte die Umrisse seiner eigenen Gestalt als Spiegelbild im Wasser erahnen.

»Ich will es versuchen«, sagte er.

Oben auf dem Parkplatz machte Kristine ein Zeichen, dass sie zur Toilette musste, und Daniela nahm ihre Großmutter an der Hand und half ihr beim Einsteigen. Sie wollte schon ihre eigene Tür öffnen, als sie plötzlich innehielt und sich zum Heck des Wagens hinüberbeugte.

»Onkel, hast du das gesehen?«, fragte sie und winkte ihn zu sich.

Mikael glaubte zuerst, mit dem Rad stimme etwas nicht, dann begriff er, dass sie auf den Kotflügel blickte.

»Jemand hat etwas in den Lack gekratzt«, erklärte sie und fuhr mit den Fingern über die Seite des Autos.

»Ja«, sagte Mikael. »Ich.«

»Du?«, fragte sie und musterte ihn einen Moment lang mit verwunderter Miene.

Er nickte nur.

»KM?«, fragte sie.

»RM«, sagte er.

Sie schüttelte den Kopf und ließ die Finger über den Lack gleiten, als wäre sie blind und die Buchstaben in Blindenschrift geschrieben.

»RM?«, wiederholte sie fragend.

Mikael nickte und hätte den Satz fast mit »dein Vater« angefangen, riss sich dann aber zusammen.

»Ruben und Mikael. Mein Bruder wollte sehen, ob ich mich trauen würde, unsere Initialen in Papas Auto zu ritzen, und fast wie immer, wenn er etwas von mir wollte, habe ich mich getraut.«

Daniela stampfte auf den Boden, hob fröstelnd die Schultern und kehrte ihm den Rücken zu, wie an dem Abend, als Ruben erwähnt worden war, nachdem sie das Moped ausgeborgt hatte.

Hinter sich konnten sie hören, wie die Autotür zugeschlagen wurde, und Daniela ließ sich in den Wagen fallen.

»Was macht ihr da eigentlich?«, fragte Kristine.

»Wir haben über ihren Vater gesprochen, darüber, wie er mich einmal zu einer Mutprobe überredet hat«, sagte Mikael und zeigte auf die verrosteten Buchstaben an der Seite des Autos.

»Wie alt warst du da?«

Mikael musste nachdenken, aber das Auto war fast fabrikneu gewesen, als der Bruder ihm den spitzen Stein in die Hand gedrückt hatte.

»So etwa acht«, sagte er.

»Acht Jahre! Warum ist das denn nie ausgebessert worden?«

»Weil Stener gesagt hat, es würde uns helfen, daran zu denken, dass alle Menschen mit einem freien Willen geboren werden.«

Sie passierten Grenze, Lebensmittelläden und Tankstellen, und in dem kleinen Waldgebiet vor Charlottenberg schien der Herbst noch nicht so weit gekommen zu sein wie an Glomma und Baklengselv. An den Bäumen hing noch viel Laub, und in der Landschaft dominierten nicht dieselben welken Brauntöne, die den Wald zu Hause schon längst erobert hatten. Der Großvater hatte immer gesagt, so spüre man den Tod, als etwas, das vom Boden aus in einem hinaufkriecht, und dass die, die im Herbst sterben, sozusagen doppelt sterben. Mikael hatte es nie so gesehen. Er hoffte, der Tod wäre wie ein klarer Tag im Oktober, an dem er in die Ewigkeit zu schauen vermochte, wenn er nur hoch genug stieg. Ein Tag, an dem er sich ruhig ins Gras fallen lassen könnte und genug Zeit haben würde, um zu denken: Jetzt sterbe ich.

»Wohin fahren wir eigentlich? Ich dachte, wir wollten nur einen kleinen Ausflug machen«, sagte Daniela.

»Oma und ich dachten, wir könnten zum Reptilienpark fahren. Ich wollte im Sommer mit dir hin, aber dann habe ich es irgendwie doch nicht geschafft«, erklärte Mikael.

»Grandios«, warf Kristine ein. »Schlangen. Genau das, was alle Mädchen sehen möchten.«

Die Mutter und Daniela lachten los, und Mikael merkte, dass seine Wangen heiß wurden.

Der Parkplatz vor dem Reptilienpark war leer, abgesehen von einem langhaarigen Typen in Tarnkleidung, der vor dem stillgelegten Möbellager, in dem jetzt die Tiere untergebracht waren, stand und rauchte.

»Wenig los?«, fragte Mikael, als er für Daniela die Tür öffnete.

»Ihr seid heute die Ersten, aber wir haben ja auch erst vor einer halben Stunde aufgemacht«, sagte der Mann auf Schwedisch.

Die Wärme der Halle schlug ihnen entgegen wie der Dunst aus einer Spülmaschine und legte sich wie ein hauchdünner feuchter Lappen über die Haut. Die Wände waren mit Kamouflagenetzen, Schlingpflanzen und dichter grüner Vegetation bedeckt, und das Schnattern von Vögeln, die sie nicht sehen konnten, verstärkte das Gefühl, sich mitten im Dschungel zu befinden.

Als sie den Schlangenbereich betraten, öffnete ein Mann in khakifarbener Kleidung mit Tropenhelm einen Käfig, und die Frauen versteckten sich automatisch hinter Mikael.

»Keine Panik«, sagte der Mann und lachte. »Der Käfig ist leer. Ich muss ihn für neue Schlangen vorbereiten.«

»Sie öffnen doch sicher die Käfige nie, wenn da Schlangen drin sind?«, fragte Kristine.

»Das muss ich doch, um die Tiere zu füttern und die Käfige zu reinigen. Schlangen sind auch nicht gefährlicher als andere Tiere, wenn man weiß, wie man mit ihnen umgehen muss«, sagte der Mann. Aus der Nähe konnte Mikael sehen, dass auf seinem Namensschild Calle stand.

»Sind Sie noch nie gebissen worden?«, fragte Daniela.

»Einige Male schon«, sagte Calle und lächelte.

»Schlimm?«, fragte sie.

»Ist die Frage, was du unter schlimm verstehst. Ich stehe noch immer hier und kann mich in etwa daran erinnern, was ich gestern und vorgestern gemacht habe.«

»Mussten Sie denn schon mal ins Krankenhaus?«

»Zweimal, weil ich ein Gegengift gebraucht habe. Meistens geht es gut.«

»Meistens?«, fragte Kristine.

»Ja«, sagte Calle und zog eine Schachtel *General* aus der Hosentasche. »Keiner von uns Wärtern hier im Park ist bisher umgekommen oder hat bleibende Schäden davongetragen. Aber es gibt nicht für alle Schlangen ein Gegengift. Wir haben zwei der giftigsten Arten auf der Welt hier.«

Calle ging zu einem Glaskasten an der Wand und trat so dicht an das Glas heran, als ob er fotografiert werden sollte. Mikael fragte sich, ob das ein Zufall war oder ob Calle wusste, wie schlangenhaft sein Mund wirkte, wenn er einen dicken Priem unter der Oberlippe stecken hatte.

»Die hier«, sagte er und streichelte das Glas beinahe. »Die sollte euch besser nicht beißen.«

»Was passiert dann?«, fragte Daniela und riss die Augen auf.

»Das Gift dieser Schlange lässt das Blut gerinnen, und obwohl es ein Gegengift gibt, schafft man es nicht mehr bis ins Krankenhaus. Dann hat man nur eine Chance.«

»Und welche?«, flüsterte Daniela beinahe.

»Diese hier«, sagte Calle und ging zu einem Schaukasten gleich bei der Tür. »Ihr Gift verdünnt das Blut. Wenn du von der ersten Schlange gebissen wirst, musst du es auch von der anderen machen lassen, wenn du am Leben bleiben willst.«

Kristine zeigte auf wie eine Schülerin auf Klassenfahrt.

»Ja«, sagte Calle und lächelte.

»Was passiert, wenn man in der umgekehrten Reihenfolge gebissen wird?«

Calle nahm den Tropenhelm ab und strich sich die Haare nach hinten, ehe er ihnen der Reihe nach ins Gesicht blickte.

»Dann stirbt man«, sagte er.

Ehe Mikael oder Kristine etwas sagen konnten, wiederholte Daniela die Bewegung vom Parkplatz. Sie stampfte auf den Boden auf und hob schaudernd die Schultern, aber diesmal begnügte sie sich nicht damit, sich nur umzudrehen. Mit langen Schritten stürmte sie aus dem Raum und weiter zum Ausgang.

Der Schlangenwärter machte ein ratloses Gesicht und trat einen Schritt vor, wie um ihr zu folgen.

»Tut mir leid, ich wollte ihr keine Angst machen«, sagte er.

»Das lag nicht an dir, ich weiß auch nicht, was mit ihr los ist«, beschwichtigte ihn Mikael und zog Kristine mit sich.

»Was ist denn passiert? Hat sie Angst vor Schlangen?«, fragte Kristine und musste immer zwei Schritte machen, um mit den seinen mitzuhalten.

»Ich weiß nicht. Sie hat in der letzten Zeit mehrmals so reagiert, und keiner weiß, warum.«

Mikael war sicher, dass Daniela sich ins Auto gesetzt hatte, aber als sie aus der Halle kamen, stand sie an der Ecke und schaute zum Bahnhof hinüber.

»Schlangen sind widerlich, wenn du nicht rausgerannt wärst, hätte ich es gemacht«, sagte Kristine und strich ihr mit beiden Händen über die Unterarme.

Für einen Moment sah es aus, als wollte Daniela sich losreißen, dann ließ sie die Schultern sinken und wandte ihnen das Gesicht zu.

»Ich hab keine Angst vor Schlangen«, sagte sie.

Hinter sich hörte Mikael, wie ein Wagen neben dem Range Rover hielt, aber er drehte sich nicht um, sondern trat automatisch einen Schritt vor, wie um Daniela und Kristine vor Blicken zu schützen.

»Was ist denn dann passiert?«, fragte er.

Daniela antwortete nicht sofort, sondern musterte sein Gesicht, dann sagte sie:

»Ich will nicht darüber reden. Die Schlangen haben mich an etwas erinnert.«

Mikael öffnete den Mund, um eine Frage zu stellen, ehe er wusste, ob er wirklich eine Antwort darauf wollte, aber abermals legte ihm Kristine eine warnende Hand auf den Arm.

23. Kapitel

Obwohl sie rein gar nichts eingekauft hatten, bestand Esther Hildonen darauf, den Schmugglerweg zurück nach Schweden zu nehmen. Mikael hatte nichts dagegen. Etwas an den schwedischen Dörfern entlang dieses einsamen Wegs, daran, wie die Felder sich hinter den windschiefen Scheunen erstreckten und wie alte Traktoren halb geparkt und halb vergessen vor den Geräteschuppen standen, weckte in ihm stets die Sehnsucht nach einer Zeit, die es vielleicht niemals gegeben hatte.

Das gleichmäßige Surren der Stimmen der anderen konnte sein unangenehmes Gefühl nicht vertreiben. Als ihnen an einer Kreuzung vier Motorradfahrer begegneten, musste Mikael das Lenkrad mit beiden Händen umklammern, und in den Sekunden, bis die vier vorüber waren, sah er Demütigung und Bedrohung vor sich. Es hätte ohne weiteres passieren können. Sie hätten ihn aus dem Wagen gezerrt und auf die Motorhaube geworfen. Nicht, damit er spürte, wie seine Lippen platzten, seine Rippen brachen oder seine Finger gebrochen wurden, sondern schlimmer noch: Er hätte zusehen müssen, was mit den anderen im Auto geschah.

Der Rückenwind, mit dem er nach Schweden gesegelt war, die Freude über das Wiedersehen mit Daniela, die Erleichterung darüber, wie sie gestrahlt hatte, als sie die drei entdeckte, waren verschwunden. Mikael war zu einem zerrissenen Segel geworden, das schlaff am Mast herumschlotterte, und die Hände am Lenkrad gehörten nicht mehr einem Mann, sondern einem kleinen Jungen. Einem kleinen Jungen, der im Wagen des Vaters saß und sich vorstellte, wie es wohl sein würde, richtig zu fahren.

Als sie den Hügelkamm beim Dorf erreichten, wurden diese Gedanken vorübergehend davon vertrieben, wie Skogli sich vor ihnen öffnete.

Der Großvater hatte erzählt, dass dieser Weg einst angelegt worden war, weil man hier nirgendwo im Hinterhalt lauern konnte, um die zu überfallen, die des Weges gezogen kamen. Um die Kurve, über den Hügelkamm, und schon wurde einem das ganze Dorf ins Gesicht geworfen. Als kleiner Junge hatte er den Vater immer gebeten, oben auf dem Kamm ein wenig Gas zu geben, und dann hatte er die Augen geschlossen und sich vorzustellen versucht, wie es wäre, fliegen zu können. Aber egal, wie schnell er an diesem Tag über die Hügelkuppe gefahren wäre, das Gefühl von Beklemmung hätte ihn nicht losgelassen.

»Ist das Opa?«, fragte Daniela, als sie sich Eben Ezer näherten und jemanden sahen, der auf dem Dach des Gebetshauses herumkletterte.

»Er müsste jedenfalls da sein«, sagte Mikael, und jetzt erkannten sie deutlich, dass dort Stener Hildonen rittlings auf dem Dach saß und zur Straße herüberschaute. Als er den Range Rover erkannte, erhob er die Hand winkend über den Kopf wie ein Rodeoreiter.

»Können wir anhalten und guten Tag sagen?«, fragte Daniela.

Mikael nickte und fuhr auf den Parkplatz vor dem Gebetshaus. Daniela war schon aus dem Auto gesprungen, noch ehe er den Motor abgestellt hatte, und er konnte sehen, dass sie etwas zum Vater sagte und er daraufhin den Kopf in den Nacken warf. Weiter hinten auf dem Dach erkannte Mikael zwei ältere Halbbrüder, die schon ihr Leben lang in einer alten Kate am oberen Ende des Ortes hausten.

Plötzlich wehte ein heftiger Windstoß vom Baklengselv in ihre Richtung, und Mikael öffnete die Hintertür und nahm seine Jeansjacke heraus. Als er sich wieder zu Eben Ezer umdrehte, kletterte Daniela gerade die Leiter hinauf.

»Daniela«, rief er. »Komm runter. Das ist viel zu hoch!«

»Ich bin dreizehn«, rief sie ihrem Onkel über die Schulter zu und kletterte weiter.

»Ist mir scheißegal«, fauchte er mit einer fremden Stimme, bei der Kristine zusammenzuckte.

Daniela stieg eine Sprosse nach der anderen hoch.

Mikael trat einen Schritt vor, aber seine Mutter hielt ihn zurück.

»Nicht.«

»Weißt du noch, wie das Dach von Eben Ezer aussieht?«

»Ja«, sagte sie und umfasste seinen Arm mit beiden Händen.

»Und wenn sie jetzt runterfällt?«, wollte er wissen.

»Mikael, lass sie nur. Es passiert schon nichts.«

Jetzt war Daniela oben auf dem Dach, und ohne zu zögern, kroch sie auf ihren Großvater zu.

Stener Hildonen streckte ihr die Hand entgegen, und sie umarmte ihn lange, dann setzte sie sich hin und sah ihn an.

Der Großvater gestikulierte und winkte, und beide lachten. Von dort aus, wo Mikael stand, hätten sie auch Vater und Tochter sein können, die da oben auf dem Dach saßen. Mikael überlegte, ob er und der Vater je so dagesessen hatten, und er wünschte, er könnte nein sagen und sich auf eine trotzige, einsame Weise stark fühlen, aber das Lächeln im Gesicht des Vaters war genau das gleiche wie früher, wenn er aus dem Wald gekommen war, sich in den alten Ohrensessel setzte, ohne ein Wort zu sagen, sich auf die Knie klopfte und Ruben und Mikael sich über ihn hermachten wie zwei kleine Hunde.

»Kommst du zum Essen nach Hause?«, rief die Mutter zum Dach hoch.

»Sicher doch, bei so netter Gesellschaft«, antwortete der Vater und machte eine Handbewegung, die Daniela und Kristine umfasste.

»Kannst du Daniela runterhelfen?«, fragte Mikael.

»Ich brauche keine Hilfe«, wehrte sie sich.

»Mikael hat recht. Es ist wirklich hoch«, sagte Stener Hildonen, erhob sich und führte seine Enkelin zur Dachkante, dann stieg er wie ein Feuerwehrmann vor ihr die Leiter hinunter.

»Werdet ihr fertig?«, fragte die Mutter.

Der Vater schüttelte den Kopf.

»Heute noch nicht.«

»Hat Engelstad schon Feierabend gemacht?«, wollte Mikael wissen.

»Ich weiß nicht so genau, was er macht«, entgegnete der Vater.

»Er war doch sicher inzwischen auf der Bank?«

Der Vater sah ihn an.

»Auf der Bank?«

»Ja, mit dem ganzen Geld«, erklärte Mikael und hoffte, der Vater würde nichts Verdächtiges in seiner Stimme hören, wie sich ein Betrunkener bemüht, nüchtern zu wirken.

Der Vater antwortete nicht sofort. Er ließ den Blick von Mikaels Gesicht zum Fenster des Gebetshauses wandern.

»Nein«, sagte er dann. »Ich glaube nicht, dass er schon dazugekommen ist. Es hat sich nicht so angehört.«

»Was denn für Geld?«, fragte die Mutter.

»Jemand in der Gemeinde hat Sander vor dem Wochenende eine große Summe gespendet, und er hat das Geld noch nicht auf die Bank gebracht.«

»Er sollte vorsichtiger sein«, sagte die Mutter.

Als sie wieder auf dem Hof waren, bat Mikael, Kristines Mobiltelefon ausleihen zu dürfen, und blieb im Range Rover sitzen, als die anderen schon ausgestiegen waren. Der Tag war noch immer hell, und der Himmel wirkte frühlingsblau über dem Dorf, aber Mikael konnte ein Gefühl der Verlorenheit dennoch nicht verdrängen. So musste sich ein Samstagspapa fühlen. Plötzlich ging ihm auf, dass er so gut wie nichts darüber wusste, was Daniela am Montagmorgen oder Mittwochabend machte. Er hatte keine Ahnung, wie man den Alltag mit einem Teenager meisterte.

Besser als je zuvor konnte er sich nun in seinen Bruder hineinversetzen. Er stieß die Tür mit der Schulter ein wenig auf und wählte Slartmanns Nummer. Der Klingelton legte sich wie ein hohles Echo zwischen seine Herzschläge, und als Slartmann sich meldete, erkannte Mikael die Stimme nicht wieder.

»Frank?«, fragte er.

»Ja.«

»Hallo. Hier ist Mikael«, sagte er, und dann wusste er nicht weiter.

»Wie geht's denn?«

»Ich hab den Kopf oben und die Füße unten«, erklärte er und musste an Daniela und den Vater auf dem Dach von

Eben Ezer denken. Der Vater, der sie zum Lächeln gebracht hatte, indem er ihr die Himmelsrichtungen zeigte.

»Mit anderen Worten, du trittst auf der Stelle«, erkannte Slartmann.

»Meine Nichte ist jetzt bei uns. Hast du etwas von den Geldeintreibern gehört oder gesehen?«

»Nein, streng genommen nicht.«

»Frank, du weißt, was ich meine.«

»Ich glaube, sie werden eine Weile wegbleiben. Aber ich betone, ich glaube.«

»Schon verstanden. Danke. Ich muss jetzt auflegen.«

»Mikael«, sagte Slartmann, und dann wurde es still.

»Hallo?«, fragte Mikael. »Hallo, bist du noch dran?«

»Ja«, sagte Slartmann, es folgte eine weitere Pause, und dann. »Ich kann nur das betonen, was ohnehin auf der Hand liegt: Du lebst mit geliehener Zeit.«

Dann wurde die Verbindung unterbrochen.

Nur um sich ein bisschen nützlich zu fühlen und um das bohrende Gefühl zu vertreiben, immer mit leeren Händen dazustehen, ging er in den Schuppen, hackte Brennholz und trug, so viel er konnte, davon ins Haus.

Aber der letzte Satz des Telefongesprächs verfolgte ihn den ganzen Weg über den Hofplatz. Er ließ die Birkenscheite in den Holzkasten fallen, streifte die Jacke ab und wollte sie schon an den Garderobenständer im Gang hängen, als die Badezimmertür geöffnet wurde.

»Himmel«, rutschte es ihm heraus. Danielas Haare waren frisch gewaschen und reichten ihr bis auf die Schultern. Die einzige Farbe, die Mikael in ihrem Gesicht erkennen konnte, war vorsichtige Wimperntusche, dazu etwas farblos Glänzendes auf den Lippen. Er musste schlucken, als sie auf ihn zukam, noch nie hatte er die deutliche Ähnlichkeit mit ihrer Mutter so sehr wahrgenommen. Für einen Moment sah er sich selbst hinter dem Vorhangspalt stehen, während die Hecklichter der Autos, die vor der Scheune standen, ihn blendeten wie Schiffslaternen. Er konnte sich selbst auf der Kirchentreppe sehen, wo er sich zu voller Größe aufbaute, um ihr dann galant den Arm zu reichen. Er konnte spüren, wie er im Laufe weniger Herzschläge eine ganze Generation älter wurde.

»Was meinst du?«, fragte Daniela.

»Es ist gut, dass Herbstferien sind, sonst hätten wir alle Jungs aus deiner Klasse einsperren müssen.«

»Red keinen Quatsch«, sagte sie und verzog den Mund, konnte aber das zufriedene Leuchten in ihren Augen nicht verbergen.

»Daniela ist ein sehr hübsches Mädchen, aber wie alle in ihrem Alter hat sie zu viel Make-up benutzt. So einfach ist das«, sagte Kristine und zuckte mit den Schultern.

»Sie hat mir sogar gezeigt, wie man die Augenbrauen zupft, siehst du?«, fragte Daniela und zog beide Zeigefinger in einem Bogen über die Augen.

»Ich könnte ja sagen, aber das wäre gelogen«, sagte Mikael und zögerte kurz. »Aber du siehst sehr gut aus, du hast Ähnlichkeit mit deiner Mutter.«

»Ich bin dann mal in meinem Zimmer«, beschloss Daniela kurzerhand, griff nach ihrer Tasche und lief die Treppe hoch.

Kristine ging in die Küche, um der Mutter beim Kochen zu helfen. Schränke wurden geöffnet, Schubladen herausgezogen und Wasser in Kessel gefüllt. Für einen Moment wurde

Mikael von dem Gefühl überwältigt, er sei der Fremde hier im Haus. Er konnte Kristine über eine Bemerkung der Mutter laut lachen hören, und für einen Moment sah er Ine vor sich. Die Art, wie ihre Schulterblätter sich bewegten, wenn sie vor dem Spülbecken stand, wie sie die Unterarme benutzte, um sich die Haare aus den Augen zu streichen, und wie sie bei dieser Bewegung die Hände auf eine seltsam abgeknickte Weise hielt. Wie sorgfältig sie jedes einzelne Glas ins Licht hielt, um sich davon zu überzeugen, dass es ganz sauber war, ehe sie es abtrocknete. Mikael fragte sich, ob er in Kristines Geräuschen immer ein Echo von Ine hören würde, ob er in den Bewegungen der einen lebenslang auch die der anderen sehen würde oder ob er Ine eines Tages in einen Raum sperren konnte, den er nur öffnete, wenn ihm danach war.

»Hilfst du uns beim Kochen?«, fragte die Mutter.

»Ich geh zu Daniela hoch«, antwortete er, streifte die Schuhe ab und folgte den Zweigen des Familienstammbaumes nach oben. Die neueste Fotografie war das Hochzeitsbild des Bruders, während ganz oben die altersschweren Gesichter seiner Ururgroßeltern hingen. Grobgeschnittene nordische Gesichter, gemeißelt aus Wolfswintern, Dürresommern und Arbeitstagen, die sich nicht nach der Uhr richteten, sondern nach der Sonne. Mikael Hildonen hatte der erste Ahne der väterlichen Familie geheißen, der sein Gesicht für die Nachwelt bewahren ließ, und die Art, wie er die Nase ein wenig hochhielt, zeugte von Unbezwingbarkeit und Unabhängigkeit. Mikael spürte seinen Blick im Nacken brennen, als er an Danielas Tür klopfte.

Einen Moment lang fürchtete er, seine Bemerkung über die Ähnlichkeit mit ihrer Mutter habe Daniela dazu veranlasst, den Schlüssel umzudrehen, aber die Tür war offen, und die Nichte saß mit angezogenen Beinen auf dem Bett. Dort, wo der Bruder einst das große Plakat von James Coburn in »Pat Garrett jagt Billy the Kid« aufgehängt hatte, drängten sich jetzt Bilder androgyner Popstars mancherlei Geschlechts. Als sie im Sommer die Wände gestrichen hatten, war der Vater auf Rosa gekommen, aber Mikael hatte Rot für eine Dreizehnjährige passender gefunden. Die Mutter hatte schlicht und einfach empfohlen, Daniela zum Farbkauf mitzunehmen, und jetzt waren die Wände in der ehemaligen koksgrauen Knabenhöhle des Bruders cremeweiß. Am Fußende des Bettes saß eine riesige Disney-Version von Pu dem Bären, die Daniela auf dem Herbstjahrmarkt in Kongsvinger gewonnen hatte, ansonsten war das Zimmer frei von Kuscheltieren und Nippes.

»Hast du Heimweh nach Ballangen?«, fragte er.

Daniela antwortete nicht sofort, sondern ließ ihren Blick durch das Fenster am Hügelkamm entlangwandern, ehe sie sich wieder dem Zimmer zuwandte.

»Ich weiß nicht, ob Ballangen an sich mir fehlt, aber ich vermisse Mama«, sagte sie mit fester Stimme.

Mikael nickte und versuchte, einen Satz zu formulieren, der mehr aussagte als nur ein verständnisvolles Nicken.

»Ist Sterben schwer?«, fragte sie und starrte ihm ins Gesicht.

Mikael wollte schon den Kopf schütteln, brach dann aber mitten in der Bewegung ab.

»Nein«, sagte er. »Ich glaube, das ist überhaupt nicht schwer.«

»Es ist schwerer für die, die zurückbleiben, nicht wahr?«

»Ja«, stimmte er ihr zu. »Es ist immer schwerer, der zu sein, der zurückbleibt, als der, der geht.«

»Denkst du noch immer an Ine?«

»Ich werde ziemlich oft an sie erinnert.«

»Wenn du mit Kristine zusammen bist, denkst du dann auch an sie?«

»Immer weniger«, sagte Mikael.

»Onkel, weißt du, was der Psychologe nach Mamas Tod gesagt hat?«

Er schüttelte den Kopf.

»Dass man kein schlechtes Gewissen zu haben braucht, weil jemand tot ist, während wir noch leben.«

»Das ist gut ausgedrückt.«

»Ja«, sagte Daniela. »Ich glaube auch daran, aber ich kann nicht immer zustimmen.«

»Ich verstehe, was du meinst, und ich habe auch schon so empfunden«, gab Mikael zu und sah, wie der Wagen des Vaters die Auffahrt hochkam. Für den Bruchteil einer Sekunde fühlte er sich versucht, die Ablenkung auszunutzen und dieses ewige Gefühl, nicht gut genug zu sein, abzuschütteln, aber er zwang seinen Blick zurück ins Zimmer und sprach, so ruhig er konnte, weiter:

»Daniela, ich habe immer versucht, mich damit zu trösten, dass es ebenso viele Arten zu leben gibt wie Arten, tot zu sein. Es liegt eine Art Trost darin, dass wir mehr über manchen Toten sprechen als über die, die noch leben. Und ich hoffe, dass du eines verstehst, etwas, das mir erst vor ganz kurzer Zeit aufgegangen ist.«

»Was denn?«, fragte Daniela.

»Dass oft wir es sind, die zu den Toten hinabkriechen möchten, und nicht die Toten, die auf uns warten.«

»Onkel?«, fragte sie wieder.

Er nickte.

»Ich hab das wirklich gemeint, was ich neulich abends in der Hütte zu dir gesagt habe. Wenn ich nicht hier bei Oma, Opa und dir wohnen darf, dann laufe ich weg. Ich weiß nicht wohin, aber in dem Haus dort bleibe ich nicht.«

»Daniela«, sagte Mikael. »Wenn es so weit kommt, dann laufe ich mit dir weg.«

»Entschuldige, dass ich in Schweden ein bisschen komisch war«, sagte sie.

»Denk nicht mehr dran. Ich hätte dich fragen müssen, was du gern machen würdest.«

»Onkel, so war das nicht gemeint, aber die Schlangen, die wir da gesehen haben …«, begann sie.

Mikael nickte.

»Ich konnte die Schlangen nicht deshalb nicht ansehen, weil ich Angst vor ihnen hatte. Aber sie haben mich an dich und meinen Vater erinnert«, erklärte sie, beugte sich zu ihm und strich ihm hastig über die Wange.

Nach dem Essen hatte die Mutter die älteste Leinendecke zusammengefaltet und das Porzellan im Spülbecken mit der Hand gewaschen. Der Vater hatte in dem alten steinernen Kamin Feuer gemacht und sich daneben wie ein alter Oberst aufgestellt, in dem Pullover, den er sonst nur zu Weihnachten trug. Daniela war im Morgenmantel aus dem Badezimmer gekommen und hatte allen einen Kuss gegeben, der nach Zahnpasta und Hautcreme roch. Und schließlich war Mikael Hand in Hand mit Kristine über den Hofplatz und durch den Wald zur Hütte gegangen. Im Schlafzimmer, als Kristines Arme um seinen Rücken erschlafften und er sich neben sie legte, musste er daran denken, was Daniela gesagt hatte. Und er fragte sich, welche der beiden Schlangen er gewesen wäre. Die, die das Blut verdünnte, oder die, die es gerinnen ließ.

24. Kapitel

Am Dienstagmorgen konnte Mikael gerade noch die Finger durch den Henkel der Kaffeetasse schieben, da winkte ihn die Chefin auch schon in ihr Büro.

»Ist gestern alles gutgegangen?«, fragte sie und lächelte, während sie sich mit den Unterarmen auf ihren Schreibtisch stützte und dabei förmlich und interessiert zugleich wirkte.

»Ja, es war ein guter Tag«, sagte er und setzte sich ihr gegenüber auf die Stuhlkante. »Und abermals danke dafür, dass ich mir freinehmen durfte.«

»Keine Ursache«, sagte sie und lächelte wieder. »Aber ich hatte eben einen Anruf über Probleme mit Frank Slartmanns Rollstuhlrampe, du warst doch einige Male bei ihm?«

»Stimmt. Ich sehe mir das gleich mal an«, versprach Mikael und war froh darüber, dass Kristine noch einen Tag frei hatte. Er wurde seltsam verlegen bei dem Gedanken, morgens mit ihr und den anderen im Gemeinschaftsbüro zu sitzen.

Aber es war noch etwas anderes. Als er aufstand, fühlte er sich wie in einem Zug, der im Bahnhof neben einem anderen Zug steht, sodass man einen schwerelosen Moment lang nicht weiß, welcher der beiden fährt.

»Ist irgendwas?«, fragte die Chefin.

»Nicht doch, ich mach mich dann mal auf den Weg«, sagte Mikael und zog die Tür hinter sich zu.

Der Herbst war auch zu Frank Slartmann gekommen. Ein weißer, langärmliger Pullover lugte unter seinem mit Gitarren bestickten Westernhemd hervor, dazu trug er ein rotes Halstuch. Seine Füße steckten in Lederschuhen mit Schachbrettmuster.

»Ich kann nicht erkennen, was an deiner Rampe nicht stimmen soll«, sagte Mikael, als Slartmann vor ihm her durch das Haus rollte.

»Ich auch nicht.«

»Was?«

»Das *Phantom*«, warf Slartmann in den Raum.

»Was?«, fragte Mikael nach.

»Ich habe viel *Phantom* gelesen, als ich auf See war. Er war Kommandant der Dschungelpatrouille und musste sich in einen ausgetrockneten Brunnen abseilen, um zu dem Safe zu gelangen, in den er seine Befehle legte. Damit die Dschungelpatrouille wusste, dass er da gewesen war, schaltete er immer eine bestimmte Glühlampe ein. Heute würde er wohl einfach zum Handy greifen«, sagte Slartmann und drehte den Rollstuhl um, setzte zurück zum Couchtisch und griff nach der Lucky-Strike-Packung.

»Ich verstehe, was du meinst«, sagte Mikael.

»Die Geldeintreiber sind gerade ziemlich trockengelegt. Am Wochenende ist an der Grenze eine größere Menge Amphetamin beschlagnahmt worden, und es ist durchaus möglich, dass es Leute gibt, die ihnen Beine machen wollen. Normalerweise halten sie sich erst mal bedeckt, wenn die Polizei für Unruhe gesorgt hat, aber gestern wurde einer, der Schulden von über zweihunderttausend Kronen hatte, am Bahnhof in ein Auto gezerrt. Seither ist er nicht mehr gesehen worden, aber die, mit denen ich gesprochen habe, sind sicher, dass die beiden Typen, die bei dir waren, dahinterstecken, oder jedenfalls Leute, die für sie arbeiten.«

Mikael nickte nur und setzte sich auf seinen üblichen Platz am Fenster. Die Glomma führte jetzt mehr Wasser als bei seinem letzten Besuch, und die Steine unter den kleinen Stromschnellen wurden vom Fluss überspült.

»Dem, was du nicht sagst, Hildonen, entnehme ich, dass du noch immer im alten Hängemoor herumstapfst«, vermutete Slartmann und ließ aus jedem Nasenloch Rauch quellen.

Mikael suchte nach einer offensiven Antwort, einer aktiven, kampfeswilligen, aber alles, was er zustande brachte, war eine halbherzige Handbewegung, von der er selbst nicht wusste, wie er sie deuten sollte.

»Hildonen, bei den letzten Malen, als wir miteinander gesprochen haben, bin ich mir wie eine gesprungene Schallplatte vorgekommen, weil ich immer wieder dasselbe gesagt habe. Ich hätte dir niemals verraten dürfen, wo du dir Geld besorgen könntest.«

»Vergiss es«, sagte Mikael.

»Nein, das kann ich nicht vergessen, und du kannst es auch nicht. Und wenn dir egal ist, was mit dir selbst passiert, werden sich diese Typen die Menschen vornehmen, die dir wichtig sind. Es gibt immer jemanden, der einem etwas bedeutet, sogar Hitler hatte jemanden – seinen Hund«, erklärte Slartmann und drückte die Zigarette im Aschenbecher aus.

»Du hast recht. Deine Worte sind eine ewige Wiederholung«, warf ihm Mikael vor, bereute es aber sofort wieder, als er sah, wie Slartmanns Schultern nach vorn sackten und sein Blick zum Fenster hin auswich.

»Frank, ich verstehe ja, was du sagst. Das habe ich schon beim ersten Mal getan, und es geht nicht nur darum, was mit mir passieren kann, nein, inzwischen gibt es mehr Menschen, die mir wichtig sind, als seit langem. Und ich habe es wirklich versucht. Habe Banken beobachtet, bin in Häuser eingebrochen und habe mit dem Messer in der Hand vor Tankstellen gesessen. Im Film sieht sowas leicht aus, aber ich musste die ganze Zeit daran denken, was schiefgehen könnte. Wenn ich erwischt werde, nehme ich uns die letzte Chance, dass meine Nichte bei uns einziehen darf. Andererseits wird meine Familie ruiniert, wenn ich nichts unternehme.«

Mikael machte eine vage Handbewegung. Er hatte den Klang seiner Stimme über. Hatte es satt, lange Sätze ohne Kommas herunterzuleiern.

»Weißt du«, fügte er hinzu. »Die letzten Tage waren für mich die besten seit sehr, sehr langer Zeit. Aber der Krieg zieht herauf, und ich sage keinem etwas, weil ich sie schonen möchte. Vielleicht bin ich auch einfach feige oder vollkommen hilflos. Möglicherweise bin ich da in etwas hineingeraten, von dem ich ganz tief in meinem Herzen weiß, dass ich nicht mehr herauskommen werde.«

Slartmann nahm sich eine neue Zigarette, zündete sie aber nicht an. Stattdessen hielt er sie wie einen Kugelschreiber zwischen den Fingern. An den Furchen über seiner Nasenwurzel und der Art, wie sein Blick umherwanderte, konnte Mikael sehen, dass er nach einem Einstieg suchte. Dann glättete sich sein Gesicht plötzlich, und er griff nach etwas, das neben dem Rollstuhl lag.

»Hier«, sagt er und warf Mikael einen weißen Fensterbriefumschlag auf den Schoß.

»Was ist das?«, fragte Mikael verdutzt.

»Das siehst du doch.«

»Das kann ich nicht annehmen.«

»Du hast keine andere Wahl. Ich bin sicher, dass diese Typen sehr bald zu dir kommen werden, vielleicht schon heute Abend. Wenn du ihnen nichts geben kannst, werden sie dir bestenfalls die Rippen brechen. Dann wirst du sehr schnell sehr vielen Menschen gegenüber in Erklärungsnotstand geraten, und deine Schulden werden weiter steigen. Das Allerbeste wäre natürlich, die ganze Summe auf einmal zur Verfügung zu haben, aber das brauche ich dir ja nicht zu sagen.«

Mikael stand mit dem Umschlag in der Hand auf und blieb unschlüssig am Fenster stehen.

»Frank, ich weiß nicht, was ich sagen soll«, begann er.

»Das ist ein Darlehen, Mikael, du brauchst gar nichts zu sagen.«

Mikael ging durch den Raum und streckte die Hand aus. Er merkte, dass Slartmann sich anstrengte, um seinen festen Händedruck ebenso fest zu erwidern.

»Viel Glück«, sagte er.

»Danke«, flüsterte Mikael. »Ich komme nach der Arbeit vorbei. Aber ich möchte nicht mit so viel Geld im Auto durch die Gegend fahren.«

Mikael fuhr langsam zurück ins Zentrum, und ohne zu wissen warum, bog er in die Straße ab, in der sich die Polizeiwache befand. Er hielt in der Parknische vor dem Eingang und stellte sich vor, wie er aus dem Rover steigen, durch die Tür und ins Büro des Diensthabenden treten und mit geradem Rücken vor seinem Schreibtisch stehen würde. Dann würde er ihm ohne Unsicherheit im Blick von der missratenen Investition, den Geldeintreibern und seinen stetig wachsenden Schulden berichten.

Mikael könnte dieses Problem vielleicht tatsächlich lösen, indem er sich an die Vertreter des Gesetzes wandte, aber er würde in seinen Augen damit nicht das Richtige tun. Nicht für Daniela. Und nur darum ging es letztendlich.

Er fuhr weiter zur Telefonzelle vor dem Rathaus, rief im Büro an und teilte mit, dass die Rollstuhlrampe repariert sei. Daraufhin erhielt er neue Aufgaben. Bevor er sich auf den Weg machte, wählte er rasch die Nummer seiner Eltern.

Die Stimme des Vaters klang fremd durch die Leitung, und Mikael konnte sich nicht erinnern, wann er zuletzt mit ihm am Telefon gesprochen oder ob er das überhaupt je getan hatte.

»Hier ist Mikael. Wird das Dach heute fertig?«, fragte er ohne Umschweife.

»Wieso fragst du?«, wollte der Vater wissen.

»Ich dachte, falls nicht, könnte ich nach Feierabend vorbeischauen, damit es endlich komplett gedeckt wird.«

»Danke«, sagte der Vater, »aber es fehlen nur noch drei Platten, das müssten wir im Laufe des Tages schaffen.«

»Gut, ich wollte ja nur fragen. Wird Engelstad dir heute helfen?«

»Ich glaube, der kommt erst abends zurück. Er ist nach Tønsberg gefahren, wieso?«

»Nur so. Er kommt mir arg zerstreut vor, aber vielleicht hat er das Geld ja gestern noch zur Bank gebracht?«

»Das bezweifle ich. Als ich zum Abendessen heimgefahren bin, war es schon kurz vor Ladenschluss, und damit hat wohl auch die Bank zugemacht. Um diese Zeit war Engelstad noch gar nicht da. Aber warum redest du eigentlich dauernd über dieses Geld?«, fragte der Vater.

»Ich habe eben erfahren, dass einem der alten Leute, bei

denen ich arbeite, ein Haufen Geld gestohlen worden ist. Aber deshalb habe ich doch nicht angerufen. Es ist nur so, dass ich heute früher fertig werde, und da dachte ich, du könntest vielleicht Hilfe brauchen.«

»Du kannst nach Feierabend gerne vorbeischauen, auch wenn wir da eigentlich längst fertig sein müssten«, sagte Stener Hildonen und legte auf.

Mikael blieb mit dem Hörer in der Hand stehen, als wäre er eine Rettungsleine, die ihm jemand hingeworfen und die er äußerst zaghaft ergriffen hatte, noch nicht sicher, ob er überhaupt gerettet werden wollte. Er holte tief Luft, dann wählte er Slartmanns Nummer.

»Frank, hier ist Mikael«, sagte er, als der Hörer abgehoben wurde. »Bitte, versteck das Geld wieder. Ich glaube, ich brauche es nicht.«

Sein nächster Auftrag führte Mikael in Richtung Festung, wo er in einem alten Zweifamilienhaus die Windbretter wechseln sollte. Als er auf die Leiter stieg, sah er Engelstad vor sich, wie er das Linoleum aufgerollt und dann die Klappe über dem Taufbecken gehoben hatte. Mikael brauchte seine Bewegungen nur zu kopieren. Doch als er länger darüber nachdachte, wie er vorgehen sollte, kamen die Zweifel wieder und vertrieben seine Selbstsicherheit. In der letzten Nacht wäre er einige Male fast aufgestanden, wenn ihn nicht Kristines Atem an seinem Gesicht dazu gebracht hätte, liegen zu bleiben. Erst kürzlich hatte er über einen zum Tode verurteilten Mann in den USA gelesen, der zu Jesus gefunden hatte. An dem Tag, an dem er in die Todeszelle geführt werden sollte, konnten die Wärter ihn nur mit Mühe aus dem Mittagsschlaf holen, und er hatte behauptet, sich nicht erinnern zu können, wann er zuletzt so gut geschlafen hatte. Seltsamerweise hatte Mikael das Gefühl, diesen Mann verstehen zu können.

Den restlichen Tag über führte er in einem alten Doppelhaus rollstuhlgerechte Umbauten durch, und erst, als er sich ins Auto setzte und den Hang hinabfuhr, fiel ihm der Himmel auf. Die Wolkendecke, die er morgens, als er zur Arbeit gefahren war, gesehen hatte, war jetzt zerrissen. In Richtung Schweden hatten die übrigen Wölkchen die Farbe von Milch, und als er sich Overaas näherte, ballte sich über Skogli eine beträchtliche Anhäufung von Regenwolken zusammen. Die ersten Tropfen trafen die Windschutzscheibe des Range Rover unmittelbar vor Sætermosvingen, und als Mikael über den Storvei durch das Dorf fuhr, musste er die Scheibenwischer auf die stärkste Stufe stellen. Bei Eben Ezer musste er das Lenkrad mit beiden Händen festhalten, und der Wind, der unter die Karosserie fuhr, brachte den Range Rover zum Erzittern. Der Parkplatz war leer, denn der Regen hatte die Dämmerung früh hereinbrechen lassen, aber Mikael hielt es dennoch für besser, später wiederzukommen. Nirgendwo gab es eine Stelle, an der er den Wagen unauffällig abstellen konnte, und um sich dem Gebetshaus vom Flussufer her zu nähern, hätte er über ein offenes Feld laufen müssen.

Kurz vor Overgrenda ließ der Regen ein wenig nach, aber als Mikael vor der Scheune hielt, wehte noch immer ein scharfer Wind, und das Wellblechdach des alten Schweinestalls klapperte unaufhörlich. Die Luft in Richtung Tal zitterte regelrecht, als würden winzige Sandkörner über seine Haut fahren, und von Nordosten kam ihm das Rauschen des Windes so laut entgegen wie ein Zug, der gerade in den Bahnhof einfuhr.

Die Luft in der Hütte war stickig und dick, als wären die Zimmer lange verschlossen gewesen. Als Mikael ins Schlafzimmer ging, um das Fenster zu öffnen, war er erleichtert, dass Kristine keine Nachricht hinterlassen hatte. Kein Wort, das ihn aufhalten würde, kein Satz, der sein Vorhaben ins Wanken bringen könnte. Draußen war die Dunkelheit jetzt fast bis an die Fensterscheibe herangekrochen, und die wogenden Umrisse der Bäume und der Wind, der die Wände knacken ließ, gaben ihm das Gefühl, Teil einer alles umfassenden Bewegung zu sein. Mikael streifte im Badezimmer seine Arbeitskleidung ab und zog die Sachen an, die er an der Tankstelle getragen hatte, die Sturmhaube ließ er jedoch liegen. Er konnte die Vorstellung nicht ertragen, sein Gesicht noch einmal unter diese kratzige Maske zwängen zu müssen. An diesem Abend brauchte er Wind auf seiner Haut.

Mikael nahm eine Kneifzange aus der Schublade, schloss hinter sich ab und hastete den Weg entlang wie einer, der Angst hat, zu spät zur Arbeit zu kommen. Einen Moment lang spielte er mit dem Gedanken, am Bach entlang ins Tal hinabzugehen, aber sogar auf dem von Tannen gesäumten Weg schlug der Wind ihm dermaßen entgegen, dass er immer wieder Ausfallschritte machen musste, um nicht das Gleichgewicht zu verlieren. An dem abgeholzten Hang zum Dorf hinab gegen den Wind anzulaufen hätte das Weiterkommen arg erschwert.

Über ihm beugten sich die Stämme der Tannen, und der Wald warf ihm ein Geräusch entgegen, das klang, als würde ein Schiff knapp am Land vorbeischrammen. Im Auto wurde es zu einem gedämpften Sausen, und als er sich die Haare aus den Augen strich, sträubten sie sich wie nach dem Ausziehen einer Mütze.

Die Lichter des Range Rover ließen das wogende Gestrüpp am Straßenrand erscheinen, als ob es gleich über die Straße laufen wollte, und Zweige und abgebrochene Äste schrammten am Unterboden entlang, ehe die Räder sie ächzend zerbrachen. Unten auf dem Storvei legte sich der Wind ein wenig, und es wurde leichter, den Wagen zu manövrieren. Mikael fuhr weiter zur Heide, wo er die Fichte gefällt hatte, und bog dann auf den alten Trampelpfad ab. Ein Zweig verklemmte sich hinter einem Vorderrad, aber er fuhr ohne anzuhalten bis zum Baklengselv. Dort bog er auf einen halb zugewachsenen Forstweg ab und hielt hinter dichtem Weidengestrüpp. Er nahm die Kopflampe seines Vaters aus dem Handschuhfach, setzte sie auf und lief am Flussufer entlang in Richtung Eben Ezer. Der Regen hatte die Steine glatt und glitschig werden lassen, und an der Stelle, wo die Pfingstgemeinde einst ihre Taufen abgehalten hatte, glitten die Füße unter ihm weg, und er landete auf den Knien im Wasser. Als Mikael wieder auf die Beine kam, zog sich ein Krampf durch eine seiner Fußsohlen, aber er schaltete nur die Kopflampe aus und hinkte zu Eben Ezer hinauf. In dem Wäldchen unterhalb des Gebäudes blieb er stehen und atmete durch den Mund, um sein Herz ein wenig zu beruhigen. Im Haus war es dunkel, nur durch die Fenster erahnte er das bleiche Licht eines Autos, das hinten auf der Straße vorbeifuhr. Mit zwei Sprüngen hatte er den offenen Platz überquert und im nächsten Moment das Vorhängeschloss abgeklemmt. Im Keller roch es nach Schimmel und feuchtem Papier, und Mikael schaltete die Kopflampe ein, um die Treppe ins Erdgeschoss leichter zu finden. Schob dann vorsichtig die Tür auf, ehe er die Lampe löschte, und schloss die Augen in dem Versuch, sich an die Dunkelheit zu gewöhnen.

Er dachte an ein anderes Mal, als er sich hier eingeschlichen und oben auf dem Dachboden versteckt hatte, damals, als Anne-Lise aus seiner Klasse getauft worden war. Ihre schwarzen Haare hatten nach dem Untertauchen wie Samt geglänzt, ihre Lippen hatten sich wie zu einem Kuss geöffnet, und er hatte deutlich erkennen können, wie unter dem Taufkittel ihre Brustwarzen steif wurden.

Mikael schluckte und öffnete die Augen. Er tastete sich zwischen den Stuhlreihen hindurch zur Bühne vor und erlaubte sich, die Kopflampe kurz aufleuchten zu lassen, um das Schild zu lesen, auf dem in gotischen Buchstaben »Jesus lebt« stand, ehe er die Hauptperson selbst sah, den Gekreuzigten, der das Gesicht gen Himmel wandte. Er konnte deutlich sehen, dass der Rand des Linoleums neben der Kanzel nicht festgenagelt war. Draußen heulte der Wind, und die Fensterscheiben klirrten, als würde ein Zug vorbeifahren. Sein Herz hämmerte so hart wie damals auf dem Dachboden, aber seine Hände zitterten kaum, als er das Linoleum aufrollte und die Füße auf die Leiter zum Taufbecken setzte.

Es roch nach alter Waschküche, und im Schein der Kopflampe konnte er sehen, dass sich Kondenswasser an den Wänden gesammelt hatte. Nach der letzten Sprosse dröhnten seine Schritte dumpf auf dem Betonboden. Das Tosen des Sturms war zu einem schwachen Rauschen irgendwo über ihm geworden, und einen Moment lang blieb er stehen und stützte sich auf die Leiter, während er gegen das Gefühl ankämpfte, in einer Grabkammer eingeschlossen zu sein. Mikael ließ den Lichtstrahl über den Boden schweifen. Nichts. Nur Beton und Schimmel. Mäusedreck und Staub. Er verspürte keine Enttäuschung, kein Gefühl der Niederlage. Hatte nicht den Eindruck, den Boden unter den Füßen zu verlieren. Er empfand nur eine tiefe Sehnsucht danach, in die Stille zu kriechen und die Welt draußen zu etwas werden zu lassen, das ihn nichts mehr anging. Mikael setzte sich mit dem Rücken an die Leiter, und erst, als er den Kopf an eine Sprosse lehnte, sah er die Plastiktüte, die mit Klebeband an der Decke befestigt war.

25. Kapitel

Als Kind hatte Ruben seinen jüngeren Bruder an einem frostkalten Tag einmal überredet, an einem Treppengeländer aus Metall zu lecken, und als Mikael die Tür der Hütte aufschloss, hatte er denselben Geschmack im Mund wie damals, nachdem er seine Zunge losgerissen hatte. Er ließ die Tüte mit dem Geld auf den Boden fallen, und schon in dem kurzen Moment, ehe Zeige- und Mittelfinger den Lichtschalter neben dem Türrahmen trafen, wusste er, dass noch andere im Zimmer waren. Nicht durch eine Bewegung, durch Geruch oder Geräusche, sondern durch das Gefühl, das einen Menschen sofort aufblicken lässt, wenn er sich angestarrt fühlt.

Die Leuchtröhre knackte und flackerte mehrmals auf. Als der Vater sich auf dem Sofa vorbeugte, wirkte sein bleiches Gesicht gespenstisch. Mikael schaltete die Stehlampe ein, doch er konnte der Birne nicht mehr als ein Flackern entlocken. Also griff er nach der Streichholzschachtel und zündete die Kerzen vor dem Küchenfenster und die Petroleumlampe an der Decke an, ehe er das elektrische Licht ausknipste und sich dann auf die andere Seite des Couchtisches setzte. Die Flammen flackerten, der Sturm pfiff wie eine kreischende Geige, und im Kerzenschein wirkte das Gesicht des Vaters wie ein Foto von ihm selbst, das lange in einer Brieftasche gelegen hatte.

»Ich dachte, ich hätte abgeschlossen, als ich gegangen bin«, sagte Mikael.

»Das stimmt. Allerdings ist es seltsam, dass es das Erste ist, wonach du mich fragst«, bemerkte der Vater.

Mikael gab keine Antwort, er zuckte nur mit den Schultern.

»Diese Tüte«, begann der Vater und zeigte zur Tür hinüber, »ist darin das, was ich glaube?«

»Ja«, sagte Mikael schlicht, bohrte die Fäuste in die Jackentaschen und ließ sich tiefer in den Sessel sinken. Jetzt war der Vater derjenige, der stumm blieb.

»Warum hast du hier im Dunkeln auf mich gewartet?«, fragte Mikael.

»Dieses eine Mal bin ich einer Eingebung gefolgt, einem dieser plötzlichen Einfälle, von denen deine Mutter ihr Leben schon so lange bestimmen lässt, wie ich sie kenne. Oder vielleicht sollte ich es einfach einen Verdacht nennen, weil du gar so oft nach Engelstads Geld gefragt hast. Als du dann trotz dieses Unwetters weggefahren bist, habe ich vermutet, dass du zu Eben Ezer wolltest.«

Draußen hörte Mikael ein schneidendes Geräusch, gefolgt von einem leichten Zittern des Bodens, doch der Vater redete immer weiter, während die Flamme der Petroleumlampe seinen Schatten an der Wand hinter ihm verschwimmen ließ.

»Während ich hier im Dunkeln gesessen habe, bin ich eine Entschuldigung nach der anderen durchgegangen, dafür, dass ich deine Tür aufgeschlossen habe, dass ich dir misstraue, dass ich ein schlechter Vater bin. Aber offenbar habe ich vergessen, mich darauf vorzubereiten, was ich sagen sollte, wenn ich dich wirklich mit dieser Plastiktüte in der Hand überraschen würde.«

Der Vater lehnte sich an die Wand und legte den Kopf in

den Nacken, auf die gleiche resignierte Weise wie Jesus auf dem Bild in Eben Ezer.

»Wo ist Mama?«, fragte Mikael.

»Im Haus. Sie hat eine Tablette genommen und sich hingelegt. Sie hatte den ganzen Tag Kopfschmerzen.«

»Hast du sie wieder im Sturm allein gelassen?«, rutschte es Mikael heraus. Die dumpfe Flamme der Petroleumlampe ließ Stener Hildonens Augen plötzlich aussehen wie abgenutzte alte Murmeln.

»Papa«, sagte Mikael und räusperte sich. »Ich schulde jemandem hundertfünfzigtausend Kronen. Du hast die Leute neulich hier gesehen. Wenn ich das Geld bei ihrem nächsten Besuch nicht habe, wachsen meine Schulden um weitere fünfzigtausend.«

Stener Hildonen beugte sich auf dem Sofa vor, fand den Blick seines Sohnes und konzentrierte sich vollkommen auf ihn.

»Drogen?«

Mikael schüttelte den Kopf, während er seine Pulsschläge spürte wie steife Zeigefinger, die gegen seine Schläfen trommelten.

»Nein, das wäre fast leichter zu ertragen«, sagte er und stützte den Kopf in die Hände. »Ich habe Geld in diese Wohnungen in Spanien investiert, über die die Zeitung so viel geschrieben hat. Keine Bank wollte mir etwas leihen, deshalb habe ich mir das Geld von ein paar dubiosen Männern geborgt. Ich wünschte, ich könnte sagen, ich hätte es für Daniela getan, aber es ging mir damals nur um mich. Nicht, um viel Geld auf der Bank zu haben, sondern um einen neuen Anfang machen zu können.«

»Und jetzt?«

»Und jetzt«, sagte Mikael und sah dem Vater ins Gesicht, »bin ich selbst ein Verbrecher, der doppelt so hohe Schulden hat wie zuvor.«

»Warum bist du nicht zu Mutter und mir gekommen?«, fragte der Vater.

»Du weißt, was über Jesus gesagt wird?«, erinnerte ihn Mikael.

»Dass er für unsere Sünden gestorben ist?«

»Dass er noch mit dreißig zu Hause gewohnt hat und dass er erst unmittelbar, ehe sie ihn ans Kreuz geschlagen haben, etwas geleistet hat«, sagte Mikael.

Der Vater stand vom Sofa auf und blieb mitten im Raum stehen. Die Stille, die sich zwischen Vater und Sohn legte, hätte auch in einem ganz anderen Augenblick entstehen können, Mikael, der an einem Herbstabend neben einem Feuer kniete, der Vater, der ihm einen Stock mit einer Wurst reichte.

»Ich bringe das Geld zurück«, sagte der Vater und bückte sich nach der Plastiktüte.

»Das kannst du jetzt nicht«, rief Mikael, sprang auf und lief auf ihn zu.

»Mikael, morgen fahren wir zur Bank und bringen alles in Ordnung«, sagte der Vater, einen halben Kopf größer als der Sohn, wenn er sich kerzengerade aufrichtete.

»So habe ich das nicht gemeint. Du hörst doch den Sturm. An der Straße waren mehrere Bäume umgeknickt, und ich hatte das Gefühl, dass der Wind den Rover jeden Moment umwerfen könnte.«

Der Vater schüttelte nur den Kopf.

»Unten im Dorf ist es ruhiger, und Engelstad hat mich angerufen, ehe er nach Tønsberg gefahren ist. Wenn er nicht von der Straße geweht worden ist, wird er bald wieder in Skogli sein. Und dann wird er garantiert bei Eben Ezer vorbeischauen.«

»Bei einem solchen Wetter ist doch niemand unterwegs.«

»Engelstad ist ja nicht allein«, sagte der Vater.

»Nicht allein? Wer ist denn bei ihm?«

»Engelstad hat immer einen Copiloten«, erklärte der Vater und hob den Zeigefinger zur Decke.

»Na gut, aber er oder sie haben trotzdem keinen Grund, am Gebetshaus anzuhalten.«

»Doch«, sagte der Vater. »Dich.«

»Mich?«, fragte Mikael.

»Ja, ich habe ihm deine Geschichte von den alten Leuten erzählt, denen Geld gestohlen worden ist. Und das hat ihn arg nervös gemacht.«

»Ich komme mit.«

»Nein, Mikael. Wenn Engelstad schon da ist, will ich nicht, dass du mit der Sache in Verbindung gebracht wirst. Hatte er das Geld im Taufbecken versteckt?«

Mikael nickte.

»Es war mit Klebeband unter dem Boden der Tribüne befestigt.«

Der Vater berührte den Oberarm des Sohnes.

»Morgen gehen wir zur Bank«, sagte er.

Draußen an der Wand erlosch die Lampe, und über ihnen ertönte ein Geräusch, als würde der Wind einen Ast über das Dach schieben.

»Jetzt ist das Licht ganz aus«, sagte Mikael.

»So ist es eben, wenn man am Ende der Leitung wohnt«, bemerkte der Vater und schob die Plastiktüte zwischen den Fingern hin und her wie einen Rosenkranz.

»Papa, das ist keine gute Idee. Ich kann dich nicht fahren lassen.«

Der Vater zog ihn an sich und hielt ihn mit beiden Händen fest. Die Umarmung kam vollkommen überraschend, und Mikael konnte nicht reagieren, ehe der alte Teenagertrotz in ihm erwachte. Er spannte die Muskeln an, während er die Tränen auf der bärtigen Wange bemerkte, die sich an seine presste.

»Mikael, verzeih mir«, flüsterte der Vater. Sein Oberkörper bebte, während er sich an seinen Sohn klammerte. »Ich weiß nicht, wie oft ich von dir und deinem Bruder geträumt habe, draußen auf dem Feld, mit dem Moped. Jedes Mal denke ich, diesmal werde ich es anders machen, und dann wache ich auf.«

Mikael spürte, wie aller Widerstand seinen Körper verließ, und als er die Umarmung des Vaters erwiderte, geschah das mit den Armen eines kleinen Jungen.

»Ich habe gesehen, wie sehr du dich um Daniela kümmerst, und nachdem du aus der Stadt zurückgekommen bist, warst du für deine Mutter wie eine Krücke. Mehr noch. Du hast es ihr ermöglicht, weniger blind zu sein.«

Dann ließ der Vater allem freien Lauf, was er die ganzen Jahre über mit sich herumgetragen hatte, und Mikael stand einfach da und ließ sich umarmen.

»Manche Dinge kann man nie wiedergutmachen, aber wenn ich noch einmal die Wahl hätte, würde ich mich anders entscheiden. Oder besser gesagt, ich würde mich überhaupt nicht entscheiden. Du und Ruben, ihr wart immer beide meine Söhne, aber ich habe Jahre gebraucht, um zu begreifen, dass es keine Rolle spielt, was dein Sohn wird. Wichtig ist, was er ist.«

Und damit bahnte sich der Vater einen Weg hinaus in die Nacht, und der Wind legte sich wie ein kalter Arm um Mikaels Schultern, bis er die Tür wieder schloss.

Mikael zündete in der Hütte mehrere Kerzen an. Draußen hatten die klagenden Geräusche ein wenig nachgelassen, und es wurden keine Tannenzapfen und Zweige mehr gegen das Hüttendach geschleudert, aber der Wind drang noch immer pfeifend durch den Schornstein. Bei dem Geräusch bekam Mikael eine Gänsehaut, und einen Moment lang spielte er mit dem Gedanken, den Gaskocher hervorzuholen, um sich Kaffee zu machen, aber er war zu nervös. Innerlich aufgewühlt trat er ans Küchenfenster. Wenn an einem Sommerabend ein Gewitter losbrach, stand er immer hier. Mikael sah gern dem zitternden Licht zu, das das Dorf zum Leuchten brachte, um es dann wieder behutsam in der Dunkelheit zu versenken. Solche Phänomene hatten ihn veranlasst, Meteorologie zu studieren, das Wetter erklären und vorhersehen zu wollen.

In der Dunkelheit schien der Wind von allen Seiten gleichzeitig zu kommen, als hätte er vom Ende der Welt aus Anlauf genommen und würde das Jüngste Gericht ankündigen. Der Widerschein der Kerzen ließ die Fensterscheiben funkeln wie eine Kette von kleinen Laternen. Plötzlich leuchtete die Außenlampe wieder auf, und Mikael konnte auf dem Weg eine winkende Gestalt erkennen. Er zog die Jacke an, griff nach seiner Taschenlampe und stieß die Tür auf.

»Hallo«, rief er, erhielt aber keine Antwort.

Er sprang von der Treppe, und mit dem Wind im Rücken hatte er den Hofplatz mit zwei Schritten hinter sich gebracht. Erst, als er den Weg erreicht hatte, kam ihm der Gedanke, dass es vielleicht nicht der Vater war. Mikael blieb stehen und nahm die Taschenlampe in die andere Hand. Jetzt konnte er eine Stimme hören, die vom Wind in Fetzen gerissen wurde. Dann trat die Gestalt seiner Mutter aus der Dunkelheit.

»Ist dein Vater hier?«, rief sie.

»Nein«, antwortete er, hakte sich bei ihr ein und zog sie zur Hütte hinüber.

»Ich habe gehört, wie der Subaru angelassen wurde«, rief sie und musste einen Schritt zur Seite machen, um nicht zu fallen.

»Er ist im Dorf«, erklärte Mikael und führte sie die Treppe hoch in die Hütte. Die Mutter hatte den Mantel nicht zugeknöpft, ihre offenen Haare wehten im Wind, und sie atmete mit dem gesamten Oberkörper.

»Was will er denn um diese Zeit im Dorf?«, fragte sie mit einer Stimme, die noch immer gegen den Wind ankämpfen wollte.

»Engelstad hat ihn gebeten, nach Eben Ezer zu sehen.«

»Aber es tobt ein Sturm, ein richtig schlimmer«, rief sie. »Das ist es, was ich in den letzten Tagen gespürt habe. Als ich mich hierhergekämpft habe, hat es in meinem Kopf getickt, als wäre da drin ein Metronom, ich konnte mich kaum orientieren.«

»Setz dich, ich hol dir ein Glas Wasser«, sagte Mikael und versuchte, sie zum Küchentisch zu ziehen, aber die Mutter bewegte sich nicht.

»Ich brauche kein Wasser. Ich muss Stener finden. So ein Gefühl habe ich bisher nur ein einziges Mal gehabt.«

Die Bewegungen der Mutter waren nicht mehr so hektisch, ihr Atem ging ruhiger, und ihre Hände zitterten nicht mehr, als sie ein Band um die Haare wickelte und anfing, den Mantel zuzuknöpfen.

»Ich fahre«, beschloss Mikael. »Ich habe versucht, es ihm auszureden, aber ich hätte mich nicht so leicht geschlagen geben dürfen.«

Er versuchte, die Mutter in den Sessel neben dem Couchtisch zu drücken, aber sie riss sich aus seinen Armen los.

»Du fährst nicht ohne mich«, sagte sie.

»O doch«, rief er und presste sie mit Gewalt in den Sessel. »Entweder fahre ich allein oder du.«

»Na gut«, sagte sie schwach und ließ ihn zur Tür gehen, ehe sie noch einmal seinen Namen rief.

»Ja?«

»Nimm das hier mit«, sagte sie und reichte ihm ihr Mobiltelefon.

»Wen soll ich denn anrufen?«

»Jemanden, der angerufen werden muss.«

Auf dem Weg war der Wind viel schwächer als noch eine knappe Stunde zuvor, als er aus der Gegenrichtung gekommen war, aber seine Hoffnung, dass der Sturm sich wirklich beruhigt hatte, verflüchtigte sich am Hang nach Overgrenda zusammen mit einem kräftigen Windstoß. Dieser traf ihn wie der Fahrtwind eines Lastwagens, und obwohl er beide Hände am Lenkrad hatte, bekam er das Gefühl, dass die Servolenkung plötzlich nicht mehr funktionierte. Der Rover schlingerte auf die Gegenfahrbahn, die übersät von Zweigen und kleinen Bäumen war, und das Wageninnere war vom Kreischen einer Kreissäge erfüllt.

Als er auf den Storvei abbog, traf ihn der Wind von hinten, und es fiel ihm etwas leichter zu manövrieren, aber dann folgte eine Kurve, und das Steuer zitterte in seinen Händen wie bei einer Reifenpanne. Im zittrigen Licht der Scheinwerfer sah es aus, als wäre eine riesige Forstmaschine am Werk gewesen und hätte in Richtung Eben Ezer eine Schneide gepflügt. Mikael hörte ein Pfeifen in den Ohren wie bei einem plötzlichen Druckverlust, und er konnte nur kurz und ruckartig Atem holen. Er wurde etwas ruhiger, als er sah, dass die Häuser in der Umgebung von Eben Ezer Strom hatten, aber plötzlich begriff er, dass das gelbe Licht zwischen den noch vorhandenen Bäumen nicht durch Elektrizität entstanden war. Es brannte.

Eine dünne Fichte war quer über den Weg gefallen, aber Mikael konnte gleich unterhalb der Krone über den Stamm fahren, und auch die nächste Fichte brachte er auf diese Art hinter sich. Mit den Tannen war es schlimmer. Die hatten mehr Äste und gröbere Stämme, und er musste fast in den Straßengraben ausweichen, um die erste zu überfahren. Dabei spürte er, wie der Wagen beinahe nachgab, ehe die Räder wieder Halt fanden. Die beiden nächsten Tannen waren noch größer und lagen parallel wie ein Brückengeländer auf der Straße. Mikael steuerte die Stelle an, wo die Bäume am dünnsten waren und konnte die Vorderreifen über den ersten zwingen, aber dann stand der Wagen für einen Moment still und wippte, ehe etwas mit einem bedenklichen Geräusch auf den Boden knallte und der Motor abgewürgt wurde. Mikael drehte den Zündschlüssel herum, und der Gestank von Motoröl und Auspuffgasen erfüllte das Wageninnere, aber er kam nicht von der Stelle. Die Räder drehten sich im Leerlauf, und im Seitenspiegel konnte er erkennen, dass unter dem Auto Funken hervorstoben.

Er riss die Tür auf und fing an, sich zu Fuß in Richtung Eben Ezer weiterzukämpfen, während er versuchte, den Sternennebel wegzublinzeln, der über seine Netzhaut flimmerte.

Er war schon fast beim Gebetshaus, als er merkte, dass er die Taschenlampe verloren hatte, aber er brachte es nicht über sich, noch einmal umzudrehen. Stattdessen ging er einfach weiter geradeaus über den Asphalt der Straße. Jetzt konnte er deutlich sehen, dass es in Eben Ezer brannte, orangefarbene Flammen lagen wie Zierleisten vor den Windbrettern und rahmten das Dach ein. Er konnte sehen, wie sich das Feuer im Lack des Subaru spiegelte, und rief nach seinem Vater, bekam aber keine Antwort. Um ihn herum war es stockdunkel, als sei ganz Skogli ausgelöscht worden. Er riss die Autotür des Subaru auf, knipste das Innenlicht an und suchte vergeblich nach einer Taschenlampe. Der Zündschlüssel steckte, deshalb ließ er den Motor an und schaltete die Scheinwerfer ein, riss den Wagen in den Rückwärtsgang und setzte auf den Storvei zurück. In dem Moment, als die Hinterräder auf den Asphalt rollten, wurde das Gebäude direkt erleuchtet, so dass er die offene Eingangstür sehen konnte. Vor der Treppe lag der Vater auf dem Boden wie ein Bündel Stoff. Oben auf dem Dach hatte der Sturm die Plane losgerissen und die Dachplatten gelöst, und als Mikael über den Parkplatz rannte, schien sich im Schein der Flammen eine flackernde Sturzwelle über dem Gebetshaus aufzutürmen.

Er ließ sich neben dem Vater auf den Boden fallen. Stener Hildonen lag auf dem Rücken, das eine Knie angezogen, wie auf der Suche nach einer möglichst bequemen Ruhestellung. Teile einer Dachplatte lagen auf seiner Brust. Als Mikael so vorsichtig wie möglich versuchte, sie fortzuschieben, blinzelte sein Vater, blieb aber stumm.

»Kannst du mich hören, Papa«, fragte Mikael und griff nach seiner Hand. Der Vater öffnete den Mund, doch es kam kein Wort heraus. Seine Brust bewegte sich ruckhaft auf und nieder. Neben ihm lag die aufgegangene Plastiktüte, ein paar Tausender flatterten um seinen Kopf.

»Papa«, rief Mikael noch einmal.

Der Vater drückte seine Hand. Mit der anderen zog Mikael das Telefon seiner Mutter hervor und wählte die Notrufnummer. Das Besetztsignal tutete in seinen Ohren, und er machte noch drei Versuche – ohne durchzukommen.

Hinter sich konnte er eilige Schritte hören, und er erkannte Engelstads Stimme, ehe er ihn sehen konnte.

»O gütiger Jesus, Stener, du hast doch wohl nicht dein Leben aufs Spiel gesetzt, um das Geld herauszuholen«, rief Engelstad, ließ sich auf die Knie fallen und griff nach der anderen Hand des Vaters. Über ihnen hatte es das Knattern der Flammen inzwischen geschafft, den Wind zu übertönen, und die Hitze ließ ihre Gesichtshaut brennen.

Mikael versuchte abermals, den Notruf zu erreichen, aber er kam nach wie vor nicht durch. Der Brustkorb des Vaters bewegte sich jetzt wie ein Blasebalg, und sein ganzer Körper zog sich zusammen. Engelstad betete mit lauter Stimme das Vaterunser, und unmittelbar vor dem Amen erschien auf Stener Hildonens Lippen ein Lächeln, er schaute Mikael in die Augen, und sein Blick schimmerte im Feuerschein.

26. Kapitel

Der Wind hatte die alte Trauerbirke umgeworfen, und der Stamm wies nun einen großen Riss unterhalb der Stelle auf, wo Ruben einst den Eisenring mit der Kette angebracht hatte. Mikael bahnte sich einen Weg durch die Äste und schob die Finger unter das Metall. Der Ring gab sofort nach, als würde er in lockerer Erde stecken, und er nahm ihn in die Hand wie einen Stein. Dann holte er aus, um ihn, so weit er konnte, in Richtung Dorf zu schleudern. Vorbei an der Bushaltestelle, über den Storvei und den unruhigen Wasserspiegel des Flyktningsees. Über Holzhäuser, Neubausiedlungen und Sommerställe. Über Skreddergården, den Supermarkt und die alte Skifabrik. Der Ring würde in einem schwungvollen Bogen über alles fliegen, was stillgelegt, heruntergekommen und abgewirtschaftet war, aufgebraucht, aufgegeben und verlassen. Quer durch das ganze Tal und über die Hügel in Richtung Schweden, wo der Tag sich bald seinem Ende zuneigen würde, um am nächsten Morgen wieder mit frischem Mut zu beginnen. Kein Ring mehr, der sie vereinte – den Bruder und ihn.

Stattdessen steckte Mikael den Eisenring in die Jackentasche und schaute über Skogli hinweg. Die Landschaft war mit einer dünnen Reifschicht überzogen, die eher grau als weiß erschien. Am Baklengselv, ungefähr an der Stelle, wo Eben Ezer gewesen war, konnte er eine Schneise im Wald sehen, die an eine halbfertige Straßentrasse erinnerte. Noch hier oben, fast auf dem Gipfel, konnte Mikael deutlich das nagende Geräusch der Motorsägen hören und den Konvoi aus Forstfahrzeugen sehen, die warteten, während Traktoren in John-Deere-Grün und Massey-Ferguson-Rot die Stille und die umgeknickten Bäume zerlegten. Mikael drehte ihnen den Rücken zu und lief an der Hütte vorbei hoch zum Hof.

In der Küche beugte sich die Mutter über das Bügelbrett, und eine Dampfwolke schlug ihr entgegen, als sie das Eisen auf das gute Hemd des Vaters drückte. Ihre Haare zogen sich in ihrem üblichen langen Zopf über den Rücken, doch sie hatte sich weniger Mühe damit gegeben als sonst, sodass ein paar ebenholzfarbene Korkenzieherlocken über ihren Ohren abstanden. Sie trug ein formloses dunkelblaues Kleid, das Mikael noch nie gesehen hatte. Auf dem Küchentisch lagen mehrere aufgeschlagene Fotoalben, Schachteln mit einzelnen Fotos waren daneben aufeinandergestapelt. Die rote Jonsered, die schwedische Säge des Vaters, kauerte zu Füßen der Mutter auf dem Boden wie ein müder alter Hund.

»Was ist mit der Motorsäge?«, fragte Mikael.

»Ich brauche das, was von seinem Geruch noch übrig ist, während ich zum letzten Mal sein Hemd bügele«, erklärte die Mutter.

»Wie geht es dir?«, fragte Mikael und blieb mitten im Raum stehen.

»Weil Stener so viel älter war als ich, habe ich oft an diesen Tag gedacht. Ich habe versucht, mir vorzustellen, wie es sein würde, aber jetzt macht es mir Angst, dass ich so ruhig bin und mich nicht annähernd so allein fühle, wie ich erwartet hätte. Fast mein ganzes Erwachsenenleben war ich mit Stener zusammen, und abgesehen von meiner Zeit im Krankenhaus waren wir kaum je voneinander getrennt. Aber es kommt mir nicht so schrecklich vor, daran zu denken, immerhin ist Stener kurz und schmerzlos gestorben. Ich bin froh, dass ihm ein langes Siechtum erspart wurde, ein plötzlicher Todesfall hat durchaus auch seine guten Seiten.«

Ehe Mikael antworten konnte, schlug die Mutter die Handfläche an die Stirn und sagte: »Entschuldige, Mikael, das war gedankenlos von mir.«

»Du brauchst dich nicht zu entschuldigen. Es ist schon gut.« Mikael setzte sich auf einen Küchenstuhl und fing an, die Einzelfotos auf dem Tisch vor sich hin und her zu schieben, als wollte er vor einer Partie Patience die Joker heraussuchen.

»Ich brauche ein Bild von Stener für das Liederheft zur Beerdigung. Kannst du mir vielleicht helfen?«, fragte Esther Hildonen.

»Ja«, sagte Mikael und suchte ein Bild in den blassen Farben der siebziger Jahre heraus, auf dem der Vater mit bloßem Oberkörper rittlings auf der Triumph saß, die er vor Rubens Geburt gefahren hatte. Die sonst stets mit Wasser zurückgekämmten Haare waren wild durcheinander, und seine Lippen verzogen sich zu etwas, das eher einem Fauchen glich denn einem Lächeln. Dieses Bild hatte kein bisschen mit der wahren Zukunft des Mannes zu tun, der einst zwischen seinen Söhnen stehen und seine Tage mit einem geborstenen Lächeln unter einer Dachplatte vor Eben Ezer beenden würde.

»Ich habe Ruben endlich erreicht«, sagte die Mutter.

Mikael ließ das Bild fallen und sah sie erwartungsvoll an.

»Die Siedler in Hebron haben mehrere Häuser besetzt, die den Palästinensern gehören, und da unten herrscht das pure Chaos, seit man die Siedler wieder vertreiben will. Ruben leitet die CIVPOL-Truppe, die die Aktion überwachen soll, und weiß noch nicht, wie schnell er Urlaub bekommen kann. Aber er kommt zur Beerdigung nach Hause. Das hat er versprochen, und ich soll dich grüßen.«

»Danke«, sagte Mikael und nahm das Foto des Vaters auf dem Motorrad noch einmal in die Hand.

»Hier ist ein schönes Bild von Papa auf einem Motorrad. Ich würde das nehmen«, sagte er und schob es über den Tisch in ihre Richtung.

Die Mutter nahm das Foto und hielt es lange mit beiden Händen fest, dann legte sie es hin und fuhr behutsam mit den Fingerspitzen darüber.

»Ich spüre, dass es aus den siebziger Jahren ist, aber ich kann es nicht vor mir sehen.«

»Ich würde es wirklich gern nehmen«, sagte er noch einmal. »Papa sieht wild aus, als würde er in einer Rockband spielen. So habe ich ihn noch nie gesehen.«

»Alle Männer haben irgendwann einmal wie Mitglieder einer Rockband ausgesehen, zumindest die, die es sich zu behalten lohnt. Ich glaube, jetzt kann ich mich an das Bild erinnern. Ist es das, wo er mit bloßem Oberkörper dasitzt?«

»Ja«, sagte Mikael und machte sich an die Suche nach einem passenderen Bild.

»Gut, dann nehmen wir das«, beschloss die Mutter und zögerte kurz, ehe sie hinzufügte: »Ich habe heute beim Jugendamt angerufen und denen das mit Stener berichtet.«

Mikael musste sich räuspern, damit seine Stimme nicht heiser und zaghaft klang.

»Was haben sie gesagt?«

Die Mutter antwortete nicht sofort, sondern fuhr abermals mit der Hand über das Bild.

»Es scheint fast so, als würde sich Steners Tod positiv auswirken. *Off the record* hat die Leiterin des Jugendamtes gesagt, dass Daniela jetzt genug mitgemacht hätte und es das Beste für sie sei, wenn sie bei uns wohnen würde.«

Draußen auf dem Hofplatz hörten sie jetzt Kies unter Autoreifen knirschen, und Mikael sah Engelstads roten Nissan bei der Scheune anhalten.

»Er benimmt sich, als ob alles seine Schuld wäre«, sagte die Mutter. »Sicher will er schon wieder darüber reden. Aber er hat deinen Vater nicht mit Gewalt in den Sturm hinausgetrieben.«

Mikael schüttelte den Kopf, und als er wieder aus dem Fenster schaute, konnte er Engelstad zur Hütte laufen sehen.

»Er geht zur Hütte«, sagte er.

»Dann hat er bestimmt das Bedürfnis, unter vier Augen mit dir zu sprechen. Geh nur, wir reden nachher weiter. Du musst mir bei allem helfen, was ausgesucht werden muss, Choräle und so weiter. Und noch etwas, Mikael, kannst du vielleicht das Telefon deines Vaters mitnehmen? Ich würde mich dann etwas sicherer fühlen«, bat die Mutter und zog Stener Hildonens viel benutztes Nokia unter einem der Alben auf dem Tisch hervor.

»Okay«, versprach Mikael, lief um den Tisch herum, nahm das Telefon und streichelte ganz kurz die Wange der Mutter. Esther Hildonen griff nach seiner Hand und hielt sie zwischen ihren beiden.

»Mikael, du hast immer eine andere Beziehung zu deinem Vater gehabt als zu mir, aber eines möchte ich dir sagen. Es war so ungefähr das Letzte, was er an dem Abend vor seinem Tod gesagt hat, nämlich, wie stolz es ihn macht, dass du dich so um Daniela kümmerst«, sagte die Mutter, ehe ihr Tränen in die Augen traten.

Bei der Hütte war keine Spur von Engelstad zu sehen. Mikael dachte zuerst, er wolle sich vielleicht die Verwüstung im Dorf vom Aussichtspunkt aus ansehen, aber dann brach an der Hausecke ein Zweig, und Engelstad erschien. Auf dem Rücken trug er einen schwarzen Rucksack, und die viel zu große Windjacke ließ ihn aussehen wie einen verirrten Spaziergänger.

»Möchtest du einen Moment reinkommen?«, fragte Mikael, und Engelstad nickte.

Mikael ging sofort zur Kochnische und machte die Kaffeemaschine bereit. Als er dann seine Jacke aufhängen wollte, fand er sich in der Umarmung des anderen Mannes wieder.

»Mir fehlen die Worte«, sagte Engelstad und klammerte sich an Mikael. »Ich habe um einen Bibelvers gebetet, aber keine Antwort erhalten.«

Mikael ließ sich einfach umarmen, während er versuchte, eine Träne für seinen Vater zu weinen. Für alles, was er gewesen war, wofür er gestanden hatte und für die vielen Male, wenn eine Auseinandersetzung sie voneinander fortgetrieben hatte.

»Wenn ich nur das Geld nicht erwähnt hätte, dann wäre Stener heute noch am Leben. Es ist meine Schuld, ich habe ihn nervös gemacht. Ich weiß, wie ernst er seine Pflichten nahm, und als das Feuer ausbrach, hat er sein Leben geopfert, um das Geld zu retten.«

Mikael räusperte sich, selbst in Engelstads Armen hatte er das Gefühl, zu Boden zu gehen.

»Engelstad, Sander. So war das nicht«, fing er an, aber Engelstad ließ ihn los, trat einen Schritt zurück und mahnte ihn zum Schweigen.

»Mikael, ich weiß, was du sagen willst. Die Wege des

Herrn sind unergründlich, aber gerade im Moment bringt mir das keinen Trost. In einem Punkt bin ich jedoch sicher«, erklärte Engelstad mit klarer Stimme.

»Und zwar?«

»Dein Vater war der beste Mann, den ich je gekannt habe. Doch er schien fast immer einen Schatten mit sich herumzutragen. Das Einzige, was mir jetzt ein wenig Trost geben kann, ist die Tatsache, dass er nun an einem Ort ist, wo nie, nie wieder die Nacht über ihn hereinbrechen wird.«

»Danke«, sagte Mikael und lehnte sich an den Türrahmen, damit der Raum um ihn herum zu schwanken aufhörte.

»Hier«, sagte Engelstad und nahm den Rucksack ab. »Das ist für dich.«

»Was?«, fragte Mikael verständnislos, während Engelstad ihm die Hände um die Rucksackriemen drückte.

»Das ist das Geld. Ich will es nicht.«

Mikael ließ den Rucksack auf den Boden fallen.

»Eben Ezer ist gut versichert, und ich könnte dieses Geld niemals für etwas verwenden, ohne Stener vor mir zu sehen. Nicht den lebenden Stener, sondern den toten. Also nimm du es.«

»Das kann ich nicht«, rief Mikael, schüttelte den Kopf und trat einen Schritt von dem Rucksack fort.

»Doch«, sagte Engelstad, hob den Rucksack wieder auf und drückte ihn Mikael abermals in die Hände. »Bau an der Hütte an, mach Urlaub, gib es den Armen, verwende es auf die Weise, mit der du deinen Vater am besten ehren kannst.«

»Engelstad, bitte«, begann Mikael, wurde jedoch abermals durch ein Zeichen zum Schweigen gebracht.

»Mikael, ich muss jetzt noch ein paar Worte mit deiner Mutter wechseln. Bis dann«, verabschiedete sich der Besucher, drückte sich an Mikael vorbei und zog die Tür hinter sich zu.

Mikael lauschte den Schritten dieses Sendboten Gottes, bis sie verhallt waren und er nur noch das Gurgeln der Kaffeemaschine hören konnte. Er hob den Rucksack hoch, ließ ihn wieder auf den Küchenboden fallen und öffnete den Reißverschluss. Als er die Blutflecken auf den Tausendern sah, spürte er die Nähe des Vater so stark, dass er sich nicht mehr auf den Beinen halten konnte. Er sank auf den Küchenstuhl am Fenster und blieb so sitzen, bis die Dämmerung hereinbrach. Die Situation erinnerte ihn an ein Mal, als er allein an die Küste von Helgeland gereist war und von dort die Schnellfähre nach Træna genommen hatte. Ein schwerer Wolkendeckel hatte Berge, Geröllhalden und Felskuppen auf den Inselchen zugedeckt und die Erde platt und formlos gemacht wie vor Anbeginn der Zeiten. Dadurch entstand eine unendliche Tiefe, die sein Binnenlandherz mit einer unerklärlichen Panik erfüllte. Aber dann, genau in dem Moment, als das lähmende Gefühl alle Luft aus seiner Lunge zu pressen drohte, sah er, dass die Wolkenschicht vor dem Schiff ein wenig dünner wurde. Ein kleiner Lichtspalt erschien über dem Horizont und begann sogleich, das leere Grau zu vertreiben, das Trostlose, das tiefe Gefühl, bereits von der Ewigkeit verschlungen worden zu sein. Für den Rest der Fahrt hatte er in ein Buch geschaut, und jedes Mal, wenn er aufgeschaut hatte, war sein Blick sorgsam zu dem Licht geglitten, weg von den zinkgrauen Wellen neben dem Schiff. So ähnlich war es auch jetzt. Er konnte spüren, wie die Wellen gegen den Rumpf schlugen, das Gefühl von Verlorensein und die Sehnsucht aufzugeben in ihm wachriefen, und wenn er den Blick nicht nach vorn richtete, würde er untergehen.

Auf seine eigene Weise war Mikael immer ein gläubiger Mann gewesen, vielleicht nicht im bibeltreuen Sinn, aber er hatte stets eine Form von Trost in der Vorstellung von Jesus finden können, als einer Art Führergestalt, wenn es darum ging, im Unglück den Kopf oben zu halten.

Die Kreuzigung hatte Mikael immer schon sehr beeindruckt. Nicht die Dornenkrone, nicht die Rufe der Menschen, die sich am Weg nach Golgatha drängten, nicht die Tatsache, dass Jesus gezwungen wurde, sein eigenes Kreuz zu tragen, nicht die Nägel, die in seine Hände und Füße geschlagen wurden, nicht der in Essig getränkte Schwamm oder der Speer, der in seine Seite gebohrt wurde. Nein, was Mikaels Mund immer trocken werden und die Herzschläge in seiner Brust hohl klingen ließ, war vielmehr das, was er über Jesus allein in Gethsemane las. Die Jünger, die einschliefen, als sie wachen und auf ihn warten sollten. Jesus, der einsamer war als je zuvor irgendein Mensch. *Dein Wille. Vater unser. Vergib uns unsere Schuld, wie auch wir vergeben unseren Schuldigern.*

Mikael hatte jetzt die Wahl. Er konnte sich ein weiteres Mal ans Kreuz schlagen lassen, oder er konnte versuchen, sich das zu Herzen zu nehmen, was er immer am wenigsten hatte verstehen können: dass Jesus für unsere Sünden gestorben war.

Mikael erhob sich und ging zu dem Bild seiner Konfirmation. Ruben und er zwischen den Eltern. Esther und Stener lächelten in die Kamera, die Brüder schauten ernst zu Boden. Mikael ging mit dem Foto auf die Treppe hinaus. Es war ein mondheller Abend, und die Sterne am Himmel blinkten ihm ihre Morsezeichen zu. Die Sterne – die Lichter, die die Toten sehen konnten. Der Großvater hatte recht gehabt. Die Toten würden niemals einfach nur tot sein.

»Verzeih mir, Papa«, flüsterte er, und eine einsame Träne lief über seine Wange, die er rasch mit dem Handrücken abwischte. So deutlich, als stünde er neben ihm im Zimmer, konnte er den Vater sehen, der den Wodka zurück in die Flasche goss, als die Mutter im Krankenhaus lag, der sich zusammenriss und in den ersten Stock ging, um die Decke fester um seine schlafenden Söhne zu legen.

27. Kapitel

Der Sturm hatte sich mehr oder weniger damit begnügt, Overgrenda durchzuschütteln, ehe er mit voller Kraft am Baklengselv entlanggepflügt hatte. Trotzdem gab es genug Reisig und abgebrochene Zweige auf dem Grundstück, dass Mikael unterhalb der Blutbuche einen Haufen für ein ansehnliches Feuer zusammentragen konnte. Sein Hemd klebte ihm am Rücken, als er die Arbeitshandschuhe abstreifte und sich auf die Veranda vor der Hütte setzte. So stolz war er das erste Mal gewesen, als er sich genau hierher, zwischen Vater und Großvater, gesetzt und bemerkt hatte, dass der scharfe, klare Schweißgeruch ebenso sehr von ihm selbst kam wie von den beiden anderen Männern.

Jetzt erfüllte derselbe Geruch Mikael mit Ekel, mit einem Gefühl von Verrat und Niederlage, aber vor allem mit Trauer. Irgendwo unten in der Stadt war der Vater wie ein altes Gerät in einer Schublade verstaut worden, wie ein Kleidungsstück, das niemand mehr trug, ein Buch, das längst ausgelesen war, etwas, woran die Menschen nur zufällig erinnert würden, wenn sie nach etwas anderem suchten. Bei jedem Herzschlag konnte Mikael spüren, wie der Vater ein Stück mehr verschwand, und er musste sich große Mühe geben, um sein Gesicht noch vor sich zu sehen und sich an alles zu erinnern, was den Vater ausmachte. Die nach hinten gekämmten Haare, das Geflecht von Runzeln auf der Stirn, die Haut auf den Handrücken, die so oft gesprungen war, dass sie hart und hornig geworden war. Mikael wurde überwältigt von dem dringenden Wunsch, über den Kiesweg davonzutaumeln, hinaus auf den Storvei, weiter in die Welt und weg von Skogli. Egal, wie lange man in diesem Dorf zur Schule ging, egal, wie weit man es im Leben brachte, am Ende wurde man daran gemessen, wessen Vaters Sohn man war und wessen Großvaters Enkel und ob man die Dinge besser oder schlechter machte. Er schüttelte den Gedanken ab. Nicht wer vor ihm hier gewesen war, war wichtig. Sondern die, die nach ihm kommen würden.

Die schweißnassen Kleider ließen Mikael zittern, aber gerade als er sich erhob, um ins Haus zu gehen, sah er Markus Grude den Weg entlangkommen. Niemand sonst im Dorf hatte so einen Gang wie der Polizist, die Füße nach außen gedreht wie eine Gans. Doch trotz dieses gemächlichen Watschelns hatte es Grude nie Probleme bereitet, sich die vorzuknöpfen, die er holen wollte. Mikael kannte keinen anderen, der durch sein bloßes Erscheinen solchen Respekt hervorrief.

»Kommst du mit rein?«, rief Mikael, ehe Grude die Veranda erreicht hatte. »Ich habe Reisig zusammengetragen und bin total nassgeschwitzt.«

Markus Grude hob die Hand über den Kopf, um zu zeigen, dass er verstanden hatte, und Mikael ging ins Bad, schälte sich aus der Kleidung und wusch sich die Achselhöhlen mit einem Waschlappen. Als er sich Wasser ins Gesicht spritzte, zitterte seine Hand ein wenig, und er trank einige große Schlucke direkt aus dem Hahn.

Draußen im Wohnzimmer hielt Grude ihm die Hand hin und drückte die seine beherzt.

»Stener wird mir fehlen«, sagte er, ehe er Mikaels Hand losließ und sich an den Küchentisch setzte.

»Danke.«

»Ich habe mit Sander Engelstad gesprochen, und er hat mir erzählt, was passiert ist. Aber wenn ich das richtig verstanden habe, war dein Vater bei dir, bevor das Unglück geschah.«

Mikael hatte das Gefühl, die Arme des Vaters um sich zu spüren und den aufdringlichen Geruch von mit Benzin und Motoröl vermischtem Old Spice wahrzunehmen. Er merkte sogar, wie die Stimme des Vaters in seinem Ohr dermaßen kitzelte, dass er einen Schauer nicht unterdrücken konnte. Was würde Stener Hildonen jetzt tun? Was würde er sagen?

»Mikael?«, fragte Markus Grude.

»Das stimmt, Papa war hier, ehe er nach Eben Ezer gefahren ist. Engelstad hatte angerufen und gesagt, er mache sich Sorgen, dass das Dach nicht hält«, erklärte Mikael und hielt die Thermoskanne mit beiden Händen, als er sich Kaffee einschenkte.

»Er hatte recht, Engelstad, meine ich, aber Stener hätte zu Hause bleiben sollen«, sagte Grude.

Mikael nickte.

»Es ist fast so, als hätte er den Krieg überlebt, um dann auf der Heimreise auf dem Bahnsteig zu stolpern und vor den Zug zu fallen. Stener hat mir mehr als eine Geschichte über durchgedrehte Sägen, Äxte außer Kontrolle und Bäume erzählt, die plötzlich in die falsche Richtung fielen.«

»Er hat auf seine Sägen sehr genau aufgepasst. Nie hat er sie aufgedreht, ehe sie warmgelaufen waren, und er hatte ein fast religiöses Verhältnis dazu, die Blätter abzufeilen, drei Züge über jeden Zahn, ich weiß nicht, wie oft ich das von ihm gehört habe. Mama hat immer gesagt, in seinem nächsten Leben würde er als Motorsäge wiedergeboren werden.«

»Hast du versucht, ihn zurückzuhalten?«, fragte Markus Grude und starrte Mikael in die Augen.

»Ja. Ich habe ihn gebeten, nicht zu gehen, und als ich einsah, dass das nichts helfen würde, wollte ich mitkommen. Aber nach dem letzten großen Sturm und dem, was mit Mama und mir passiert ist…«

Mikael beendete den Satz nicht, sondern machte nur eine hilflose Handbewegung.

»Hat er dir von dem Geld erzählt?«

»Ja.«

Markus Grude fuhr sich rasch mit den Händen durch die Haare, zog den Reißverschluss seiner Jacke hoch und stand auf.

»Wenn nur Engelstad nicht angerufen und ihn in Unruhe versetzt hätte, dann hätte Stener sich die Sache sicher drei-, viermal überlegt«, sagte der Polizist.

»Es ist nicht Engelstads Schuld, wirklich nicht, das darfst du nicht denken«, rief Mikael, viel lauter, als er gewollt hatte.

»Mikael, reg dich ab. Ich mache Engelstad keine Vorwürfe, ich versuche nur zu begreifen, warum Stener sich in den Sturm gestürzt hat.«

»Ich glaube, er musste es einfach«, sagte Mikael.

Als es dunkel war, trat genau das ein, was er sich ausgemalt hatte. Mit einer deutlichen Vorahnung war er ins Schlafzimmer gegangen und hatte bei offenem Fenster und ohne Licht dagesessen. Er hatte kein Geräusch gehört, auch keine deutlichen Umrisse in der Dunkelheit erkannt, aber er sah ihre Zigaretten, die an kleine Glühwürmchen erinnerten. Über eine Viertelstunde lang sah er sie so dastehen, ein wenig links vom Weg, und zweimal wurde es ganz dunkel, bis sie wieder rauchten. Dass sie sich nicht die Mühe gaben, ihre Anwesenheit zu verbergen, ließ sein Blut schneller durch seine Adern fließen. Sie hatten keine Angst, Mikael könne ihnen eine Falle stellen oder auf irgendeine Weise eine Bedrohung sein, sie standen einfach da, als sei das ein Teil der Routine, eine reine Formalität, ehe sie mit der Arbeit anfingen.

Mikael fragte sich, was es wohl für ein Gefühl wäre, mit dem Tapeziermesser in der Hand hinter der Tür zu stehen. Eine rasche Bewegung, kein Geräusch, nur die entsetzten Blicke der beiden, die sich an den Hals griffen, ehe sie auf den Boden sanken. Danach würde er sie auf den Hofplatz ziehen, hinüber zum Reisighaufen, und alles mit Benzin übergießen und anzünden.

Er stand auf und zwang sich, ruhig zu atmen. Im Wohnzimmer kippte er den Inhalt des Rucksacks über dem Couchtisch aus und sortierte die Tausender zu Häufchen von jeweils zehn. Dann ging er zur Tür und öffnete sie.

»Jetzt könnt ihr reinkommen«, rief er.

In der vergangenen Woche hatte er sich diesen Augenblick sehr oft vorgestellt. Wie sie den Weg herabkommen würden – groß, drohend, zwei rachsüchtige Banditen, die den Namen auf ihren Motorradwesten alle Ehre machten. In Wirklichkeit betraten sie die Hütte ohne solche Posen. Die Motorradjacken waren verschwunden, der Kleinere trug eine blaue Daunenjacke, während der andere in einen knielangen Mantel gewandet war. Auf eine Weise ließ es die Männer aber noch bedrohlicher erscheinen, dass sie es nicht mehr für nötig hielten, ihren Status durch Kleidung zu betonen.

»Ja, da wären wir wieder«, sagte der Kleinere und ließ

sich wie beim ersten Mal auf dem Sofa nieder. Der Mann im Mantel blieb bei der Tür stehen, und als er die Hände aus den Taschen nahm und die Arme über der Brust verschränkte, sah Mikael, dass er schwarze Handschuhe trug.

Wortlos nickte Mikael zu den Geldbündeln auf dem Couchtisch hinüber und verschränkte ebenfalls die Arme.

»Das ist alles?«, fragte der Mann auf dem Sofa in geschäftsmäßigem Tonfall.

Mikael nickte.

»Ja«, sagte er. »Hundertfünfzigtausend. In Bündeln zu jeweils zehn.«

»Muss ich nachzählen?«, fragte der Mann und machte noch immer keine Anstalten, sich dem Geld zu nähern.

Wieder nickte Mikael.

»Ja«, sagte er ein weiteres Mal. »Denn wenn ihr durch diese Tür gegangen seid, über den Weg und dann davongefahren seid, will ich euch nie wieder sehen.«

Der Mann nickte, stand vom Sofa auf, nahm ein Bündel und zählte eilig die Scheine. Dann stopfte er das Geld in eine schwarze Schultertasche.

»Willst du nicht alles zählen?«, fragte Mikael.

Der Mann schüttelte den Kopf.

»Nein, es scheint zu stimmen, und wenn nicht …« Er zuckte mit den Schultern. »Nun ja, wenn es nicht stimmt, bist du verloren. Wir werden nicht vergessen, wo du wohnst.«

Der Mann an der Tür deutete nach draußen, hinüber zum Weg, und Mikael wusste, was er meinte. Er konnte die Männer oben auf dem Hof stehen sehen, wie sie die Mutter durch das Fenster beobachteten, die sich vielleicht zum letzten Mal am Anzug des Vaters zu schaffen machte. Wie sie ein wenig Staub von den Schultern bürstete, den nur sie sehen konnte, wie sie sich Zeit ließ, während sie die Knöpfe der Jacke schloss, um sie dann auf einen Kleiderbügel zu hängen. Der Anzug, den sie am nächsten Tag gemeinsam im Bestattungsinstitut abgeben würden.

»Dann wären wir hier fertig«, sagte der Mann auf dem Sofa und erhob sich. »Deine Mutter, ist sie einsam heute Abend?«, fügte er hinzu und hängte sich die Tasche über die Schulter, als wollte er damit auf Wanderschaft gehen.

Mikael hob eine Hand und trat einen Schritt vor. Dasselbe tat der Mann an der Tür. Mikael dachte an die vielen Male, die er dem Vater zugeschaut hatte, wie er sich vom Küchentisch erhob und die Hand anderen Männern hinhielt, mit denen er zu einer Einigung gekommen war. Wenn sie sich zum Gehen umdrehten, schienen sie ihre Jacken stets viel besser auszufüllen als bei ihrem Kommen. Sie gingen mit den Schritten von Männern, in denen die Wichtigkeit ihrer Handlung noch nachhallte.

Aber jetzt.

Er.

Worauf hatte sich Mikael Hildonen geeinigt?

Er schob die Hände in die Taschen, fing an, eine Faust zu ballen, und spürte den Stahl des Eisenrings, der in der Trauerbirke gesteckt hatte.

»Nein«, sagte er und zog die Hände heraus. »Meine Mutter ist nicht einsam. Sie ist allein.«

Mikael blieb am Fenster stehen und sah den Geldeintreibern nach. Als sie beim Tor innehielten, um ihre Feuerzeuge anzuknipsen, fischte er das Telefon seines Vaters aus der Tasche und durchsuchte die Adressenliste, bis er die gewünschte Nummer gefunden hatte.

»Hallo, hier ist Mikael Hildonen«, sagte er, als sich der andere meldete, legte eine kurze Pause ein und sah dabei weit oben auf dem Weg die Zigaretten aufglühen. Dann fuhr er fort. »Du weißt doch, das Geld, worüber wir gesprochen haben.«

28. Kapitel

Mikael wartete, bis die Kirchenglocken anfingen zu läuten, dann öffnete er für Daniela die Tür und ging hinter ihr hinein. Das Kirchenschiff wurde von schwerer Orgelmusik durchflutet, und vielleicht lag es an der Stimmung, den gesenkten Köpfen oder auch dem drückenden Gefühl, als Letzte gekommen zu sein, dass Daniela die linke Hand unter seinen Arm schob. Als sie vor dem Sarg stehen blieben und sie den Rosenstrauß mit dem handgeschriebenen Gedicht an ihren Großvater ablegte, hatte Mikael das seltsame Gefühl, sie nicht zu einer Beerdigung zu führen, sondern zu einer Hochzeit. In der ersten Bank ganz links saß die Mutter, neben ihr Cecilie und dann der Bruder, den Arm um ihre Schulter gelegt. Alle drei schauten starr geradeaus, aber auf der Bank dahinter drehte Kristine sich um und nickte ihnen aufmunternd zu. Mikael richtete sich auf, drückte Danielas Hand mit seinem Arm fester an sich und führte sie vorbei an den drei Menschen in der ersten Reihe. Er setzte sich so dicht neben den Bruder, dass ihre Knie einander berührten, und das jagte ihm einen Schauer über den Rücken. Mikael sah, dass Rubens Stirn sich fast unmerklich runzelte, und seine Augen verdrehten sich, in dem Versuch, deutlicher zu sehen, ohne den Kopf zu bewegen. Ruben biss die Zähne so fest zusammen, dass die Muskeln über den Wangenknochen sich anspannten und die pochende Ader an seiner Stirn deutlich hervortrat. Dann hielt es der Bruder nicht mehr aus und drehte den Kopf doch zu Mikael und Daniela. Es dauerte vielleicht eine Zehntelsekunde, bis er seiner Sache sicher war und urplötzlich von der Bank aufsprang. Er griff nach der Hand seiner Frau, streifte aber nur ihre Fingerspitzen. Cecilie starrte ihn verwirrt an, um sie herum begann die versammelte Gemeinde zu singen: »Wenn mein Schifflein sich will wenden«, während Ruben so schnell durch die Kirche ging, wie es möglich war, ohne zu rennen. Die Hälfte der Menschen starrte dem Bruder nach, die anderen blickten weiter stoisch in ihre Gesangbücher. Die Orgel füllte Mikaels Ohren mit Watte, und Gesang und Musik, die ihn hätten erheben und stärken sollen, hingen über ihm wie ein drückendes Gewicht. Cecilie fing an, ihren Mantel anzuziehen, aber Mikael drückte sie zurück auf die Bank, streichelte kurz die Hand der Mutter und lief durch den Mittelgang hinter dem Bruder her. Gesichter huschten an ihm vorbei, vage wie im Nebel, und im nächsten Moment fiel die Kirchentür hinter dem Bruder ins Schloss, und ein kalter Luftzug strömte herein. Mikael wäre fast gestolpert, er musste sich an dem Tisch mit den Informationsblättchen festhalten. Hinter ihm wurde der Gesang zu einem undeutlichen Gemurmel, die Orgel zu einem dröhnenden Grollen, und er schob die Tür mit der Schulter auf. Für einen Moment sah er die Mantelschöße des Bruders, die um die Nordecke der Kirche verschwanden, im nächsten Augenblick rannte er hinterher. Er holte Ruben unmittelbar vor dem rechteckigen Loch im Boden ein, das wie ein frisch gemachtes Bett auf den Vater wartete.

»Willst du schon wieder weglaufen, du feiger Köter«, rief er so laut, dass seine Ohren pfiffen.

Ruben drehte sich zu ihm um. Seine zusammengepressten Lippen verzogen sich, und die schmalen Augenschlitze schienen einem Mann zu gehören, der sein ganzes Leben unter der stechenden Sonne verbracht hatte.

»Mikael«, sagte er mit sichtlich erkämpfter Ruhe. »Ich bin in meinem ganzen Leben noch nicht weggelaufen, ich bin nur weitergegangen.«

Mikael spürte einen glühenden Zorn in sich aufwallen, wie einst als Kind, wenn sein Bruder ihn so wütend gemacht hatte, dass ihm die Worte fehlten.

Ruben machte einen Schritt nach vorn und blieb so dicht vor Mikael stehen, dass die Brüder einander hätten berühren können, wenn sie es gewollt hätten.

»Aber wo wir schon über Feigheit reden«, sagte Ruben nun, und seine Stimme wurde ein wenig höher. »Was soll es denn bitte, Cecilie und mich bei der Beerdigung meines eigenen Vaters so zu überfallen? Mich mit *ihr* zu überfallen.«

»*Ihr* hat einen Namen. Sie ist deine Tochter«, sagte Mikael gelassen.

»Ich war neunzehn. Wie lange soll das denn noch gegen mich verwendet werden?«

»Gegen dich verwendet? Du redest hier von deiner Tochter. Nicht von einem schlechten Autokauf oder von einem Spickzettel beim Examen.«

Der Körper des Bruders war gespannt wie eine Stahlfeder. Neben ihnen fuhr ein Lieferwagen über die Straße und ließ Rubens Mantel wehen wie eine Flagge im Wind. Aus der Kirche konnte Mikael Gesang und Musik erahnen wie das Surren einer im Glas eingesperrten Wespe.

»Komm jetzt bitte von diesem Kreuz herunter, ja? Du hast keinen Grund, den moralisch Überlegenen zu spielen.«

»Ruben, Sylvi ist tot. Daniela wird bei uns wohnen, bei Mama, Papa und mir«, sagte Mikael ganz ruhig und verspürte plötzlich keinen Drang mehr, zu schreien oder zu fluchen.

Ruben schüttelte den Kopf und lächelte, aber dann sah er in Mikaels Gesicht, dass es die Wahrheit war, und sein Lächeln gefror. Für einige Herzschläge schien der Erstgeborene der Gebrüder Hildonen erschüttert zu sein, dann richtete er sich auf und fand die Sprache wieder.

»Das könnt ihr gleich vergessen, ich kenne genug Leute beim Jugendamt«, sagte Ruben, und Mikael erkannte das verzerrte Lächeln von einst, wenn der Bruder sich rittlings auf ihn gesetzt und seine Hände auf den Boden gepresst hatte.

»Ehe Sylvi gestorben ist, haben Mama, Papa und ich versprochen, uns um Daniela zu kümmern. Und ich habe vor, dieses Versprechen zu halten.«

»Das kannst du vergessen«, sagte Ruben noch einmal. Er atmete scharf ein und fügte hinzu: »Mutter ist blind, Vater ist tot und du – was kannst du denn vorweisen? Du wohnst allein in Opas Hütte und hast in deinem ganzen Leben noch nichts zustande bekommen.«

»Ruben, du kannst machen, was du willst, aber du wirst Daniela nicht noch einmal aus der Familie hinausschieben können. Soll ich etwa in die Kirche gehen und allen verkünden, wie die Weltpolizei aus Skogli es hier zu Hause mit der Diplomatie hält? Oder noch besser, wie wäre es, bei deinen Kollegen anzurufen und ihnen zu berichten, wie du Konflikte in deiner eigenen Familie löst?«

Ruben versetzte dem Bruder mit ausgestreckten Armen einen Stoß, und Mikael musste einen Schritt zurücktreten, um nicht zu fallen.

»Sieh dich vor, Bruderherz. In dieser Familie gibt es noch andere Geheimnisse.«

Mikael zuckte mit den Schultern.

»Hast du dich nie gefragt, was wirklich passiert ist, als Mutter sich damals bei dem Sturm auf die Suche nach Vater gemacht hat?«, fragte Ruben und schüttelte fast vertraulich den Kopf.

»Ich weiß, was passiert ist. Ich war mit Mama zusammen, hast du das vergessen?«, fragte Mikael.

»Ich denke nicht an Mutter. Ich denke an Stener Hildonen, den Bezirksoberförster«, sagte Ruben.

Mikael antwortete nicht sofort, sondern starrte in das unergründliche Gesicht seines Bruders. »Ihr habt Orientierungspfosten aufgestellt«, erinnerte er sich, und sein Blick folgte einer Krähenschar, die tief über der Glomma flog.

»So weit sind wir nicht gekommen. Vater wollte unbedingt bei Dorthe Halvorsen vorbeischauen, um ihr mit dem Sicherungskasten zu helfen. Ich saß unten in der Küche und trank Limo, als die ersten Bäume umfielen.«

»Und?«

»Der Rest ist ja wohl leicht zu erraten«, sagte Ruben, und im nächsten Moment traf ihn Mikaels Faust mit dumpfem Geräusch im Gesicht. Ruben kippte rückwärts, doch als sein Körper auf den Boden auftraf, warf er sich aus purem Reflex zur Seite und versetzte Mikael einen Tritt gegen die Wade. Mikael ging in die Knie, schlug nach dem Bruder, verfehlte ihn und verlor ebenfalls das Gleichgewicht. Ruben kam halbwegs auf die Beine, packte Mikaels Haare, und Mikael spürte, wie ein Büschel sich löste, als er Ruben den Ellbogen zwischen die Rippen rammte. Ein salziger Geschmack stieg in seiner Kehle auf.

Die Brüder kamen gleichzeitig auf die Beine und blieben mit leicht nach vorn gesenkten Köpfen stehen, wie zwei kräftige Stiere mit kleinen Gehirnen, die nach der besten Möglichkeit suchen, den anderen zu treffen.

Mikael versuchte noch einen Schlag, aber diesmal wartete Ruben darauf, sprang zur Seite und rammte seine Faust gleich über den Nieren in Mikaels Rücken. Für einen Moment rang Mikael um Atem, dann sammelte er alle seine Kräfte und seine Konzentration zu einem letzten Angriff und traf den Bruder wie ein Rammbock in der Brust.

Ruben taumelte rückwärts, trat über den Rand des Grabes und ruderte wild mit den Armen. Als Mikael vorsprang, um ihn am Fallen zu hindern, packte er seine Hand, und die Gebrüder Hildonen verschwanden im Grab ihres Vaters.

Ruben landete unten, und Mikael hörte das singende Geräusch, mit dem sein Schädel auf den Boden traf, als Widerhall in seinem eigenen Kopf.

Es war eng in der Tiefe des Grabes, und Mikael musste sich alle Mühe geben, um aufstehen und den Bruder zum Sitzen hochziehen zu können. Ruben spuckte Erde und saß vornübergebeugt da, bis er endlich wieder ohne Probleme Atem holen konnte. Dann wich er vor Mikael so weit zurück, wie das überhaupt nur möglich war, und die Brüder starrten einander an wie zwei fremde Jungen in einem Sandkasten. Keiner sagte ein Wort, bis die Schatten von Mutter, Kristine und Daniela auf der einen und Cecilie auf der anderen Seite es unten im Grab noch dunkler werden ließen.

Nachdem sie den Vater zu Grabe getragen hatten, beinahe Schulter an Schulter vor dem Sarg, standen die Brüder mit den anderen versammelt, um die Beileidsbekundungen entgegenzunehmen. Mikael spürte ein Brennen im Rücken unter seinem Jackett, wo Rubens Faust ihn getroffen hatte, und der rechte Wangenknochen des Bruders war geschwollen. Auf dem Revers hatte Ruben noch immer Spuren von Erde haften, und seine Bewegungen waren kantig und steif wie bei einem alten Mann, der abwesend die Hände nahm, die ihm hingestreckt wurden. Mikael merkte plötzlich, dass sein eigenes Jackett unter dem Ärmel aufgerissen war, und in dem Versuch, das zu verbergen, begann er, ohne es zu wollen, die Bewegungen seines Bruders zu kopieren. Bei jedem Händedruck verschwand ein wenig mehr von Kristines Abdeckstift von seinen Fingerknöcheln, und die Schrammen traten deutlicher hervor. Zwischen ihnen stand die Mutter hocherhobenen Hauptes, während sie Hände schüttelte.

Die Warteschlange reichte noch immer fast bis zur Kirche, als eine alte Schulkameradin der Mutter wissen wollte, wer Daniela sei. Ruben erstarrte mitten in einem Händedruck, und Daniela stand mit halboffenem Mund da.

»Das ist Daniela. Sie ist die Tochter meines Sohnes und mein einziges Enkelkind«, erklärte die Mutter und griff nach der nächsten Hand.

29. Kapitel

Die Natur war dabei, Skogli vollständig dem Winter auszuliefern, die Blutbuche hatte fast alle Blätter verloren, und schon den zweiten Tag lag eine dünne Schneeschicht über der Landschaft. Mikael erwachte allein und starrte lange aus dem Fenster. Er hatte sich schon ewig nicht mehr auf den Schnee und den Winter gefreut, aber in diesem Moment erfüllte die weiße Landschaft ihn mit einem Gefühl von Leichtigkeit und Ruhe. Er hatte seine letzte Urlaubswoche genommen und die Zeit nach der Beerdigung damit verbracht, mit Daniela alltägliche Dinge zu erledigen. Kristine schaute oft nach der Arbeit vorbei, und in den meisten Nächten war sie geblieben, nur am letzten Abend hatte sie nach Hause gemusst, um ihre Wohnung zu putzen.

Mikael goss Wasser in die Kaffeemaschine, hatte aber keinen Appetit. Er hatte soeben einen Zeitungsartikel über das Vakuum gelesen, das norwegische Soldaten verspürten, wenn sie aus Afghanistan zurückkehrten. Zu der ungeheuren Erleichterung darüber, mit heiler Haut davongekommen zu sein, gesellte sich eine unbeschreibliche Leere und ein schlechtes Gewissen denen gegenüber, die in die Flagge gehüllt nach Hause geschickt wurden.

Ines Tod hatte ihn zunächst mit dem Wunsch erfüllt, mit Anlauf und dem Kopf zuerst gegen die nächstbeste Mauer zu rennen. Der Tod des Vaters hatte nicht diese Wirkung, und Mikael versuchte, sich zu Herzen zu nehmen, was die

Leute sagten: dass Stener Hildonen seine Zeit auf Erden gehabt hatte. Er hatte seine Spuren hinterlassen, geschafft, was er sich vorgenommen hatte, und war mit Schuhen an den Füßen gestorben. »Kurz und schmerzlos«, hatte die Mutter gesagt, und damit versuchte Mikael sich zu trösten. Aber vor allem sagte er sich, dass der Vater bei dem Versuch gestorben war, etwas für jemand anderen wiedergutzumachen – das Richtige zu tun. Daran, dass er sich für den Tod des Vaters verantwortlich fühlte, konnte Mikael nichts ändern. Aber was Stener Hildonen ihm gezeigt hatte, war, dass es nie zu spät war, etwas wieder in Ordnung zu bringen. Indem er versuchte, so gut es ging weiterzuleben, würde er die Erinnerung an seinen Vater am besten ehren.

Mikael hob die Schultertasche hoch, die Markus Grude vorbeigebracht hatte, nahm die zwanzigtausend Kronen, die er beiseitegelegt, ehe er die Schuld beglichen hatte, und packte sie zu dem restlichen Geld. Noch am selben Abend, nachdem die Geldeintreiber in der Hütte gewesen waren, hatte der Polizist mitten im Raum gestanden und die Tasche in der Hand gehalten.

»Mikael, du brauchst mir keine Details mitzuteilen, aber ich habe mich für das hier weiter aus dem Fenster gelehnt als je zuvor. Deshalb sollst du wissen, dass ich es für Stener getan habe. Ich hoffe, dass du das nie vergisst. Und bitte denk daran, es ist nicht unwahrscheinlich, dass diese Burschen begreifen, dass du sie verpfiffen hast«, hatte er gesagt und die Tasche auf den Boden fallen lassen.

»Das ist mir schon klar«, versicherte Mikael und versuchte, nicht daran zu denken, dass auf diese Weise das Geld eigentlich nur verschoben wurde. Und dass er Markus Grude nie wieder in die Augen schaute könnte ohne das Gefühl, ihm etwas zu schulden. Dennoch war es eine Schuld, mit der er leben konnte. Und von jetzt an würde er die Verantwortung für alle seine Entscheidungen tragen müssen; wessen Sohn er war und was er durchgemacht hatte, würde beim nächsten Mal nicht mehr als mildernder Umstand gelten.

Mikael setzte sich in den Range Rover und fuhr hinab ins Dorf. Die meisten Bäume lagen noch da, wo sie hingefallen waren, aber die Straße war geräumt und die zerbrochenen Laternenmasten erneuert. Der Schornstein von Eben Ezer reckte noch immer wie ein gieriger Wasservogel den Hals zum Himmel, während die verkohlten Überreste der Holzwand am Straßenrand gestapelt waren. Mikael hatte schon andere Brandstätten gesehen, aber keine, die seelenloser gewirkt hätte. Er gab ein wenig mehr Gas und hielt erst beim alten Skredderhus wieder, dann blinkte er und fuhr die Auffahrt zu Sander Engelstad hoch.

Der Gemeindevorsteher öffnete die Tür, als habe er schon dahinter gewartet, aber Mikael hielt ihn zurück, als er zu sprechen anfangen wollte.

»Engelstad, Sander«, sagte er. »Hier ist das Geld. Ich kann es wirklich nicht behalten. Es wäre falsch, und ich weiß, dass mein Vater das genauso sehen würde. Aber ich möchte, dass du eins für uns tust – für meinen Vater und mich.«

Engelstads Augen wurden groß und klar, aber er nickte.

»Lass unter dem Gebetshaus ein neues Taufbecken anlegen, wenn es wieder aufgebaut wird, mit einer Vorrichtung, mit der das Wasser angewärmt werden kann.«

Stener Hildonen kam ihm auf der Fahrt nach Kongsvinger nicht weniger tot vor, aber dennoch fühlte Mikael sich jetzt erleichtert. Denn vielleicht war gerade das sein väterliches Erbe, nicht das Auto und nicht das Geld, das er nun auf dem Konto hatte, sondern die Fähigkeit, in den unmöglichen Situationen, in die er sich selbst gebracht hatte, die bestmöglichen Entscheidungen zu treffen. Die Fähigkeit, wieder auf die Beine zu kommen, wenn es leichter war, in Selbstmitleid zu versinken.

Als er vor der Ampel an der Alten Brücke schaltete, glaubte er, die Bewegungen des Vaters vor sich zu sehen, mit denen er den Wodka zurück in die Flasche gegossen hatte, als die Mutter im Krankenhaus war. Und als er an diesem Morgen Daniela zur Schule gebracht hatte, war er ganz unbewusst auf die Art des Vaters gefahren: nie ganz so schnell wie erlaubt und immer nach rechts orientiert, denn es ist besser, in den Straßengraben zu fahren, als mit dem Gegenverkehr zusammenzustoßen.

Mikael hatte der Mutter versprochen, Topfpflanzen zu kaufen, und er befolgte genau ihre aufgelisteten Wünsche, was und wie viel von welcher Art er besorgen sollte. Aus einem Impuls heraus kaufte er zusätzlich einen Strauß langstieliger Rosen. Es würde noch einige Stunden dauern, bis Kristine Feierabend hätte, aber wenn die Blumen ordentlich in Zeitungspapier gewickelt würden, müssten sie überleben, bis sie nach Hause kam. Er zeichnete ein Smileygesicht auf die Karte und unterschrieb mit seinem Namen.

Als er auf den Parkplatz vor ihrem Haus fuhr, stand ihr Auto in der Garage, und er überlegte, ob sie vielleicht zum Mittagessen nach Hause gefahren war. Aber als er über den Kiesweg zu ihrer Haustür ging, konnte er von drinnen laute Stimmen hören. Zuerst dachte er, sie kämen aus der Nachbarwohnung, aber dann erkannte er Kristines Stimme. Für einen Moment spielte er mit dem Gedanken, die Blumen auf die Treppe zu legen, leise zum Auto zurückzugehen und sie mit dem Telefon des Vaters anzurufen, aber dann machte er sich klar, dass er oft genug zurückgewichen war. Er hatte in seinem Leben vor genug Türen gestanden und sich dann wieder umgedreht, um zu gehen.

Er klingelte, und für einen Moment war es ganz still in der Wohnung. Dann wurde die Tür aufgerissen, und Kristines Bruder füllte die Türöffnung aus, während er wie ein Betrunkener mit den Armen fuchtelte. Er schrie etwas in die Wohnung, ehe er Mikael die Blumen entriss.

»Flowers. Are you bringing Kristine flowers«, rief er und warf die Blumen über seine Schulter.

Kristine kam aus dem Wohnzimmer gelaufen. Ein Blick in ihr Gesicht reichte, um Mikael klarzumachen, dass sie an diesem Tag nicht bei der Arbeit gewesen war.

Sie sagte etwas zu ihrem Bruder und versuchte, ihn wegzuziehen, aber er riss sich los und versetzte ihr einen Stoß, so dass sie einen Schritt zurücktaumelte und auf den Rosenstrauß trat. Kristine schrie auf und griff nach einer Tasche, die auf dem Boden stand. Sie drückte sie ihrem Bruder in die Arme, und dann stand sie nur da und starrte ihn an. Seine Schultern senkten sich, ehe er an Mikael vorbeiging und dabei in der Eile ein Bild von der Wand im Flur riss.

»*Okay, she's all yours. Next time you're fucking her, remember we are still married*«, sagte er.

Kristine trat einen Schritt auf Mikael zu. Sie versuchte, die Sprache wiederzufinden, aber er kam ihr zuvor.

»Ich gehe davon aus, dass das doch nicht dein Bruder war«, bemerkte Mikael ruhig und bückte sich nach dem Rosenstrauß, der zertrampelt auf dem Boden lag.

»Nein«, sagte sie und versuchte zu lächeln. Ihr Gesicht war bleich und freudlos.

»Bist du mit dem Kerl verheiratet?«, fragte Mikael.

»Eigentlich nicht«, sagte sie und schaute über seine Schulter aus der offenen Tür.

»Eigentlich nicht?«, fragte er. »Da, wo ich herkomme, kann diese Frage nur mit ja oder nein beantwortet werden.«

Ihre Augen wurden schmaler, während sich ihre Pupillen zugleich erweiterten, und sie hob die Schultern, wie um Anlauf zu nehmen. Mikael konnte sehen, wie sich die Wörter in ihr formten, aber dann sank sie ein wenig zusammen, und der Atem entwich mit einem Pfeifen aus ihrem Mund.

»Wir haben uns zusammengetan, als wir siebzehn waren.«

»Dann war also alles gelogen. Der Trauring deiner Mutter, mit dem du aufdringliche Männer abwehren wolltest.«

»Nein«, sagte sie. »Das ist wirklich der Trauring meiner Mutter, und ich habe ihn wirklich dazu benutzt. Ich war nie mit Janis verheiratet. Er hat es nur seinen Freunden gern erzählt.«

»Aber ihr wart ein Paar, ihr habt zusammengewohnt?«

Kristine nickte.

»Ja, wir waren ein Paar, und wir haben zusammengewohnt. Aber ich habe versucht, ihn zu verlassen. Ihn in weiter Ferne zurückzulassen«, sagte Kristine.

»Ich verstehe«, entgegnete er und wollte sich abwenden.

»Geh nicht, Mikael.« Kristine packte seinen Arm. »Lass uns reden.«

»Es waren schöne Tage. Sehr schöne sogar. Aber jetzt hab ich einiges zu erledigen. Warte nicht auf mich«, sagte er, riss seinen Arm los und ging zum Auto, ohne sich umzusehen.

Der Großvater hatte ihm einmal von seinem eigenen Großvater erzählt. Wie sich der im Dorf volllaufen ließ und dann auf einen Karren oder Schlitten gepackt wurde, damit das Pferd ihn den Hang nach Overgrenda hochzog. Als Mikael vor der Kirchmauer hielt, fühlte er sich nicht viel anders. Er war eigentlich gar nicht hierher unterwegs gewesen. Nicht er war gefahren. Das Auto war nur der vertrauten Spur gefolgt.

Er war jetzt eine Weile nicht mehr hier oben gewesen. Nach der Beerdigung hatte er es einen Monat lang nicht über sich gebracht, das Grab aufzusuchen, danach war er jeden Tag gekommen. In den letzten Jahren war er vor allem hier gewesen, um ihren Geburtstag, den Verlobungstag, den Tag, an dem sie in ihre eigene Wohnung gezogen waren, mit ihr zu teilen, besondere Tage, die große runde Kreise in den Kalendern normaler Menschen verdienten.

Er ging über den gepflasterten Weg zur Kirchentreppe, folgte der Mauer und blieb auf halber Höhe des sanften Hangs stehen. Ihre Eltern pflegten das Grab, das kleine Stück Erde vor dem Stein war mit heidekrautartigen Blumen bepflanzt. Mikael fand beim Wasserhahn eine Vase, ließ sie halbvoll mit Wasser laufen und lehnte den Rosenstrauß dann an den Stein. So blieb er stehen. Er beugte nicht die Knie, senkte nicht den Kopf, faltete nicht die Hände, sprach nicht mit sich selbst. Er blieb einfach stehen, ganz still, während die Autos auf der Hauptstraße hinter der Mauer vorbeirasten. Außer ihm war niemand auf dem Friedhof, den er sehen konnte, nur Tausende von Körpern, die aufeinandergestapelt und zu Erde zerfallen waren, Schicht auf Schicht. Ine Ung. Geboren. Gestorben. Zutiefst vermisst. Er stellte sich den Großvater seines Großvaters vor. Den Ururgroßvater. Das Pferd, das auf dem Hofplatz stehen bleibt. Die Ururgroßmutter, die das Licht anzündet, die Tür öffnet, den Ururgroßvater vom Schlitten oder von der Karre zieht und das Pferd ausspannt. Das Licht der Petroleumlampe, das im Schlafzimmer flackert, während die Ururgroßmutter ihren Mann auszieht, dann abermals die Dunkelheit, die sie umschließt.

Mikael fuhr mit der Hand über den Stein, ehe er sich umdrehte und zurück zum Auto ging, wie schon so viele Male zuvor. Dennoch war es diesmal anders. Diesmal war es wirklich er, der sich umdrehte und ging.

30. Kapitel

Esther Hildonen bedeckte die Rosensträucher vor dem Küchenfenster mit Laub, als Mikael in die Scheune fuhr. Sie trug ein Flanellhemd des Vaters, und ihre Bewegungen waren nicht so effektiv und durchdacht wie sonst. Auf ihrer Stirn standen Schweißperlen, und sie schien bewusst zwei Bewegungen zu machen, wo eine gereicht hätte. Die Schubkarre stand neben dem Beet, und Esther Hildonen lief mit kantigen Schritten hin und her, während sie nur die Hälfte des Laubes nahm, das sie hätte tragen können. Schlug sich so Trauer nieder? War das eine Vorwarnung, wie die Tage der Mutter von nun an sein würden? Dass sie sich doppelt so lang mit allem beschäftigen würde, nur damit die Zeit verging?

Er musste schlucken, als ihm aufging, dass der Vater das Laub gesammelt und neben dem Schweinestall auf eine Plane gelegt hatte, damit die Mutter einfach holen könnte, was sie brauchte, um Blumenbeete und Ziersträucher zu bedecken.

Mikael zog die Handschuhe aus, setzte sich auf die Treppe und versuchte, etwas Wärme in seine Fingerspitzen zu reiben. Er wusste, dass es viele Stunden dieser Art geben würde, Tage, an denen sie auf Erinnerungen an den Vater stoßen und sich plötzlich im Gespräch mit der Vergangenheit wiederfinden würden. Nach Ines Tod hatte sich Mikael noch jahrelang dabei ertappt, wie er mit einem Gegenstand auf den Knien dasaß und Augenblicke aus der Zeit heraufbeschwor, in der er noch das Gefühl gehabt hatte, dass die Welt und er sich in dieselbe Richtung drehten.

»Soll ich dir Tannenzweige für deine Beete holen?«, fragte er.

»Lustig, dass du das sagst, oder vielleicht auch nicht, du siehst ja, was ich mache, aber ich habe gerade dasselbe gedacht. Kannst du nicht mit Daniela losfahren, wenn sie aus der Schule kommt, und in Djupdalen ein bisschen Moos zu Weihnachten holen? Ich glaube, in diesem Jahr wird der Schnee früh liegen bleiben«, sagte sie und nahm noch einen Arm voll Laub.

Mikael nickte nur, ihm kamen Tränen der Dankbarkeit, weil seine Mutter über Weihnachten sprechen konnte. Plötzlich begriff er den großen Unterschied zwischen seiner und ihrer Trauer. Die Mutter war von Menschen umgeben, die sie brauchten, Mikael hatte nur Menschen gehabt, die er brauchte.

»Du kannst ja auf Kristine warten«, sagte die Mutter, so vollständig unerwartet, dass er sich fragte, ob sie einfach weitergesprochen hatte, ohne dass er es registriert hatte.

»Was?«, fragte er und schaute den Weg hinab.

»Ihr könnt doch Kristine mit nach Djupdalen nehmen. Du hast ihr sicher von dem Regenwald erzählt.«

»Ich glaube nicht, dass ich dazu gekommen bin«, sagte er. »Und Kristine hat heute zu tun.«

»Zu tun?«, fragte die Mutter und unterbrach sich mitten in einer Bewegung.

»Sie ist eben beschäftigt«, fuhr Mikael mit harter Stimme auf. »Sie hat Dinge zu erledigen.«

»Na gut.« Die Mutter bückte sich über die Schubkarre, um mehr Laub aufzuheben.

»Mama, eins wüsste ich gern«, sagte er und stand von der Treppe auf, ehe das kalte Eisen seine Oberschenkel vollkommen erfrieren ließ.

»Ja?«, fragte sie.

»Bei dem großen Sturm, warum musstest du da los?«

»Du meinst damals?«

Mikael nickte.

Die Mutter kam zur Treppe, ließ die Arbeitshandschuhe auf die unterste Stufe fallen und setzte sich.

»Ich musste deinen Bruder und Stener suchen«, erklärte sie.

»Das habe ich schon gehört. Aber mitten im schlimmsten Sturm, der je über Skogli hereingebrochen ist, schickst du einen kleinen Jungen allein zu seinem Großvater und fährst los.«

Die Mutter klopfte neben sich auf die Treppenstufe, aber Mikael zögerte einen Moment, ehe er ihrer Aufforderung nachkam. Esther Hildonen suchte nach seiner Hand und schloss sie dann zwischen ihren beiden ein.

»Mir wurde am Telefon gesagt, dein Vater sei mit einer anderen zusammen«, flüsterte sie.

»Mit Dorthe Halvorsen?«, fragte er tonlos.

»Ja, mit Dorthe Halvorsen.«

»Warum hast du nicht einfach versucht, sie anzurufen und nach Papa zu fragen, statt dein Leben aufs Spiel zu setzen?«

»Ich wusste doch, wer angerufen hatte, auch wenn die Stimme verstellt war.«

»Ja?«, fragte Mikael.

Die Mutter streichelte seinen Handrücken, als hätte er gerade eine gute Tat vollbracht.

»Es war dein Bruder«, sagte sie.

»Ruben?«, fragte er und riss die Hand zurück.

Sie nickte.

»Dann hat es also gestimmt, und Ruben wusste, was da lief?«, rief er mit harter Stimme.

»Ja und nein.«

»Verdammt«, schrie er und sprang auf. »Ich hasse solche Antworten.«

»Deshalb habe ich ja nie mit dir darüber reden wollen. Es ist nicht immer so, dass man eine Frage mit ja oder nein beantworten kann, nicht im wirklichen Leben. Es ist nicht so, dass es immer ein Entweder-Oder gibt, und das weißt du doch so gut wie ich, Mikael.«

»Bitte, komm mir jetzt nicht so.«

»Bei einem von Steners ersten Besuchen im Krankenhaus ist Ruben mit dir zum Kiosk gegangen. Da kam er an mein Bett. Fing an zu weinen und bat um Verzeihung, während er erzählte, was geschehen war.«

Mikael sah der Mutter ins Gesicht, sagte aber nichts.

»An jenem Tag hatte er angefangen, sie oben im Schlafzimmer auszuziehen. Er hatte sie gerade aufs Bett gelegt, als der Sturm losbrach. Er sagte, er würde sich die rechte Hand abhacken, um alles ungeschehen zu machen.«

»Und dann?«, fragte Mikael.

»Wir haben nie wieder darüber geredet«, sagte die Mutter.

»Mein Vater geht also mehr oder weniger fremd, du wirst blind, und mein Bruder fällt in eine Sheriffspsychose, aus der er nie mehr herausgekommen ist. Trotzdem redet ihr nie wieder darüber. Wie zum Teufel nennt man denn sowas?«

»Leben«, sagte die Mutter. »Oder vergeben. Entweder oder, möglicherweise beides.«

Als Mikael anfing, Holz für das Feuer zurechtzuschneiden, war der Himmel zwischen den Baumwipfeln eher grau als blau und das Wasser im Bach, der durch das Tal floss, fast farblos. Es war ein Nachmittag ohne Wolken, nur der Kondensstreifen eines Flugzeugs lag als einsamer cremefarbener Strich über der herbstlichen Fahlheit des Himmels.

Plötzlich verspürte er ein seltsames Vibrieren in seiner Jacke, und erst nach einigen Augenblicken begriff er, dass es das Telefon des Vaters war. Mikael klappte es auf und erkannte Kristines Nummer. Sofort drückte er das Gespräch weg und schaltete das Telefon aus.

»Wer war das denn?«, fragte Daniela.

»Keine Ahnung«, sagte er.

»Ich dachte immer, man dürfte in einem Regenwald kein Feuer machen«, rätselte Daniela und setzte sich auf den kleinen Rucksack ihres Onkels, in dem Schokolade und Würstchen lagen.

»Auf diese Weise ist es vollkommen sicher«, sagte Mikael und schnitt weiter lange Birkenstücke ab.

»Woher weißt du eigentlich, dass das hier ein Regenwald ist?«, fragte Daniela und ließ die Plastiktüte, in der sie Moos sammeln wollten, auf den Waldboden fallen.

»Das hat Opa mir erzählt. Es ist ein nördlicher Regenwald, ein sogenannter Boreal«, erklärte Mikael und konnte nicht verhindern, dass seine Stimme einen schulmeisterlichen Klang annahm. »Diese Bäume sind sehr alt, über hundertsechzig Jahre.«

»Glaubst du, Opa kann uns jetzt sehen?«, fragte Daniela.

Mikael wusste nicht, was er antworten sollte. Er konnte nicht verhindern zu denken, dass ein Jenseits, in dem die

Toten das Leben auf Erden beobachten konnten, doch eher einer Hölle ähneln würde als einem Himmel.

»Ich glaube, du musst es umdrehen«, sagte er.

»Umdrehen?«, fragte Daniela und zuckte mit den Schultern.

»Du musst dich fragen, ob du Opa hier drinnen sehen kannst«, verdeutlichte er und tippte sich auf die Brust. »Solange du das kannst, wird dieser Mensch am Leben sein.«

»Das klingt wie aus Peter Pan«, kicherte Daniela, und auch Mikael konnte ein Lachen nicht unterdrücken.

»Da hast du recht, Daniela. Das klingt wirklich wie etwas aus Peter Pan.«

Ihr Gesicht war fast ungeschminkt, und ihre Haare waren aus dem Gesicht gebürstet.

»Witzig, dass du Peter Pan erwähnst«, sagte er und hielt das Streichholz an die Späne unter dem Birkenholz.

»Wieso denn?«

»Oma hat immer gesagt, sie käme sich vor wie J. M. Barrie.«

»Wie wer?«

»Der hat die Bücher über Peter Pan geschrieben. Du weißt doch, sie hat Rubens und mein Gesicht nicht mehr gesehen, seit wir sechs und acht waren. Oma hat uns nie als Erwachsene sehen können, und ihr Bild von Opa blieb für immer vierzig Jahre alt.«

Daniela schluchzte plötzlich, und Tränen strömten über ihre Wangen.

»Nicht weinen«, versuchte er sie zu beruhigen. »Das war dumm ausgedrückt. So habe ich es nicht gemeint.«

»Ich weine doch gar nicht«, winkte sie ab, fuhr sich mit dem Handrücken durch das Gesicht und fing an, Stöckchen anzuspitzen, um die Würstchen zu grillen, während ein Windzug die Flammen auflodern ließ.

In diesem Augenblick fühlte sich Mikael dem Wald, diesem altvertrauten Ort, mehr zugehörig als je zuvor in seinem Leben. Abgesehen von der modernen Kleidung, dem Rucksack, den Uhren und der Streichholzschachtel hätten sie zwei Menschen sein können, die in jener Zeit am Feuer saßen, als die ersten Finnen durch das Tal kamen und beschlossen, sich hier niederzulassen.

Mikael riss die Würstchenpackung auf und reichte sie Daniela über das Feuer hinweg. Sie bohrte ein Stöckchen durch eine Wurst und hielt sie vorsichtig über die Flammen.

Um sie herum lag das Laub üppig und bunt auf dem Boden, und über den verlassenen Fuchsbauten am Hang auf der anderen Seite wuchs das dichteste Moos von ganz Skogli. Als Kind war er mit dem Großvater oft hier gewesen, um Moos zum Lagern der Möhren über den Winter zu sammeln. Jetzt machte die Mutter aus dem Moos Weihnachtsdekorationen, die sie an die alten Leute im Dorf verteilte.

Jedes Jahr hatte Stener mit ihr seine Runde durch die Gärtnerei gedreht, wo die Mutter fast alle Christsterne und Christrosen im ganzen Laden betastete, während der Vater geduldig versuchte, den genauen Farbton jeder Pflanze zu beschreiben. Dann ging es nach Hause, der Küchentisch wurde mit einer Plastikplane abgedeckt und das Moos darauf verteilt, während der harsche Eisengeruch der Erde die ganze Küche füllte und ein Weihnachts-Album von Elvis im Kassettenrekorder vor sich hindudelte.

Jetzt hatte die Mutter in Daniela eine Helferin. Es waren die kleinen Dinge, die das Leben weitergehen ließen.

Kristine war ein Stoß in den Rücken gewesen. Ein Stoß,

den er wirklich gebraucht hatte, aber es war gut, dass der Sturz gekommen war, ehe sie mehr für ihn geworden war als ein Körper, bei dem er Trost suchte. Das war alles. Kein Grund für schlaflose Nächte. Mikael rieb sich das Gesicht mit beiden Händen, stand auf und ging zu dem Stein, auf dem er und Ine gesessen hatten, als sie sich die Ringe angesteckt hatten. Er musste ein wenig suchen, ehe er das Gesuchte fand.

»Bitte sehr«, sagte er und reichte Daniela die kleine weiße Knolle, die ungefähr so groß war wie ein Tischtennisball.

»Was ist das denn?«, fragte sie.

»Das ist ein Erdstern«, sagte er und lächelte. »Die wachsen hier sonst nirgendwo, glaube ich.«

Daniela nahm den Erdstern in die Hand und hob ihn an ihr Gesicht, als könne der Geruch des Pilzes ihr sagen, was er wirklich war.

»Ich hab noch was für dich«, fuhr Mikael fort und zog den Eisenring von der Trauerbirke aus der Tasche.

»Und was ist das?«, fragte Daniela und streckte die Hand aus.

»Das ist ein Ring, mit dem früher hier in Skogli Tiere angebunden wurden. Ich hoffe, er wird dich daran erinnern, dass man auf viele Arten festsitzen kann, aber meistens hast du selbst den Schlüssel in der Hand«, sagte Mikael feierlich.

»Du machst seltsame Geschenke«, lachte Daniela und hielt den Ring vorsichtig von sich weg wie ein Armband. Dann, als könne sie mit bloßem Auge sehen, dass es nicht passte, reichte sie ihn wieder an Mikael zurück.

»Ich glaube, der ist besser für dich«, sagte sie.

31. Kapitel

Es war derselbe Sachbearbeiter wie damals, als Mikael in der Sparkasse um ein Darlehen ersucht hatte, aber diesmal waren seine Bewegungen viel weniger steif und sein Ton nicht so förmlich. Er stellte der Mutter einen Plastikbecher mit Wasser hin.

»Zuerst möchte ich Ihnen mein Beileid aussprechen«, sagte er und setzte sich in den Sessel, der vor dem Fenster zur Fußgängerzone stand. »Stener Hildonen war sein Leben lang ein vorbildlicher Kunde unserer Sparkasse. Nicht oft haben wir dermaßen treue Kunden.«

Der Mann wandte sich nur an die Mutter, während er redete, und er hatte die irritierende Unsitte, jeden Punkt zu betonen, indem er mit dem Zeigefinger auf seinen Schreibtisch tippte. Mikael schaute aus dem Fenster, in dem Versuch, die vielen Male zu vergessen, bei denen er vor einem Schreibtisch gesessen hatte, während irgendeine amtliche Figur sorgsam auswendig gelernte Phrasen herunterleierte, die Mikaels Leben betrafen.

»Vielen Dank. Stener war fast zu loyal, aber er hat sich um alles gekümmert, was mit Geld zu tun hatte. Natürlich zu unserem Besten«, sagte die Mutter und machte eine Handbewegung, als würde sie sich Wasser ins Gesicht spritzen. »Aber jetzt brauchen wir eine praktische Lösung, damit ich selbst an das Geld komme.«

Den Gesten der Mutter entnahm Mikael, dass der Bankangestellte von ihrer Blindheit wusste, sicher war er sich jedoch nicht. Oft machte sie sich einen Spaß daraus, ihr Gegenüber immer mehr zu verunsichern, um es dann auflaufen zu lassen, wenn sie ihre Trumpfkarte ausspielte. Mikael kam in den Sinn, wie sie einmal eine Vertretungslehrerin an der Grundschule zum Weinen gebracht hatte, nachdem diese sie einbestellt hatte, um über die mangelnde Kooperationsbereitschaft des jüngeren Sohnes in den Musikstunden zu sprechen.

»Ich bin seit vielen Jahren blind, und Stener hat immer darum gebeten, dass ich mich mit Internetbanking vertraut mache, aber so weit bin ich nie gekommen. Daher wäre es auch gut, wenn mein Sohn eine Vollmacht für mein Konto bekäme. Er ist jeden Tag in Kongsvinger«, sagte die Mutter, und zum ersten Mal schaute der Bankangestellte Mikael ins Gesicht.

Ihm ging auf, dass ab jetzt er die Elternabende an Danielas Schule besuchen müsste. Ganz unbewusst zog er die Jackenärmel weiter über seine Handgelenke, um die Tätowierungen zu verbergen.

»Das ist nun wirklich kein Problem«, sagte der Bankangestellte, zog eine Schublade auf und nahm einige Papiere heraus. »Sie haben doch zu Hause einen Computer?«

»Keinen, den ich benutzen könnte. Ich hab nie so ganz eingesehen, wozu das gut sein sollte«, sagte die Mutter.

»Na gut«, nickte der Bankangestellte. »Wir haben auch einen Internetbankdienst für Sehbehinderte, darauf können wir ja noch zurückkommen.«

»Es wäre immerhin eine Überlegung wert. Auf jeden Fall werden Sie uns in Zukunft häufiger sehen. Ich kann nicht allein in dem großen Haus bleiben«, sagte die Mutter.

»Was?«, fragte Mikael und drehte sich so schnell um, dass sein Nacken wehtat.

»Meine Söhne haben beide Familie, und es ist doch unsinnig, dass ich in dem großen Haus sitze, während Mikael sich in der alten Hütte des Großvaters zusammenkauern muss. Eine Generation soll der nächsten weichen, wenn es an der Zeit ist«, sagte die Mutter und lächelte.

»Ja.« Der Bankangestellte ließ den Blick über ein Papier auf seinem Tisch schweifen, dann schaute er die Mutter an, Mikael und dann wieder die Mutter. »Nach einem Todesfall gibt es immer viel Papierarbeit, Umstände, die amtlich registriert werden müssen, Erbregelungen und all diese Dinge.«

»Das wissen wir wohl«, sagte die Mutter. »Wir werden uns natürlich an die Regeln halten, aber zuerst müssen wir dafür sorgen, dass ich, oder wir, Rechnungen bezahlen und Geld abheben können.«

»Das ist überhaupt kein Problem«, sagte der Bankangestellte noch einmal und tippte mit den Zeigefingern auf die Unterlagen, die vor ihm aufgefächert waren. »Aber streng genommen muss Ruben Hildonen beim nächsten Mal dabei sein, damit wir uns genauer ansehen können, wie wir die Sache mit dem Darlehen lösen.«

»Dem Darlehen?«, fragte die Mutter.

»Ja«, führte der Bankangestellte aus. »Stener Hildonen hat für ein ziemlich bedeutendes Darlehen an Ruben gebürgt. Das gibt uns natürlich eine Linie vor, wie es weitergehen sollte.«

Die Mutter strich sich die Haare hinter die Ohren, ehe sie antwortete: »Das müssen wir dann natürlich in Betracht ziehen«, sagte sie schlicht, während Mikael anfing, alle möglichen Gegenstände in seiner Umgebung zu zählen, um den

Rest des Gesprächs auszublenden. Damit hatte er angefangen, als er sich in der siebten Klasse in der Sportstunde das Bein gebrochen hatte und vom Krankenwagen abgeholt worden war. Er hatte die Perforierungen in der Decke des Fahrzeugs gezählt, es waren siebenundachtzig Löcher längs und siebenundvierzig quer gewesen, und während der Wagen weiter durch die Straßen von Kongsvinger steuerte, hatte er sie addiert. Jetzt versuchte er, das Bild von Vater und Ruben zu vertreiben, wie sie Schulter an Schulter vielleicht vor genau demselben Schreibtisch standen und sich abwechselnd vorbeugten, um die Papiere zu unterschreiben. Der Vater und Ruben, die ihre Namen unter einen neuen Pakt setzten und damit ein für alle Mal unter Beweis stellten, dass die Worte, die Stener Hildonen am Abend des Sturms in der Hütte gesagt hatte, eben doch nur das gewesen waren: *Worte.*

Mikael zählte die Stifte im Becher auf dem Schreibtisch, die Marker und die normalen Filzstifte, die Ordner für Ein- und Auszahlungen, Darlehensbedingungen und Fondsvorschriften. Er zählte die Bilder an der Wand, die Pflanzen vor dem Fenster und die CDs, die vor dem kleinen Spieler im Regal aufgestapelt waren. Er zählte auf der Straße weiter, bis er zu dem Akkordeon spielenden Bettler vor dem Eingang zum verglasten Atrium angekommen war.

»Oder was, Mikael?«, fragte die Mutter.

»Was denn?«, stammelte er und fiel ins Zimmer zurück.

»Wir kommen wieder und reden über alles.«

»Sicher«, sagte Mikael, erhob sich und streckte geistesgegenwärtig die Hand über den Schreibtisch, um eine Verlängerung dieses Gesprächs zu verhindern.

Auf der Straße verspürte er ein überwältigendes Bedürfnis nach einer Zigarette. Sich eine rote Marlboro in den Mund stecken, mit beiden Händen das Feuerzeug vor dem Luftzug schützen und dann den ganzen Tag in einem einzigen Lungenzug einsaugen, der ihm den Himmel auf den Kopf fallen lassen würde. Der heruntergekommene Eine gegen die Masse, der Einsame, der Ehrenwerte, der Aufrechte. Der mutige Außenseiter mit dem Blick voller Trotz.

»Es klingt, als würdest du hyperventilieren«, sagte die Mutter und fasste seinen Oberarm mit beiden Händen.

»Ist schon gut, Mama, ich atme nur«, beruhigte er sie, riss sich los und zählte weiter – eine ältere Frau mit Blumenkohlhaaren, zwei Musliminnen mit einem Kinderwagen und drei dahinschlurfende Schuljungen.

»Hier«, sagte die Mutter und zog ein zusammengefaltetes Blatt Papier aus der Jackentasche.

»Was ist das?«, fragte er und nahm es an sich, ohne es auseinanderzufalten.

»Das ist eine Kopie des Darlehensvertrags, Furuberg hat sie mir gegeben. Dein Vater hat keine Bürgschaft unterschrieben.«

»Und das hast du mit einem Blick auf die Papiere sehen können?«, fragte er.

Die Mutter wollte etwas sagen, schluckte den Satz dann aber herunter und nahm noch einmal Anlauf.

»Dein Vater hätte nie ein Papier unterschrieben, das den einen Sohn dem anderen vorzieht. Stener hätte es mir gesagt, wenn er für Ruben gebürgt hätte. Darüber gibt es keine Diskussion.«

»Also?«

»Also«, sagte die Mutter. »Verstehst du nicht? Wenn dein

Vater diese Papiere nicht unterschrieben hat, was glaubst du, wer es dann war?«

Mikael starrte sie an.

»Ich muss gehen«, sagte er und rannte zu seinem Auto.

32. Kapitel

Bei der Tankstelle vergeudete Mikael keine Zeit damit, auf das Wechselgeld zu warten, und war schon aus der Tür, ehe die Verkäuferin ihm nachrufen konnte. Er schaltete in den ersten Gang, das Auto machte einen Sprung nach vorn, und er bog auf die Straße ein, fuhr in Richtung Tunnel und Schnellstraße, die sich am Fluss entlangschlängelte. Mikael schlingerte durch die Kreisverkehre, den Hang hoch und geradewegs zum Haus seines Bruders. Er zündete das Feuerzeug, riss die Plastikfolie von der Marlboro-Packung und ließ den Motor laufen, als er die Tür aufstieß und aus dem Wagen sprang. Drei Uniformhemden flatterten an einer Wäscheleine neben dem Haus, deren Farbe die des Herbsthimmels war.

Mikael zog den Rauch der ersten Zigarette seit über fünf Jahren mit einem solchen Hunger in sich hinein, dass eine halbe Fingerlänge der Marlboro verschwunden war, ehe er sich den Filter von den trockenen Lippen riss. Für einen Moment kam er sich vor wie als Kind, wenn der Vater ihn aus der Schubkarre gekippt hatte, der Tag sprang ihn von der Seite an, und er musste sich an das Auto lehnen, um nicht zu fallen. Er zog abermals an der Zigarette, und ihm fiel ein, wie er und sein Bruder einmal den Aschenbecher im Opel ihres Onkels ausgekippt hatten, noch immer hatte er den sauren Geschmack der Kippen in Erinnerung, bei dem sie sich beide in trauter Eintracht übergeben hatten. Mikael steckte sich die nächste Zigarette an, ehe er die erste fertig geraucht hatte, und ließ den Stummel einfach fallen. Er machte jetzt kürzere Züge und spürte, wie Nikotin, Teer und Ammoniak durch seine Speiseröhre brannten, die Adern verengten und sich wie eine kalkfarbene Wolke in seiner Lunge ablagerten.

Das Haus des Bruders erinnerte an ein Foto in einem Immobilienkatalog. Kein vergessenes Spielzeug, keine liegen gelassenen Gartengeräte oder abgenutzte Gartenmöbel. Die Holzwände sahen frisch gebeizt aus, auch wenn Mikael keinen Teergeruch wahrnahm, das Grasdach war gepflegt, und der Plattenweg schien eben erst gefegt und abgespült worden zu sein. Ein geflochtener Blumenkranz hing mitten an der Mahagonitür, ein Messingschild mit zwei Namen war an der Wand angebracht, und Mikael konnte sich nicht erinnern, den Glockenstrang daneben je gesehen zu haben. Verdammt, er konnte sich nicht einmal erinnern, jemals in einem Haus mit einem Glockenstrang gewesen zu sein.

In der Doppelgarage standen ein BMW und ein Audi, aber ansonsten gab es auf dem Grundstück keine Anzeichen von Leben. Keine Bewegung hinter den Fenstern im Erdgeschoss, und das einzige Geräusch, das er außer dem Dröhnen des Range Rover hören konnte, kam von den Uniformhemden, die sich wie kleine Segel blähten. Durch den Schwindel und das Gefühl der Übelkeit, mit dem die Zigaretten ihn erfüllt hatten, sah er klar vor sich, was er zu tun hatte, was er schon längst hätte tun müssen.

Er steckte sich die dritte Marlboro des Tages an, nahm den Hammer aus dem Werkzeugkasten und ging mit raschen Schritten die Treppe hoch. Umklammerte den Hammerschaft so fest, dass er das Gefühl hatte, seine Haut würde gleich platzen, und streckte die andere Hand nach dem Glockenstrang aus, zog aber nicht daran, sondern berührte ihn nur behutsam mit den Fingerspitzen. Dann fiel er vor der Tür auf die Knie.

Ein kurzes Zögern, ein Moment des Zitterns seiner Hand, während das Blut ihm ins Gehirn schoss und in seinen Ohren ein Wellenrauschen verursachte. Er konnte Direktoren mit Spazierstöcken, Zylindern und langen Mänteln durch diese Tür gehen sehen, nahm den Geruch von Zigarrenrauch, Cognac und Rasierwasser wahr. Hörte das Geräusch von Absätzen, die über die Schwelle klapperten. Einige selbstsicher, andere erwartungsvoll, und wieder andere trugen schon den Klang der Niederlage in sich. Dann wurden diese Bilder von anderen – vertrauteren – vertrieben. Arbeitsfäuste. Menschen mit der ursprünglichen langen Variante seines Nachnamens, die nach Axt, Hammer und Säge griffen. Menschen, die Stolpern und Fallen niemals als Entschuldigung dafür benutzt hatten, liegen zu bleiben.

Mikael zog den Eisenring von der Birke aus der Tasche und hielt den Bügel, an dem er befestigt gewesen war, an die Tür. Schlug beim ersten Mal daneben, ließ den Ring auf die Fußmatte fallen und musste noch einen Versuch machen. Er hatte noch nie härteres Holz bearbeitet als Mahagoni. Dachte an die Begeisterung des Vaters jedes Mal, wenn er auf eine neue Sorte Holz gestoßen war. Solides Zimmerholz, darum handelte es sich hier. Blut, Schweiß und Zimmerholz.

Die Schraube zersplitterte das Holz, löste einen langen Span und setzte sich dann so fest, dass er sie nicht mehr mit der anderen Hand fixieren musste. Der Hammer verursachte ein dumpf dröhnendes Geräusch, und Mikael spürte jeden Schlag im Arm wie einen Stoß vor den Ellbogen. Der Ring war fast in die Tür geschlagen, als sie aufgerissen wurde.

Ruben wollte etwas sagen, aber dann erkannte er den Anpflockring. Mikael erhob sich und trat einen Schritt zurück. Ruben beobachtete ihn wachsam, machte aber keine Anstalten, sich zu bewegen.

»Was ist denn hier los?«, rief hinter ihm eine schrille Stimme, und Cecilie kam angelaufen und zwängte sich an ihrem Ehemann vorbei durch die Türöffnung.

»Mikael?«, fragte sie, ehe sie den Hammer in seiner Hand und das Zerstörungswerk in der Tür bemerkte.

»Was zum Teufel ...«, rief sie. »Was machst du denn da?«

Mikael starrte nur weiter seinen Bruder an.

»Ruben Hildonen«, sagte Cecilie jetzt. »Was hat dein Bruder da angerichtet? Was treibt ihr beide hier eigentlich?«

Ruben gab keine Antwort, sondern konzentrierte sich darauf, den Blick seines jüngeren Bruders zu erwidern.

Mikael ließ den Hammer auf die Treppe fallen und hob die rechte Hand an die Stirn wie ein Soldat, der bei der Wachablösung salutiert. Dann kehrte er den beiden den Rücken zu, ging die Treppe hinunter, schritt zur Wäscheleine hinüber und fing an, die Wäscheklammern des ersten Uniformhemdes zu lösen.

Hinter sich konnte er hören, wie Cecilie Ruben anflehte, etwas zu unternehmen, aber es erklangen keine Schritte auf dem Plattenweg, als Mikael das erste Hemd auf den Boden fallen ließ, das zweite losriss und dem ersten folgen ließ. Das dritte Hemd nahm er mit zum Auto.

»Ruben«, rief Cecilie, aber Mikael hörte hinter sich noch immer keine Schritte, und als er sich vor dem Rover umdrehte, sah er, dass der Bruder beide Arme um seine Frau gelegt hatte.

Mikael knotete das Hemd mit den Ärmeln an die Antenne. Dann stieg er ins Auto, kurbelte das Fenster herunter und fuhr vom Haus seines Bruders weg. Die kühle Oktoberluft strömte sofort ins Auto, aber er fror nicht. Zufrieden fuhr er in Richtung Stadt, während das Hemd des Bruders im Wind knatterte.

33. Kapitel

Mikael wusste nicht, wann er zuletzt Ende Oktober so viele Haufenwolken gesehen hatte. Der Himmel war ungewöhnlich farbintensiv für diese Jahreszeit, und der Kirchturm zog sich wie eine Harpune hinauf in das strahlende Blau. Er stellte den Rover vor der Kirchmauer ab, nahm Moos, den Pappkarton mit Erika und den kleinen Gartenspaten heraus und trat durch das Tor. Erst jetzt ging ihm auf, wie nah die Gräber von Ine und dem Vater beieinanderlagen. Wenn es möglich gewesen wäre, hätten die beiden miteinander reden können, ohne die Stimme zu heben.

Der Grabstein des Vaters war noch nicht geliefert worden, aber Mikael ebnete die Erde, die noch immer frisch aufgeworfen wirkte, dann pflanzte er das Heidekraut und schmückte das Arrangement mit dem Moos aus dem Boreal in Skogli. Auf Ines Grab entfernte er alle Spuren des Sommers, und auch hier hielt er sich daran, dass jeglicher Grabschmuck kompostierbar sein musste und nicht höher oder breiter sein durfte als der Grabstein.

Es war Samstagmorgen, und Mikael Hildonen ließ sich viel Zeit. Er sorgte dafür, dass die Erika so aussah, als sei sie natürlich im Moos gewachsen. Von der Mutter hatte er gelernt, dass Erika, die man vor dem ersten Frost goss, den ganzen Winter halten würde. Er nahm die beiden Erdsterne, die er an diesem Morgen in Djupdal geholt hatte, und kniete sich hin. Die Stille wurde nur durch das Knirschen von Schritten auf dem Kiesweg hinter ihm gestört. Mikael platzierte die Erdsterne dicht vor den Stern, so dass sie wie kleine Grablichter auf die Inschrift zeigten. Er streckte die Hand aus, um Ines Namen zu berühren, als er merkte, dass die Schritte hinter ihm innegehalten hatten.

Langsam drehte er sich um. Kristine war angezogen, als sei der Winter bereits da. Den Mantelkragen hochgeklappt, einen Schal um den Hals und die Haare unter einer schwarzen Baskenmütze versteckt. Sie hielt die Hände auf dem Rücken.

»Es war leichter, dich zu erreichen, als du noch kein Handy hattest«, sagte sie.

Mikael erhob sich.

»Du hast meine Anrufe nicht beantwortet.«

Mikael zuckte mit den Schultern.

»Tut mir leid«, entgegnete er.

»Deine Mutter hat gesagt, du seist hier. Machst du die Gräber für den Winter bereit?«

Mikael nickte.

»Ich habe zu Hause auch Gräber, nach denen ich sehen müsste. Es ist schon ziemlich spät im Jahr«, sagte sie.

Mikael schluckte und versuchte, sein Körpergewicht gleichmäßig auf die Beine zu verteilen.

»Ich möchte dir nur noch etwas sagen.«

»Dann sag es«, bat Mikael.

»Ich hätte dir von Janis erzählen müssen. Hätte erklären sollen, dass wir eher zusammengewachsen sind als aufgewachsen. Ich hätte dir sagen müssen, dass am Ende nichts mehr da war, dass da nur noch ich war, allein. Deshalb bin ich weggegangen, um zu versuchen, mir etwas Neues aufzubauen.«

»Ich verstehe«, sagte Mikael.

Kristine ließ ihren Blick auf seinem Gesicht ruhen, ehe sie weitersprach.

»Aber ich bin nicht nach Norwegen gekommen, um mich hier erklären zu müssen und für die Erwartungen von Männern zur Rechenschaft gezogen zu werden.«

»Okay.«

»Okay?«, fragte sie. »Okay?«

»Ich wusste nicht, dass ich besondere Erwartungen an dich hatte«, sagte Mikael.

»Nein, da hast du recht. Das nehme ich zurück. Aber ich würde dir gern noch eine letzte Frage stellen.«

»Was denn?«, fragte er.

»Rechts oder links?«, sagte sie.

»Was?« Er starrte sie verständnislos an.

»Links oder rechts?«, sagte sie und hob abwechselnd die Schultern.

Mikael schüttelte den Kopf.

»Ich verstehe nicht, was du meinst.«,

»Links oder rechts, du musst wählen zwischen der linken und der rechten Hand.«

»Was?«

»So wie Kinder das machen. Du musst dir eine Hand aussuchen.«

»Links«, sagte er.

Kristine nickte, zwang die Lippen zu einem strammen kleinen Lächeln und hielt die Hand mit dem Wagenschlüssel vor ihm hoch.

»Ich fand es schön, dich kennengelernt zu haben«, flüsterte sie, stieg über das Grab, küsste ihn auf die Wange und drehte ihm den Rücken zu.

»Warte«, rief Mikael. »Was hast du in der anderen Hand?«

Kristine blieb stehen, drehte sich um und öffnete die rechte Hand mit dem Trauring der Mutter.

»Mach's gut, Mikaels Hildonens.« Und mit diesen Worten ging sie hinaus auf den Kiesweg.

Mikael fiel vor dem Grab wieder auf die Knie.

»Mach's gut«, sagte er zu dem Boden und fing an, das Moos festzuklopfen. Bei dieser Bewegung fiel einer der Erdsterne um. Auf dem Moos liegend wirkte die Knolle wie ein Schmuckstein, der sich aus einem Ring gelöst hatte. Mikael hob ihn auf und musterte den Pilz, als sähe er ihn zum ersten Mal richtig. Hinter ihm knallte ein Mülltonnendeckel, die Basstrommelschläge eines vorüberfahrenden Autos übertönten den Schlag seines eigenen Herzens, und ein paar Gestalten unten beim Krematorium drehten sich in seine Richtung.

Du siehst so aus, als ob eine Runde über den Hofplatz deine ganze Denkweise verändern könnte.

Noch immer trug er die Worte des Onkels in sich.

Ein leichter Wind wehte ihm die schulterlangen Haare ins Gesicht, und als er mit der Hand wie mit einem Kamm durch seinen Schopf fuhr, warf er unbewusst einen Blick auf die Festung. Die spitze Fahne stand gespannt wie eine Leinwand vor dem Horizont, und in den Windstößen von den Wallmauern wurde ihm der Geruch von Erde und Torfmull entgegengeworfen. Aber es war nicht der Geruch von all dem, was tot ist und vergehen wird. Es war der Geruch frisch gepflügter Erde im Frühling, üppig und fruchtbar. Mikael konnte den Wind wie eine Welle über dem Himmel erkennen. Den Wind, den seine Mutter sehen konnte.

Vielleicht hatte der Onkel recht gehabt, als er einmal gesagt hatte, dass man sich auf seinem eigenen Hofplatz verirren kann, aber an diesem Tag hätte er sich geirrt.

Mikael zerquetschte den Erdstern zu einem weißen Brei, warf ihn auf den Grabstein und lief zur Kirche. Bog um die Ecke, als Kristine gerade den Parkplatz verließ und die Stadt ansteuerte. Er jagte über den Plattenweg zum Tor, sprang in den Range Rover und setzte zurück, um die Tür schließen zu können. Raste vor einem Postwagen hinaus auf die Straße, riss die Gangschaltung in den zweiten, ohne die Kupplung zu betätigen, und jagte auf kreischenden Reifen in die Kurve vor dem Gymnasium.

Mikael konnte sehen, dass sie zur Stadt fuhr, anstatt in Richtung Oslo zu blinken. Er gab Vollgas und holte den Seat beim Stadtpark ein, wo er die Fahrspur wechselte und sich vor Kristine einfädeln konnte, gerade noch rechtzeitig, ehe er mit dem Bus zusammenstieß. Er bremste langsam, bis er sie zum Halten gebracht hatte. Hinter ihnen hupte jemand wie besessen, aber Mikael registrierte den Lärm kaum, er lief nur zu ihrem Seat zurück und riss die Tür auf.

»Kristine«, rief er in ihr erschrockenes Gesicht. »Es kann schon sein, dass wir am Ende nicht zusammenkommen. Dass es nie so gemeint war oder dass ich es nicht besser verdient habe. Aber ich weigere mich, das von einem Kinderspiel entscheiden zu lassen.«

Er schob sich mit dem Oberkörper zwischen sie und das Lenkrad, riss die Wagenschlüssel aus der Zündung und schleuderte sie auf den Bürgersteig. Hinter ihnen hupten mehrere Wagen, in der Ferne konnte er eine Sirene hören, und eine Männerstimme rief etwas, das er nicht verstand.

»Wo ist der Ring?«, fragte er Kristine, noch immer mit lauter Stimme.

»Was?«

»Wo hast du den Trauring deiner Mutter?«

Wortlos zog sie den Ring aus der Manteltasche.

Mikael nahm ihn, zog ihr den Handschuh von der rechten Hand und schob ihn ihr auf den Ringfinger.

»Ich will nicht, dass du weggehst«, sagte er.

34. Kapitel

Am Abend, nachdem Kristine ihre Koffer ausgepackt hatte, während sie alle im Wohnzimmer beim Essen saßen, fing Daniela an, über die Premiere eines norwegischen Spielfilms in Kongsvinger zu reden. Ihr Gesicht wurde eifrig, als sie sich über den Tisch beugte, sie machte große Augen und griff nach der Hand ihres Onkels auf eine Art, die ihn an eine erwachsene Frau erinnerte.

»Nein, bitte, ich kann jetzt in keine Premiere gehen. Da wimmelt es doch von Leuten. Können wir nicht zu Hause bleiben und irgendwas spielen?«, fragte Mikael, spürte aber, wie ihn der Zeigefinger der Mutter unter dem Tisch anstupste.

»Na gut«, sagte er und schob den Teller zurück. »Dann gehen wir eben ins Kino.«

Kristine fing an, den Tisch abzuräumen, aber die Mutter bat sie, das zu lassen.

»Ich mach das schon. Fahrt lieber gleich los, damit ihr auch ganz sicher noch Karten bekommt«, sagte sie.

Zum ersten Mal setzte sich Kristine im Range Rover nach vorn, aber ehe ihm die Bedeutung dieser Tat ganz klar wurde, quetschte Daniela sich zwischen den Sitzen durch, schob eine CD ein und ließ Evan Dandos Gitarre mit »Confetti« losfetzen.

»Woher hast du denn dieses Album?«, fragte Mikael.

»Von dir geliehen«, erklärte Daniela.

»Was ist das für Musik?«, fragte Kristine.

»Die heißen The Lemonheads.«

»Das ist aber ein ganz schöner Lärm«, rief Kristine.

»Nein«, sagten Mikael und Daniela wie aus einem Munde.

Vor dem Rathaus stand schon eine lange Schlange, und statt auf den Parkplatz zu fahren, bog Mikael nach links ab.

»Da sind viel zu viele Autos«, sagte er und fuhr zurück zum Parkplatz bei dem neuen Restaurant am Flussufer.

Daniela hakte sich bei Kristine und Mikael ein und zog sie in Richtung Kino. Jemand in einem ihnen entgegenkommenden Auto winkte, Mikael sah nicht, wer, grüßte aber zurück, indem er den Hals reckte und den Kopf in den Nacken kippte.

Sie bogen beim Kino um die Ecke, gingen am Becken mit dem kleinen Springbrunnen vorbei und hatten die Eingangstür fast erreicht, als Ruben und Cecilie mit eiligen Schritten aus der Gegenrichtung kamen. Die Brüder hielten inne, wie in einer genau einstudierten Begegnung. Ein Teil eines Rituals. Die letzte Szene vor dem Lied, das am Ende des Films gespielt wird. Das Gedränge um sie herum ähnelte der flüchtigen Geschäftigkeit auf einem Flughafen oder Bahnhof – Erwartung, Aufbruch und Wiedersehen auf einmal –, aber die Brüder blieben nur wie festgewachsen im Gewimmel stehen. Mikael richtete seinen Blick auf Ruben und spürte dabei den Schwimmring unter den Armen, an dem ihn der Bruder einst aus der Strömung des Baklengselv gezogen hatte. Er konnte seine eigene Stimme rufen hören: »Nicht loslassen, nicht loslassen«, während Ruben hinter ihm herlief und den Gepäckträger des Rades festhielt. Er konnte den stechenden Schlafgeruch im Zimmer des Bruders wahrnehmen, jedes Mal, wenn er sich hineingeschlichen hatte, um auf dem Boden neben dem Bett zu schlafen. Er konnte sehen, wie sich die Sehnen anspannten und die Adern am Unterarm hervortraten, wenn er die Faust ballte und über den Schulhof lief, um seinem Bruder zu helfen. Er konnte ihre Kleider auf einem Haufen auf dem Badezimmerboden liegen sehen, die Schulranzen bei der Tür, die Räder, die an der Scheunenwand lehnten. Er konnte den Schnee hören, der unter ihren Schuhsohlen knirschte, das Platschen, wenn sie sich vom Steg in den Flyktningsee fallen ließen, und das Knallen der Tür, wenn sie losstürmten, um als Erster beim Briefkasten zu sein. Die Elefanten im Zirkus Arnardo, die Ballons, die sie jedes Mal auf dem Jahrmarkt bekamen und verloren, Zuckerwatte, Würstchen in Kartoffelfladen, den Geruch von väterlichem Schnaps gemischt mit mütterlichem Parfüm, Riesenrad, Autoscooter und gestohlene Küsse mit Erdbeergeschmack hinter der Messehalle. Sie beide gegen den Rest der Welt. Ruben und Mikael.

Und dann schien sich etwas in ihm zu lösen und sich zur Ruhe zu legen, wie der Sand unten in einem Stundenglas.

Mikael zog seinen Arm aus Danielas, formte die rechte Hand zu einer Pistole, ging ganz leicht in die Knie und zielte auf den Bruder. Für einen Augenblick blieb Ruben ganz ruhig stehen, und alles war so, wie es immer gewesen war, dann hob er die Hände und hielt sie abwehrend vor sich. Cecilie hakte sich bei ihm ein und zog ihn in Richtung Parkplatz, während Ruben Hildonen die ganze Zeit versuchte, weiter die drei vor dem Kino anzustarren. Mikael richtete sich auf und schaute noch lange hinterher, als der Bruder schon nicht mehr zu sehen war.

»Worauf warten wir eigentlich?«, fragte Daniela.

»Auf den Rest des Lebens«, sagte Mikael, legte die Arme um die beiden, die neben ihm standen, und zog sie hinein in die Dunkelheit des Kinos.

Großer Dank an Christer Hedin, Hilde Gustavsen, Christer Mjåset, Thomas Mårud und Lars Mytting. Dieses Buch schuldet außerdem großen Dank Håkon Ohlgren, der mir gezeigt hat, wo die Gruben liegen.